Tommi Kinnunen wurde 1973 im nordfinnischen Kuusamo geboren, wo auch sein Debüt *Wege, die sich kreuzen* spielt. Heute arbeitet er als Lehrer in Turku. Das Buch war ein großer Leser- wie Kritikererfolg und führte die finnische Bestsellerliste wochenlang an. Der Roman war für den renommierten Finlandia-Preis und den Europäischen Literaturpreis nominiert und wurde vielfach ausgezeichnet.

Wege, die sich kreuzen in der Presse:

»Was für ein Glück, dass der finnische Lehrer Tommi Kinnunen in Familienalben geblättert hat und nicht davor zurückschreckte, seinen Vorfahren eine Stimme zu geben.« *BRIGITTE woman*

»Grandios! Drei Generationen, vier Schicksale: tragisch, spannend, bewegend und mit einer ungeheuren Sogkraft! Tommi Kinnunens Romandebüt ist ein besonderes Lesevergnügen und eine unbedingte Leseempfehlung.« *BÜCHER magazin*

»Eine wunderschön geschriebene und klug komponierte Familiengeschichte, die das ganze 20. Jahrhundert umfasst.«
Jurybegründung für die Nominierung zum Europäischen Literaturpreis 2016

Außerdem von Tommi Kinnunen lieferbar:

Das Licht in deinen Augen

Besuchen Sie uns auf www.penguin-verlag.de und Facebook.

TOMMI KINNUNEN

WEGE, DIE SICH KREUZEN

Roman

Aus dem Finnischen
von Angela Plöger

Die finnische Originalausgabe erschien 2014 unter dem Titel
Neljäntienristeys bei Werner Söderström, Helsinki.

Sollte diese Publikation Links auf Webseiten Dritter enthalten,
so übernehmen wir für deren Inhalte keine Haftung, da wir uns diese
nicht zu eigen machen, sondern lediglich auf deren Stand zum Zeitpunkt
der Erstveröffentlichung verweisen.

Verlagsgruppe Random House FSC® N001967

PENGUIN und das Penguin Logo sind Markenzeichen
von Penguin Books Limited und werden
hier unter Lizenz benutzt.

2. Auflage 2019
Copyright © 2014 by Tommi Kinnunen und WSOY
Vermittelt von Bonnier Rights Finland, Helsinki.
Copyright © der deutschsprachigen Ausgabe 2018 by
Deutsche Verlags-Anstalt, München,
in der Verlagsgruppe Random House GmbH,
Neumarkter Straße 28, 81673 München
Umschlag: Bürosüd nach einem Entwurf von
Designbüro Lübbeke, Naumann, Thoben
Umschlagmotiv: General Photographic Agency/Hulton Archive/Getty Images
Satz: DVA/Andrea Mogwitz
Druck und Bindung: GGP Media GmbH, Pößneck
Printed in Germany
ISBN 978-3-328-10468-1
www.penguin-verlag.de

 Dieses Buch ist auch als E-Book erhältlich.

Für ein Haus,
in dessen Räumen viele Geschichten wohnen.

ZURÜCKGELEGTE WEGE

1996 | Gesundheitszentrum   11

MARIA   17

1895 | Kapuzengasse   19
1904 | Gasthausweg   33
1925 | Erweiterung   44
1933 | Hochzeitsgasse   52
1936 | Wildmarkweg   59
1944 | Kofferträgerweg   66
1953 | Karrenweg   76
1955 | Feiergasse   84

LAHJA   93

1911 | Perlenfischerweg   95
1931 | Sehnsuchtsgasse   101
1938 | Schlamasselweg   109
1946 | Erdhüttengasse   119
1950 | Schlagbaumweg   128
1957 | Depotweg   134
1959 | Witwenweg   139
1967 | Kirchweg   148
1977 | Reusenweg   158

KAARINA 167

1964 | Gartentorweg 169
1966 | Verlustweg 174
1967 | Fischkastenweg 182
1969 | Glücksweg 191
1971 | Kuhpfad 199
1973 | Angelpunktgasse 206
1977 | Rüpelgasse 211
1980 | Bürdenweg 221
1996 | Abschleifweg 225

ONNI 231

1930 | Balzpfad 233
1934 | Rutschbahnweg 242
1941 | Gebirgsjägerweg 248
1946 | Bohrerweg 256
1950 | Kerleweg 267
1952 | Schlingenpfad 277
1953 | Wankelmütigenweg 285
1954 | Vergnügungsgasse 290
1955 | Kerzenweg 297
1957 | Maschinenweg 304
1959 | Ouluweg 309
1996 | Der Dachboden 321

Liederverzeichnis 327
Glossar 329

Reiß dich zusammen.
(Mach dir nichts draus, lass dir nichts anmerken,
reagiere nicht.)

1996 | GESUNDHEITSZENTRUM

Der Schmerz überfällt mich wie eine Sturzsee. Er packt mich und zerrt an mir. Die Flüssigkeit, die aus der Infusionsflasche in meine Adern strömt, überdeckt Pein und Leid. Mein Körper versteht die Schmerzen, die mich zerreißen, ich nicht.

Im Krankenhauszimmer hält Johannes mir die eine Hand und Kaarina die andere. Seit vierzig Jahren wohnt sie im selben Haus wie ich, aber ich duze sie nicht.

Ich sehe es immer wieder vor meinem inneren Auge, obwohl ich damals nicht dabei war.

Die Fensterflügel der oberen Etage fliegen auf. Ein Kopf und ein nackter Oberkörper schieben sich aus dem Fenster. Ein rascher Blick zur Seite, dann nach unten, um die Fallhöhe abzuschätzen.

Ich schaue auf meine Füße, wie sie sich unter der Bettdecke winden, aber ich spüre sie nicht. Johannes versucht zu sprechen, unterbricht sich jedoch. Ich habe nicht die Kraft, zuzuhören. Er klappt den Mund zu wie Onni. Wie sein Vater.

Das Atmen fällt mir schwer. Ich will das nicht noch einmal erleben.

Der Flüchtende zieht sich ins Zimmer zurück, greift nach seinem Hemd, das er mitsamt den Schuhen aus dem Fenster wirft.

Jemand hämmert an die Tür. Die Person, die im Zimmer geblieben ist, sitzt wie gelähmt auf der Bettkante. Gleich muss sie aufstehen und die Tür öffnen, damit diese nicht von außen eingeschlagen wird.

Er war ein guter Mann, der Onni. Er trank nicht und schlug sie nicht. Im Krieg verstummte er nicht und schwitzte das Bett nicht nass. Und er durchlebte die Kämpfe von Kiestinki und am Swir nicht wieder und wieder im Traum. Nach dem Krieg hatte er alle möglichen Ideen. Als die neu gebauten Häuser standen, tischlerte er Möbel und füllte damit die leeren Zimmer der Menschen. Und als es in jedem Zimmer Tisch und Bett und einen Geschirrschrank gab, kam er auf den Gedanken, Netze zu knüpfen.

Er kümmerte sich um die Kinder. Und er hatte sie gern, auch Helena, und regte sie alle zum Spielen an.

Auf dem Fensterbrett erscheint ein Fuß, dann ein zweiter. Der Flüchtende dreht sich um, packt das Fensterbrett, schwingt sich hinaus und lässt seine ausgestreckten Beine einen Moment lang im Leeren pendeln. Ich weiß, er versucht, Blickkontakt zu der Person aufzunehmen, die auf dem Bett sitzt. Er streckt die Hand aus, zum Abschied oder hilfesuchend. Dann lässt er den Fensterrahmen los und winkelt die Beine etwas an, um der immer näher kommenden Schneedecke zu begegnen.

Und er baute ein Haus, so groß und schön, wie sonst niemand eines hatte. Er war ein guter Mann. Aber nicht für mich. Nein. Einmal im Monat fuhr er mit dem Bus nach Oulu. Zuerst musste er angeblich ein Kreissägeblatt bestellen und Ahornholz für die Stühle besorgen, weil hier keine Ahornbäume wachsen, dann gingen ihm die Gründe aus. Ich ahnte es von Anfang an, glaubte es aber nicht. Ich wollte ihn für mich allein haben.

Der Schnee dämpft den Aufprall des Mannes, der in einem Rosenbusch landet. Der Neuschnee bleibt an seinem nackten, verschwitzten Rücken haften.

Der Mann richtet sich auf, sucht im Schnee seine Schuhe und das Hemd und bleibt so lange stehen, bis er erst den rechten Schuh angezogen hat, dann den linken.

Oben geht die Tür auf, und unbekannte Männer dringen in das Zimmer ein. Einer läuft zum Fenster und bemerkt den Flüchtigen. Er winkt die anderen zu sich und zeigt auf ihn.

Als Onni zum letzten Mal nach Oulu fuhr, wusste ich, dass er nicht mehr zurückkehren würde.

Und als die Polizei anrief und sagte, man habe ihn in Raksila gefunden, wunderte ich mich nur, dass er nicht die Mauser benutzt hatte, die er zwölf Jahre lang in dem Versteck unter den Stufen zur Außentoilette aufbewahrt hatte.

Johannes rührt sich. Ich schließe das eine Auge und fokussiere mit dem anderen. Dabei stelle ich fest, dass meine Daumen in seiner und auch in Kaarinas Hand einen blauen Fleck erzeugen. Ich löse meine Hand aus der von Johannes, um seine Haut nicht zu verletzen. Kaarina halte ich weiter fest.

Der Schnee reicht ihm bis an die Knie. Hastig streift er sich das Hemd über. Der eine Ärmel hat sich beim Ausziehen nach innen gestülpt. Am Tor überlegt er, welche Richtung er einschlagen soll. Er hastet nach links, obwohl er weiß, dass diese Richtung nicht besser ist als die andere. »Lauf!«, schreie ich, aber ich weiß, dass er mich nicht hört. Er kann und will es nicht. Obwohl ich nicht mehr dieselbe bin wie damals.

Hinter dem Auge pulsiert der reine, klare Schmerz. Er geht von dem Tumor aus, den ich nicht mehr habe operieren lassen. Der Schmerz nimmt, wenn er nachlässt, die quälenden Bilder mit. Er wogt als Wärme durch meinen Körper, der sich in diesem Rhythmus mal anspannt, mal erschlafft. In der wiegenden Bewegung des Schmerzes verschwindet die Wand des Krankenhauses, und dahinter erscheint der Sommer meiner Kindheit. Ich treibe im eiskalten Fluss, und die Strömung lässt mein volles Haar über den Sandgrund wallen. Meine Mutter kocht am Flussufer blutige Schürzen aus. Sie reckt den Hals und sucht mich mit dem Blick. Ich habe mich hinter einem Weidenzweig versteckt, aber Mutter sieht mich und lacht.

»Lahja, hilf mir beim Spülen, wo du sowieso schon im Wasser bist!«

Und niemand flieht mehr, sondern auch ich lache und halte mich an einem Ast fest, der bis ins Wasser reicht, und durch die Weide fallen Sonnenflecke auf die Oberfläche des Flusses.

Ich bin Mutters kleines Mädchen. Vor den Kriegen. Vor Onni.

Mutter und der Fluss und der Weidenbaum verblassen hinter den weißen Wandfliesen. Die Sonne verfahlt zu einer Neonlampe. Ich spüre, dass er in der Nähe ist. Endlich.

Der Läufer spürt seinen Puls, seinen Atem, seine Schritte. Er wagt nicht, sich umzudrehen, um festzustellen, ob er einen Vorsprung hat.

Kaarina hat ihre Hand aus meiner gelöst und sitzt am Fenster.

Ich sehe, dass die Augen des Mannes wild sind wie die eines durchgehenden Pferdes, wie die eines Ochsen, der Schlachtblut gerochen hat. Der Mann flieht vor der Schlachtbank, ohne zu wissen, wohin. Es geht darum, nicht erwischt zu werden.

Kaarina starrt mich an.

Wohin läuft er? Er entfernt sich von mir. Ich sehe ihn nicht mehr.

Meine andere Hand wird noch gehalten. Das muss Johannes sein. Ich versuche, den Kopf zu drehen, aber es gelingt mir nicht. Der Schmerz jagt mir den Rücken entlang. Ich schreie, spüre aber nicht die Bewegung meiner Lippen.

»Lauf nicht weg!«

Kaarina sagt etwas. Sie spricht undeutlich. Ich krümme den Rücken, und mein Körper spannt sich zu einem Bogen. Ich schreie und will, dass Onni meine Stimme hört, über all die Jahre hinweg.

»Komm zu mir zurück!«

Kaarina antwortet, aber ich höre nicht, was sie sagt.

Ich möchte, dass er zurückkommt.

Die Tür zum Korridor öffnet sich, und Johannes kommt herein. Kaarina steht auf und erklärt ihm etwas. Johannes tritt ans Fußende des Betts. Kaarina eilt hinaus. Ich lasse die Luft aus der Lunge strömen und den Körper aufs Bett sinken.

Der Griff um meine Hand wird fester. Ich will sehen, wer das ist. Die Halsmuskeln gehorchen mir nicht, aber ich bemühe mich, die Augen nach links zu wenden und zu schauen. Mit einem Auge erkenne ich ihn. Es ist Onni. Verschwitzt und keuchend. Seine Hand liegt heiß in meiner.

»Verzeih mir«, sage ich, und er nickt kurz. Dann sieht er mir direkt in die Augen.

Er ist immer noch ein gutaussehender Mann.

MARIA

»Ich gelobe bei Gott und seinen heiligen Evangelien, jeder gebärenden Frau zu dienen, die mich darum bittet. Der vornehmen wie der geringen, der reichen wie der armen, bei Tag und bei Nacht.«

Hebammeneid 1890

1895 | KAPUZENGASSE

Etwas tun, ohne zu wissen, dass man es kann

Langsam gewöhnten sich Marias Augen an das Halbdunkel. Die Hütte war klein. In den beiden einander gegenüberliegenden Wänden gab es winzige Fenster, von denen eines zur Hälfte mit einem Brett verdeckt war, sodass das Dämmerlicht des Herbstabends nur durch das andere fallen konnte. Direkt neben der Tür ragte eine große Mauer aus Schieferstein auf, in deren Kamin ein Span brannte – als Hilfe für die Wehmütter, dabei war es draußen noch hell. Die Wände waren pechschwarz, obwohl der Ofen schon einen Schornstein hatte. Am Webstuhl befand sich ein grauer schmaler Streifen, der ein Teppich werden sollte. Die Gebärende stand auf allen vieren auf dem Fußboden und lehnte sich gegen das ausziehbare Bett. Neben ihr lagen blutige Handtücher.

Maria war erst heute hierhergerufen worden. In dieser Gemeinde wollte niemand bei einer Entbindung eine ausgebildete Hebamme dabeihaben, und schon gar nicht die neue, junge. Die alte hatte angefangen zu trinken, nachdem sie in den abgelegenen Gegenden mehr Blut und Schleim, Steißlagen und vor Erschöpfung gestorbene Mütter gesehen hatte, als sie verkraften konnte. Angeblich waren innerhalb von vier Monaten fünf Gebärende an Blutverlust gestorben, weil die Hebamme in ihrem Suff nicht mit dem Abholer hatte mitfahren können. Einmal im Winter hatte sie es wohl geschafft, sich irgendwie in den Schlitten zu wälzen, war aber wieder heruntergefallen, obwohl sie mit Fellen und Wandteppichen zugedeckt worden war. Weinend war sie allein im Schnee liegen geblieben. Der Fuhrmann hatte noch versucht, sie festzubinden, aber sie hatte getobt und sich gesträubt und schließlich kriechend den Heimweg eingeschlagen.

Deshalb hatte seit Monaten niemand die neue Hebamme geholt, der Küster hatte sie nicht einmal zu den Impfungen mitgenommen. Im Kirchdorf hatte sie einigen Gören auf die Welt geholfen, die auch sonst problemlos geboren worden und am Leben geblieben wären. Einen besonderen Ruf hatte sie also noch nicht. Und da jedes Dörfchen seine eigenen erfahrenen Geburtshelferinnen, Saunaweiber und Wehmütter hatte, die auch ein schwieriges Kind herausziehen und ihm die Nottaufe geben konnten, holte niemand die Gemeindehebamme zu Hilfe. Und sie hatte keine eigenen Kinder. Die Welt der Frauen konnte ihr also nicht vertraut sein.

Maria erschrak, als die Frau des Kantors am frühen Abend an die Tür der Mietkammer klopfte, gerade als sie sich auszog.

»Sind Sie noch wach, Maria?«, fragte die Kantorin, obwohl es nicht mal fünf Uhr war. Dann öffnete sie die Tür, ohne die Antwort abzuwarten, und kam hereingehumpelt. »Hier ist jemand, der Hilfe braucht.«

Maria wickelte sich einen Schal um die Schultern und folgte der Hausherrin auf die aus Brettern gezimmerte Veranda. Dort stand eine kleine alte Frau. Sie ließ ihr schwarzes Seidentuch auf die Schultern hinabgleiten, stellte sich vor und guckte ungeduldig durch die Fenster hinaus.

»Könnten Sie wohl mitkommen?«, fragte sie und knickste zur Sicherheit vor Maria, obwohl diese die Jüngere war. »Bevor es noch dunkler wird.«

Die Kantorsfrau hatte ihr den zweirädrigen Pferdewagen geliehen und ihr mehrmals den Frieden des Herrn gewünscht, bevor sie hatten losfahren können. Sie hätte ein eigenes Kind verdient, dachte Maria, so sehr war die Kantorin von den Geburten anderer begeistert. Sie ließ sich auch über weite Strecken durchrütteln, um sich die Neugeborenen anzusehen und zu küssen. Die bettlägerigen Wöchnerinnen schämten sich für ihre Stuben mit den Mäuseköteln und den morschen Dielen. Glücklicherweise vergaß die Kantorsfrau nie, frisch gebackenes Brot, geflammten Labkäse und dicke Sauermilch mitzubringen. Wegen ihrer Sehnsucht nach Leben bewahrte sie so manche Wöchnerin und so manchen Säugling vor dem Verhungern. Ein Jammer, dass ihr, die das Zeug dazu hatte und es sich leisten konnte, ein Kind zu erziehen, und die es sich so sehr wünschte, keines geschenkt wurde, während die abgezehrten Frauen in ihren armseligen Hütten, in denen es nichts zu essen gab, mindestens jedes zweite Jahr ins Kindbett sanken.

Auf der Fahrt hatte die alte Frau mit dem schwarzen Kopftuch auf Marias Frage hin erzählt, dass sie die Mutter der Gebärenden sei und die Hebamme geholt habe, obwohl alle anderen ausdrücklich dagegen gewesen seien. Da aber die Geburt schon lange gedauert hatte und die Gebärende nach Ansicht der Mutter zu erschöpft war, hatte sie sich auf den Weg gemacht, um Hilfe zu holen. Die Hebamme solle jedoch bedenken, dass auch die Gebärende sie nicht bei sich hatte haben wollen.

Und nun war Maria hier. Auf den Treppenstufen saßen zwei Männer und warteten auf Neuigkeiten. Sie verfolgten den unerwünschten Ankömmling mit dem Blick.

»Die ist ja noch ein Kind«, sagte der Jüngere, der der Hausherr zu sein schien.

»Es ist gut, wenn Frauen kleine Hände haben«, probierte es der Ältere. »Lass mal die Hosen runter, dann zeigt sie dir, warum.«

Dem Jüngeren war nicht nach Lachen zumute. Er betrachtete Maria, aber sagte nichts. Die junge Hebamme ging zwischen ihnen hindurch ins Haus. Keiner von beiden wich aus.

Drinnen begrüßte die Gebärende sie mit dem leidenden Blick einer Kuh. Ihre Stirn war schweißnass, und zwei Wehmütter waren bei ihr. Die eine bemerkte den Ankömmling und stand auf. Sie wischte sich die Hände an einem Lappen ab, dessen Blutflecke schon getrocknet waren. Maria stellte ihre Tasche an der Tür neben dem Wasserzuber ab. Auch die andere Wehmutter, die jüngere, bemerkte sie. Die erste blieb stehen, nahm mit einem Holzstückchen Feuer von dem brennenden Span und zündete sich ihre Pfeife an. Dann baute sie sich vor Maria auf und maß sie von Kopf bis Fuß mit Blicken. Sie hob die Hand und strich Maria über die Taille, die vom Korsett eingeschnürt war.

»Solch ein Fräulein ist die neue Hebamme also.«

Die Wehmutter wandte sich wieder der Gebärenden zu und tat einen langen Zug aus der Pfeife.

»Es kommt nicht, und wenn man noch so drückt. Es ist stecken geblieben.«

Maria sah dem zur Decke aufsteigenden Rauchring nach. Die Wehmutter stand vor ihr. Maria wollte einen Blick auf die Gebärende werfen, aber die Frau stellte sich ihr in den Weg. Maria versuchte, an ihr vorbeizusehen.

»Sie wird wohl sterben. Und das Kind auch«, sagte sie mit einer Stimme, die Maria zu laut fand. Im Kindbett wurde gestorben, das wusste sie. Das brauchte man der Gebärenden nicht eigens zu sagen.

»Hat sie viel Blut verloren?«, fragte Maria.

»Viel und noch etwas mehr.«

»In welcher Verfassung ist sie?«

»Sie lebt noch.«

Die Wehmutter war mindestens doppelt so alt wie Maria. Sie tat einen weiteren Zug aus der Pfeife und blies den Rauch durch die Nase. Er stieg zur Decke hinauf, die schon völlig verrußt war. Die Wehmutter sah Maria an.

»Was wirst du tun, Mädel?«

Maria drehte sich um und ging zur Tür. Die Frau mit dem schwarzen Kopftuch hatte sich in die Türöffnung geschlichen und schaute zum Bett hinüber. Maria wandte sich zurück in die Stube. Die künftige Mutter starrte sie mit glasigen Augen an. Die jüngere Wehmutter massierte ihr den Rücken.

»Wenn du auf die Treppe hinausgehst und den Hausherren Gesellschaft leistest, dann sagen wir dir Bescheid, wenn sie in den Sarg gelegt werden soll«, sagte sie zu Maria, die fand, dass die Wehmutter viel zu jung war. Ihr Blick war scheu.

Die Frau mit dem schwarzen Tuch trat hinter Maria. Sie schaute auf die Gebärende, die die Augen nicht mehr offen halten konnte.

»Wenn ihr sie umbringt«, sagte sie und deutete auf ihre Tochter, die den Kopf ins Kissen drückte, »dann bringe ich euch um.«

»Was meinen Sie?«

»Das ist mein einziges Kind. Andere habe ich nicht.«

Die jüngere Wehmutter bemühte sich um Blickkontakt zur älteren.

»Was sagt die Hebamme?«

»Ich werde sie am Leben erhalten«, erklärte Maria.

»Wie denn?«

»Ich weiß es nicht. Noch nicht.«

Die ältere Wehmutter sah die Frauen an und trat dann zur Seite. Sie tat, als klopfe sie am Kamin ihre Pfeife aus, deutete aber zugleich mit dem Kopf auf die Gebärende. Maria nahm ihre Tasche auf, ging näher heran und tastete nach der Halsarterie. Die Frau im Bett öffnete die Augen und versuchte, den Blick zu fokussieren.

»Wie heißt die werdende Mutter?«

»Rieti«, antwortete die Frau mit dem schwarzen Kopftuch.

Maria überlegte, ob ihr Name in den Kirchenbüchern Riikka lautete oder Frederiikka. Sie hatte ihren Namen nach der Kantorsfrau bekommen. Die würde sich freuen, wenn sie das hörte. In diesem Hause würde es nicht an süßen Kammwecken mangeln.

»Dreht sie auf den Rücken.«

Die Wehmütter zögerten, gehorchten dann aber. Sie stützten der Gebärenden die Hüften und legten sie auf die Bettkante. Die ältere Wehmutter wischte ihr den erkalteten Schweiß vom Brustkorb, und die Frau mit dem schwarzen Kopftuch legte eine alte Decke über ihre Tochter, damit sie es warm hatte. Rieti wimmerte leise. Maria legte der Gebärenden einen Zipfel der Decke auf den Bauch.

Der Kopf des Kindes war halb hervorgetreten, sein Gesicht war Maria zugewandt. Die Augen standen offen, ihre Farbe ging ins Grünliche. Sie bewegten sich nicht. Maria befühlte die Stirn des Kindes. Sie wirkte kühl. Maria tastete den Bauch erst oben und dann an den Seiten ab. Dann legte sie die linke Hand auf den Bauch und drückte zugleich mit der rechten fest gegen die Rippen. Keine Bewegung. Die jüngere Wehmutter verfolgte aufmerksam, was Maria tat, die ältere stand am Fenster, aber auch sie beobachtete das Geschehen. Maria hob ihre Tasche vom Boden auf und entnahm ihr ein Hörrohr. Sie drückte das Ende gegen den prallen Bauch der Gebärenden und horchte. Kein Geräusch. Sie ließ die Hand vorsichtig am Hals des Kindes entlang hineingleiten, bis sie die Schultern fand. Vorsichtig betastete sie sie mit den Fingern. Das eine Schlüsselbein war gebrochen, vielleicht auch das andere. Das Kind hing an den Schultern fest.

»Seit wann geht das so?«

»Schon die dritte Nacht«, antwortete die Jüngere. Die Ältere schüttelte den Kopf.

»Jetzt wird das Kind nicht mehr kommen.«

»Nein.« Maria machte mit den Fingern ein kleines Kreuzeszeichen auf die Stirn des Kindes.

Die Tür ging. Der eine Mann blieb in der Öffnung stehen, sodass kühle Luft über den Fußboden strich, der andere kam herein. Sein Blick wanderte von einer Frau zur anderen und verweilte dann auf der mit dem schwarzen Kopftuch.

»Gibt es noch Hoffnung?«

»Für wen?«

Der Mann antwortete nicht. Langsam schritt er in seinen lehmigen Stiefeln durch den Raum und setzte sich auf die Bettkante neben seine Frau. Ihre Augen öffneten sich nicht. Der Mann berührte ihre schweißnasse Stirn und hob plötzlich die Hand. Sie verweilte einen Moment lang in der Luft, senkte sich dann auf die Haare der Frau und streichelte sie.

»Jesus Christus wird sich um dich kümmern. Und sich deiner erbarmen.«

Die Frau mit dem schwarzen Kopftuch fing an zu weinen.

»Was hätte sie schon ausrichten können, das junge Ding.« Die jüngere Wehmutter sah Maria herausfordernd an. Die ältere trat vom Fenster weg neben sie.

»Begraben wir sie zusammen oder getrennt?«, fragte sie leise, damit die anderen es nicht hörten, und legte Maria die Hand auf die Schulter. »Wenn nötig, kann ich es herausziehen, wenn Rieti ihren letzten Atemzug getan hat. Wir sagen, dass wir dem Kind die Nottaufe gegeben haben, dann kann niemand etwas einzuwenden haben. Wir einigen uns darauf, dass es ein Mädchen war, Riikka.«

Maria sah sich im Zimmer um. Draußen herrschte schon fast schwarze Finsternis. Die jüngere Wehmutter zündete einen neuen Span an der Flamme des alten an. Der Hausherr saß auf der Bettkante und hielt die Hände im Schoß. Auf seinem Gesicht lag ein resignierter Ausdruck. Die Frau mit dem schwarzen Kopftuch konnte nicht aufhören zu weinen. Das ärgerte Maria.

»Gibt es im Haus ein Messer?«, fragte sie.

»Was haben Sie vor?«

»Es muss doch ein Messer geben.«

Die mit dem schwarzen Kopftuch handelte als Erste. Sie ging und sah auf dem Tisch nach.

»Ein Messer«, wiederholte sie ratlos. »Die Hebamme braucht ein Messer.«

Maria bemühte sich, ihrer Stimme Festigkeit zu verleihen.

»Der Hausherr sucht das Messer. Du holst einen Eimer«, sagte sie und zeigte auf die jüngere Wehmutter.

»Wozu?«, fragte die Ältere widerstrebend.

»Geht ein Melkeimer?«, fragte die Jüngere.

»Nein, keiner aus Holz. Wenn du einen Zinkeimer findest, bring den. Ist heißes Wasser da?«

Die Ältere wandte sich dem Herd zu, und die Jüngere lief hinaus. Der Hausherr konnte nichts tun, beobachtete aber die Frau mit dem schwarzen Kopftuch bei der Suche. Dem Mann neben der Tür fiel sein eigenes Messer ein. Er löste es vom Gürtel.

»Hier wäre eins.«

»Das ist zu schade. Ist da kein anderes? In jedem Haus gibt es doch mehrere Messer.«

Der Handlungseifer übertrug sich auf den Hausherrn.

»Im Stall könnte eins sein.«

»Dann hol es«, sagte die ältere Wehmutter und schöpfte Wasser aus dem Kessel, der auf einem dreibeinigen Schemel stand. Der Mann warf noch einen Blick auf seine Frau, stand dann auf und ging hinaus.

»Und Darmschnur!«, rief Maria ihm nach. Die jüngere Wehmutter kehrte mit einer Waschschüssel aus Blech zurück.

»Geht die?«

Die Alte mit dem schwarzen Tuch hatte auf der Ecke des Herdes ein altes Messer gefunden und in einer Spalte zwischen zwei Holzbalken ein weiteres, neueres. Der Hausherr brachte aus dem Stall eines mit langer Klinge und legte es auf den Tisch.

Maria musterte abschätzend die Messer. Sie prüfte deren

Gewicht, nahm sie einzeln in die Hand und ließ das Handgelenk kreisen. Schließlich wählte sie das älteste Messer, dessen Klinge vom vielen Schleifen kurz geworden war und nur noch zum Kartoffelschälen und zum Ausnehmen von Kleinen Maränen benutzt wurde. Sie reichte es der jüngeren Wehmutter.

»Koch das aus. Ist Schnur da?«

»Hab keine gefunden.«

Maria knöpfte ihre Wolljacke auf und faltete sie auf dem Tisch zusammen. Sie holte ihre Schürze aus der Tasche, band sie um und blickte suchend in der Stube herum. Dann nahm sie vom Tisch das Messer mit der langen Klinge und ging zum Teppichwebstuhl. Vom äußersten Kettfaden schnitt sie ein Stück von gut einer Elle ab und feuchtete es im Wasserkessel an. Alle drei Frauen sahen ihr zu.

»Was hast du vor?«

»Raus jetzt. Allesamt.«

Die Männer gehorchten, ohne zu fragen. Das Gebären gehörte zu den Dingen auf der Welt, in denen sich nur die Frauen auskannten. Die jüngere Wehmutter sah Maria an, wandte sich dann ab und führte die Frau mit dem schwarzen Kopftuch hinaus. Die Ältere folgte ihnen. An der Tür drehte sie sich um.

»Kann ich helfen?«

Maria schüttelte den Kopf.

»Die Zeit des Helfens ist vorbei.«

Die Wehmutter ging hinaus und drückte die Tür hinter sich zu. Maria nahm Messer und Faden, hielt aber einen Moment lang inne. Vor ihrem inneren Auge streckten sich zwei kleine Arme nach ihr aus.

»Mutter, verlass mich nicht.«
»Aber nein, ich verlasse dich nicht.«
»Nie im Leben?«

Die Stille wog schwer. Maria konnte nicht erkennen, ob Rieti bei Bewusstsein war oder nicht. Ihre Augen standen ein wenig offen, aber sie hatte nicht die Kraft, mit dem Blick zu folgen, obwohl Maria die Hand vor ihrem Gesicht hin und her bewegte. Der Puls war jedoch spürbar. Maria zog Rietis Hüfte mit einem Ruck näher zu sich und stellte die Waschschüssel auf den Boden zwischen ihre Beine. Dann kniete sie vor dem Bett nieder und spürte, wie sich die Fischbeinstäbe des Korsetts in ihre Rippen drückten. Maria nahm die Schnur und wickelte sich das eine Ende um den rechten Zeigefinger und das andere um den linken. Dann legte sie die Hände zu beiden Seiten an den Kopf des Kindes und führte die Schnur über das Gesicht. Die Schnur wanderte über die Stirn und das Stupsnäschen. Mit den Daumen führte Maria sie weiter, am Kinn vorbei bis an den Hals des Kindes. Sie drückte den Kettfaden hinein und bewegte die Hände vor und zurück. Der Kopf des Kindes ging leicht mit der Bewegung mit. Maria wurde übel. Sie schloss ganz fest die Augen.

»Nimm mich mit, Mutter.«
»Ich fahre weit weg. In die Hebammenschule in der Hauptstadt. Dahin kann man kleine Kinder nicht mitnehmen.«
»Kommst du wieder zurück nach Hause?«
»Ja, bestimmt. Ganz bestimmt. Hier werden sie sich gut um dich kümmern.«

Mit beiden Händen drückte Maria den Faden tiefer hinein, und der Kopf des Kindes begann zu schwingen. Maria kamen die Tränen. Sie biss die Zähne zusammen. Rieti stieß einen kleinen Schrei aus. Die Bewegung hatte ihr wohl wehgetan. Für einen Moment ließ Maria locker. Von den Stufen draußen war leises Sprechen zu hören.

Ich schreibe Ihnen, weil ich nichts von Ihnen dort oben im Norden gehört habe. Ist das Geld angekommen, das ich Ihnen überwiesen habe? Ich habe es hier in Helsinki bei der Sparkasse eingezahlt und auf Ihren Namen geschickt. Wenn möglich, schreiben Sie doch ein paar Zeilen und erzählen Sie mir, ob alles in Ordnung ist.

Der Kopf des Kindes neigte sich langsam nach unten. So als hätte sein leerer Blick die Zimmerdecke vermessen und beschlossen, zum Schornstein des Ofens zu wandern, dann zum Herd und schließlich zum Kasten mit den Holzscheiten. Endlich spürte Maria in den Fingern einen kleinen Ruck, und der Kopf begann haltlos zu pendeln.

Danke für die Lederschuhe, die Sie für Ihr Kind geschickt haben. Ich bin nicht eher dazu gekommen, Ihnen zu schreiben, weil ich krank war und gerade erst wieder vom Bett aufgestanden bin. Es tut mir leid, dass ich Ihnen jetzt schreiben und sagen muss, dass es Ihrem Kind sehr schlecht geht.

Maria riss den Faden mit einem Ruck nach unten, und in der Schüssel gab es einen schweren Aufprall. Ihr drehte sich der Magen um. Eilig beugte sie sich vor und packte mit beiden Händen die Schüssel. Scharfer Magensaft stieg in ihr hoch, kam aber nicht heraus. Maria wickelte den Faden ab. Er hatte sich ihr tief in die Haut eingegraben, und ihre Finger waren dick und kalt. Sie tastete auf dem Bett nach dem Messer mit der kurzen Klinge. Das nahm sie in die Hand und drückte den Daumen zum Schutz gegen die Schneide. Tränen liefen ihr über die Wangen. Sie konnte schlecht sehen, aber es gab auch nichts zu sehen. Mit der einen Hand ertastete sie die Schultern des toten Kindes und ließ mit der anderen vorsichtig das Messer in die Gebärende hineingleiten.

Wie mag es Ihnen im Norden ergehen? Hat das Kind die Krankheit überwunden, oder hat es noch Fieber? Wenn es zum Arzt gebracht werden muss, dann bringen Sie es hin. Ich kann mir das Geld bestimmt irgendwo borgen und bezahle die Rechnung auf Heller und Pfennig.

Marias Hand bewegte sich langsam. Sie schob mit den Fingern die Klinge des Messers gegen den Daumen, als zerkleinerte sie Möhren. Im Zimmer war es fast dunkel, aber das bemerkte sie nicht. Sie verrichtete ihre Arbeit, ohne nachzudenken, ohne sie infrage zu stellen, ohne sich zu wundern. Die Waschschüssel füllte sich Stück für Stück. In Marias Leib erwachte eine Stimme, die aus ihrem Mund fast wie ein Geheul hervorbrach. Sie presste den Kopf gegen Rietis weich gewordenen Bauch, schrie und schnitt. Die senkrechten Fischbeinstäbe des Korsetts pressten ihr die Lunge zusammen. Rietis Bauch bebte unter Marias Kopf.

Wir gratulieren Ihnen zu Ihrer Vereidigung als Hebamme und bitten Sie, nicht allzu böse auf uns zu sein. Viele hier haben dieselbe Krankheit bekommen, und auch nicht alle Erwachsenen haben sie überstanden. Die Schuhe schicke ich anbei zurück. Es wird wohl nichts nützen, aber ich möchte Ihnen doch sagen, dass es zum Glück schnell ging und dass das Kind zuletzt nicht mehr in dieser Welt weilte, sondern schon in der jenseitigen.

Von draußen drangen keine Stimmen mehr herein. Schließlich öffnete sich die Tür einen Spalt breit, und die ältere Wehmutter schob sich mit einer Laterne vorsichtig herein. Marias Kopf ruhte immer noch auf Rietis Bauch. Ihr Mund stand offen, aber es kam kein Ton mehr heraus. Langsam rannen geronnenes Blut und Schleim in die Schüssel. Die Wehmutter drehte sich um und winkte die Jüngere herein. Sie kam, blieb aber stehen, als sie die Waschschüssel sah. Sie fürchtete sich. Die Ältere bemerkte es und zog sie am Arm zu der Wöchnerin hin. Die Laterne wurde auf die Bettdecke gestellt. Rieti hatte die Augen offen und folgte der Flamme mit dem Blick.

Die ältere Wehmutter hob die Schüssel vom Boden auf und hielt sie der jüngeren hin. Die wollte sie nicht nehmen, ergriff sie aber doch, als die andere sie nirgendwo absetzte. Die Ältere hob vom Boden ein blutiges Tuch auf und breitete es über die Schüssel.

»Bring das hinaus. Sag, es sei Waschwasser, wenn sie fragen.«
»Wo soll ich das hintun?«
»Denk dir was aus, aber tu es nicht auf den Misthaufen. Und sag niemandem, wo du es hingebracht hast.«

Die Jüngere ging hinaus. Während sie den Raum verließ, spähte die Frau mit dem schwarzen Kopftuch zur Tür herein. Die Frauen nickten ihr beruhigend zu. Sofort wirkte sie erleichtert.

Die Wehmutter ergriff ein weiteres, ebenso blutiges Handtuch. Mit der Hand fasste sie Maria bei der Schulter und reichte es ihr.

»Nun ist es gut. Jetzt musst du dich ein bisschen ausruhen.«

Hiermit wird bescheinigt, dass die Hebammenschülerin Maria Tuomela in der Entbindungsanstalt Helsinki Unterricht genossen und Erfahrungen in den Fertigkeiten der Geburtshilfe erlangt sowie heute bei einer öffentlichen Prüfung bewiesen hat, dass sie über befriedigende Fertigkeiten verfügt. Deshalb geben wir bekannt, dass sie als Hebamme zugelassen ist und ein Anrecht auf den Schutz und die Rechte hat, die gemäß Statuten und Verordnungen einer Hebamme in Finnland zustehen.

Maria glitt auf den Fußboden hinab, sodass sie auf der Seite zu liegen kam. Ihre Wange drückte sich gegen eine der rauen Fußbodendielen. Sie fühlte sich fest und sicher an. Die Wehmutter schöpfte mit einem Becher Wasser aus dem Zuber neben der Tür. Sie setzte sich auf die Bettkante und gab Rieti zu trinken, beobachtete aber die ganze Zeit Maria. Es war, als schüttelte sie den Kopf. Maria drehte sich auf den Rücken, und ihre Absätze schlugen gegen den Fußboden. Im Licht der Laterne sah sie über sich die quer verlaufenden Deckenbalken und die schwarzen Dachbretter. Ihre Augenlider waren schwer. Die Wehmutter reichte ihr den Rest des Wassers, den Rieti übrig gelassen hatte. Das Weinen kehrte in Wellen zurück.

1904 | GASTHAUSWEG

Aufbruch und Heimkehr

»Die Laken waren gestopft, aber sauber. Doch warum muss eine selbstständige Reisende allein in ihrer Kammer essen, obwohl in der Gaststube Platz genug ist? Außerdem war der von gestern übrig gebliebene Eintopf ekelhaft.«

Das schrieb Maria mit ihrer akkuraten Handschrift in das Gästebuch mit dem roten Deckel. Der Wirt hatte zunächst behauptet, man brauche kein Gästebuch mehr zu führen, dann aber schließlich ihrer Forderung nachgegeben und das Buch aus dem anderen Zimmer geholt. Darin war seit über fünf Monaten nichts mehr eingetragen worden. Maria überlegte, was sie sonst noch schreiben sollte, aber ihr fielen keine Verstöße ein. Im Bett gab es keine Tierchen, ein Tischtuch war auf Verlangen geholt worden. Sie hob den Stift. Der Wirt starrte sie fast herausfordernd an.

»Sind Sie fertig, gnä' Frau?«

»Fräulein.«

Maria starrte zurück und setzte den Stift von Neuem an.

»Die Butter war so ranzig, dass sie stank.«

Sie prüfte ihren Text, fügte einen Punkt hinzu und gab den Stift zurück.

Der Wirt drehte das Buch zu sich und las das Geschriebene. Seine Brauen hoben sich.

»Den Eintopf habe ich direkt aus der Küche geholt, und die Butter ist gestern Abend gekirnt worden.«

»Geben Sie mir noch mal den Stift.«

Maria befeuchtete ihn und schrieb das Datum und ihren Namen darunter. Sie hielt einen Augenblick inne und fügte dann unter den Namen das Wort Hebamme hinzu.

»Dann wird es eher zur Kenntnis genommen.«

Maria griff nach ihrer Tasche aus Gobelinstoff und ging hinaus. Bis nach Oulu waren es noch fast neun Meilen, aber sie würde noch rechtzeitig dort ankommen.

Im Fahrdienstwagen saß niemand außer ihr und dem Kutscher, ein schweigsamer halbwüchsiger Junge. Das Pferd war eine alte Kracke, ging aber gleichmäßig, und der Weg war mit Sand geebnet worden. Die Mittsommersonne sengte die bemooste Heide. Maria saß auf der Bank des zweirädrigen Wagens und genoss die Fahrt, wenn auch aus dem stehenden Wasser der Straßengräben bisweilen dichte Mückenschwärme aufstiegen und über die Reisende herfielen. Berauschend dufteten die Sumpfporstblüten, an windgeschützten Stellen fast unerträglich stark. Zum Glück brachte der Wind an offeneren Stellen den Duft von Heidekraut und Sand mit. Manchmal glaubte Maria sogar, aus der Entfernung Meersalz und Tang zu riechen. Kiefern, Kiefern, Kiefern. Maria würde sich niemals an den reinen Nadelwald gewöhnen. Wenn doch wenigstens eine einzige stämmige Birke darunter gewesen wäre. Und die Häuser längs der Wege gestanden hätten und nicht verstreut in wegelosen Wäldern.

Der eintönige Schritt des Pferdes und die Düfte der Wälder machten Maria müde. Ihre Augen waren halb geschlossen, aber sie war dennoch wachsam, und ihre Sinne waren geschärft. Als das Pferd seine Gangart beschleunigte, erinnerte der neue Rhythmus sie an ein altes Lied. Es rief in ihr nicht mehr Schmerz und unangenehme Gefühle hervor, sondern hatte sich zu einer bloßen Erinnerung an frühere Zeiten abgeschwächt. Zunächst summte Maria nur in Gedanken, aber als ihr der Text wieder einfiel, begann sie laut zu singen. Der junge Kutscher sah sie befremdet an, aber das brachte Maria nur zum Lachen. Die zweite Strophe sang sie noch lauter.

Einstmals, ja, da liebt' ich dich,
aber nicht nur dich allein!
Und aus Spaß, da küsst' ich dich,
und aus Spaß, da wurd' ich dein!

Schließlich tauchten am Wegrand Gebäude auf, zunächst in einigem Abstand voneinander gelegene kleine Hütten, dann etwas größere Katen und zuletzt Bauernhöfe. In der Ferne zeigte sich der Turm der Domkirche von Oulu. Der Weg bog nach links ab und führte abwärts zu dem weitläufigen Flussdelta. Der Bursche hielt den Wagen neben einer kleinen Bude an.

»Jetzt geht's ans Bezahlen.«
»Ich hab schon bei der Abfahrt bezahlt.«
»Dazu kommt noch das Brückengeld.«
»Wieso? Letztes Mal hat das nichts gekostet.«
»Die Eisenbahnbrücke weiter oben, die ist frei, aber bei diesen Brücken kostet es was.«

Neben dem Wagen war der Brückenwächter aufgetaucht. Er führte die Hand an den Mützenschirm und sah erwartungsvoll zuerst den Burschen, dann Maria an.

»Was kostet es?«, fragte ihn Maria.
»Eine Mark für das Pferd.«

Maria knipste ihre Tasche auf und suchte ihre Geldbörse heraus. Der Preis war hoch, aber über die Eisenbahnbrücke würde es zu lange dauern.

»Und was kostet es ohne Pferd?«
»Zu Fuß fünf Penni.«

Maria suchte ein Fünf-Penni-Stück heraus und drückte es dem Wächter in die Hand. Dann sprang sie vom Wagen und nahm ihre Tasche.

»Der Wagen kann hier umkehren. Das letzte Stück gehe ich zu Fuß.«

Rasch überquerte Maria die Brücken. Die mittlere, die auf die Insel Linnansaari führte, war neu. Sie war nicht wie die anderen aus Holz, sondern mit Eisenträgern erbaut und sah so aus, als hätte sich ein grauer Regenbogen auf die Straße gesenkt. Die Brücke dröhnte unter Marias Füßen. In der Mitte blieb Maria stehen und setzte ihre Tasche auf dem Geländer ab. Die Träger fühlten sich kalt an, obwohl es ein heißer Tag war. Sie rochen nach Metall und Farbe. Maria entnahm ihrer Tasche einen Brief und vergewisserte sich noch einmal des Weges, obwohl sie ihn auswendig konnte. Sie ging weiter in Richtung Ufer und steuerte die Läntinenkatu an. Rasch schritt sie über das Steinpflaster und bog auf der Pakkahuoneenkatu nach links ein. Maria sah sich kurz um, bis sie das Schild des Geschäfts fand, das sie suchte. Sie blieb stehen, schob ein Fischbeinstäbchen ihres Korsetts zurecht und trat ein.

Hinter dem Tresen stand ein Mann, der jünger war als Maria. Er betrachtete sie abschätzend, dann breitete sich ein billigendes Lächeln auf seinem Gesicht aus. Maria wirkte nicht wie eine Hausgehilfin, sondern eindeutig wie eine Kundin, obwohl sie wie eine Landfrau gekleidet war.

»God dag«, begrüßte er sie auf Schwedisch.

»Guten Tag. Sie haben mir geschrieben, dass ich die bestellte Ware abholen kann.«

Der Mann ging zum Finnischen über.

»Das stimmt, gnä' Frau.«

»Fräulein. Kann ich sie sehen?«

»Wenn Sie einen Moment warten, gehe ich sie holen.«

Der Verkäufer ging durch eine Seitentür auf den Innenhof zum Lager. Maria folgte ihm so lange wie möglich mit dem Blick und wartete dann. Kurz darauf kehrte der Verkäufer zurück. Er öffnete die Durchgangsklappe des Verkaufstresens.

»Sie können mitkommen und es sich ansehen. Ihre Tasche können Sie solange hierlassen.«

Maria folgte mit der Tasche in der Hand dem Mann auf den Hof. An der Rampe des Depots lehnte ein blitzend neues Fahrrad: der stabile Rahmen hellblau, die Felgen der dicken Reifen dunkelrot. Oberhalb der vorderen Gabel befand sich ein Wappen, umgeben von einem Band mit der Aufschrift »Gebr. Friis Kokkola«. Maria besah sich das Rad von allen Seiten, hob es am Lenker an und probierte die Pedale aus. Es war schön, aber kam ihr irgendwie anders vor als das des Apothekers. Sie strich über die geschwungenen Formen. Ihr Finger hielt inne. Hier war etwas anders.

»Ich habe mir erlaubt, ein Damenrad zu bestellen«, sagte der Verkäufer.

»Wie unterscheidet es sich von einem Herrenrad?«

»Der Rahmen ist verstärkt, und deshalb hat es in der Mitte keine Stange. So ist es für Sie leichter, im Rock zu fahren.«

Diese Änderung ärgerte Maria. Sie hatte ein Modell ausgewählt und bestellt und nun dieses bekommen. Der Verkäufer beugte sich vor und lächelte.

»Außerdem braucht man bei einem Damenrad nicht die Waden zu zeigen.«

»Die sollen wir also verstecken?«

Der Verkäufer bemerkte, dass das Gespräch eine falsche Wendung nahm, und wechselte das Thema.

»Wie sieht es aus, gefällt Ihnen das Rad?«

Noch einmal überlegte Maria. Warum hatte der Mann für sie eigens ein Damenrad bestellen müssen? Ein Rad wurde durch Treten bewegt, und sie hatte genauso viele Beine wie ein Mann. Zugleich weckte der Anblick in ihr Gedanken an Tempo und Freiheit und an die Möglichkeit, sich zu bewegen, sich mit eigener Kraft auf den Weg zu machen, um den Gebärenden beizustehen. Der zarte Duft des Kettenöls ließ vor ihrem inneren

Auge Bilder von Sandwegen und wehendem Wind erstehen, und sie erinnerte sich an Zeitungsartikel, in denen von der stillen Würde der unberührten Natur die Rede war.

»Ich werde es wohl nehmen.«

Der Verkäufer öffnete Maria die Tür, und sie gingen zurück ins Haus. Wieder knipste Maria ihre Tasche auf und suchte ein am Boden verstecktes Stoffbündel hervor. Sie öffnete es, blätterte Geldscheine auf den Tresen und strich sie mit der Handkante glatt. Dann entnahm sie ihrem Geldbeutel Münzen und stapelte sie sorgfältig auf den Scheinen auf, bevor sie das Geld dem Verkäufer zuschob.

»Bitte sehr.«

»Brauchen Sie einen Transport, mein Fräulein? Wir können es Ihnen nach Hause bringen.«

»Das ist nicht nötig. Wenn Sie es mir nur auf die Straße stellen würden.«

Der Verkäufer hielt das Fahrrad, und Maria hängte ihre Tasche an die Lenkstange. Dann packte sie die Griffe und begann das Rad zu schieben. Das fand sie leicht. Der Verkäufer sah ihr zu.

»Können Sie Fahrrad fahren?«

Maria blieb stehen und sah den Verkäufer an. Sie spürte den süßen Duft von Pomade.

»Und Sie selbst?«

»Ich könnte es Ihnen erklären.«

»Haben Sie Schulen besucht?«

Auf diese überraschende Frage hatte der Verkäufer keine Antwort.

»Wenn ein Mann, der keine Schulen besucht hat, es kann, warum sollte es dann nicht eine ausgebildete Frau können?«

Maria schob das Rad zum Markt. Um die Verkaufstische herum wimmelte es von Menschen, und sie führte das Rad hinter die neue Markthalle, in den Schatten der roten Lagerhäuser. Dort neigte sie es nach links und setzte den Fuß auf das rechte Pedal, dann richtete sie es langsam auf und versuchte, das Gleichgewicht zu finden. Sie war etwas gespannt. Das hatte sie noch nie allein gemacht. Beim letzten Mal hatte der Apotheker das Rad festgehalten und sie leicht an der Schulter gestützt.

Maria versuchte, den linken Fuß auf das Pedal zu setzen, aber das Fahrrad kippte sofort nach links, und sie musste sich am Boden abstützen. Sie neigte es mehr nach rechts, aber dann begann es in diese Richtung zu fallen. Schließlich saß sie auf dem Sattel und stellte beide Füße auf den Boden. Sie hob sie abwechselnd an und versuchte, ins Gleichgewicht zu kommen. Zu Hause hatte der Apotheker in dieser Phase hinten gestanden und das Hinterrad so zwischen den Beinen gehalten, dass das Fahrrad nicht umfallen konnte. Er hatte den Arm um Maria gelegt und den Lenker gefasst, sodass Maria seinen Brustkorb heiß an ihrem Rücken gespürt hatte. Die Schwestern des Apothekers hatten sie überwacht, und in diesem Moment war die dickere der beiden an sie herangetreten und hatte geflüstert, dass diese Haltung unschicklich sei, ebenso wie das Radfahren von Frauen überhaupt, und dass die Dorfleute durch das offene Tor die Übungen der Herrschaften sehen und darüber lachen könnten.

Allmählich fand Maria das Gleichgewicht, und sie probierte, durch Abstoßen mit den Füßen Tempo aufzunehmen. Das Fahrrad rollte stabil vorwärts. Maria saß im Sattel, stieß sich mit beiden Füßen ab und nahm Fahrt auf. Die Tasche am Lenker pendelte hin und her und zog das Vorderrad in die Schräge. Maria hielt an und stieg ab. Sie nahm die Tasche vom Lenker und überlegte, wo sie sie lassen könnte. Einige Tippelbrüder waren vom Markt auf die Stufen des Lagerhauses gekommen und beobachteten ihre Bemühungen. Einer stieß den anderen in die Seite, legte den Kopf schief und starrte Marias Fußknöchel an.

»Bei der Mamsell blitzt ja so allerlei hervor.«

Maria starrte ihrerseits die Männer an.

»Ich weiß, was da unter dem Rock ist, und du weißt das auch. Aber ich kenne es besser als du.«

Die anderen Männer lachten, und schließlich stimmte auch der Erste ins Gelächter ein, denn er wollte nicht ausgeschlossen sein. Der größte Mann näherte sich Maria.

»Mamsell, Sie können Ihre Tasche hier hinten drauftun.« Er nahm Maria die Tasche ab und stellte sie auf den Gepäckträger. Den hatte Maria noch gar nicht bemerkt. Das wäre ein guter Platz auch für die Hebammentasche.

»Ach, so etwas gibt es auch. Vielen Dank.«

»Sie sollten versuchen, Tempo aufzunehmen. Das Rad kippt nicht, wenn man schneller fährt.«

Maria sah den Mann an. Er war unrasiert, aber seine Tuchjacke war sauber, nur die Ränder der Ärmel waren etwas blank gescheuert. Der Mann wirkte vertrauenswürdig.

»Zeig es mir.«

Maria reichte dem Mann das Fahrrad. Der ergriff es beim Lenker und hob ein Bein über den Rahmen. Maria beobachtete ihn genau. Er setzte den einen Fuß aufs Pedal und stieß sich mit dem anderen ab, sodass er in Fahrt kam, bevor er anfing zu treten. Maria sah ruhig zu, wie der Mann hinter der Markthalle verschwand, aber am anderen Ende bald wieder zum Vorschein kam. Er kehrte zu den Männern zurück, stieg vom Sattel und schob das Rad zu Maria.

»Am besten, man setzt sich erst, wenn man Fahrt aufgenommen hat.«

Die Saufbrüder waren schon gegangen, und die letzten Verkaufstische wurden abgebaut, als Maria immer noch übte. Plötzlich begriff sie die Technik. Sie drehte zwei Runden um den Marktplatz, zunächst noch wackelig, dann sicherer, und winkte im Vorbeifahren den Männern zu, die gerade die Rantakatu überquerten. Maria kehrte zu ihrem Übungsplatz zurück und stieg ab. Sie nahm ihre Tasche vom Gepäckträger, öffnete sie und nahm ein sorgfältig zusammengelegtes, in Packpapier eingewickeltes Kleidungsstück heraus. Sie hatte Stoff gekauft und einen Umhang genäht, den sie beim Radfahren tragen wollte. Er bestand aus zwei kegelförmigen Teilen, die übereinanderlagen und zwischen denen sie die Arme bequem auf den Lenker stützen konnte. Maria schüttelte den Umhang auf, öffnete die beiden Kragenknöpfe und warf ihn sich über die Schultern. Sie knöpfte ihn zu, stellte die Tasche zurück auf den Gepäckträger und stieg auf. Nun konnte es losgehen.

Die Fahrt über das Kopfsteinpflaster war holperig, und Maria wurde übel. Vor den Brücken stieg sie ab und suchte aus ihrem Geldbeutel eine Fünf-Penni-Münze heraus. Der Brückenwächter hielt immer noch die Hand hin, obwohl er gerade Geld bekommen hatte.

»Wer mit dem Rad fährt, zahlt zehn Penni.«
»Dann gehe ich zu Fuß und schiebe das Rad.«
»Ich muss auch für das Fahrrad eine Gebühr nehmen.«
»Frag es doch selbst, vielleicht bezahlt es ja.«

Ohne sich um den Protest des Brückenwächters zu kümmern, schob Maria das Rad in den Stadtteil Tuira hinüber und stieg auf. Die Landstraße war eben und trocken, und das Rad fuhr sich leicht, doch die Übelkeit wollte nicht vergehen. Sie wurde zwar schwächer, setzte sich aber schließlich irgendwo im Brustkorb fest. Maria trat gleichmäßig in die Pedale und bemühte sich, wieder in die heiter-freudige Stimmung der Hinfahrt zu kommen, aber es wollte ihr nicht recht gelingen. Der Umhang war ihr zu warm, und an der Seite scheuerten die Fischbeinstäbchen des Korsetts.

Maria hielt an, packte den Umhang zurück in die Tasche und fuhr weiter. Das Hitzegefühl ließ jedoch nicht nach. Vor ihr lagen noch mindestens zwanzig Meilen. Maria versuchte, ein Lied anzustimmen, aber sie bekam keines heraus.

Der Weg führte am Rand eines Sumpfes entlang. Eine vereinzelte Bremse witterte den Schweiß der Radfahrerin. Hartnäckig umkreiste sie Maria, setzte sich manchmal irgendwohin, wo sie unsichtbar war, flüchtete dann und flog wieder herum. Mal versuchte sie, sich auf den Nacken, mal auf die Knöchel zu setzen. Maria bemühte sich, sie abzuschütteln, indem sie schneller fuhr, aber die Bremse umschwirrte sie in Bögen, mal in kleineren, mal in größeren. Die Sonne brannte heiß herab, und Maria öffnete mit der linken Hand die Knöpfe ihrer Jacke. Aus dem Sumpf stieg der stechende, starke Geruch von Sumpfporst auf. Immer nur Kiefern.

Plötzlich spürte Maria einen metallischen Geschmack im Mund, und die Übelkeit brach wie eine Welle über sie herein. Sie bremste und konnte gerade noch vom Sattel springen, bevor sie sich erbrechen musste. Der Magen zog sich heftig zusammen, bis nur noch Gallensaft herauskam. Maria lag am Grabenrand auf den Knien. Die Übelkeit ließ nach, aber sie fühlte sich kraftlos. Es war die Butter vom Morgen oder der Eintopf von gestern. Die Bremse setzte sich auf ihre Hand. Sie untersuchte die Haut und wollte gerade eine kleine Wunde hineinbeißen, als Maria sie totschlug. Ein neuer Gedanke kam ihr in den Sinn. Könnte es sein? War sie so dumm, dass sie sich selbst nicht kannte, obwohl sie eine Hebammenschule besucht hatte?

Neuer Eifer erfüllte Maria, eine neue Chance. Sie stand auf und schüttelte die Preiselbeerblätter von ihrem Rock. Für zwei würde die Mietkammer beim Kantor nicht mehr ausreichen. Sie müsste eine neue Unterkunft finden. Eine eigene, wenn auch zunächst ganz kleine. Maria griff nach ihrem Fahrrad, dem strahlend blauen, und stieg wieder auf. Sie wäre nicht bereit, für irgendjemanden die Küchenmagd, die Wäscherin oder die Köchin zu geben. Sie war eine selbstständige Frau. Eine

Hebamme in Lohn und Brot, respektiert und erwünscht. In zehn Jahren war ihr Ruf bis in die Nachbargemeinden gedrungen. Jeden Tag und jeden Abend kamen Hilfesuchende aus immer weiter entfernten Dörfern zu ihr. Sie neigte das Fahrrad und setzte den Fuß aufs Pedal. Ja, sie würde zurechtkommen, so wie sie in dieser Welt immer zurechtgekommen war.

Maria stellte beide Füße auf die Erde zurück. Und der Apotheker? Wie sollte sie es ihm sagen? Seine Schwestern würden über sie herfallen, das wusste sie schon jetzt.

Maria hatte das Gefühl, keine Luft zu bekommen. Rasch zog sie ihre schon offen stehende Jacke aus, legte sie über den Lenker und ertastete die Schnüre des Korsetts auf dem Rücken. Sie riss daran, aber der Knoten wollte nicht aufgehen. Sie zerrte an den Bändern, zog den Knoten nach links und nach rechts, aber ohne Erfolg. Der Knoten hatte sich jedoch so weit gelockert, dass sie ihn mit beiden Händen erreichte. Sie zog daran so lange gerade aufwärts, bis vom Rücken her ein Ratschen zu hören war. Maria ergriff die Fischbeinstäbchen des Korsetts und bog sie nach unten, bis die Schnüre sich qualvoll langsam lösten und ihren Körper in die Freiheit entließen. Maria riss sich das Korsett vom Leib wie ein Insekt seine Puppe und warf es auf den Grabenrand. Dann sog sie die Lungen voll Luft. Sie wog ihre Brüste mit beiden Händen und strich sich über den Bauch. Nun war das Atmen leicht. Ein neues Glück, noch einmal.

Maria nahm ihre Jacke vom Lenker und zog sie an, knöpfte sie jedoch nicht zu, sondern stellte den rechten Fuß auf das Pedal und stieß sich mit dem linken ab. Ein kalter Wind traf sogleich auf ihre Brüste, aber das fühlte sich beruhigend kühl an. Nur noch zwanzig Meilen. Das Damenrad war praktisch, besonders wenn man im Rock fuhr.

Wenn es ein Junge wird, bekommt er den Namen Toivo, Hoffnung.

1925 | ERWEITERUNG

Ein stetig wachsendes Haus

»Jetzt können Sie schon ein kleines Feuer anzünden, dann trocknet es von innen.«

Der Maurer schließt die Türen des runden eisernen Ofens, öffnet sie wieder und bewegt sie hin und her, um sich davon zu überzeugen, dass sie ordentlich funktionieren. Dann schließt er sie erneut und legt den Riegel vor. Maria betrachtet zufrieden sein Werk. Jetzt hat auch die neue Kammer einen Ofen. Sie stellt den Korb mit dem Brennholz daneben.

Der Maurer nimmt ein Scheit in die Hand und schüttelt den Kopf.

»Nur Äste und Reisig, damit es nicht zu heiß wird. Am besten einfach Abfall.«

»Dann hol ich Kleinholz.«

Maria nimmt den Korb und geht durch die anstelle des Fensters eingebaute Tür zum Ofen im Wohnzimmer.

Vom anderen Ende des Hauses hört man ein Schlagen, und die Manschetten der Kerzenständer im Wohnzimmer klirren im selben Takt mit. Der Zimmermann baut eine neue Küche und schlägt einen Zapfen in das Loch, das er in den Balken gebohrt hat. Die Schläge übertragen sich auf das ganze Haus. Sie müsste gehen und nachsehen, ob die Wände dort sind, wo sie es vereinbart hatten. Auch das Wohnzimmer ist mehr als eine Elle kürzer geworden, weil sie die Arbeit nicht immer überwacht hat. Der vorige Zimmermann hat erklärt, er habe die Balken dieser Länge günstig kaufen können, aber es ärgert Maria, dass die Abstände zwischen den Fenstern, von außen gesehen, nicht alle gleich sind.

Am Nordrand des Dorfes hatte es eine kleine Kate mit einer Küche und einer Kammer gegeben, die Maria vor fast zwanzig Jahren gekauft hatte. Zwei, drei Jahre hatte sie dort mit ihrer Tochter gelebt und Geld verdient. Dann hatte sie ein Wohnzimmer anbauen lassen und zwei Sommer später auf der anderen Seite zwei Kammern. Jetzt werden zu dem Wohnzimmer noch zwei weitere Kammern hinzugefügt, und am anderen Ende entsteht eine größere Küche. Aus der alten Küche wird ein Flur und aus der jetzigen Kammer ein Zugang zur neuen Küche. Daraus könnte man doch ein Esszimmer machen? So eines gibt es zumindest im Pfarrhaus und beim Amtmann. Die Dorfbewohner wundern sich über die ständige Verlängerung des Hauses und sagen, die Hebamme wolle sich weiter strecken, als es sich für eine Frau geziemt, aber das interessiert sie nicht. Manchmal wunderte sich auch Lahja über den Baueifer ihrer Mutter und fragte, wozu sie all die Räume brauchten. Darauf wusste Maria keine Antwort. Sie baute einfach. Wieso brauchte man da besondere Gründe?

Im Vorraum nimmt Maria aus dem Kasten für die Holzscheite die Flasche, die sie dort versteckt hatte. In diesen Breiten hat das Prohibitionsgesetz keine Wirkung.

Sie bringt die Flasche auf die Veranda und stellt sie auf den Tisch. Durch die Glasscheibe beobachtet sie, wie der Handlanger einen Balken ins Haus bugsiert. Er legt ein Ende in die Fensteröffnung und schiebt von der anderen Seite. Dabei beginnt der Balken wie von selbst hineinzugleiten. Der Zimmermann hat ihn aufgefangen. Die Wand der neuen Küche ist schon zur Hälfte hochgezogen. Maria nimmt die Briefe, die der Postbote auf den Tisch gelegt hat, und blättert sie durch, während sie ins Wohnzimmer zurückkehrt. Einige der Absender und Briefmarken besieht sie sich genauer, öffnet jedoch keinen einzigen, sondern steckt den ganzen Stapel in ihre Schürzentasche. Sie weiß schon, was sie enthalten. Dennoch muss sie die Sache wohl zur Sprache bringen.

Maria geht durch die Küche in die Kammer und horcht an der Tür, ob von der anderen Seite etwas zu hören ist. Über die Außenwand wird ein Beben übertragen, als ein schwerer Balken auf den unteren fällt. Maria klopft an die Tür, aber es kommt keine Antwort. Sie dreht den Schlüssel um und öffnet die Tür. Die Vorhänge sind noch zu, und Lahja liegt im Bett. Immerhin hat sie sich angezogen. Das Mädchen ist wach, sieht die Mutter aber nicht an. Maria tritt ins Zimmer und zieht die Vorhänge beiseite. Lahja dreht das Gesicht zur Wand. Maria setzt sich aufs Bett und legt dem Mädchen die Hand auf die Schulter.

»Ist es schon weit?«

»Was denn?«

Lahjas Körper verspannt sich, aber sie dreht sich nicht um.

»Ein Kind zu bekommen ist nicht das Schlechteste auf der Welt«, fährt Maria fort.

»Wie kommst du darauf?«

»Du gehst neuerdings allein in die Sauna und bindest dir im Haus immer eine Schürze um. Für eine Hebamme ist es nicht schwer zu erraten, was dahintersteckt.«

Lahja sagt nichts, aber ihr Körper entspannt sich. Maria streckt sich neben Lahja aus und schlingt die Arme um sie.

»Mach dir keine Sorgen. Im Leben des Menschen passiert viel Schlechtes, aber das hier gehört nicht dazu.«

Lahja greift nach Marias Armen und wickelt sie fester um sich. Maria bläst ihr in den Nacken. Sie möchte ihr sagen, dass man in der Welt immer auf die Füße fällt, wenn man es will.

»Ist es Aku Lehtovaara?«

»Den hab ich schon lange nicht mehr gesehen.«

»Ist es der?«

»Sei nicht böse.«

»Das bin ich nicht. Die Männer sind so. Du hättest ihm in die Eier treten können, aber ich bin nicht dazu gekommen, dir das rechtzeitig beizubringen.«

»Mutter!«

Lahja muss lachen. Das wirkt erleichternd.

»Das ist das beste Mittel!«, fährt Maria fort.

»Was ist das zweitbeste?«

»Dem Mann im Kuhstall ein Bett zu machen.«

Maria freut sich zu sehen, dass Lahja nach langer Zeit wieder lacht.

»Aber ist der Aku nicht ein Schluckspecht?«

»Nicht so schlimm. Aber er ist verschwunden. Niemand hat von ihm gehört, und keiner weiß, wo er hingegangen ist.«

»Wir kommen hier schon zurecht, auch wenn er sich nicht wieder einfindet. Wir sind ja auch zu zweit zurechtgekommen.«

»Aber er hat es doch versprochen.«

Aus der Nachbarkammer sind Schritte zu hören und die Stimme des Maurers. Es klopft an der Tür.

Maria lässt Lahja los und steht vom Bett auf. Sie zupft eine Flaumfeder von ihrem Rock und öffnet. In der Kammer steht der Maurer und hält seine Mütze in der Hand.

»So langsam bin ich fertig.«

»Ich komme.«

An der Tür macht Maria kehrt und klopft Lahja auf die Schulter.

»Wir reden gleich weiter.«

Man hört das singende Geräusch eines Nagels, der ins Holz der Außenwand eindringt.

In der Kammer tritt der Maurer einen Schritt zurück und begutachtet seine Arbeit.

»Für die Schlafkammer hätte auch ein Ofen aus Stein genügt. Aber dieser ist gar nicht schlecht.«

»Der ist prima!«

»Mit solchen Blechplatten hab ich noch nie gearbeitet. Wie sind Sie darauf gekommen?«

»Ich hab sie in Oulu bestellt.«

Der Maurer tritt einen Schritt näher und klopft gegen die Metallummantelung des Ofens.

»Es ist natürlich gut, dass man es nicht sieht, wenn Risse entstehen.«

Maria lässt den Mann noch ein Weilchen hin und her gehen, ehe sie sich seiner erbarmt.

»Sie haben wohl etwas auf dem Verandatisch vergessen.«

Auf dem Gesicht des Maurers breitet sich ein Lächeln aus. Er nickt Maria zu.

»Ich hoffe, Sie haben kein Fensterglas in den Schornstein gemauert?«, fragt Maria.

»Das würde ich Ihnen doch nicht antun.«

Der Maurer setzt die Mütze auf, nimmt seinen Hammer und schaut sich um, ob er auch nichts vergessen hat.

Maria begleitet ihn durch das Wohnzimmer zur Tür. Kurz vorher dreht der Mann sich um.

»Sagen Sie mir Bescheid, wenn der Herd gemauert werden soll. Oder wenn Sie weiter anbauen wollen.«

»Jetzt ist es erst mal gut.«

Der Maurer schnappt sich die Flasche und versteckt sie in seinem Werkzeugkasten.

»Das haben Sie auch letztes Mal gesagt. Jetzt ist das Haus so lang wie ein Rentiergespann.«

Er lüpft seine Mütze und öffnet die Tür.

»Und denken Sie daran, nur Späne und Kleinholz zu verfeuern.«

Die Tür schließt sich, und Maria sieht dem Mann nach. Für die Verglasung der Veranda könnte sie farbiges Glas besorgen. Die Frau des Kantors hatte immer von solchen Scheiben gesprochen, sie aber nie angeschafft.

Maria kann es kaum erwarten, einen Blick in die neuen Schlafkammern zu werfen. In der einen freut sie sich über die Tapeten, aber in der anderen hätten die Farben dunkler sein können, weil sie auf der Sonnenseite liegt und deshalb hell ist. Ins Fenster wird sie Blumen stellen und natürlich ein Bett und eine Kommode kaufen.

»Ziehst du hier selbst ein, Mutter?«

Lahja ist ins Wohnzimmer gekommen. Maria ist froh darüber, dass ihre Tochter zum ersten Mal seit drei Tagen ihre Kammer verlassen hat.

»Die Kammer ist zu weit von der Haustür entfernt. Hier höre ich nicht, wenn die Leute mich holen kommen.«

Lahja setzt sich in den Lehnstuhl im Wohnzimmer. Maria sieht zu, wie sie über die Lehnen streicht.

»Wenn dies nun dein Zimmer würde?«, schlägt sie vor. »Dann könnte das andere die Schlafkammer für das Kind werden.«

Lahja hört Maria zu.

»Dort kommt das Kinderbett hin und dort die Kommode für die Kleider.«

Lahja steht auf und kommt zur Tür, um zu gucken. Langsam erwärmt sie sich für den Gedanken.

»Oder sollte es doch lieber umgekehrt sein?«, fährt Maria fort. »Du zur Straße hin und das Kind auf die Hofseite?«

»Hier hätte es seine Ruhe.«

»Ist die Küche zu weit entfernt von deinen Räumen?«

»Aber du hättest am anderen Ende des Hauses deine Ruhe. Wenn du die ganze Nacht gearbeitet hast, könntest du schlafen, ohne dass das Kind dich weckt.«

Maria freut sich über Lahjas wiedererwachte Energie. In Gedanken richtet ihre Tochter die Räume ein und wirkt nach langer Zeit zufrieden. An den Wänden sucht sie schon nach einer geeigneten Stelle für das Bett und für den großen Schrank aus ihrer Schlafkammer, wandert zwischen den Zimmern hin und her und deutet die Möbel in der Luft an. Einen Satz hat Maria nicht ganz verstanden.

»Was hast du eben gesagt?«

»Wir müssen ein breiteres Bett kaufen.«

»Wozu?«

»Wir haben doch kein Bett für zwei Personen.«

»Für zwei? Das Kind schläft doch in der anderen Kammer.«

»Ja, aber hier wohnen Aku und ich.«

Maria fällt ein, wie Lahjas Arme beim Erntedankfest voll blauer Flecke und ihre Wangen von Bartstoppeln zerkratzt waren.

»Ja. Falls er wieder auftaucht.«

»Wir müssen ihn finden. Ich bin nicht so wie du. Ich kann nicht alles allein machen.«

»Na, dann müssen wir den Mann auftreiben. Vielleicht ist er auf Arbeitssuche gegangen?«

»Das könnte sein! Wo könnte man das erfragen? Könntest du das für mich tun?«

»Ich kann es ja versuchen. Fragen kann man immer.«

»Könnte man hier vielleicht eine Tür durchbrechen? Damit man nicht immer den Umweg über das Wohnzimmer machen muss.«

»Das kann man bestimmt.«

Lahja geht in ihre Kammer, um nachzusehen, ob ihre Bettdecke für zwei reichen würde. Auch Maria will nach den Männern sehen, die die neue Küche bauen, aber da fällt ihr ein, dass sie im Ofen ein Trockenfeuer machen sollte. Aus dem Kasten mit den Holzscheiten in der Küche nimmt sie einige dünne Äste und vom Herd die Streichholzschachtel. Im Wohnzimmer beim Wäscheschrank bleibt sie stehen und holt zwischen den zusammengelegten Sommergardinen drei ungeöffnete Briefe hervor. Sie zieht aus ihrer Schürzentasche die Post von heute, wählt noch einen für den Stapel aus und steckt die restlichen wieder in die Tasche.

In der Kammer stellt Maria die Äste im Feuerloch aufrecht hin. Die Briefe zerknüllt sie und schiebt sie hinter die Äste. Sie nimmt ein Streichholz aus der Schachtel und reißt es an. Dann hält sie das brennende Hölzchen an die Briefumschläge und wartet, bis das Feuer an den Briefmarken leckt. United States of America. In diesem Haus würde es an Wärme nicht mangeln.

1933 | HOCHZEITSGASSE

Notwendige und überflüssige Menschen

Die vierte Stufe von unten gibt jedes Mal nach, wenn man darauf tritt. Maria hat schon seit Längerem vor, die vom Hof zur Bodenkammer führende Außentreppe reparieren zu lassen, aber sie erinnert sich immer nur dann daran, wenn sie die Treppe benutzt. Sie hat schon gelernt, über die morsche Stufe hinwegzusteigen, aber mit diesem Rock gelingt das nicht. Maria nimmt die Schachtel in die andere Hand, hält sich am Geländer fest und steigt vorsichtig treppauf. Sie bewegt sich steif. Auf Verlangen von Lahja hat sie heute das Korsett angelegt, sie hat sich Spitze und mehrere Meter teure blaue Kunstseide bestellt und sich daraus ein matt schimmerndes Kleid nähen lassen. Lahja hat darüber die Augen verdreht, denn in die Kirche ging man angeblich nicht anders als in Schwarz. Das hat Maria nicht interessiert.

»Dann stehe ich eben draußen und spähe durchs Fenster hinein. Obwohl ich den Küster sehen möchte, der mich aus der Kirche wirft.«

Maria zupft ihr Tuch im Nacken zurecht und klopft an die Tür der Bodenkammer.

»Darf ich hereinkommen?«

Lahja hat den Schminkspiegel auf den Tisch gestellt und betrachtet ihr Spiegelbild. Als Maria eintritt, steht sie rasch auf und streicht ihren Rock glatt.

»Wie sieht es aus?«

In Marias Augen ist das Brautkleid ungewöhnlich. Es ist an

den Seiten länger und lässt Knöchel und Waden unbedeckt. Auch sitzt die Gürtellinie unterhalb der Taille auf den Hüften. Lahja hat das Kleid selbst genäht. Zuerst hat sie aus den Zeitungen Hochzeitsfotos von Filmstars und Prinzessinnen ausgeschnitten, dann aus der Hauptstadt cremefarbenen Stoff bestellt und schließlich mit der Hand und mit einer von der Nachbarin geliehenen Tretmaschine genäht. Das Ergebnis ist eine Kombination unterschiedlicher Stile und gestohlener Ideen. Dennoch wäre Lahja eine gute Näherin und könnte damit ihren Lebensunterhalt verdienen, wenn sie es wollte. Und zum Glück hat das Kleid immerhin Ärmel.

Lahja hat in ihrer Furcht vor dem Urteil der Mutter den Kopf gesenkt, ihre Haltung ist angespannt. Maria wird von einer seltsamen Rührung ergriffen, die von ihrem Unterleib ausgeht und durch den Hals bis zu den Augen aufsteigt. Da steht ihre schöne kleine Tochter, bereit für die Ehe, und ist doch immer noch abhängig von der Anerkennung ihrer Mutter. Es schnürt Maria die Kehle zu.

»Du bist schön. Die schönste von allen Bräuten der Welt.«

Das Mädchen entspannt sich langsam, und die Schultern sinken herab.

»Bin ich das?«

Maria öffnet die Schachtel, die sie mitgebracht hat, und holt unter dem Seidenpapier einen selbst gemachten Myrtenkranz hervor. Sie hält ihn mit beiden Händen und tritt vor Lahja hin. Wieder heben sich die Schultern des Mädchens.

»Ich kann doch keine Myrte tragen, wo ich schon Anna habe. Deshalb habe ich mir auch kein ganz weißes Kleid gemacht.«

»Das ist nur eine Pflanze. Und Weiß ist nur eine Farbe, nichts sonst.«

»Das wird üble Nachrede geben.«

»Üble Nachrede hat nichts mit der Farbe des Kleides zu tun. Und was gäbe es über dich zu reden?«

Lahja antwortet nicht, sondern lässt ihre Fingergelenke knacken. Offenbar ist sie nervös.

»Hast du Angst?«

»Ein bisschen.«

»Willst du alles abblasen?«

»So was tut man nicht.«

»Die Schande dauert nur kurz, aber mit dem Falschen ist man ein Leben lang zusammen.«

»Was ist an Onni falsch?«

»Das wollte ich damit nicht sagen. Aber wenn du dir nicht sicher bist, dann ist es besser, keine großen Versprechungen zu machen.«

»Diesen Mann hab ich gewählt, und diesen nehme ich.«

»Also nimm ihn.«

Lahja sieht Maria abschätzend an und blinzelt.

»Oder sind noch Briefe aus Amerika gekommen?«

Vor Überraschung öffnet Maria den Mund. Lahja bemerkt es und legt den Kopf schräg.

»Dachtest du, ich würde das nicht erfahren?«

Lahja holt den Schleier vom Tisch und setzt ihn sich auf. Maria erinnert er an eine Mütze, von der beiderseits Spitzen bis auf den halben Rücken herabhängen. Lahja befestigt den Schleier mit Haarnadeln.

»Jetzt habe ich ein Kind und Arbeit und ein Haus und bald auch einen Mann.«

»Nur in anderer Reihenfolge als die anderen. Aber was macht das schon?«

»Ja. Ich verdiene meinen Lebensunterhalt selbst.«

»Du hast doch alles.«

»So ist es. Ich bin nicht allein geblieben, sondern bin wie die anderen.«

Maria mag nicht antworten, sondern reicht ihr den Kranz.

»Nimmst du ihn?«

Lahja nickt. Maria setzt den Kranz sorgfältig auf den Schleier und befestigt ihn mit ein paar Haarnadeln. Sie tritt einen Schritt zurück, mustert das Mädchen prüfend und nickt. Lahja dreht sich um und betrachtet sich im Spiegel.

»Bald habe ich alles.«

Von der Treppe her sind Schritte zu hören, und es klopft an der Tür.

»Bist du fertig?«, fragt Onni.

»Komm nur herein.«

Der Mann trägt einen dunklen Anzug mit Krawatte. Die Haare hat er mit Pomade nach hinten gekämmt. Als er Lahja entdeckt, die mit den Händen an den Hüften dasteht, geht auf seinem Gesicht die Sonne auf.

»Du siehst ja aus wie ein Filmstar.«

Lahja richtet ihm den Kragen und zieht die Weste zurecht. Maria fällt ihre Schachtel ein, und sie entnimmt ihr einen kleinen, aus Myrte gebundenen Brustschmuck.

»Hier hab ich auch was für dich.«

Lahja befestigt das Sträußchen am Revers des Mannes.

»Ob er wohl noch Jungfrau ist?«, fragt Maria, und Lahja muss lachen. Auf Onnis Gesicht erscheint für einen Moment ein banger Gesichtsausdruck. Als Lahja die Myrtennadel befestigt hat, klopft sie Onni auf die Brust.

»Üblicherweise verdient der Mann den Lebensunterhalt und baut ein Haus. Bei uns ist das Haus schon fertig, und die Frau verdient selbst ihr Brot.«

»Vielleicht findet sich ja auch für mich eine Aufgabe«, sagt Onni und zieht die Uhr aus der Westentasche. »Wir müssen gehen. Der Mietwagen ist schon da.«

Anna sitzt auf der untersten Stufe und spielt allein mit Puppen, die aus Wollresten gemacht sind. Als das Brautpaar die Treppe herunterkommt, steckt Anna die Puppen in die Tasche ihres Kleides und geht ihnen zwei Stufen entgegen.

»Darf ich mit euch fahren, Onni?«

»Sag Vater zu ihm«, korrigiert Lahja, aber Onni muss lächeln.

»Du kannst mich nennen, wie du willst.«

»Darf ich dich Hottehü nennen?«, vergewissert sich Anna.

»Das darfst du.«

»Darf ich dich Wauwi nennen?«

»Ja.«

Annas Lachen steckt Onni an. Lahja hängt sich bei ihm ein und runzelt warnend die Stirn in Richtung Anna.

»Jetzt ist Schluss mit dem Unsinn. Jetzt bin ich dran.«

Onni begleitet die Braut hinunter, und als er bei Anna ankommt, verdreht er ihr scherzhaft die Nase. Anna lacht gackernd. Sie läuft dem Paar nach und fasst Onni bei der Hand. Maria schaut den dreien hinterher, die dem geschlossenen Wagen zustreben. Der Bräutigam hat an jedem Arm ein Mädchen. Er kommt gut mit dem Kind zurecht. Welches der Mädchen ist der Grund dafür, dass er heiraten will?

Von oben sieht Maria, dass sich auf dem Hof ein paar Hochzeitsgäste versammelt haben, um dem Brautpaar das Geleit zu geben. Einige stehen auf dem Weg, andere sitzen in zweirädrigen Pferdewagen bereit, um in die Kirche zu fahren, Lahjas Lotta-Schwestern sind schüchtern zum Hoftor gekommen. Es regnet Glückwünsche auf das Paar herab, und eine der Eifrigsten knickst auch vor Maria.

»Herzliche Glückwünsche der Brautmutter!«

»Was habe ich denn schon dafür getan?«

Auf der Treppe erinnert Maria sich an die kaputte Stufe und steigt vorsichtig darüber hinweg. Sie könnte Onni bitten, die Stufe zu reparieren, weil es heißt, er sei handwerklich begabt. Und die Wohnzimmertür klemmt. Die könnte Onni abhobeln, jetzt, wo sie ihn im Hause haben.

Onni hält die Tür auf, und Lahja setzt sich in den Fond des Mietwagens. Maria geht quer über den Hof zu ihrem Pferdewagen. Der Nachbarsjunge hat auf ihre Bitte hin das Pferd angeschirrt und sitzt auf dem Kutschbock, die Zügel in der Hand. Aus alter Gewohnheit will Maria vorn aufsteigen und selbst lenken, doch als sie den befremdeten Blick des Jungen bemerkt, stellt sie den Fuß wieder auf den Erdboden und geht weiter zur hinteren Sitzbank. Die Tür des Autos öffnet sich, und Lahja sucht Maria mit dem Blick.

»Könnte Anna bei dir mitfahren? Sonst wird mein Kleid knittrig.«

»Sag ihr, sie soll herkommen.«

Anna springt aus dem Auto und kommt zum Wagen gelaufen. Maria reicht ihr die Hand und hilft ihr beim Einsteigen. Lahja schließt die Tür, und langsam setzt sich das Auto Richtung Kirche in Bewegung.

Die Fahrzeuge biegen vom Hof in die Dorfstraße ein, und die Hochzeitsgäste folgen ihnen schweigsam zu Fuß. Von Onnis Verwandten ist niemand da. Maria betrachtet die Gebäude am Wegrand. Das Haus der Friedensvereinigung wird gerade mit Dachpappe gedeckt, und die Arbeiter winken der Prozession zu.

Anna hat ihre Wollpuppen hervorgeholt und arrangiert sie auf der Bank.

»Was spielst du?«

»Vater, Mutter, Kind.«

Drei Puppen sitzen, an die Rückwand gelehnt, nebeneinander.

»Welche davon ist Anna?«

»Die hier. Und die da ist Mutter.«

»Und dann ist dies hier Onni?«

»Nein, das ist Oma.«

»Wo ist Onni?«

Anna holt aus ihrer Tasche eine weitere Puppe hervor, die größte.

»Das ist wohl die hier. Aber die brauchen wir hier nicht.«

»Nein?«

»Wofür sollten wir sie denn brauchen?«

Maria öffnet den Mund, schließt ihn aber wieder. Wie sollte sie dem Kind erklären, dass man niemanden brauchen sollte, weil er für irgendetwas gebraucht wird, sondern um seiner selbst willen? Hinter den Lärchen zeichnet sich die hohe Kuppel der Kirche ab, und die Luken des Kirchturms werden schon geöffnet. Das Mietauto steht vor der Kirche, und Onni geht darum herum und öffnet Lahja die Tür. Er sieht Marias Pferdewagen und winkt.

Wird Onni zu einem vorher festgelegten Zweck in ihr Haus geholt, so wie man sich eine Stallkatze oder einen Wachhund anschafft? Ist es Onnis Aufgabe, Türrahmen abzuhobeln und Treppen zu reparieren oder ein Ausstellungsstück zu sein, das beweisen soll, dass seine Besitzerin im Leben alles erreicht hat?

Das Leben erinnert Maria an ein Gebäude, ein großes Haus mit vielen Räumen, von denen jeder einzelne mehrere Türen hat. Jeder Bewohner wählt seine eigenen Türen und wandert durch Küchen und Veranden und sucht in der Diele nach neuen Türen. Keine davon ist die richtige oder die falsche, denn es sind nur Türen. Manchmal bemerkt der Mensch, dass er sich an einer ganz anderen Stelle des Hauses befindet als der, die er ursprünglich im Sinn gehabt hatte. Und hier steht Maria nun, hat ihre eigenen Türen geöffnet und geschlossen, die Räume der Hebammenschule, des Apothekers und der Selbstbehauptung durchwandert. Und jetzt stellt sie fest, dass sie aus Versehen ihre Enkeltochter mitgebracht hat, die nicht versteht, in welches Zimmer sie geraten ist, und die vor einer kirchlichen Trauung fragt, wofür in unserer Welt Männer gebraucht werden.

1936 | WILDMARKWEG

Heimkehr von einer Entbindung

Erst gegen Abend bekam Maria eine Fahrgelegenheit nach Hause. Die Geburt hatte viel länger gedauert, als sie erwartet hatte. Durch die Rachitis waren die Hüften der Frau deformiert, und der Kopf des Kindes wollte nicht in den engen Kanal passen. Der Hebamme hatte das viel Kraft abverlangt und der Mutter großes Durchhaltevermögen. Zum Glück war in der Welt immer Raum für den Schrei eines Neugeborenen. Als das Kind endlich draußen war, zeigte sich, dass sein Kopf seltsam verformt war. Darüber hatte die Mutter sich entsetzt, sich jedoch beruhigt, als Maria ihr versicherte, das werde sich geben. Wenn es die Brust bekomme und dann schlafen könne, werde es sich schon bald nicht mehr von den anderen Kindern unterscheiden. Das glaubte auch die Mutter.

Das magere Pferd biegt in den Hof von Marias Haus ein. Die Stelle, wo die Dorfstraße einen kleinen Bogen macht und dann geradeaus zur Vierwegekreuzung und zur Kirche führt, haben die Hilfesuchenden nach Maria benannt. Jeder, der Hilfe braucht, weiß im Dorf nach der Hebammenkurve zu fragen. Der Fuhrmann im Lodenmantel ist wortkarg. Vermutlich überlegt er, wie er den Neuankömmling ernähren soll. Maria tut er nicht leid, denn schon bei der vorigen Geburt hat sie ihm geraten, das Tempo etwas zu bremsen. Man brauche die Frau nicht zu pflügen wie den Acker im Herbst, und auch eine geringere Zahl von Kindern sei genug. Das hat sie ihm auch diesmal gesagt, und sie mochte gar nicht hinhören, als sie dieselben auswendig gelernten Worte vom Fruchtbarsein und Sich-Mehren zur Antwort bekam.

Der Mann im Lodenmantel zügelt das Pferd, steigt aber nicht vom Bock, um der Hebamme beim Aufstehen zu helfen. Maria klopft den Schnee von der Decke, bevor sie aussteigt. Der Rücken schmerzt, obwohl die Wege jetzt besser sind als früher. Viele Jahrzehnte lang hat man sie in weglose Gegenden geholt, mal mit dem Pferd, mal mit dem Zugrentier, mal auf Skiern. Jedes Mal hat sie sich den Wolfspelz übergeworfen und ihre Tasche gegriffen, Lahja zur Nachbarin geschickt und sich auf den Weg gemacht. Hunderte und Aberhunderte von Geburten, Nottaufen und Vaterunsern zu Ehren der Toten im Mutterleib und im Gedenken an die im Kindbett Verbluteten. Wieder und wieder sinken Familienmütter mit brüchigen Knochen, die schon ein Dutzend Kinder haben, ins Bett, um noch ein weiteres zur Welt zu bringen. Sie schreien und kreischen, sie drücken und pressen, werden ohnmächtig und rufen ihre Mütter, Schwestern und den fordernden Gott um Hilfe an, bis sie den blutverschmierten, schreienden Säugling in die Arme gelegt bekommen.

Maria steigt die Außentreppe hinauf und blickt zurück, um dem Bauern zuzuwinken, aber der hat sich wortlos abgewandt. Sie weiß, dass die Bauern sie nicht mögen, aber warum sollten sie auch? Nicht ihretwegen hat man sie im Kirchspiel angestellt. Erst wenn die Wehmütter und Saunaweiber des abgelegenen Dorfes ihr Bestes getan und es nicht geschafft hatten, das neue Leben auf die Welt zu holen, erst wenn die Gebärende tagelang bis zur Bewusstlosigkeit geschrien hatte, fügten die Leute sich ins Unvermeidliche und holten die Hebamme aus dem Dorf. Jedes Mal wusste Maria, dass sie zu einer schweren Geburt geholt wurde. Dafür war sie da.

Maria öffnet die massive Tür, geht durch den Vorraum in die Küche und hängt ihren Mantel an die Garderobe. Auf dem Küchentisch findet sie einen Teller mit einem Klumpen geschmorten Schweinenackens, den Lahja dort für sie bereitgestellt hat. Maria nimmt die Gabel, löst ein Stück ab und isst im Stehen. Das im Ofen langsam gegarte Fleisch schmeckt köstlich und ist so mürbe, dass die Fasern von selbst zerfallen. Im Haus der Wöchnerin hatte man ihr eine Mehlsuppe angeboten, und sie hatte auch etwas davon gegessen, um den Anbietenden die Ehre zu erweisen, aber nur eine halbe Kelle. Die Familie hatte die Suppe nötiger als Maria. Sie setzt sich an den Küchentisch, streckt die Beine aus und lässt die Füße kreisen.

Zu den Wöchnerinnen ist sie sanft und freundlich. Sie streichelt ihnen die Wange, wischt ihnen den blutigen Speichel vom Mundwinkel, wenn sie sich auf die Zunge gebissen haben, spornt sie an und malt ihnen einen besseren Geburtsverlauf aus, als sie selbst für möglich hält. Dass alles schmerzlos und schön verlaufen und das Kind so schnell herausgleiten werde wie die Gören vom Rodelberg, dass es Vater und Mutter zur Freude und Ehre gereichen und als Erwachsener vielleicht sogar ins Parlament kommen werde. Dort werde es allen vom wahren Leben der Bauern in der Wildmark erzählen. In ihren Geburtswehen hören die Frauen zu, und manch eine hat ihr wohl auch geglaubt. Obwohl der Gebärenden die Schaben aufs Gesicht fallen, schimmern ihre Augen doch hoffnungsvoll bei dem Gedanken an ein besseres Leben als das im Hier und Jetzt. Vergessen ist der Ofen mit der offenen Feuerstelle, die den ganzen Winter über auch nachts mit Holzscheiten bestückt werden muss, vergessen das als Entbindungsstätte ausgebreitete schmutzige Rentierfell. Vor ihrem inneren Auge sehen sie tapezierte Zimmer und warme Öfen und so viel Blutfladensuppe, wie sie nur essen können. Auf diese Weise findet sich am Beckenboden noch ein Quäntchen Kraft, um das neue Leben auf die schmutzigen Lappen herauszupressen.

Manchmal aber ist es so, dass die Gebärende nichts hat,

woraus sie Kraft schöpfen könnte. Das Kind hat sich seinen Weg hinaus so wütend gebahnt, dass nicht einmal die Hebamme, die Schulen besucht hat, den Blutfluss stillen kann. Oder die Mutter ist schon von Anfang an so schwach und blutarm, dass sie die Geburt nicht übersteht. Es erstaunt die Hebamme immer wieder, wie plötzlich eine Gruppe stiller Frauen ins Haus kommt, die vor Entsetzen starren Bälger christlich unter sich aufteilt und das neugeborene Kind in den Schlaf wiegt. Die Frauen waschen auch noch die Tote und kochen Brei, bevor die Männer erscheinen. Schließlich kommen die Hausherren ins Zimmer gestiefelt, wo eine der namenlosen Frauen mit einem Büschel Wacholderzweige noch die Spinnweben entfernt, und singen einen Choral. Sie nicken einander billigend zu, weil Christus nun auch diese Frau geholt hat, damit sie die himmlischen Wonnen genieße. Wie unerforschlich doch die Wege des Herrn seien, dass man nie wisse, wann die Tage des Lebens gezählt seien, und dass man für den frisch Verwitweten bald eine neue Frau finden müsse, die für die Kinder sorgt. In jüngeren Jahren hatte Maria dazu nichts sagen können, sie hatte nur eingestimmt in den Choral vom Herrn Jesus, der mit seinem Blut die Sünden der Menschen gesühnt habe, aber das tat sie jetzt nicht mehr. Heute sagt sie, was sie von dem Tun und Treiben der Männer hält.

Der Pfarrer hat sie wegen ihres ungehörigen Verhaltens im Sterbezimmer schon zweimal getadelt. Beim Gedanken daran muss Maria lachen. Was kann der Pfarrer ihr schon anhaben? Sie hilft den Blagen der Armen ebenso auf die Welt wie den Kindern der Vornehmen. Wenn sie das verweigern würde, dann müsste der Pfarrer selbst seiner grobknochigen Frau das Gör aus dem Leib zerren oder sie mit dem Wagen bis nach Oulu zur Entbindung karren. Aber sie weigert sich nicht. Sie kann es nicht, sie darf es nicht, und sie will es auch nicht. Hier ist sonst niemand, und deshalb nimmt sie auch niemals Urlaub vom Dienst. Die Leute würden sie ja trotzdem aufsuchen. Auch wenn sie in Kaukoniemis Hofladen einkaufen geht, späht sie ans andere Ende des Weges, ob dort schon jemand auf sie wartet. Sie ist schon seit vielen Jahrzehnten an diesen Ort gebunden.

Maria bestreicht sich noch einen Fladen mit Butter, öffnet dann die Tür zur Wohnstube und geht in ihr Zimmer. Lahja und Onni sind schon schlafen gegangen. Ob sie wohl bemerkt haben, dass sie wieder draußen in der Wildmark war? Dieses Haus ist jetzt so lang und schmal, dass ein ganzer Tag oder auch zwei vergehen können, ohne dass sie sich sehen, zumal die Bewohner ganz unterschiedliche Lebensrhythmen haben. Sie und Lahja sind es so gewohnt, aber Onni fühlt sich dadurch anscheinend manchmal gestört. Er droht damit, ein neues Haus zu bauen, in dem alle sich sehen und bemerken, wenn jemand von ihnen vor Erschöpfung umfällt. Darauf bekommt er von niemandem eine Antwort, vielmehr wird die Sache totgeschwiegen wie der Trotzanfall eines Kleinkinds.

Maria ist zufrieden, dass sie sich an keinen Mann gebunden, aber dennoch ein Kind bekommen hat. Bei dem Gedanken, jemand könnte sie herumkommandieren, schaudert es sie, ebenso bei der Vorstellung, irgendein Dickwanst würde sie besteigen, wann immer es ihm beliebte, und auch sonst bestimmen, was sie zu tun hätte und in welchem Tempo. Und dass er auf der Dorfstraße zwei Schritte vor ihr, seiner Frau, gehen würde, wie es sich für einen ordentlichen Christen gehört. Maria hatte bemerkt, dass auch ihre Tochter sich solche Gedanken machte, und sich deshalb sorgenvoll gefragt, ob wohl auch Lahja allein bleiben würde. Die aber hatte dann Onni gefunden. Und das war ein gutmütiger Mensch, das musste sie zugeben.

Der Apotheker war anders als die anderen, hatte sie als Ebenbürtige behandelt. Er wechselte nicht das Thema je nachdem, ob der Zuhörer ein Mann oder eine Frau war, er hielt sein Gegenüber nicht für dümmer oder schwächer. Aber er ist schon lange tot. Maria besucht neuerdings sein Grab, sitzt dort und erzählt ihm von den Wechselfällen des Lebens, von Lahjas Leben und von ihrem ersten Enkelkind. Mit den Schwestern des Apothekers hat sie immer noch nicht gesprochen, sondern einen weiten Bogen um sie gemacht, wenn sie sah, dass eine von ihnen Blumen zu dem schmiedeeisernen Kreuz auf dem Grab ihres Bruders brachte.

Maria befühlt den Ofen in der Kammer. Er ist warm, im oberen Teil sogar heiß. Im Stillen bedankt sie sich bei Onni, der ihre Abwesenheit bemerkt und eingeheizt hat. Das war gewiss nicht Lahja gewesen. Von Anna spricht Onni wie von seinem eigenen Kind, und das hätte ihm genügt, aber Lahja will noch mehr Kinder. Maria setzt sich auf den Stuhl am Fenster und prüft mit dem Finger, ob die Erde der Fächerpalme noch feucht ist. Zur Sicherheit zieht sie den Topf weiter weg von der kalten Fensterscheibe, obwohl die Pflanze noch so klein ist, dass es egal wäre, ob sie einginge oder nicht. Sie wirft einen Blick aus dem Fenster, bevor sie die Vorhänge zuzieht. Die Sterne funkeln in der immer kälter werdenden Frostnacht.

Sie zieht das Nachthemd an und löst den langen Zopf, den sie zu einem Dutt aufgesteckt hatte. Was, wenn dort der Apotheker schliefe? Er würde im Schlaf etwas murmeln und für einen Moment wach werden, wenn sie neben ihn schlüpfte. Manchmal hat Maria spätabends an den Apotheker gedacht und versucht, sich so zu berühren, wie er es getan hatte. Sie hat die Augen fest geschlossen, den Kopf ins Kissen gedrückt und ihren Körper wie einen Bogen gespannt. Sie hat sich mit dem Finger über die Lippen gestrichen, ihre Wangen, Brüste und Schenkel betastet. Aber der Apotheker kommt nicht mehr zu ihr, und sie liegt allein im Bett, während draußen die Dunkelheit glüht.

Maria denkt an das Wichtigste, steht noch einmal auf und geht durch das Wohnzimmer auf die Veranda. Sie tastet sich an der Wand entlang, bis sie den Schalter findet, und dreht ihn. An der Hausecke zur Straße hin geht unter einer Glasglocke das

Außenlicht an, das erste im Kirchspiel. Sie hat es dort anbringen lassen, sobald die Kabel an der Hauptstraße des Dorfes verlegt worden waren. Dort leuchtet es bis zur Vierwegekreuzung zum Zeichen für alle, die mit dem Rentiergespann aus der Wildnis kommen, für die Hilfesuchenden, die auf Skiern herbeilaufen, und für die Männer, die Angst um ihre blutenden Frauen haben.

Die Hebamme ist zu Hause.

1944 | KOFFERTRÄGERWEG

Die Eitelkeit allen Besitzes

»Allgemeine Zwangsevakuierung!«

Die Frauen wussten, warum Vilho Heikkilä kam. Maria hatte durch die straßenseitigen Fenster schon von Weitem gesehen, wie er in großen Schritten die Dorfstraße entlangschritt und jedes Haus auf der rechten Straßenseite aufsuchte. Jemand anders hatte die Aufgabe bekommen, die Botschaft in die linksseitigen Häuser zu bringen. Maria war vor die Tür gegangen, um Vilho dort zu erwarten. Bald hatte sich Lahja zu ihr gesellt. Sie hatte in Marias Blickrichtung gespäht und war geblieben, um die unabwendbare Mitteilung zu erwarten. Anna hatte aus dem Fenster geschaut, und als sie sah, wie die beiden Frauen mit ausdruckslosen Gesichtern dort standen und warteten, beschloss sie, rasch zu ihnen zu gehen. »Was ist da, Mutter?«, quengelte sie, aber niemand machte sich die Mühe, ihr zu antworten. In Wirklichkeit wusste auch sie Bescheid.

»Deshalb wird angeordnet, dass vom Gebiet des Kirchdorfs sämtliche Zivilpersonen zu entfernen sind. Für die Evakuierung hat die Bevölkerung sich bei der Gemeindeverwaltung einzufinden, wo die Behörden weitere Anweisungen erteilen werden.«

Jedermann hatte bemerkt, dass das Donnern der Geschütze stärker geworden war und dass vom Osten mehr Männer zurückkehrten, als hinausfuhren. Anders als auf dem Hinweg, als sie die Hauptstraße entlangmarschiert waren, lagen sie nun in Lastwagen unter Planen und schrien vor Schmerzen. Diejenigen, die es nicht mehr eilig hatten, kamen in Pferdewagen, fertig verpackt zwischen Brettern, und fuhren weiter zu den Gräbern in den verschiedenen Gegenden Finnlands. Als Heikkilä kam, wussten deshalb schon alle, worum es ging, noch ehe er ein einziges Wort gesagt hatte. Er verkündete es trotzdem, las es aus einem Papier laut vor, um nichts zu vergessen. Er war nicht an die Front gekommen, weil sich bei der Durchleuchtung in der Lunge ein Schatten gezeigt hatte, der nach einer Krankheit aussah. Obwohl er ständig darauf wartete, dass jemand ihn einen Feigling nannte, tat das niemand. Krank ist krank – was konnte man da schon machen? Am meisten ärgerte es den Mann selbst.

Maria hatte das Ganze schon vor zwei Wochen vorausgesehen, noch ehe es zum Gegenstand allgemeiner Vermutungen geworden war. Ende August war sie noch einmal zu einer Entbindung in die Nähe der Grenze gefahren und hatte dort allerlei zu sehen und zu hören bekommen, wovon Creutz, der Rundfunksprecher mit der verhaltenen Stimme, nichts erwähnt hatte. Und auch Maria erzählte nichts davon, da der Feldwebel sie beschworen hatte, ihr Wissen für sich zu behalten. Nach seiner Meinung war der Durchbruch nur noch eine Frage von Tagen, denn die Stukas hatten die Stellungen der Russkis schon zusammengebombt, und wenn die Männer sich nur ein wenig ausruhen, dann würden sie die Ufer des Weißen Meeres in ein bis zwei Tagen erreichen. Maria brauchte sich nur die auf dem Hof des Hauses aufgestapelten Lebenden und Toten anzusehen, um daraus ihre eigenen Schlüsse zu ziehen. Sie versuchte, dem Feldwebel in die Augen zu sehen, war sich aber nicht sicher, ob er an das glaubte, was er da redete.

»*Der endgültige Verlegungsort ist Peräseinäjoki im Bezirk Vaasa.*«

Peräseinäjoki? Jedermann hatte die Landkarte Finnlands vor Augen. Das musste mindestens sechshundert, wenn nicht siebenhundert Kilometer bedeuten. Maria schloss die Augen. Sie hatte eine lange Reise erwartet, aber auf einen so weiten Weg war sie nicht vorbereitet. Beim vorigen Mal waren sie nur bis Oulainen gezogen, was mitten im kältesten Winter ebenfalls ein nahezu unmögliches Unterfangen gewesen war. Die Euter der Kühe gefroren bei dem Frost, die Kinder verkühlten sich in den Karren, und viele Alte taten vorzeitig ihren letzten Atemzug. Und jetzt sollte die Reise doppelt so weit sein.

»Die Vorbereitungen für die Evakuierung sind sofort zu treffen. Die eigentliche Evakuierung beginnt unverzüglich.«

Diese Information schlug bei den Frauen ein wie der Blitz.

»Was fantasierst du da?«, schrie Lahja.

Vilho unterbrach die offizielle Verlesung.

»So lauten die Anweisungen«, antwortete er mit irgendwie anderer Stimme, nämlich seiner eigenen. Die klang weniger sicher. »Ihr müsst sofort los, wenn ihr nicht überrollt werden wollt.«

»Wie sollen wir dahinkommen? Sind Autos da, die uns bringen?«

Alle kannten die Antwort, und auch Vilho mochte sie nicht aussprechen. Vor drei Wochen war ihr Pferd an die Front geholt worden, und am Mittwoch war der Chef des Schutzkorps da gewesen und hatte nach Marias Fahrrad gefragt. Zum Glück war Anna damit gerade in die Beeren gefahren und so die Beschlagnahme zunächst unterblieben. Als der Chef zum zweiten Mal kam, zeigte Maria ihm einen Erlaubnisschein, den sie sich beschafft hatte und demzufolge die Hebamme das Recht auf ein eigenes Fahrrad hatte.

»Sie können das Fahrrad natürlich mitnehmen unter der Bedingung, dass Sie sich selbst vor den Karren spannen, wenn nächstes Mal jemand kommt, um die Hebamme zu holen.«

»Jedermann hat ein Stück Pappe bei sich zu tragen mit Vor- und Zuname, Geburtsdatum, Beruf, Heimatgemeinde und Dorf sowie Name und Anschrift des nächsten Angehörigen.«

Nach der Unterbrechung hatte Vilho die Bekanntmachung bis zu Ende verlesen und sich das von Maria auf dem Papier quittieren lassen. Im Fortgehen hatte er sich umgedreht und schon die Hand an den Mützenschirm legen wollen wie die Soldaten, es sich dann aber anders überlegt und den Weg zum nächsten Haus eingeschlagen. Solange Vilho auf dem Hof gewesen war, hatten die Frauen zugehört und genickt, doch sobald er gegangen war, brach die angestaute Wut aus ihnen heraus. Am Ende fühlten sich alle kraftlos. Die Arbeit war allzu groß und anspruchsvoll, als dass sie sie hätten in Angriff nehmen können. Lahja setzte sich auf die Außentreppe, und Anna sank ihr zu Füßen. Maria sah sie an und setzte sich auf die Hofbank. Ihr taten die Beine weh. Wie sollten sie das alles schaffen? Da war ein Haus voller Sachen, aber kein Fuhrwerk. Zwei Erwachsene und drei Kinder, Johannes erst etwas über vier Jahre alt, außerdem im Stall die Kühe und ein Schwein und die Hühner.

»Kindern unter zehn Jahren ist ein Stück Stoff mit den Angaben zu ihrer Person auf das Hemd zu nähen oder auf ein Pappschild zu schreiben, das um den Hals zu tragen ist.«

Aus dem Fenster war das Geräusch von zerbrechendem Glas zu hören, und alle drei zuckten zusammen. Anna rannte, um nachzusehen, ob Helena sich verirrt und die Lampe umgestoßen hatte so wie gestern. In ihrem Kopf war die Anordnung der Räume durcheinandergeraten, seitdem sie aus Lahjas und Onnis Zimmer in eine Kammer mit Johannes umquartiert worden war. Onni hatte versucht zu sagen, dass es wenig Sinn habe, das blinde Mädchen von einem Zimmer ins andere umziehen zu lassen, aber Lahja hatte ihren Willen durchgesetzt. Ihrer Ansicht nach sollte ein Mädchen ihres Alters nicht mehr mit den Eltern das Schlafzimmer teilen, ob sie nun sehen konnte oder nicht.

Das Klirren ließ Lahja und Anna geschäftig werden. Lahja ging in den Kuhstall und begann zu planen, wie sie am besten packten. Anna rannte ins Haus und wieder heraus, um zu fragen, ob sie für ihre Geschwister ein Stück Stoff beschreiben oder ein Namensschild aus Pappe machen solle und ob man das für Weihnachten gemästete Schwein nicht doch mitnehmen könne. Mutter und Tochter riefen einander Ratschläge und Anweisungen zu. Maria hatte den Eindruck, als legten beide ständig an Tempo zu.

»Vielleicht kann man die Truhe auf der Schubkarre befestigen«, rief Lahja aus der Viehküche und scheuchte die braunrote Stallkatze hinaus. »Da würde so einiges hineinpassen.«

»Vielleicht könnte man etwas im Garten vergraben? Dann brauchte man es nicht mitzuschleppen und könnte es später wieder ausgraben?«, schlug Anna vor.

»Willst du die Sachen später von den Russen holen? Ich will nur wissen, wie viele Teller ich dann noch aufdecken muss.«

Anna brach in Tränen aus. Sie hatte versucht zu helfen und ganz unschuldig nach etwas gefragt, das sie für wichtig hielt. Dass die Mutter sie anschnauzte, fand sie unangemessen. Ihre Tränen ärgerten wiederum die Mutter.

»Hör auf zu heulen. Es gibt jetzt so viel anderes zu tun, als dich zu trösten.« Lahja eilte ins Haus.

Anna bemühte sich, die Tränen hinunterzuschlucken und ihre Arbeit fortzusetzen. Ihre Unterlippe zitterte, doch sie wischte sich die Tränen aus den Augenwinkeln und bemühte sich, an etwas anderes zu denken.

»Wir dürfen doch die Fotoalben mitnehmen, Oma?«, fragte Anna ihre Großmutter, die auf der Bank saß. »Die sind zwar schwer, aber ich könnte sie selbst tragen.«

Maria antwortete nicht, sondern beobachtete die Stallkatze, die sich neben die Treppe gesetzt hatte. Ohne Eile beobachtete sie den Kampf der Frauen gegen die Zeit.

»Miiru. Miez, miez, miez.« Maria lockte die Katze zu sich. Die überlegte einen Augenblick, legte den halben Weg zu Maria zurück und ließ sich dann nieder. Sie schlang den Schwanz um ihre Beine, wandte den Kopf der Herbstsonne zu und schloss die Augen. Anna lief ins Haus.

Lahja warf zwei Koffer aus dem Fenster. Sie vollführten ein paar Drehungen auf dem Rasen und krachten dann gegen die Bank. Kurz darauf flogen Laken und Kissenbezüge heraus.

»Nehmen wir die Daunendecken und die Kissen mit, Mutter? Falls wieder ein kalter Winter kommt?«, rief Lahja durchs Fenster.

Anna brachte ihre schweren, samtbezogenen Fotoalben, nahm einen der Koffer und packte sie hinein. Als Lahja herauskam und die Alben entdeckte, ergriff sie sie und schleuderte sie in hohem Bogen zur Birke.

»So was werden wir nicht bis nach Vaasa schleppen.«

Wieder musste Anna weinen. »Oma hat es aber versprochen«, heulte sie.

Aus dem Haus ertönte Johannes' Weinen, er war durch das laute Rufen der Frauen vom Mittagsschlaf erwacht. Doch niemand hatte Zeit, sich um ihn zu kümmern.

Maria beobachtete, was auf dem Hof vor sich ging, und fühlte sich wie eine Außenstehende. Lahja hatte einen starken Willen – wenn sie verärgert war, rief sie sogar im Kraftwerk an und beschimpfte dessen Ingenieur, weil beim Fotografieren im Atelier plötzlich der Strom ausgegangen war, aber mit einer solchen Situation wie jetzt kam sie nicht zurecht. Auf alles zu verzichten und sich vorzustellen, wie man sein Leben aus dem Nichts neu aufbaute.

Maria überlegte, ob der Aufbruch leichter wäre, wenn es im Haus einen Mann gäbe, der nicht an der Front war wie Onni. Wenn ein Schwiegervater oder Vater oder Ehemann da wäre, dem sie befehlen könnte, stark zu sein, damit sie sich selbst dann und wann erlauben konnte, schwächer zu sein. Dass sie nur einen Anlauf zu nehmen und abzuspringen brauchte und darauf vertrauen konnte, dass jemand sie auffangen und festhalten würde.

Die Katze wanderte träge über den Rasen und blieb vor Marias Füßen stehen. Sie nahm das Tier auf den Schoß und kraulte es hinter dem Ohr. Oder wäre ein Mann nichts als ein weiterer Nörgler? Ein Frager und Infragesteller, nach dessen Ansicht die Hebammentasche ruhig zurückbleiben konnte, während Säge und Hammer eingepackt werden mussten. Niemand weiß das Unnütze vom Notwendigen so gut zu unterscheiden wie eine Frau.

Anna war gelaufen und hatte ihre kostbaren Alben von der Birke zurückgeholt. Sie packte sie zurück in den Koffer. Einige Bilder hatten sich gelöst.

»Hier entscheide ich, was in deinen Koffer kommt!«, rief Lahja. Sie sah so aus, als würde sie gleich zuschlagen. Von der Veranda war eine Stimme zu hören. Helena war da und berichtete, der kleine Bruder sei aufgewacht. Das Mädchen bewegte sich an der Wand entlang. Dabei tastete sie sich mit dem rechten Arm vorwärts und winkelte den linken zum Schutz für den Körper seitlich an. Die Außentreppe stieg sie herunter, indem sie die rechte Körperseite vorschob, sich am Geländer festhielt und mit dem Fuß die nächste Stufe suchte.

Noch einmal streichelte Maria die Katze in ihrem Schoß, dann fasste sie sie im Nacken und stand auf. Miiru versuchte hinunterzuspringen, aber Maria ließ sie nicht los. Sie nahm die Katze bei den Hinterbeinen, wandte sich dem Haus zu und schlug das Tier mit aller Kraft gegen die Wand der Veranda. Die Fensterscheiben klirrten, und die Katze kam nicht mehr dazu, auch nur einen Laut von sich zu geben. Maria ließ sie los, und das Tier fiel schlaff zu Boden. Der Schlag war so heftig gewesen, dass es sofort tot war. Jetzt herrschte auf dem Hof vollkommene Stille. Niemand sprach ein Wort, nicht einmal Helena. Sie merkte am Schweigen der anderen, dass etwas geschehen war.

Eine neugierige Fliege ließ sich auf der Katze nieder, um deren offenes Auge zu untersuchen.

»Jetzt packen wir«, sagte Maria und ging ins Haus.

Bis sechs Uhr abends war alles fertig. Das ganze Leben war sortiert und taxiert. So mancher Gegenstand war von einem Haufen auf den anderen und zurück gewandert und außer nach Preis und Erinnerungswert auch nach seinem Gewicht bewertet worden. Mitgenommen wurde alles, was irgendeine Bedeutung zu haben schien und was man auch tragen konnte. Die Kinder hatten ein Schild um den Hals, Balgenkamera und Glasnegative steckten zwischen Federkissen, das silberne Tablett und die Löffel mit Kornährenmuster waren in den Wandteppich gewickelt und in der Tiefe des Spankorbs bei der Wäsche versteckt. Zu vieles hatte nicht mitgenommen werden können. Wütend ließ Lahja auch das Stativ für die Kamera zurück.

»Dass das ausgerechnet in dem Moment passieren musste, als ich meine Schulden bei dir abbezahlt hatte.«

»*Von den Tieren sind Schweine, Schafe und das Kleinvieh durch den Eigentümer zu schlachten. Das Fleisch ist zum Gebäude des Schutzkorps zu bringen, wo die Behörden es entgegennehmen. Die umzusiedelnden Rinder sind mit hölzernen Namensschildern zu versehen und zu dem angegebenen Sammelpunkt zu bringen.*«

Als Ausgleich dafür, dass das Lieblingsschwein geschlachtet werden musste, durfte Anna einige Fotos mitnehmen. Für den Fall, dass die Mutter es sich doch noch anders überlegen und ihr befehlen könnte, die Bilder zurückzulassen, ließ sie sie durch die kaputte Manteltasche zwischen Stoff und Futter gleiten. Schließlich war alles fertig. Lahja war schon zur Gemeindeverwaltung vorgegangen und hatte Johannes bei der Hand genommen. Anna ging hinterher und führte Helena.

Maria hatte den vieren vom Fenster aus nachgesehen und dabei geprüft, ob die Fächerpalme genügend Wasser hatte. Die Pflanze war im Sommer enorm gewachsen und hatte gierig jeden Tropfen aufgesogen, der in den Topf gegossen worden war. Jetzt war die Erde trocken. Draußen wanderten die Leute schon in Gruppen die Dorfstraße entlang Richtung Gemeindeverwaltung. Niemand trug größere Lasten, nur das, was in Handkarren und Kinderwagen passte. Manche erzählten, dass die Leute von der Karelischen Landenge angeblich auch Möbel hätten mitnehmen dürfen. Bis hierher reichten die Eisenbahnschienen eben noch nicht, merkte jemand an, obwohl die Deutschen schon heftig daran bauten. Und was bedeutete es schon, dass jemand anders seinen Schaukelstuhl mitnehmen durfte? Das machte es einem auch nicht leichter, wenn man darauf verzichten musste.

Maria machte einen Rundgang durch die halb dunklen Zimmer und sah nach, ob irgendwo noch etwas zurückgeblieben war, das doch mitgenommen werden sollte. Jeder einzelne Gegenstand rief ihr Situationen oder Ereignisse in Erinnerung. In der einen Kammer hing ein Wandteppich aus Kindertagen, als sie noch ein ganz anderer Mensch und leicht zu lenken gewesen war. Auf dem Wohnzimmertisch eine von russischen Hausierern gekaufte Häkeldecke aus dem Jahr, als die Grenze zu Russland geschlossen wurde. Eine mit Muscheln verzierte Schatulle, die der Apotheker ihr geschenkt hatte. Ableger von Zimmerpflanzen, Myrte und Springkraut, die die Wehmütter ihr geschenkt hatten und die schon in die Höhe gewachsen waren. Und die Zimmer selber. Erinnerungen bargen auch Tapeten und Möbel, zunächst die bescheideneren, die erst in die Kammern gestellt und schließlich auf den Dachboden gebracht worden waren, nachdem Maria bessere angeschafft hatte, und die jetzt hierbleiben würden. Oder die Zwischenwand, die eingezogen worden war, um vom Wohnzimmer einen kleinen Raum abzuteilen, in dem Lahja die Fotos entwickeln konnte. Die verzierte Ofentür, an der Helena sich einmal verbrannt hatte. Und vorher ihre Mutter, vor langer Zeit, als ihr Leben noch bescheidener gewesen war. Oder das ganze Haus, der Beweis, dass Maria schon vierzig Jahre lang ihr Leben gemeistert hatte. Nach jedem Anbau hatten die Dorfbewohner geglaubt, nun sei das Haus für Maria groß genug, und waren jedes Mal überrascht gewesen, wenn sie von Neuem begann. Irgendwann hatte die Bautätigkeit nachgelassen, aber niemals hatte Maria irgendwem erzählt, was das Haus gekostet hatte.

»Die Einwohner sind aufgefordert, die Anweisungen und Befehle der Behörden besonnen und genau zu befolgen.«

Was würde jetzt mit all dem geschehen? Würden sie auch diesmal zurückkehren? Maria ließ die Hand über die glatte Oberfläche des Kachelofens gleiten und nahm von der Sessellehne einen Schal mit, der dort liegen geblieben war. Die Fotoalben waren von dem kleinen Tischchen verschwunden. Annas Koffer hatte tatsächlich schwer gewirkt. Zögernd ging Maria Richtung Veranda. Die war schön geworden, freilich ein bisschen zu groß und protzig mit ihren farbigen Glasscheiben und den Fensterbrettern, aber so eine hatte sie gewollt und auch bekommen.

Maria stieß die Außentür auf, ließ sie jedoch wieder zufallen. Ob sie es schaffen würde, noch auf den Friedhof zu gehen und sich zu verabschieden für den Fall, dass sie nicht mehr zurückkehrte? Sie wandte sich ins Wohnzimmer, nahm vom Fußboden neben der Kommode die volle Wasserkanne und goss die Palme ein letztes Mal. Dann ging sie auf die Veranda, schaltete das Außenlicht aus und trat hinaus. Sie stieß die Tür zu und drehte den Schlüssel im Schloss um, zog ihn ab, hielt ihn einen Augenblick in der Hand und überlegte, was sie damit machen sollte. Dann steckte sie ihn zurück ins Schloss.

Es dämmerte. Auf dem Weg zur Gemeindeverwaltung warf Maria keinen Blick zurück. Was hätte das auch genützt?

1953 | KARRENWEG

Andere Proportionen

Der Lenker ist anders, etwas breiter als der an dem alten Rad. Maria steigt auf und setzt den rechten Fuß aufs Pedal. Bei dieser Stellung tut ihr die Hüfte weh. Ihr Körper erinnert sich an die Abstände vom Sattel zu den Pedalen und dem Lenker des alten Rads. Dies ist weder dasselbe Rad noch dieselbe Frau wie damals.

Johannes kam in Marias Zimmer gerannt. Anscheinend fürchtete er sich, obwohl ein Junge in seinem Alter das nicht mehr sollte.
»Die streiten sich wieder.«
»Das hab ich bis hierher gehört.«
»Warum zanken sie sich so schrecklich?«
»Manchmal muss der Mensch Dampf ablassen.«
Das glaubte Maria selbst nicht. Dies war kein gewöhnlicher Krach. Es ging nur noch darum, zu verletzen und zu beleidigen. Mit Worten so tiefe Wunden zu schlagen, dass sie nie mehr heilen würden. Die Eheleute hatten schon eine Weile nicht mehr miteinander gesprochen, jegliche Kommunikation war auf Zetteln geführt worden, die unter den geschlossenen Türen hindurchgeschoben wurden. Jetzt war Schluss mit der Stille. Eine Kleinigkeit genügte, um einen Sturm von Geschrei auszulösen, und niemandes Anwesenheit vermochte ihn zu besänftigen.
»Hol die Karten aus der Schublade und komm her. Lass uns spielen.«

Johannes holte die Spielkarten und stellte den Tisch neben das Bett. Maria richtete sich auf und setzte sich mithilfe eines Kissens bequem hin. Sie ergriff den Kartenstapel, suchte die Kreuz-Sieben heraus und legte sie auf den Tisch. Die übrigen Karten mischte sie und teilte sie in drei Stapel auf. Einen reichte sie Johannes, einen nahm sie für sich, und den dritten legte sie mit dem Bild nach unten auf den Tisch. Johannes holte sich einen Stuhl und setzte sich Maria gegenüber. Aus der Küche oben waren ärgerliche Schritte zu hören.

»Spielen wir mit Pfand oder ohne?«

»Ohne.«

»Fang du an.«

Maria legte neben die Kreuz-Sieben die Karo-Sieben.

»Die Sieben ist der Nachfolger der Sechs.«

Johannes ordnete seine Karten und fand für die Siebenerreihe eine Herz-Sieben. Maria legte über die Kreuz-Sieben eine Kreuz-Sechs.

»Ein Kreuz war auch das Leben der seligen Miina.«

Johannes lächelte. Er legte über die Herz-Sieben eine Sechs.

»Hab ich 'ne Sechs, bist du perplex!«

Maria lachte laut auf.

»Du nimmst mir das Wort aus dem Munde! Ich sollte wohl besser still sein.«

»Ich hab die Sprüche doch schon so oft gehört.«

»Wer ist dran?«

»Du.«

Maria hatte keine passende Karte, und so hob sie eine von dem Stapel in der Mitte ab. Johannes legte unter die Herz-Sieben die Herz-Acht.

»Herzig ist das Leben dessen …«, begann er, und Maria fiel sogleich mit ein: »… der genügend hat zu essen.«

Im Treppenhaus ertönte Geschrei, und die Küchentür flog auf.

»Du bist doch krank! Begreif das mal!«

Eilige Schritte kamen herabgelaufen, und Lahjas Stimme hallte von den Wänden des Treppenhauses wider.

»Dich sollte man einsperren! Im Krankenhaus von Oulu!«

Johannes machte sich ganz klein. Er zog die Schultern bis zu den Ohren hoch und schaute auf den Tisch. Die Schritte hielten auf der Treppe inne. Oben schimpfte Lahja weiter.

»Was kann man mit einem wie dir denn anfangen?«

Die Küchentür wurde laut zugeschlagen. Lange Zeit war aus dem Treppenhaus nichts mehr zu hören. Dann setzten die Schritte ihren Weg nach unten fort. Sie waren nicht mehr so heftig wie vorhin, sondern so, als gingen sie spazieren, vielleicht noch langsamer. Die Haustür wurde geöffnet und geschlossen.

»Sieh mal nach, wohin dein Vater gegangen ist.«

Johannes war froh, einen klaren Auftrag zu erhalten, der die Gedanken auf eine Tätigkeit konzentrierte. Er legte seine Karten hin und ging in den Vorraum. Die Stimmung von vorhin war verschwunden. Maria schaute aus dem Fenster, aber es war niemand zu sehen. Der Windfang behinderte die Sicht zum Kuhstall.

Oben öffnete sich wieder die Tür, und Schritte kamen die Treppe herunter. Es klopfte an Marias Tür, und Lahja trat ein.

»Ist Johannes hier?«

»Wieso interessiert dich das?«

»Neuerdings verdrückt er sich mal hierhin, mal dorthin.«

Maria sah ihre Tochter an, die ihren Ärger hinter aufgesetzter Fröhlichkeit zu verbergen suchte.

»Musst du ihn denn so anschreien?«

Lahja kniff den Mund zusammen.

»Das geht dich nichts an.«

»Wir wohnen aber alle im selben Haus.«

Lahja antwortete nicht. Sie sah aus dem Fenster und wischte dann mit dem Zeigefinger den Staub vom unteren Rand.

»Hier ist es neuerdings unsauber. Du solltest eine Magd einstellen. Ich hab nicht die Zeit, hier zu putzen.«

»Mir genügt es.«

»Wo ist der Junge hingelaufen?«

»Dir würde es recht geschehen, wenn du allein bliebest.«

Lahja wandte sich um, und ihr Gesicht lächelte nicht mehr.

»Na und? Du warst auch immer allein.«

»Aber ich wollte es so. Du wolltest das nicht.«

»Seit wann interessiert dich mein Wille?«

Es klopfte energisch an der Tür. Johannes kam herein. Er wirkte atemlos. Zögernd sah der Junge erst seine Mutter, dann seine Großmutter an, fasste sich schließlich ein Herz und erzählte.

»Die Nachbarn haben gesagt, dass Vater bei ihnen ein Taxi bestellt hat, von ihrem Telefon aus, und dann auf die Straße gegangen ist.«

Maria drückte sich am Tisch hoch und stand auf. Mit unsicheren Schritten ging sie in das andere Zimmer, um durch das Fenster auf die Dorfstraße zu schauen. Johannes folgte ihr. Leise flüsterte er Maria zu:

»Er hat eine Knarre dabeigehabt, sagen sie.«

»Was für eine Knarre? Wir haben keine Waffen.«

»Jedenfalls hatten wir mal eine«, beharrte Johannes.

Lahja war an die Tür gekommen. Sie lehnte sich gegen den Türrahmen und stemmte die Arme in die Hüften.

»Wenn du die meinst, die früher auf dem Boden in den Sägespänen lagen – die sind schon lange weg. Und so was geht Kinder überhaupt nichts an.«

»Nein, ich mein so 'ne kleine.«

Aus dem Fenster war zu sehen, wie ein Wagen die Dorfstraße entlangkam und an der Ecke des Hauses hielt. Lahja stellte sich zu den anderen, um auch hinauszuspähen. In diesem Augenblick trat Onni gebückt irgendwo zwischen Haus und Stall hervor. Mit der linken Hand hielt er etwas in seinem Mantel, aber es war nicht zu erkennen, was. Maria ging zur Tür.

»Jetzt müssen wir jemanden anrufen.«

»Wir werden niemanden anrufen.«

»Ich bin es gewohnt, Menschen am Leben zu erhalten, nicht sie umzubringen.«

»Er wird niemanden umbringen. Wer weiß, was er bei sich hat? Vielleicht eine Flasche Schnaps. Vielleicht will er sich nur ordentlich betrinken wie andere Männer.«

Erschrocken sah Johannes zu den Frauen auf. Die Angst war seiner Stimme anzuhören.

»Wo will Vater hin?«

Lahja sah den Jungen verächtlich an.

»Wohin? Er will bestimmt an seiner Villa weiterbauen. Da geht er doch immer hin. Nur gut, dass er nicht auch die Nächte dort verbringt.«

»Du bist erbarmungslos geworden«, sagte Maria. »Wer hat dir das beigebracht?«

»Wer wohl?«

Lahja war am Fenster stehen geblieben.

»Entschuldige, dass ich nicht so bin wie du.«

»Sei es nicht. Mach nicht dieselben Fehler.«

»Du weißt, Mutter, was in meinem Leben fehlt.«

»Dann fehlt dir nur das eine, nicht alles. Du bist nicht ganz allein.«

Lahja ging an Maria vorbei zur Tür und die Treppe hinauf. Heftig hämmerten ihre Absätze gegen die Stufen. Auf halber Höhe blieb sie stehen.

»Ich hab gehört, dass Aku Lehtovaara in Amerika schon Besitzer von drei Bussen ist. Zwei Kinder und eine deutsche Frau hat er. Und immer Sehnsucht nach Finnland gehabt.«

Maria erwiderte nichts. Lahja bemerkte es, stützte sich mit den Händen auf den Knien ab und beugte sich vor.

»Denk daran, dass ich vor dem Krieg in deinem Haus gewohnt habe, aber jetzt wohnst du in meinem.«

»Hör auf. Wie lange willst du die alte Wunde noch lecken?«

Lahja richtete sich auf, stieg in die obere Etage und öffnete die Tür, aber bevor sie sie schloss, rief sie noch:

»Ein Tischler ohne Eier ist natürlich besser als ein Busfahrer.«

Die Tür in der oberen Etage wurde zugemacht, und im Treppenhaus kehrte Stille ein. Maria lehnte sich gegen den Türrahmen und schaute erst in den Vorraum, dann ins Wohnzimmer. Wenn sie die Augen schloss, sah sie das alte Zuhause wieder einmal wie ein Feuermeer lodern. Der Brand ließ die Fenster auffliegen, die Vorhänge wallten im Luftstrom, den die Flammen erzeugten, und die herabfallenden Dachbalken zermalmten unter sich alles, was sie bei der Evakuierung nicht hatten mitnehmen können. Sie hatte das nicht gesehen, und auch sonst niemand, aber das selbsterdachte Bild erschien immer häufiger vor ihrem inneren Auge. Weil sie die Sache nicht laut aussprach, beschäftigte sie sie umso mehr.

»Vater ist mit dem Auto weggefahren«, unterbrach Johannes vom Fenster her ihre Gedanken.

Maria kam wieder herein, in die zwei Zimmer, die sie noch hatte. Der Junge stützte sich mit beiden Händen auf das Fensterbrett. Seine Hände befanden sich zwischen den Töpfen mit den Pelargonien und den Begonien. Er wandte Maria den Rücken zu.

»Wenn doch Helena noch zu Hause wäre. Oder Anna.«

Maria trat zu ihm und legte ihm die Hand auf die Schulter.

»Mach dir keine Sorgen. Er wird nichts anstellen.«

Der Junge drehte sich zu Maria um. Ihm standen die Tränen in den Augen, aber er heulte nicht. Männer weinen nicht, sagte Lahja immer zu ihm. Die kleinen nicht und die großen schon gar nicht. Auch jetzt riss er sich zusammen und bemühte sich, so zu sein, wie es sich für einen Vierzehnjährigen gehörte. Er tat Maria leid. Als Nesthäkchen musste er als Letzter in dem sich leerenden Haus bleiben, während die Kämpfe zwischen Lahja und Onni häufiger und heftiger wurden. Früher hatte Onni mit dem Jungen alles Mögliche gebastelt, aber in demselben Maß, wie seine Antriebskraft schwand, wurde die Verbindung zu dem Jungen schwächer. Das aber wäre wohl ohnehin geschehen, als Johannes älter wurde. Lahja wiederum hatte eigentlich nie gut mit Kindern umgehen können. In ihrer Gesellschaft fühlte sie sich unbeholfen. Es musste ja nicht jeder mit Kindern zurechtkommen, aber häufig war es doch so, dass jemand, der mit einem Baby nichts anfangen konnte, bei einem älteren Kind die richtigen Worte fand oder auf die Fragen eines Jugendlichen gute Antworten wusste. Lahja jedoch mochte anscheinend keines der Kinder. Sie wollte oder konnte es nicht.

Johannes ging zur Tür.

»Ich will nachsehen, wohin Vater gefahren ist.«

»Du wirst nicht gehen.«

»Du hast doch gesagt, dass nichts passieren wird.«

»Ich schlage vor: Du hilfst mir, und ich helfe dir. Ja?«

Johannes nickte.

»Hol das Fahrrad deiner Mutter und stell es auf den Hof. Aber sag ihr nichts davon.«

»Was hast du vor, Oma?«

»Geh jetzt. Leg mir meinen Mantel hierher.«

Johannes ging, und Maria zog sich den Mantel an. Im Ärmel fand sie ein Kopftuch. Einen Moment lang saß sie da und sammelte Kraft. Dann faltete sie die Hände, drückte die Ellbogen gegen die Knie und stemmte sich hoch.

Mit jedem Tritt fährt das Fahrrad schneller. Jedes Heben und Senken des Beines reißt ihren Körper in Stücke. Marias Körper schreit nach einer Ruhepause, aber sie hört nicht darauf, sondern fährt weiter. Die Pedale drücken durch den Filz hindurch gegen die Schwielen der Fußsohlen. Der Schmerz treibt ihr die Tränen in die Augen, aber sie fährt nicht langsamer, sondern zwingt die Beine zu der Auf- und Abbewegung. Sie weiß: Wenn sie erst einmal angehalten hat, kann keine Macht der Welt sie wieder in Gang bringen. Jetzt ist sie unterwegs, um ein Menschenleben zu retten, noch einmal.

1955 | FEIERGASSE

Letztes Aufflackern der Leidenschaft

Maria saß, von Kissen gestützt und nur im Morgenmantel, auf der Bettkante. Mit der linken Hand stützte sie sich am Kopfteil des Bettes ab und beobachtete die Hausgehilfin, die gerade Holz im Herd nachlegte. Ein glühender Splitter von einem brennenden Kiefernscheit wurde über das Schutzblech hinaus auf den Linoleumboden geschleudert.

»Ritva, bitte feg das Holzstückchen gleich weg, damit es kein Brandloch gibt.«

Die Hausgehilfin nahm aus dem Korb zwei Scheite, stieß mit dem einen das glühende Holzstückchen auf das Blech und hob es mit den beiden Scheiten geschickt zurück in das Feuerloch. Dann legte sie die Scheite zurück in den Korb und maß Maria mit dem Blick.

»Sind Sie fertig?«

»Ich sag dir dann Bescheid. Geh noch mehr Holz holen.«

Das Mädchen stellte die Plinsenpfanne auf den Herdrand, ergriff den Spankorb und ging hinaus. Vom Ofen her duftete es nach dem darin garenden Schweinebraten. Maria entspannte sich. Der Urin rauschte in den Nachttopf aus Porzellan.

Die Scheite knallten im Herd, der noch mehr Hitze in das ohnehin schon warme Zimmer abstrahlte. Onni hatte Marias Bett neben den Herd geschoben. Dort ließen die Schmerzen in den Gelenken wenigstens ein bisschen nach. Die Krankheit hatte unmerklich begonnen. Maria hatte dem Schmerz in den Ballen keine Beachtung geschenkt, sondern gemeint, ihre Füße seien von der langen Fußreise während der Evakuierung müde. Abends pflegte sie in der Waschschüssel ein Fußbad zu nehmen, und so waren die Symptome für ein Weilchen verschwunden. Erst als sie in der Erdhütte lebten und der Schmerz sich auch in den Händen festsetzte, hatte sie gedacht, dass nicht alles so war, wie es sein sollte. An den Gelenken bildeten sich kleine Verdickungen, und morgens fiel es ihr schwer, die Finger zu krümmen. Als Nächstes kamen die Knie, dann die Fußknöchel. Eine Weile konnte sie noch mithilfe von zwei Spazierstöcken gehen, und als das neue Haus fertig war, bezog Maria die Zimmer im Erdgeschoss. Lahja hatte einen Schluckauf bekommen, weil sie dort ihr Fotoatelier hatte einrichten wollen, dann aber nachgegeben, entweder weil Onni sie umgestimmt hatte, oder weil Maria ihre gesamten Ersparnisse zum Bau des Hauses beigesteuert hatte. Für viel mehr reichte das Geld auch nicht, nur für die Lebensmittel und für den bescheidenen Lohn des Hausmädchens. Der Doktor hatte Maria empfohlen, ins Kreiskrankenhaus in Oulu zu gehen, aber das konnte sie sich nicht leisten. Und sie hätte auch die Reise nicht mehr ausgehalten, obwohl anstelle der im Krieg zerstörten Brücken neue gebaut worden waren.

Der Strahl wurde schwächer. Maria tat die Hüfte weh. Ritva hatte ihr aufhelfen müssen, weil ihre eigenen Arme nicht mehr die Kraft hatten, den aufgedunsenen Körper hochzustemmen. Maria hatte versucht, Ritva beizubringen, wie man das machte: zuerst das eine Bein über die Bettkante auf den Boden, dann das andere und zuletzt mit einem Griff unter die Achseln den Oberkörper hochziehen. Sie hatte Ritva das immer wieder erklärt und vor ihr den zahlreichen anderen Hilfen, ein ums andere Mal, tagaus, tagein, anfangs freundlich und zuletzt streng. Jeder Einzelnen hätte sie gern erklärt, wie der schneidende Schmerz in den Füßen sie nachts nicht schlafen ließ und wie die Finger ihr so wehtaten, dass sie, wenn sie allein war, weinte und vor Schmerzen schrie. Aber die Mädchen wechselten, wenn die neuen Häuser fertig wurden. Für sie fand sich rasch eine Stelle als Verkäuferin oder Kindermädchen, und keines von ihnen blieb lange, um die aufgedunsene und krumm gezogene alte Frau vom Bett hochzuhieven. Auch Ritva hatte beschlossen, sich an der Oberschule zu bewerben. Das hatte Maria gehört, obwohl das Mädchen nicht gewagt hatte, ihr das zu erzählen.

Die Tür klappte, und Ritva trat mit dem Holzkorb ein. Sie warf einen Blick auf Maria, stellte ihre Last auf dem Boden ab und kam mit großen Schritten zum Bett. Sie zog Maria an den Händen hoch und ließ sie dann neben dem Nachttopf auf das Bett zurücksinken. Maria zitterten die Beine. Ritva nahm den Nachttopf und den zum Schutz darunter liegenden zerschlissenen Gobelin, auf dem Rehe aus einer Quelle tranken. Eines von ihnen hatte den Kopf in eine andere Richtung gedreht als die anderen und horchte mit aufgestellten Ohren.

»Vielleicht versuchen Sie, sich ein bisschen auszuruhen«, sagte Ritva. »Inzwischen bringe ich den Topf weg.«

»Der muss hier wirklich nicht rumstehen.«

Maria wusste, dass der Nachttopf bald voller Fliegen sein würde. Die mochten Zucker.

»Machst du dich bald an die Plinsen?«

»Der Herd ist noch nicht heiß. Vielleicht essen wir zuerst, und danach backe ich die Plinsen?«

Maria antwortete nicht. Ritva goss aus dem großen Topf auf dem Herd warmes Wasser in die Waschschüssel und stellte sie auf den Herd, damit Maria sich die Hände waschen konnte. Dann lauschte sie einen Augenblick an der Tür, öffnete sie und schlüpfte hinaus in den Vorraum. Maria wusste, dass sie horchte, ob Johannes im Treppenhaus unterwegs war. Sie beide konnten die Bewohner der oberen Etage an den Schritten erkennen. Lahja trappelte mit raschen Schritten die Treppe herab, Onni ging eher ruhig und müde. Johannes trabte wie ein junges Rentier oder nahm immer mehrere Stufen auf einmal. Meistens huschte Ritva ins Treppenhaus, sobald sie Johannes hörte. Sie ließ alles stehen und liegen und fand immer einen Vorwand, in den Vorraum zu gehen und dem Jungen etwas vorzuzwitschern. Sie lachte unmotiviert und fragte ihn mehrmals täglich, wie es ihm gehe. Aber bevor sie sich auf den Weg machte, um den Nachttopf zu leeren, horchte sie, damit niemand sie bei dieser Beschäftigung antraf. Maria musste lachen. Sie sollte öfter mal pinkeln.

Lahja fand, Ritva würde gut zu Johannes passen, freundlich und tatkräftig, wie sie war, und auch das Haus war ihr vertraut. Als Lahja hörte, dass Ritva aufs Gymnasium gehen wollte, war sie ganz begeistert, denn Johannes war das nicht gelungen. Der Lehrer hatte ihr mitgeteilt, dass nicht jeder genommen werde und schon gar nicht der Sohn von Onni Löytövaara. Als Lahja ihn daraufhin zur Rede stellte, sagte er, noch gebe es keinen bestimmten Grund, warum der Junge nicht in die Schule aufgenommen würde, aber bei Bedarf werde man schon einen finden. Damit musste Lahja sich zufriedengeben, und Johannes auch. Lahja stellte ihn im Fotoatelier an, und mit fünfzehn verkaufte der Junge seine ersten Konfirmationsfotos, die er in der Kirche aufgenommen hatte.

Maria saß auf dem Bett und überlegte, was sie heute machen sollte. Von draußen waren Stimmen zu hören. Maria wandte sich langsam um und schaute in deren Richtung. Ritva war im Treppenhaus auf Johannes getroffen und plauderte mit ihm. Maria tastete unter dem Kissen nach den Mürbeteigplätzchen, die sie in ein Stofftaschentuch gewickelt hatte. Sie zog das Bündel näher heran, öffnete es und steckte sich ein Plätzchen in den Mund.

Was die beiden da draußen sprachen, war durch die Glastür nicht zu verstehen, sie hörte nur die hellen Stimmen. Maria beobachtete ihre Körpersprache. Ritva girrte betont fröhlich, stemmte beide Hände in die Hüften und lächelte wie ein

Finnischer Spitz. Den Nachttopf hatte sie rasch unter dem Rhabarber versteckt. Johannes stand breitbeinig da und wippte von den Zehen auf die Fersen. Er beschattete mit der Hand die Augen und lachte über die Geschichten des Mädchens.

Maria wusch sich in der Schüssel die Hände und trocknete sie an dem Handtuch ab, das an der Herdstange hing. Die Wärme des Herdes war am Kopfende des Bettes deutlich zu spüren, und der Bratenduft aus dem Backofen war verlockend. Noch im Frühjahr hatte sie alles Essen selbst zubereiten können, wenn die Hausgehilfin sie auf die Bank gesetzt und erst an den Tisch und dann an den Herd geschoben hatte, aber jetzt war es ihr unmöglich, Zwiebeln zu schälen und Fleisch klein zu schneiden. Sie hatte Ritva jedoch genau überwacht, wenn sie kochte, und sie angewiesen, mal die Mohrrüben kleiner zu schneiden, mal noch mehr Butter in die Kasserolle zu geben, damit das Fleisch beim Anbräunen möglichst viel Geschmack bekam.

Maria beugte sich vor und schaffte es, die Plinsenpfanne zurück in die Mitte der heißen Herdplatte zu schieben. Sie zog die Kanne mit dem Teig zu sich heran und prüfte, ob er flüssig genug war. Dann stemmte sie die Füße fest gegen den Boden, beugte sich vor und stützte sich auf den Knien ab, sodass der Schwerpunkt des Körpers sich verlagerte. Während sie den Keks kaute, hob sie ihren schweren Körper mit einer ruckartigen Bewegung von der Bettkante. Ein Schmerz fuhr ihr durch Hüften und Knie. Mit der rechten Hand klammerte sie sich an die Herdstange und zog sich daran hoch, bis sie das Gewicht gleichmäßig auf beide Füße verteilt hatte. Die andere Hand schob das Handtuch beiseite und bekam ebenfalls die Stange zu fassen. Das Mahlen ihrer Kiefer hatte aufgehört, sie pressten sich jetzt fest aufeinander. Ganz allmählich richtete Maria den Oberkörper auf. Das tat nicht ganz so weh, aber ihr Gewicht erzeugte in den Fußknöcheln einen schneidenden Schmerz. Der Knoten im Gürtel ihres Morgenmantels löste sich.

Aus der Plinsenpfanne stieg eine kleine Rauchspirale auf. Maria hielt sich immer noch mit beiden Händen an der Eisenstange fest und machte ein paar Schritte auf den Herd zu. Mit der einen Hand ergriff sie das Messer, schnitt damit ein großes Stück Butter ab und tat es in die Pfanne. Es begann sofort zu bräunen. Sie langte nach der Kette, mit der man den Dunstabzug über dem Herd verschließen konnte, und zog daran. Diesen Duft wollte sie bewahren. Sie konzentrierte sich darauf, das Gleichgewicht zu halten, und ließ auch mit der anderen Hand die Stange los. Im rechten Fuß meldete sich ein heftiger Schmerz. Maria nahm die Teigkanne und goss etwas davon in jede der sieben Vertiefungen der Pfanne. An den Rändern des Teigs entstanden schöne Spitzen, und in der Wohnung breitete sich ein betörender Duft nach Fett aus. Maria musste lachen. Geschickt wendete sie die kleinen Eierkuchen mit der Messerspitze und ließ sie auch von der anderen Seite bräunen. Sie bestreute sie mit Zucker und legte sie auf einen Teller, der einen Sprung hatte. Kurz darauf hob sie eine der Plinsen mit dem Messer auf und steckte sie in den Mund. Sie ließ sich den Teig und das goldbraune Fett auf der Zunge zergehen. Maria schloss die Augen und konzentrierte sich auf den Geschmack. Der Spitzenrand des Eierkuchens war knusprig, der Mittelteil süß und durchgegart. Der Zucker knisterte zwischen den Zähnen. Die Zungenspitze spürte der zerkauten Masse nach und verteilte sie über den Gaumen.

Maria goss noch einmal Teig in die Pfanne, löste die Plinsen von den Rändern, legte sie auf den Teller und schob sie von dort mechanisch in den Mund. Sie konzentrierte sich vollkommen auf das Essen. Sie streckte den Hals und spürte, wie die Zunge die Plinsen zu den Zähnen beförderte, die sie dann zerkauten, und wie die zerkaute Masse dem Schlund entgegenrutschte. Der Bademantel war Maria von den Schultern geglitten und hing an den Unterarmen. Die sanften Wellenbewegungen der Kehle drückten den Speisebrei langsam dem Magen entgegen. Von Mal zu Mal schluckte sie größere Portionen, um zu spüren, wie die fettige Masse gemächlich die Speiseröhre hinabglitt. Vom Mund und von den Speicheldrüsen her breitete sich ein Gefühl des Wohlbehagens aus, wanderte durch den Schlund und drückte sich bis an den Beckenboden zu einem weichen, glücklichen Knäuel. Dem Schmerz in den Füßen schenkte Maria keine Beachtung, und dass ihr die Hüften wehtaten, spürte sie nicht mehr. Sie legte die Hände ans Gesicht. Ihre Fingerspitzen befühlten durch die Wangen hindurch den Plinsenbrei und streichelten die Masse, die ihr die Kehle hinabglitt. Sie begleiteten ihren Weg von außen am Brustbein und an den Brüsten vorbei bis zum Magen.

Maria senkte den Blick und sah, dass Ritva wieder hereingekommen war. Das Mädchen stand in der Tür und streckte den ausgewaschenen Nachttopf vor wie ein Geschenk. Maria wurde klar, dass Ritva sie noch niemals hatte aufrecht stehen sehen, schon gar nicht ohne Kleider. Sie betrachtete sich selbst mit Ritvas Augen. Sah ihre großen Brüste, den umfangreichen, wabbelnden Bauch, der sich ausweitete und den Venushügel bedeckte. Sie sah ihre stämmigen Schenkel und die dicken Beine und betrachtete das hängende Fleisch ihrer Oberarme.

»Back mir noch ein paar Plinsen«, bat sie mit matter, belegter Stimme.

Ritva rührte sich nicht. Sie stand wie versteinert an der Tür und starrte Maria nahezu ängstlich an. Maria schwankte. Mit einer Hand klammerte sie sich an die Herdstange.

»Back mir Plinsen!« Diesmal war die Stimme befehlend, fast lauernd. »Back mir Plinsen!«

Ritva wandte den Blick nicht ab von Maria. Vorsichtig stellte sie den Nachttopf auf den Fußboden und ging an Maria vorbei zum Herd. Maria trat einen Schritt beiseite, hielt sich jedoch weiterhin an der Stange fest. Ritva goss Teig in die Vertiefungen der Pfanne. Der Duft der schmurgelnden, heißen Butter verbreitete sich im Raum. Ritva nahm Maria das Messer aus der Hand und wendete die Plinsen. Wortlos starrte Maria die Pfanne an. Ritva legte die fertigen Plinsen auf den Teller und stellte ihn vor Maria ab, bevor sie weiteren Teig in die Pfanne goss. Maria steckte sich die glühend heißen Plinsen in den Mund und zerkaute sie. Sie erlaubte sich, eine Hand von der Stange zu lösen. Die Beine unter ihr schmolzen dahin, und ihr gewaltiger Körper sank langsam zu Boden. Die andere Hand hielt sich noch kraftvoll an der Stange fest und steuerte die Abwärtsbewegung, während Maria sich zugleich weitere heiße Plinsen in den Mund schob. Ritva riss die Lüftungsklappe auf, aber der Raum war schon von blaugrauem Dunst erfüllt.

Ein dünnes Speichelrinnsal floss Maria über das Kinn. Vor ihrem inneren Auge erstrahlten Bilder von Madonnenstatuen aus längst vergangenen Zeiten, sie sah Lehrtafeln aus der Hebammenschule mit Darstellungen von üppigen Gebärenden, die vorzeitliche Wilde einst in Stein gehauen hatten, und von den hundertbrüstigen Fruchtbarkeitsgöttinnen der Hellenen, von Frauen, die neues Leben in die Welt brachten. Sie gewährten eine neue Ernte und segneten diejenigen, die darum baten. Ihre Brüste waren gewaltig wie Wellen, die Hüften breit wie Berge. Zu ihnen kamen die Menschen aus fernen Ländern gepilgert und flehten sie an, ihnen Kinder zu schenken und ihnen ihre Schmerzen zu nehmen. Sie brachten den Göttinnen kostbare Opfergaben, entzündeten Feuer und Kerzen. Sie salbten ihre Statuen mit stark duftenden Ölen und verbrannten vor ihnen berauschendes Räucherwerk.

»Back mir Plinsen«, weinte Maria. Die Möbel in ihrem alten Haus loderten wie Opferfeuer, und Marias flehentliche Stimme hallte wider in den Gewölben des uralten Heiligtums. »Back mir Plinsen!«

LAHJA

»Gottesfurcht sei die größte Kraft in meinem Leben.
Ich verlange immer das meiste von mir selbst.
Bei Rückschlägen denke ich an unser großes Ziel.
Ich unterwerfe mich der Selbstzucht.«

Lotta-Regeln 1936

1911 | PERLENFISCHERWEG

Auf verbrannten Ruinen

Lahja hat von der Hitze ermüdete Glasgefäße, fünf lange Eisennägel und ein halbes Stück Blech mit der Aufschrift APOT gefunden. Sie kennt jeden Buchstaben.

Der stehen gebliebene Schornstein ragt tastend in den Himmel, während das Haus um ihn herum verschwunden ist. Im Obergeschoss hängen zwei Öfen über dem Nichts, im Erdgeschoss sind der Herd und drei Kachelöfen übrig. Einer davon ist ein Prachtstück, er hat im Verkaufsraum der Apotheke gestanden. Lahja scharrt mit dem verbogenen Feuerhaken in der Asche neben der Brandmauer. Die Mutter hat ihr verboten, zu den Ruinen zu gehen, aber sie ist schon dreimal ausgebüxt. Jedes Mal hat sie unter den verbrannten Balken Schätze ausgegraben. Die schönsten hat sie in ihrer Schürzentasche nach Hause geschmuggelt und im Wohnzimmer hinter der Palmensäule versteckt. Sie holt sie nur dann hervor, wenn die Mutter zu einer Geburt gerufen wird. Sie weiß, dass sie dann, ohne zu trödeln, zur Nachbarin laufen und dort essen und schlafen soll, bis die Mutter sie abholt. Manchmal muss sie, bevor sie geht, zuerst ihr Spiel zu Ende spielen oder ausprobieren, ob sie von der Kammer durchs Wohnzimmer in die Küche kommt, ohne den Boden zu berühren. Manchmal geht sie überhaupt nicht zur Nachbarin, sondern bleibt heimlich allein zu Hause. Am schönsten spielt sie ganz allein.

Lahja erinnert sich, wie das niedergebrannte Haus ausgesehen hatte, bevor die neue Magd ein Streichholz anzündete und nachsah, ob im Fass noch genug Spiritus für die Bestellung des Arztes vorhanden war. Die Explosion hat Lahja nicht gesehen, und auch nicht, wie das Haus fauchend in Flammen aufging und die Scheiben der zur Straße gehenden Fenster alle auf einmal zersprangen. Auch hat sie nicht gesehen, wie die Magd mit ihren in Flammen stehenden Haaren auf die Straße gelaufen und dann am Torpfosten zuckend zu Boden gestürzt war. Dies alles hat sie nicht gesehen, wohl aber davon gehört. So wie alle anderen. In jener Woche erzählten sich die Leute Geschichten von Apotheker Ramberg, der in letzter Zeit auffallend teilnahmslos geworden war und nun herbeikam, seine lodernde Apotheke betrachtete und an seinen kreischenden Schwestern vorbei ruhig durch die brennende Tür ins Haus schritt und dort blieb. Er habe eine Geschwulst im Kopf gehabt, berichteten einige, die besser Bescheid wussten. Deshalb sei er seit Weihnachten abgemagert und ganz blass geworden. Und sie wussten auch, dass Doktor Kaarlela ihm gesagt habe, da sei nichts zu machen, und dass Ramberg deshalb in den Tod gegangen sei.

Andere meinten, der Apotheker sei nur hineingegangen, um seine Registrierkasse zu holen, die erste im Dorf. Sie wurde mit einer Kurbel bedient, und ihretwegen schaute so manch einer in der Apotheke vorbei, um Pastillen für den Gottesdienst und das Hustenmittel für Maränenfischer zu kaufen, auch wenn er es gar nicht brauchte. Man erzählte sich, dass sogar aus dem Nachbarkirchspiel Leute herkämen, um Rückenliniment zu erstehen, in Wirklichkeit aber wollten sie sehen, wie der Apotheker die Tasten der Kasse drückte und oben Schilder erschienen, zuerst eine schwarze Eins und dann in Rot die Zahl Fünfundzwanzig. Dann habe der Apotheker noch an der Kurbel gedreht, aus dem Inneren des Apparats sei ein metallisches Klingeln ertönt, und der Geldschub habe sich von selbst geöffnet.

Im vergangenen Herbst war Lahja beim Apotheker gewesen und hatte auf demselben Schemel neben dem Herd gesessen, wo sie gerade den Schürhaken gefunden hatte. Der Apotheker hatte sie und die Mutter sofort aus dem Geschäftsraum der Apotheke in seine Wohnung gebeten und die Bedienung der Kunden der Magd überlassen. Für Lahja hatte er aus Papier eine Spitztüte gedreht und aus einem hohen Glas so viele gestreifte Bonbons hineingeschüttet, dass sie den Tütenrand überragten. Nachdem er Lahja auf den Schemel neben dem warmen Herd gesetzt hatte, war der Apotheker mit der Mutter ins Esszimmer gegangen und hatte die Tür hinter sich geschlossen. Lahja hatte Bonbons gelutscht und ihre Beine baumeln lassen, die schon fast bis zum Boden reichten. Sie hatte zugehört, wie die Mutter dem Apotheker mit ruhiger Stimme etwas von Ermannung und Verzicht sagte, und der Apotheker hatte eilig etwas von neuen Möglichkeiten geflüstert und davon, dass eines Tages … Neben dem Herd hatten geschälte Kartoffeln in kaltem Wasser gewartet. Die Mutter hatte Lahja versprochen, ihr rote Grütze zu kochen.

Die Mutter und der Apotheker waren im Esszimmer verschwunden, als die schwarzhaarige Schwester durch die Küchentür hereinkam. Sie hatte den Wäschekorb auf einem Nebentisch abgestellt und Lahja bemerkt.

Wie angewurzelt war sie stehen geblieben, ihr Mund hatte sich ganz seltsam geöffnet und geschlossen und wieder geöffnet, aber es war kein einziges Wort herausgekommen. Dann war sie an Lahja vorbeigelaufen und hatte die Tür zum Esszimmer weit aufgerissen. Den Kopf in die Hände vergraben, hatte der Apotheker am Esstisch gesessen und die Mutter am Fenster gestanden und hinausgeschaut. Die Schwester hatte auf der Schwelle haltgemacht.

»Ich habe Ihnen doch gesagt, dass Sie und Ihr Bankert dieses Haus nicht mehr betreten dürfen!«

Dieses Wort hatte Lahja schon mal von der Nachbarstochter gehört. Sie hatten gemeinsam überlegt, was es wohl bedeutete.

Lahja meinte, es müsse bedeuten, dass sie etwas Außergewöhnliches war.

Dieses Mal hatte die Mutter der Schwester des Apothekers nicht mit gleicher Münze zurückgezahlt. Sie war ganz ruhig geblieben.

»Sie können Ihrem Bruder sagen, dass er mich nicht mehr zu besuchen braucht.«

Lahja verstand nicht recht, warum die Schwester so wütend war. Ärgerlich war sie immer und sprach nie mit der Mutter, wenn sie ihr an der Vierwegekreuzung oder bei Kaufmann Kaukoniemi begegnete. Jetzt aber schrie sie richtig, obwohl Lahja nicht verstand, wer wessen nicht würdig war. Kurz darauf war die Tür zur Apotheke aufgegangen, und die zweite, kleinere Schwester des Apothekers kam angelaufen und kreischte, dass die eine Hälfte der Dorfbewohner jenseits der Wand und die andere Hälfte draußen vor den Fenstern horche. Die Mutter hatte geantwortet, man könne das Fenster ruhig öffnen, damit alle die Wahrheit hörten. Sie habe nichts zu verbergen.

Lahja probierte, ob sie von den gestreiften Bonbons zuerst den weißen und dann erst den roten Streifen ablecken konnte. Sie betrachtete die Schwestern, die in der Türöffnung standen und ihr den Rücken zukehrten. Die eine hatte einen schmalen Hintern, und das Kleid hing an ihr herab wie ein gerader Sack. Der Po der anderen war dicker, und aus dem Rockbund quoll ihr das Fleisch in Wülsten hervor. Lahja überlegte, ob wohl eine der beiden den Mut hätte, die Nabelschnur eines Neugeborenen mit dem Messer zu durchtrennen. Mutter jedenfalls hatte ihn, egal, ob sie jemandes würdig war oder nicht. Sie war auch mit ihrem Tretrad den weiten Weg von da aus gefahren, wo die große Straße beginnt, und die Männer auf dem Feld hatten geglaubt, der Erzfeind käme, weil ihnen Mutters langer schwarzer Mantel einen Schrecken eingejagt hatte.

Mit ruhigen Schritten hatte die Mutter das Esszimmer verlassen. Auf ihren Wangen waren weiße Flecke erschienen. Sie hatte Lahja fest bei der Hand genommen und sie durch die Küchentür nach draußen gezogen. Beim Hinausgehen hatte die Mutter auf den Nebentisch in der Küche die Geldscheine gelegt, die die ältere Schwester ihr in die Hand gedrückt hatte. Lahja hatte sich darüber geärgert, dass die Streifenbonbons auf dem Schemel zurückblieben, aber die Mutter hatte sich nicht um ihre Tränen geschert. Mit hängendem Kopf hatte der Apotheker aus dem Giebelfenster gewinkt. Als Lahja sich nach einer ganzen Weile umgedreht hatte, stand der Apotheker immer noch dort. Sie hatte ihm zurückwinken wollen, aber die Mutter hatte so an ihr gezerrt, dass das Winken nichts als ein mit dem Fäustling in die Frostluft gezogener Strich geblieben war.

In die Apotheke hatte Lahja von da an nicht mehr mitkommen dürfen, auch wenn sie darum bat. Von ihrem Fenster aus hatte sie abends ein paar Mal den Apotheker beobachtet, der im Schatten des Kuhstalls auf ihrem verschneiten Hof stand und zum Haus herüberstarrte. Kurz vor Weihnachten legte er ein Päckchen in den Schnee, aber die Mutter hatte das Fenster geöffnet und gerufen, er sei zu betrunken und solle nach Hause zu den Rockzipfeln seiner Schwestern gehen. Lahja sah lange zu ihm hinüber, aber der Apotheker rührte sich nicht von der Stelle. Am Morgen war er nicht mehr da gewesen, und das war gut, denn der Schnee war genau dort von der Dachtraufe herabgefallen. Da hätte sich womöglich seine Kopfhaut abgelöst, und sie hätte im Krankenzimmer mit einer großen Nadel und Wolle wieder angenäht werden müssen. Als Lahja später den Abfalleimer hinausbrachte, fand sie das Geschenkpapier von dem Päckchen im Misthaufen zertreten, aber es war nichts mehr darin.

Und jetzt war der Apotheker tot. Am Morgen hatten Lahja und die Mutter sein Grab besucht. Es war schon bei der Beerdigung zugeschaufelt worden, aber die Mutter hatte ihr gesagt, sie solle auf den Hügel einen Strauß aus wintergetrocknetem Heidekraut legen. Lahja hätte ihn lieber selbst behalten, weil er so hübsch war, aber sie hatte ihrer Mutter angesehen, dass es keinen Sinn gehabt hätte, sie zu fragen.

Lahja gräbt, und der Eisenstab wird noch krummer. Wenn dort der Kachelofen ist, dann muss hier der Stuhl gestanden haben, auf dem Tante Puranen immer gesessen und schwer geatmet hat. Dort ist die bei dem Brand eingestürzte Türöffnung, durch die man in die Küche kam. Irgendwo hier muss das Regal mit den Pulvern und Pillen gestanden haben und das hohe Glas mit den Streifenbonbons. Irgendwo hier.

1931 | SEHNSUCHTSGASSE

Was der Rauch erzählt

Im Dunkeln bewegt Lahja sich ebenso gut wie im Hellen. Sie hat die Hände schräg nach unten ausgestreckt und geht, bis ihre Finger auf den Tisch in der Dunkelkammer treffen. Mit der rechten Hand sucht sie die Gegenstände, die sie auf die Tischplatte gelegt hat, und tastet mit der linken weiter unten, bis sie den Schemel gefunden hat. Sie setzt sich, und ihre Hände beginnen wie von selbst zu arbeiten.

In ihrem Heimatdorf hatte Lahja alle möglichen Arbeitsstellen ausprobiert. Sie hatte im Hinterzimmer der Bank gesessen und Zahlen aus einem Buch mit Pappdeckel in gedruckte Formulare übertragen, die zusammen mit den Geldtransporten in den Süden geschickt wurden.

»Sie könnten hier Ihr täglich Brot verdienen, Lahja«, hatte der Bankdirektor schließlich gesagt, »aber Sie werden ja ohnehin irgendwann heiraten und aufhören zu arbeiten. Deshalb wäre eine weitere Ausbildung sinnlos.«

Lahja hatte sich die weiße Kluft angezogen und im Krankenhaus des Kirchdorfs Lungenkranke aus dem Bett gehoben, Instrumente ausgekocht und bei Operationen assistiert.

»Sie sind geschickt und haben keine Angst vor Blut«, hatte der Arzt sie gelobt. »Aber Sie haben ja schon eine Tochter und eines Tages vielleicht auch einen Mann.«

Nachdem er Lahjas Blick gesehen hatte, fügte er noch hinzu: »Außerdem haben Sie ein schwaches Herz. Auf die Dauer werden Sie keine Kranken und Siechen heben können.«

Ihre Hände finden auf dem Tisch den Kopierrahmen und schieben den Deckel die Nuten entlang hinein. Dann drehen sie den Rahmen um, lösen die hintere Platte und legen sie auf den Tisch.

Eine Tür nach der anderen hatte sich vor Lahja geschlossen oder gar nicht erst geöffnet. Oft wurde als Grund ihr schwacher Körper genannt oder eine Fähigkeit, die ihr als Frau fehlte, um gerade in diesem Beruf tätig zu sein. Aus den vorgeblichen Gründen hatte sie die anderen, unausgesprochenen, herausgehört. Weil sie nicht gläubig war. Weil sie ein Kind hatte, noch dazu ein uneheliches. Weil es keinen Mann gab, der sie ernährte. Lahja hatte versucht, sich zu ändern und anzupassen, sie hatte sich der Lotta-Organisation angeschlossen, in der Kirche gesessen und trotz des missbilligenden Schnaufens ihrer Mutter Erweckungsversammlungen besucht, aber trotzdem hatte sich für die Arbeit immer jemand anders gefunden, oft ein Glaubensbruder oder eine Glaubensschwester. Sogar für Stellen, wo es gerade noch geheißen hatte, es werde niemand gebraucht.

Lahja sucht die Glasnegative – zerbrechliche Platten, die man unter keinen Umständen umdrehen darf. Sie hat sie alle richtig herum aufgestapelt, bevor sie das Zimmer verdunkelte. Nun legt sie die Platten auf das Glas des Kopierrahmens. Ihre Finger tasten in dem dichten Behälter links von ihr nach dem Fotopapier und fühlen, welche Seite des Papiers glatter ist, denn womöglich hat ein anderer Praktikant den Stapel umgedreht. Sie legt das Papier auf das Negativ. Dann suchen ihre Hände nach der hinteren Platte des Rahmens, legen sie an ihren Platz und pressen sie mit dem Riegel fest an das Papier und die Glasplatte. Der fertige Holzrahmen wandert auf einen Stapel auf dem Seitentisch. Noch fünf.

Es klopft an der Tür.

»Hallo, kann ich reinkommen?«

»Einen Augenblick noch, Korkala. Gleich.«

Eines Morgens hatte Lahja im Hebammenhaus leise ihren Koffer gepackt, der im Bett schlafenden Anna die Wange gestreichelt und auf den Wohnzimmertisch einen verschlossenen Umschlag gelegt. Dann war sie durch das schlafende, frühlingshafte Dorf gewandert und an der Vierwegekreuzung in einen Pferdewagen gestiegen. Sie war sich sicher, dass die Mutter sie verstehen würde. Anna vielleicht nicht. Aber sie würde ja oft zu Besuch nach Hause kommen, wenn sie nur erst eine Stelle gefunden hätte. Sie wollte sich nicht von ihrer Mutter ernähren lassen.

Der letzte Rahmen ist fertig. Lahja steht auf und breitet einen dicken schwarzen Stoff über den Tisch, stapelt die Rahmen darauf und wickelt sie sorgfältig in den Stoff ein. Zuletzt vergewissert sie sich, dass das Fotopapier sicher verpackt ist. Lahja nimmt das Rahmenbündel auf und ertastet sich ihren Weg zur Tür. Sie zieht den dicken Vorhang beiseite, findet die Klinke und öffnet die Tür. Das hereinflutende Licht blendet sie, und sie hält kurz inne, um sich daran zu gewöhnen. Korkala steht neben der Tür und trägt mit beiden Händen einen Stapel Glasplatten. Er verdreht übertrieben die Augen.

»Das hat ja gedauert.«

»Ja, es dauert, wenn man es gut macht. Mist macht man schneller.«

Lahja trägt die Rahmen durch den Retuschierraum, vor dessen Fenstern mit Stoff bedeckte Kästen angebracht sind. Dahinter fangen Spiegel das Sonnenlicht ein und reflektieren die Strahlen durch die Negative hindurch, die in dem Stoff befestigt sind, sodass auch der kleinste Schönheitsfehler der fotografierten Person sichtbar wird. Aufgabe der Praktikanten ist es, mit feinen Pinseln von den Negativen Brillenreflexe und Tränensäcke, Unebenheiten der Haut sowie Pickel, dunkle Flecke und Runzeln zu entfernen. Erst danach werden von den Glasplatten Papierabzüge gemacht, und der Kunde bekommt von sich ein Bild, das zeigt, wie er aussehen könnte, wenn die Umstände anders wären.

Ein anderer Praktikant, der schnurrbärtige, hebt den Kopf.

»Machst du jetzt Pause, Lahja?«

Lahja hebt die in Stoff gewickelten Rahmen hoch.

»Ich geh zum Belichten.«

»Du machst noch Kontaktabzüge? Wir haben doch einen Vergrößerungsapparat.«

»Ich will nicht.«

»Ich kann es dir beibringen.«

»Das kannst du bestimmt.«

Von solchen Lehrerkandidaten hat es viele gegeben, seitdem sie vor einem Jahr einen Praktikantenplatz im Fotoatelier Helander in der Pakkahuoneenkatu in Oulu ergattert hatte. Zunächst hatte Helander sie nicht nehmen wollen. Er saß da auf seinem Bürostuhl, rauchte Pfeife und maß sie mit seinen Blicken von Kopf bis Fuß. Allmählich hatte er nachgegeben, als er den zähen Willen und die wütend zurückgehaltenen Tränen sah. Eine Ablehnung wäre für Lahja an diesem Morgen die dritte gewesen.

»Was wissen Sie denn über das Fotografieren?«

»Nichts. Deshalb bin ich hier.«

»Frauen kommen hier nicht zurecht.«

»Warum denn nicht? Ich schaffe das ebenso wie die anderen.«

»Alle anderen sind Männer.«

»Dann wird es Zeit, dass eine Frau dazukommt. Ich werde mich schon behaupten.«

Und das musste Lahja. Anfangs saß sie von früh bis spät am Retuschiertisch und beseitigte mit dem Pinsel die Schönheitsfehler der fotografierten Personen, dann belichtete sie Fotopapier, und zuletzt setzte sie unbelichtete Glasplatten in die Kassetten des Fotoapparats ein.

Sie behauptete sich auch sonst, hörte sich gelassen an, wenn die anderen sie die Kleine nannten, und kniff kräftig in die Finger, die sich in der Dunkelkammer an ihren Körper verirrten. Ein ums andere Mal bewies sie, dass sie mindestens ebenso gut war wie die Lehrjungen, und manchmal sogar besser. Lahja will keine Versagerin sein. Sie hat nicht all die Alternativen wie die anderen Praktikanten. Es gibt nur wenige Berufe für selbstständige Frauen.

Lahja geht durch den großen leeren Atelierraum, vorbei an der Kamera auf dem hölzernen Stativ, das sie als einzige der Praktikanten benutzen darf, und öffnet die Tür zum Innenhof. Am Morgen war der Himmel bewölkt gewesen, aber jetzt ist die Sonne herausgekommen. Von den Traufen tropft das Wasser, und in den Bäumen singen die Vögel den Sommer herbei. Auf dem Hof ist der Schnee schon fast völlig geschmolzen, und nur an schattigen Stellen findet sich noch etwas Weiß. Sie legt das Bündel auf die Bank im Hof. Gerade jetzt gibt es viel Licht, aber der Wind treibt eine große Wolke vor die Sonne. Lahja holt unter dem Hemd die an einer Kette hängende Uhr hervor. Sie ist stehen geblieben. Sie zieht die Feder bis zum Anschlag auf, verstellt aber nicht die Zeiger. Die Uhrzeit hat jetzt keine Bedeutung, nur die Sekunden zählen.

Lahja hebt den Rand des schwarzen Stoffs an und nimmt den ersten Kopierrahmen in die Hand. Sie legt ihn auf die Bank, schaut auf die Uhr und zieht den Holzdeckel beiseite. Er gleitet ohne Reibung in seiner Rille und lässt die Sonne durch die Glasnegative auf das Papier scheinen. Lahja verfolgt die Zeit an ihrer Uhr. Wenn der Sekundenzeiger eine Viertelminute zurückgelegt hat, schiebt sie den Deckel zurück und dreht den Rahmen zur Sicherheit auch noch mit der Unterseite nach oben. Sie legt ihn zurück unter den schwarzen Stoff und holt den nächsten Rahmen hervor. Alle Rahmen müssen belichtet werden, bevor eine Wolke die Sonne verdeckt. Danach würde es viel schwieriger sein, die richtige Zeit festzulegen, und die Fotos hätten nicht die gleiche Qualität.

Schließlich ist auch der letzte Rahmen mit der richtigen Sekundenzahl belichtet. Eine kleine Spinne ist erwacht und eilt über die Sitzfläche der Bank davon. Lahja packt den Stapel fest in den schwarzen Stoff. Sie geht nicht hinein, sondern legt die Füße auf die Bank und wickelt den Rock um die Fußknöchel. Der Wind ist noch kalt, obwohl die Frühlingssonne schon das Gesicht wärmt.

Die Tür des Fotoateliers geht auf.

»Sind Sie fertig?«

»Wo brennt es denn jetzt schon wieder?«, fragt Lahja, ohne aufzublicken.

Da keine Antwort kommt, dreht sie sich um. An der Tür steht der Mann, der sich am vergangenen Montag hat fotografieren lassen, hochgewachsen, dunkel und lachlustig. Porträt, drei Abzüge. Er trägt einen gut sitzenden, zweireihigen Mantel. Rasch steht Lahja auf.

»Verzeihung, ich dachte, es wäre jemand anders.«

»Ich sollte Sie nach den Bildern fragen. Angeblich sind sie bald fertig.«

»Ich bin sofort da.«

»Nur keine Eile.«

Der Mann schließt die Tür hinter sich und kommt auf den Hof heraus.

»Ich setze mich auch einen Moment.«

Er zieht ein Metalletui aus der Tasche und nimmt eine Zigarette heraus, sieht dann Lahja an und hält ihr das Etui hin.

»Rauchen Sie?«

»Das gehört sich nicht für Frauen. Jedenfalls nicht hier.«

»So? Seit wann ist das denn verboten?«

Lahja überlegt, ob sie sich zieren sollte, bringt es dann aber nicht fertig.

Der Mann hält ihr immer noch die Zigaretten hin, und Lahja nimmt sich eine. Er gibt ihr Feuer.

»Na, sind die Bilder gut geworden?«

»Warum sollten sie nicht gut sein?«

Der Rauch steigt ihr angenehm zu Kopf.

»Diese Fotos können Sie den Mädchen schicken«, fährt Lahja fort.

Der Mann lacht.

»Sie sind für einen Bekannten im Ausland.«

»Verzeihung.«

»Fragen ist nicht verboten.«

Der Mann sieht Lahja an und blinzelt.

»Haben Sie vor, ein eigenes Atelier zu eröffnen?«

Hastig tut Lahja einen Zug an der Zigarette. Er pulsiert hinter den Augen. Aufmerksam betrachtet sie das lachende Gesicht des Mannes. Er ist der Erste, der sie direkt danach fragt. Lahja überlegt, und dann strömen die Worte zusammen mit dem Rauch aus ihr heraus. Sie erzählt, dass sie zwar die Beste von allen Praktikanten sei, die anderen jedoch davon ausgingen, dass sie sich nicht selbstständig machen, sondern hierbleiben oder zu jemand anders ins Hinterzimmer an den Retuschiertisch ziehen werde. Sie habe jedoch beschlossen, in die Wildmark zurückzukehren und sich und ihre Tochter zu ernähren. Der Rauch spinnt aus unzusammenhängenden Gedanken Hoffnungen und Pläne. Vielleicht würde die Mutter ihr Geld leihen und ihr die Kammer am Ende des langen Hauses überlassen, oder das Wohnzimmer? Oder man könnte am anderen Ende ein Zimmer anbauen? Sie weiß, dass die neuen Ideen irgendwann ins Hochland wandern und dass die Dorfbewohner allmählich lernen werden, die Wendepunkte des Lebens auf Papier zu bannen, und ein Hochzeitsbild oder ein Verlobungsporträt von sich werden haben wollen. Der Rauch verrät ihr, dass die prachtvollen Porträts der Ausgewanderten so manchen

Dorfbewohner ermutigen würden, ihnen im Gegenzug von sich ähnliche oder noch schönere Fotos zu schicken. Dass sie zu diesem Zweck für ihr Atelier eine stattliche Säule besorgen und auf ein Laken einen beeindruckenden Hintergrund malen lassen sollte, zum Beispiel eine schwere Draperie. Und dass sie vor ihrer Rückkehr all die Fertigkeiten üben muss, für die nur Sonnenlicht gebraucht wird, kein elektrischer Strom.

Mit dem Rauch ist auch die letzte Illusion verflogen. Lahja erwacht und fühlt sich leer und schutzlos, aber der Mann hat aufmerksam zugehört, sie nicht unterbrochen, sie nicht ausgelacht. Sein Gesicht lässt weder Geringschätzung noch Überraschung erkennen, sondern achtsame Präsenz. Nicht einmal die Geschichte von Anna, die sie aus Versehen erzählt hat, erregt sein Missfallen.

Jemand klopft ans Fenster. Korkala bedeutet ihr durch die Fensterscheibe hindurch, sie möge hereinkommen. Lahja wirft die erloschene Zigarette weg, tritt zur Sicherheit noch darauf und hebt den Rahmenstapel auf.

»Ich muss gehen, man ruft mich.«

Der Mann nickt und erhebt sich auch.

»Ich komm morgen wieder.«

»Dann sind sie fertig.«

»Was ist fertig?«

»Die Fotos.«

Korkala bleibt am Fenster stehen, bis Lahja das Atelier betritt.

»Kokettierst du mit den Kunden, Lahja?«

Sie antwortet nicht, sondern bringt die Rahmen in die Dunkelkammer. Dort muss sie im Dunkeln die Papiere lösen und im Entwickler die Bilder darauf hervorlocken. Sie fühlt sich sauber, wie in der Sauna, wenn sie sich mit einer Schüssel warmen Wassers übergossen hat.

1938 | SCHLAMASSELWEG

Bis ins dritte und vierte Glied

Lahja legte das fiebernde Kind aufs Bett. Es müsste in irgendetwas eingepackt werden. Maria reichte ihr einen Schal, und Lahja wickelte ihn um das Kind. Anna stand am Fußende des Betts und betrachtete ihre kleine Schwester.

»Du brauchst nicht nervös zu werden«, sagte Onni und lehnte sich gegen den Türrahmen. »Sie hat sich bestimmt nur erkältet.«

Onni bemühte sich, ruhig zu wirken. Vergangene Nacht hatte Lahja bei Helena gewacht, hatte bis zum Morgen an ihrem Bett gesessen, bis ihr Mann aufwachte und sie bat, sich schlafen zu legen. Trotzdem erschien Lahja seine Ruhe gezwungen und wie aufgesetzt.

»Haben die Kleinen nicht immer irgendwas? Vielleicht sollten wir noch bis morgen warten und dann ins Krankenhaus gehen?«

Während Helena eingepackt wurde, spannte sich plötzlich ihr Rücken zu einem Hohlkreuz, Beine und Arme streckten sich weit nach hinten. Die aufgesprungenen Lippen öffneten sich zu weiten Bögen, aber es kam kein Ton heraus. Lahja bekam einen Magenkrampf. Sie hob Helena auf und versuchte, sie so an ihre Brust zu drücken, dass das Kind sich nicht bewegen konnte. Maria setzte sich ans Kopfende des Betts und sah Onni an.

»Das ist keine Erkältung. Wir gehen mit ihr zum Arzt.«

Onni zuckte die Achseln und ging die Mäntel holen. Helenas Muskeln hatten sich entspannt, und Lahja legte das Kind zurück aufs Bett. Sie nahm die Schürze ab und faltete sie sorgfältig zu einem Quadrat zusammen. Anna wollte zu ihr auf den Schoß. Lahja setzte sie sich auf die Knie und schlang die Arme um sie. Der Bauch war im Weg. Anna sah ihre kleine Schwester an und wandte sich dann an Maria.

»Oma?«

»Ja?«

»Vielleicht bestraft Gott Helena?«

»Warum sollte Gott das tun?«

»Vielleicht ist sie unartig gewesen?«

Onni war mit Lahjas Mantel in der Hand an der Tür stehen geblieben. Er trug einen langen, hellbraunen Zweireiher. Er reichte Lahja den Mantel und hörte dabei Anna zu.

»Wie sollte Helena denn unartig gewesen sein?«, fragte er. Seine Stimme klang herausfordernd.

Anna musste sich die Antwort überlegen.

»Man wird immer für seine bösen Taten bestraft.«

Auf Onnis Gesicht erschien ein seltsamer Ausdruck, wie eine fremde Maske. Dann hockte er sich nieder und streichelte Anna über den Kopf. Das Mädchen versuchte es noch einmal.

»Weil sie jede Nacht schreit.«

»Schreien ist die Arbeit der Säuglinge. Keiner hier ist absichtlich böse gewesen.«

Lahja wunderte sich immer wieder, dass Onni das Kind als sein eigenes angenommen hatte. Manchmal fragte noch jemand, wer der Vater des Kindes sei, aber das interessierte Onni nicht. Er hatte nie danach gefragt. Am Tag nach ihrer ersten Begegnung hatte er ihr einen Antrag gemacht. Und lachend gesagt, er habe nur eine Frau gesucht und zwei gefunden. Dass er eine fertige Familie bekommen habe. Und als Helena geboren war, nannte Onni sie niemals seine Erstgeborene, sondern erzählte allen, dass er jetzt drei schöne Mädchen habe und mit der Ältesten verheiratet sei. Alle lachten über seine Geschichten und wollten mit ihm plaudern. Dieses Lachen über Nichtigkeiten ärgerte Lahja manchmal.

»Gehen wir?«

Lahja hatte es eilig. Onni legte ihren Mantel auf das Bett. Sie setzte Anna auf den Boden und stand auf, um sich anzuziehen. Onni half ihr beim Aufstehen. Anna versuchte, wieder auf Lahjas Schoß zu klettern, schaffte es aber nicht. Maria streckte die Arme aus, und Anna ging zu ihr. Lahja knöpfte sich den Mantel zu, drehte sich um und wollte das Baby aufnehmen, aber Onni hielt es schon auf dem Arm. Lahja überlegte, was sie tun sollte. Sie griff nach der zusammengelegten Schürze und legte sie auf die Kommode. Anna lehnte sich an Marias Bauch und streckte die Beine nach vorn.

»Bestimmt schickt Gott für irgendetwas eine Strafe«, sagte sie altklug.

Onni erstarrte. Dann drehte er sich um und trug Helena hinaus. Lahja folgte ihm durch die Küchenveranda auf den Hof. Kälte schlug ihnen entgegen. Die Treppenstufen waren unter Schnee begraben, obwohl sie sie am Morgen gefegt hatte, als sie vom Hof ins Haus gekommen war.

Zu beiden Seiten der Dorfstraße lagen hohe Schneewälle, die die Straße einengten, und zwei Schlitten hatten Schwierigkeiten, aneinander vorbeizukommen. Lahja blieb ein paar Schritte hinter ihrem Mann zurück, damit die Gläubigen nicht behaupten konnten, sie versuche als Gleichberechtigte neben ihm zu gehen. Sie hätte das Kind gern allein ins Krankenhaus gebracht. Was würden die Entgegenkommenden von einem Mann denken, der ein Kind trug? Onni schritt weit aus, und Lahja musste sich anstrengen, um nicht zurückzubleiben.

»Warte mal.«

Onni drehte sich um und blieb stehen. Außer Atem hielt Lahja sich den Leib.

»Tut dir was weh?«

»Nein. Wir sind nur so schnell gegangen.«

Onni kehrte ihr wieder den Rücken zu und schaute in Richtung Dorf. Lahja betrachtete sein sorgfältig geschnittenes Nackenhaar. Wenn sie wenigstens Helena hätte tragen dürfen, aber Onni machte nicht den Eindruck, als würde er das Kind hergeben.

»Gehen wir weiter?«

»Ja.«

Energisch schritt Onni an der Volkshochschule und der Grenzwache vorbei auf das Krankenhaus zu. Den Passanten nickte er nur zu, obwohl er ja Lahja das Kind hätte geben und den Hut lüpfen können. Lahja horchte darauf, wie der Schnee unter Onnis Lapplandstiefeln mit den hochgebogenen Spitzen knirschte. Sie fühlte sich in eigentümlicher Weise überflüssig.

»Wie geht es Helena?«

»Wie soll es ihr gehen? Sie schaut in der Gegend herum.«

Auch Anna hatte als Baby Fieber gehabt, manchmal sogar ziemlich hohes, aber dieses Kind war irgendwie anders. Alles hatte mit einer Erkältung begonnen, aber das Fieber wollte nicht sinken. In der Nacht waren an den Unterarmen der Kleinen rote Flecke erschienen, und am Morgen hatte es den Anschein gehabt, als hätte die Krankheit ihren Höhepunkt überschritten. Im Lauf des Tages war das Fieber jedoch zurückgekehrt, und das Mädchen war unruhig gewesen. Lahja hatte den Eindruck gehabt, als verursachten Stimmen und Licht ihr Schmerzen.

»Warte mal.«

Onni blieb stehen, und mit ein paar raschen Schritten war Lahja an seiner Seite. Das Kind war wach und starrte vor sich hin. Sie fand, es wirkte munterer. Hatte es nicht sogar gelächelt?

Im Bauch spürte sie ein Gefühl der Erleichterung.

»Sollte es ihr nicht schon besser gehen?«

»Wir bringen sie jetzt ins Krankenhaus, dann kannst du beruhigt sein.«

»Vielleicht wird das ja teuer?«

»Dann ist das so. Wenn es sein muss, essen wir eine Weile eben nur Kartoffeln.«

Onni setzte seinen Weg zur Vierwegekreuzung fort. Die gestreiften Markisen über den Fenstern des Konsumladens waren für den Winter hochgezogen worden. An der Kreuzung ging er geradeaus weiter und bog bei Raistakka nach links zum ebenerdigen Gebäude des Krankenhauses ab. Aus den Schornsteinen stieg der Rauch steil in die Luft, bis er vom Wind in Richtung See abgetrieben wurde.

Auch im Warteraum übergab Onni das Kind nicht an Lahja. Hartnäckig hielt er es in den Armen und sah sich nach einem Platz um. Neben der Tür und dem auf Hochglanz polierten Spucknapf saß ein alter Bauer mit Pelzmütze und nickte ihnen zu. Lahja erinnerte sich, dass er im vergangenen Sommer die Mutter zu einer Entbindung geholt hatte. Die Hebamme half damals noch bei einer anderen Geburt, und der Mann hatte in der Küche geduldig bis zum Abend gewartet.

Onni wollte sich neben den Alten setzen.

»Geh nicht dorthin.«

»Warum nicht?«

»Mutter sagt, in seiner Gegend gebe es Tuberkelbazillen.«

Onni sah zu, wie der Bauer eine bemerkenswerte Portion in die Tannenzweige des Spucknapfes spie, und setzte sich auf eine Bank am anderen Ende des Zimmers. Von dort nickte er ihm freundlich zu.

Der Kachelofen in Doktor Kaarlelas Sprechzimmer strahlte fast zu viel Wärme ab. Onni kam mit ins Untersuchungszimmer, obwohl Lahja gesagt hatte, sie komme allein mit dem Kind zurecht. Er gab dem Arzt die Hand und setzte sich auf den Stuhl neben der Tür. Lahja zog das Kind aus und legte es auf den Untersuchungstisch. Der Arzt steckte sich die Oliven des Stethoskops in die Ohren und horchte Helenas Lungen gründlich ab, betastete ihren Hals und fühlte ihr den Puls. Dann drückte er die Hüften des Mädchens gegen den Tisch, fasste ihren Fuß und beugte und streckte das Bein. Lahja fand, das Kind sei zu still. Kaarlela legte die Finger auf Helenas Brustkorb, klopfte mit der anderen Hand auf den Handrücken und beobachtete den Gesichtsausdruck des Kindes. Schließlich wandte er sich an Lahja.

»Da war ganz deutlich eine Entzündung, aber das Schlimmste ist überstanden.«

Lahja fiel ein Stein vom Herzen. Onni lächelte ihr wissend zu.

»Wird sie jetzt wieder gesund?«

»Durch Ruhe geht die Krankheit vorbei, aber das Kind wird sicherlich noch eine ganze Weile geschwächt sein.«

Lahja schloss die Augen, damit die Tränen nicht darunter hervordrangen. Vor Erleichterung zitterte ihr die Unterlippe. Verständnisvoll schloss Onni die Augen und öffnete sie langsam wieder.

»Kann ich irgendetwas tun?«

»Das Kind sollte in einem zugfreien Raum schlafen und warm gehalten werden. Wie sind die Nächte?«

»Sie schläft fast durch.«

»Dann besteht kein Grund zur Sorge. Wie geht es Ihnen selbst?«

»Danke, gut.«

Lahja spürte im Leib einen zarten Tritt. Sie drückte die Hand auf die Stelle. Es wäre schön, Onni einen Sohn zu schenken.

Kaarlela sah zu, wie Lahja sich bemühte, Helenas Arm in den Jackenärmel zu stecken. Das Kind wirkte auffallend still, als hätte es für nichts Interesse. Der Arzt beobachtete, wie Lahja das Kind anzog. Er schaute genauer hin.

»Warten Sie mal.«

»Ja?«

Onni auf seinem Stuhl änderte die Haltung.

»Bringen Sie das Kind bitte noch einmal hierher.«

»Soll ich ihm die Jacke ausziehen?«

»Lassen Sie sie ruhig an.«

Kaarlela legte Helena rücklings auf den Untersuchungstisch. Sie zog sofort die Beine an die Hüften und krallte die Zehen ein. Kaarlela bewegte seine Hand vor ihrem Gesicht zuerst nach rechts, dann nach links.

»Seltsam.«

Onni beugte sich vor. Sein Gesichtsausdruck verfinsterte sich.

»Was ist?«

»Könnten Sie bitte das Kind von dort aus rufen?«

»Wie?«

»Sagen Sie seinen Namen.«

Lahja verspürte einen Druck im Leib, ohne zu wissen, warum.

»Helena«, sagte Onni vorsichtig.

»Versuchen Sie das Kind dazu zu bringen, dass es zu Ihnen schaut.«

»Helena, hier ist Vater. Hier.«

Das Kind wandte den Kopf in die Richtung, aus der die Stimme kam. Kaarlela schnipste mit den Fingern an der anderen Seite, und ihr Kopf wandte sich rasch dorthin. Der Arzt führte seine Hand langsam über Helenas Kopf von rechts nach links und ebenso langsam wieder zurück. Auf seiner Stirn erschienen zwei Falten. Lahja folgte der Bewegung seiner Hand. Sie trat zwei Schritte näher und betrachtete das Gesicht des Kindes. Helenas Blick war dorthin gerichtet, wo das Schnipsen ertönt war.

»O mein Gott.«

Die Augen der Kleinen wandten sich in die Richtung, aus der Lahjas Stimme gekommen war. Kaarlela machte eine weitere, großräumige Bewegung oberhalb ihrer Augen – erst von rechts nach links, dann von oben nach unten, aber Helena sah sie nicht. Ihr Blick blieb wie angenagelt auf die Mutter gerichtet, obwohl diese schon neben das Mädchen getreten war. Erst als ihr Rock beim Berühren der Tischecke raschelte, versuchten die Augen, die Verursacherin des Geräuschs zu suchen.

Auch auf dem Heimweg trug Onni Helena, obwohl Lahja das Kind ganz für sich allein hätte haben wollen. Er drückte es mit beiden Armen gegen seine Brust. Das Schneegestöber hatte wieder eingesetzt.

»Ich müsste in der Apotheke eine Salbe besorgen.«

Onni blieb stehen, drehte sich aber nicht um. Er schwieg.

»Onni?«

Der wandte sich noch immer nicht um. Er schwenkte die eine Hand, verscheuchte ihre Frage wie eine Fliege.

»Onni!«

Er zuckte die Achseln und setzte seinen Weg fort. Lahja betrachtete Onnis Rücken, der sich entfernte. Sie wollte ihm nachrufen, ihn trösten und ihm sagen, dass sich alles wieder zum Guten wenden würde. Dass die Augensalbe kein nutzloser Einkauf sein würde. Dass der Arzt im Unrecht sei und das Kind wieder gesund würde. Dass in der Welt alles Mögliche passiere, jedoch alles gelinge, wenn man zusammen sei. Dass sie lernen würden, auch mit dieser Sache zu leben, und dass bald noch ein Kind zur Welt kommen würde. Aber sie rief nicht, und Onni trug Helena immer weiter fort. Er legte ihr eine Ecke des Schals über das Gesicht, um es vor dem Schneegestöber zu schützen.

Zu Hause fegte Lahja sich auf der Treppe mit dem Reisigbesen den Schnee von den Schuhen. Maria saß schweigend in der Küche.

»Wo sind sie?«, fragte Lahja.

Maria wies mit dem Kopf in Richtung Schlafzimmer.

»Sind sie beide da?«

»Ja.«

»Was machen sie?«
»Er weint.«
»Männer weinen nicht.«
»Doch, auch Männer weinen.«

Lahja fand, dass jetzt sie an der Reihe war, in den Arm genommen und getröstet zu werden. Sie hatte schon ein Kind allein zur Welt gebracht, es allein versorgt und in den Schlaf gewiegt, wenn es krank war. Sie hatte dagegengehalten, als das Mädchen heranwuchs und in allem seinen eigenen Willen durchsetzen wollte. Sie hatte Anna erklärt, warum gerade sie keinen Vater hatte. Jetzt war jemand anders an der Reihe, fand sie. Jemand anders sollte ihr und den Kindern über Probleme und schwierige Tage hinweghelfen. Sie hatte beschlossen, dass ihr Leben anders verlaufen würde als das ihrer Mutter. Sie wollte, dass jemand für sie sorgte.

Maria sah sie immer noch an.

»Willst du da noch lange herumstehen?«
»Was soll ich ihm sagen?«
»Du kannst auch schweigen.«

Lahja zog sich den Mantel aus und ging zur Schlafzimmertür. Onni lag seitlich auf dem Bett und drückte das Kind mit beiden Armen an sich. Helena hielt mit den Fingern ihre Zehen fest und hatte die Augen an die Decke gerichtet. Lahja setzte sich auf die Bettkante und streichelte Onni die Schläfe. Sie wollte seinen Kopf in ihren Schoß legen, ihm die Augenwinkel küssen und beruhigende Worte finden, aber der Mann zog den Kopf unter ihren Händen weg.

»Die Strafe für die Sünden der Väter kommt über die Kinder.«

Lahja hörte in seiner Stimme das aufkeimende Weinen.

»Bis ins dritte und vierte Glied.«
»Was redest du da?«

Lahja legte sich auf das Bett und schlang die Arme um Onni.

Er versuchte, sich zu entziehen, erlaubte aber schließlich den Armen, dort zu liegen. Lahja spürte seine zuckenden Schluchzer an ihrem Bauch.

»Verzeih mir, Helena. Verzeih deinem Vater. Verzeih mir.«

Anna schaute durch die Tür herein, sagte aber nichts.

1946 | ERDHÜTTENGASSE

In allzu engen Räumen

»Was hast du vor?«

Onni hatte die Augen geöffnet und starrte Lahja an. Er war aufgewacht, obwohl sie versucht hatte, sachte von der Wandseite des Bettes aufzustehen, Knie und Arme langsam in die Matratze zu drücken und über Onni hinwegzusteigen. Lahja stellte fest, dass sie auf allen vieren über Onni stand. Sie spürte seinen nach Schlaf duftenden Atem an ihren Lippen. Sie konnte sich nicht erinnern, wann sie ihrem Mann zuletzt so nahe gewesen war. Sein Körper strahlte durch die Decken hindurch Wärme an ihre Haut ab. Onni betrachtete ihr Gesicht und wirkte plötzlich fast erschrocken. Lahja rollte sich schnell vom Bett und zog die herunterrutschende Wollsocke hoch.

»Ich will Feuer machen. Schlaf ruhig weiter.«

Lahja tastete im Dunkeln herum, bis sie auf dem Tisch die Streichhölzer fand. Sie zündete eine Kerze an. Rasch drehte Onni sich zur Wand und zog sich die Decke über die Schulter. Lahja war zufrieden. Dieser Augenblick gehörte ihr allein.

Die in den sandigen Hang gegrabene Erdhütte war eiskalt. Am Abend hatten sie so viel Holz im Kamin verbrannt, dass das Abzugsrohr in der Finsternis dunkelrot glühte und es im Zimmer der Hitze wegen ganz stickig wurde. Sie alle waren vor dem Schlafengehen an die frische Luft gegangen, um durchzuatmen, und dann wieder hereingekommen, wo es nach Hitze und Waldwurzeltorf roch. In der Nacht hatte sich die Wärme jedoch in den Frostboden hinter den Wandbrettern verflüchtigt. Morgens gefror der Atem auf den Decken zu Reif. Im Verlauf des Winters drang die Kälte auch von unten in die Betten, obwohl sie unter jeder Matratze eine dicke Schicht Zeitungen ausgebreitet hatten. Lahja trug jetzt Onnis alten Pyjama, denn im Nachthemd wurde ihr kalt. Onni trug Fußlappen in den Strümpfen.

Die Deutschen hatten bei ihrem Rückzug zur Eismeerküste das Dorf niedergebrannt, Haus für Haus, und wenn doch etwas stehen geblieben war, hatten die Russen es für ihre Paradestraße abgerissen. Deshalb waren die evakuierten Dorfbewohner bei ihrer Rückkehr von einem schütteren, aber imposanten Wald aufragender Schornsteine empfangen worden. Die waren jedoch vom Feuer brüchig geworden und stürzten bei Sturm und Schneegestöber ein. Stumm hatten die Dorfbewohner ihre Grundstücke gesucht. Die aus dem Schnee aufragenden Schornsteine verrieten, wo die Häuser gestanden hatten, aber die Lage der Wirtschaftsgebäude zu ermitteln war schwieriger. So als wäre der Maßstab verzerrt und als hätten sich die bekannten Höfe in fremde verwandelt. Hatte dort unsere Scheune gestanden? Wo waren die Johannisbeersträucher, die die Großmutter gepflanzt hatte? Wenn der verkohlte Stamm da drüben die größere der beiden Hofbirken des Nachbarn war, dann muss unsere Sauna dort links gewesen sein.

Schweigsam kehrten die Männer von den Fronten zurück. Ausdruckslos betrachteten sie das niedergebrannte Dorf, als wäre dessen Zerstörung ein selbstständiges Ereignis, losgelöst und unabhängig von dem Krieg, in dem sie gekämpft hatten. Das Ausmaß der Zerstörung war schwer zu begreifen. Nur wenige konnten ihr Zuhause als eine Gesamtheit vermissen. Sie erinnerten sich an Details, die zu Asche verbrannt waren. Weißt du noch, die schöne veilchenblaue Tapete? Dort drüben war das Fenster, in das die Sonne durch die Lärchenzweige schien. Hier das krumme Dielenbrett, das immer so geknarrt hat. Ob wohl das alte Radio mit all dem anderen verbrannt ist, oder hat vielleicht ein Soldat es mitgenommen? Ob es wohl als Asche hier unter unseren Füßen liegt? Oder spielt es in Berlin *Erika*? Dudelt es womöglich in Moskau oder verrottet irgendwo unter einer Fichte neben einem erschossenen Soldaten?

Und aus welchen Ländern mochten die Besatzungssoldaten gekommen sein, sicherlich aus wärmeren, denn in den Zeltquartieren war ihnen kalt geworden, und sie hatten deshalb in der Flussbiegung Unterstände gegraben. Dort hatten sich jetzt die Rückkehrer einquartiert. Es war schwierig, eine ganze Familie in einer Erdhütte von wenigen Quadratmetern zusammenzupferchen, aber die Ankömmlinge hatten ja nicht viele Sachen. Etwas Kleidung in den vom Regen streifigen Sperrholzkoffern, zwei Flickenteppiche und ein paar Teller. Mit eingepackt hatten sie die wenigen silbernen Löffel, die sie zur Hochzeit bekommen hatten, und die gerahmten Fotos, von denen die verstorbenen Verwandten die Flüchtlinge mit starren Blicken ansahen. Wenn diese Sachen auf dem langen Marsch nicht unter Tränen im Schnee zurückgelassen worden waren, hatte man sie gegen eine Metze Kartoffeln eingetauscht oder gegen Liniment, das für die schmerzenden Beine benötigt wurde. Wenn ein Gegenstand, der an frühere Friedenszeiten erinnerte, ein Spitzenvorhang oder ein Kerzenständer, durch eine Laune des Schicksals bis zur Rückkehr erhalten geblieben war, versuchten die Menschen zuerst, damit etwas Gemütlichkeit zu zaubern, aber schon bald war er wieder in die Pappschachtel gewandert oder zusammengelegt und unter den Bettpritschen verstaut worden. Wenn eine noch so feine silberne Obstschale auf dem Tisch der Erdhütte stand und vom herabrieselnden Sand bedeckt wurde, dann zeugte sie nicht davon, was der Bewohner noch besaß, sondern erinnerte daran, was er verloren hatte. Aus den Lotta-Kleidern wurden Hemden für die Kinder genäht.

Lahja öffnete die Klappe des eisernen Ofens und schüttete gespaltene Kiefernzweige hinein. Die Bäume waren erst vergangene Woche gefällt worden, und das Holz war noch feucht, obwohl sie es sofort drinnen aufgestapelt hatten, sodass die Kleidung nach Harz und Feuchtigkeit roch. Von einem Ast schnitt Lahja Spanstücke, die sie an der Kerze anzündete. Sie ließ sie ordentlich Feuer fangen, bevor sie sie ins Ofenloch steckte und dürre Zweige darüberschichtete. An ihrem Ärmel blieb Ruß hängen.

Lahja zog den Vorhang von der kleinen Fensterscheibe und schaute hinaus. Vor dem Doppelfenster wirkte der Brokatstoff protzig und kostbar, aber er hielt die schlimmste Zugluft fern. Aus demselben Grund hatten sie vor die Tür der Länge nach einen Gobelin gehängt, auf dem Rehe aus einer Quelle tranken. Das Wasser trotzte der Schwerkraft und lief nicht auf den sandigen Fußboden der Erdhütte herab. Bald würde der Morgen dämmern, die Fensterscheibe war schon heller als der übrige Raum. Der Fluss war fast völlig zugefroren, aber noch gab es in der Mitte eine offene Stelle, von der an einem Frostmorgen wie diesem Dampf aufstieg. Aus dem Fenster der Nachbarhütte schimmerte fahles Licht. Maria hatte wegen ihrer Beine wieder nicht schlafen können. Zum Glück wohnte Anna dort und konnte ihr beistehen. Sie und die Großmutter zählten auf, was sie alles durch den Brand verloren hatten. Lahja fiel ein, dass sie ihr warmes Wasser für Umschläge bringen könnte.

Der Ofen brannte, und das Feuer fauchte im Abzug. Lahja nahm einen Kochtopf vom Regal und entfernte den Teller vom Wassereimer, der neben der Tür stand. Zu Herbstbeginn hatten sie jeden Morgen die Mäuse aus dem Eimer fischen müssen, die darin ertrunken waren. Auf deren Gesichtern hatte ein erstaunter Ausdruck gelegen, und die Pfoten hatten in verschiedene Richtungen geragt. Jetzt gab es nicht mehr so viele Mäuse. Lahja zerklopfte mit der Schöpfkelle die dünne Eisschicht, füllte den Kochtopf und stellte ihn auf die Ofenplatte zum Heißwerden. Onni hatte in den Ruinen des Hauses den

Holzherd gefunden und ihn in die Erdhütte gebracht. Es war ihm jedoch nicht gelungen, ihn an das Abzugsrohr des eisernen Ofens anzuschließen. Es fehlte an allem, an Eisenrohren, an Ziegeln, an Mörtel.

Im Bett neben dem Fenster schlief Johannes, und in demselben Bett, den Kopf am anderen Ende, hatte Helena bildlose Träume. Lahja strich die Mäuseköttel von ihrer Decke und zog den Flickenteppich, der zusammengekrumpelt neben der Wand gelegen hatte, über die Decke der Kinder. Zum Glück fremdelte Johannes Onni gegenüber nicht mehr so wie damals, als sein Vater von der Front heimkehrte. Der Junge half auf der Baustelle, so gut er konnte, holte Bretter und reichte die Axt zu. Er konnte Nägel phänomenal gut geradehämmern. Den ganzen Herbst über durchharkte er die Asche der verbrannten Häuser, auf der Suche nach Eisennägeln, die sich in der Hitze verbogen hatten. Mit seinem Hammer klopfte er sie auf einem Stein gerade. Oft konnte Lahja nicht anders als stehen bleiben und staunen, wie schnell ein krumm gebogener Sechszöller sich Schlag für Schlag wieder gerade richtete. Im Feuer waren die Nägel mürbe geworden, aber das galt auch für die Männer, die im Krieg gewesen waren und jetzt die Nägel einschlugen.

Onni war noch einmal eingeschlafen und drehte sich im Schlaf auf den Rücken. Er war immer noch ein gut aussehender Mann mit langen Beinen und schmalem Gesicht. Der Krieg hatte ihn nicht gebeugt wie viele andere, aber um seinen Mund war etwas Verkniffenes erschienen, das sich auch im Schlaf nicht entspannte. Lahja hätte ihm gern die Wange gestreichelt, aber sie tat es nicht. Das hätte er nicht gerngehabt. Sollte er doch in Ruhe schlafen.

Vorsichtig nahm Lahja aus der Emailleschüssel das schmutzige Geschirr und stellte es auf den Tisch. Sie prüfte, ob das Wasser im Kochtopf heiß war, schöpfte dann zwei Kellen in die Schüssel und stellte sie auf die Bank. Noch war es zu heiß. Lahja goss etwas kaltes Wasser dazu und mischte es mit der Hand, bis es die richtige Temperatur hatte.

Lahja knöpfte sich die Hose auf. Welcher Tag war heute? Oder wenigstens, welcher Monat? Es gab jeden Tag so viel zu tun und zu bauen, dass die Monate oder Wochentage sich nicht voneinander unterschieden. Jede helle Stunde war angefüllt mit körperlicher Arbeit. Jeden Tag musste das neue Haus ein wenig vorangebracht werden, aber in dem Maße, wie es damit voranging, erweiterte und änderte Onni die ursprünglichen Pläne, wollte noch zwei Schlafzimmer oder einen Backofen im Keller oder einen Wohnraum auf dem Dachboden bauen. Lahja fand, sie würden auch mit weniger Platz auskommen, aber Onni ließ sich von ihr nicht bremsen. Für die Hausherrin war angeblich das Beste gerade gut genug.

Und tatsächlich wurde es ein großes und schönes Haus. Lahja brauchte nur einen Wunsch zu äußern, und schon beeilte sich Onni, ihn zu verwirklichen. Ein großer Raum als Fotoatelier. Eine Küche, in der der Esstisch Platz fand. Sollte es auch ein Speisezimmer geben für den Fall, dass Gäste kämen? Durften es zwei Treppen sein, eine zum Hinterhof für die Familie, die andere zur Straße hin für Besucher? Lahja wurde es warm ums Herz davon, wie er zu allem sorgsam ihre Meinung einholte. Ist dir die Größe des Schlafzimmers so recht? Sollte es eine Tür von der Küche ins Wohnzimmer geben? Brauchen wir einen Balkon? Machen wir das doch alles jetzt gleich, wo wir einmal dabei sind. Wir wollen doch hinterher nicht gleich wieder anbauen müssen. Von Sonnenaufgang bis zu den letzten fahlen Sonnenstrahlen gab es genug zu tun. Onni hörte erst auf zu nageln, wenn der Nagel nicht mehr zu sehen war.

Und wenn die Sonne untergegangen war, galt es, mit einem einzigen Kochtopf Essen zuzubereiten, die Wände abzudichten, aus denen der Sand rieselte, im gemauerten Kessel die Wäsche zu kochen und sie mit steifen Fingern im Eisloch zu spülen.

Kein Wunder, dass Johannes letztens in der Erdhüttensauna gesagt hatte, dass Mutters Brüste kleiner geworden seien. Lahja fasste sich ans Hemd und betastete sich. Sie war stark abgemagert. Das galt für sie alle. Die Kleider mussten enger gemacht werden, damit sie einem nicht vom Leib fielen, und der Mantel war ihr schon so weit, dass der Frostwind hineinblasen konnte. Lahja hockte sich mit gespreizten Beinen über die Schüssel und wusch sich. Welcher Tag war heute? Lahja legte sich die Hand auf den Bauch. Wann hatte sie zuletzt geblutet? Im vergangenen Monat oder in dem davor?

Gestern hatte Onni ihr ein dickes, schwarzes Haar aus dem Mundwinkel gezupft. Und lachend erklärt, die Frauen hätten sich so gut um die Heimatfront gekümmert, dass sie selbst Männer geworden seien. Ob hier überhaupt Raum sei für die Frontkämpfer, oder machten die Frauen alles in Eigenregie? Ein lautloser Krampf stieg von ihrem Unterbauch auf, drückte auf die Rippen und presste die Lunge zusammen. Wenn er sie wenigstens mit dem Finger berühren würde, nachdem er sechs lange Jahre fort gewesen war. Sie in den Arm nehmen, ein freundliches Wort sagen, ihr über das Haar streichen würde. Wenn er einmal neben ihr liegen, auf eine komisch geformte Wolke zeigen und wieder so lachen würde, dass seine Zähne zu sehen waren. Wenn er sie neben sich lassen und vom gemeinsamen Leben in dem neuen Haus erzählen würde. Ihr noch einmal Zutritt zu seinen Träumen gewähren würde.

Die Mutter fragte oft, ob Lahja noch ein weiteres Kind machen wolle, so wie die anderen Frauen mit ihren von der Front heimgekehrten Männern. Wie sollte Lahja ihr erklären, was es hieß, neben dem anderen zu liegen und sich nach einer Berührung zu sehnen? Was es bedeutete, davon zu träumen, noch einmal das Gewicht eines Mannes auf sich und den Mann in sich zu spüren. Wie es war, allein im leeren Bett aufzuwachen und sich die Decke zwischen die Beine zu drücken. Sich zu wünschen, mit einem Mann zusammen zu sein. Was es bedeutete, als gleichberechtigte Kameradin und Freundin neben dem anderen her zu leben, nicht als ersehnte oder begehrte Frau. Nur als Kameradin, auf deren Stirn ab und zu ein brüderlich zarter Kuss gedrückt wurde. Wie es war, wenn man sich dem erstbesten Flößer, schmutzigen Waldarbeiter oder beinlosen Kriegsinvaliden hingeben wollte, um wenigstens ein bisschen Leidenschaft zu erleben. Damit überhaupt jemand sie noch einmal voller Verlangen berührte und ihr die Kleider vom Leib riss und sie betastete, und sei es nur zu seinem eigenen Genuss.

Lahja hörte nichts, aber sie spürte den Blick. Sie hob den Kopf und sah, dass Onni sie anstarrte. In seinem Blick sah sie keine Wertschätzung, keine Erregung, nicht einmal Interesse. Er schaute einfach nur. Zugleich sah sie sich selbst mit seinen Augen. Sie war eine Bartlippe mit vertrockneten Brüsten in einem übergroßen Pyjamaoberteil, die an den Füßen trübgraue Socken trug und über einer Waschschüssel hockte, in sich die eigenen Finger.

»Was starrst du so?«

Onni antwortete nicht.

»Was zum Teufel starrst du mich so an?«

Lahja sah, dass Johannes aus dem Schlaf auffuhr, aber sie kümmerte sich nicht darum. In den Augenblicken schlimmster Erschöpfung hasste sie ihre Kinder, ja, ihre ganze Familie. Wenn doch die Familie sich nicht fortpflanzen, sondern hier, mit ihr, enden würde. Lahja erhob sich und stand mit nacktem Unterleib in dem kleinen Raum.

»Nun erzähl mir doch, verdammt noch mal, was es hier zu glotzen gibt! Das hier?«

Lahja zerrte sich das Oberteil vom Leib. Ein Knopf riss ab und flog unter den Tisch.

»Guckst du nach meinen Titten oder nach dem hier unten?«

Auch Helena war erwacht und starrte unbeweglich vor sich

hin. Lahja packte die Waschschüssel und schüttete den Inhalt über Onni aus. Das Wasser floss von seinen Haaren auf die Decken und die Strohmatratze.

»Hörst du endlich auf, mich anzustarren? Was?«

Onni sagte nichts, wandte aber auch nicht den Kopf ab. Lahja warf die Schüssel nach ihm. Sie traf ihn an der Schläfe, ehe er schützend die Hand erheben konnte.

»Hör auf, mich anzustarren. Du darfst mich nicht anstarren! Niemand darf mich anstarren!«

Ein wenig Blut lief Onni aus der Augenbraue und tropfte auf den Flickenteppich. Es ärgerte Lahja, dass er die Wunde nicht mal abwischte.

»Sei wenigstens ein Mann und schlag zurück. Sei wenigstens in dieser Hinsicht ein Mann!«

Doch Onni tat nichts. Lahja nahm das Geschirrhandtuch vom Tisch und warf es aufs Kinderbett.

»Bring deinem Vater das Handtuch. Er blutet.«

Johannes rührte sich nicht.

»Bring es ihm schon, damit er nicht verblutet!«

Der Junge nahm das Handtuch, kletterte über das Kopfende des Bettes auf die andere Pritsche und reichte Onni das Handtuch. Die andere Hand reichte er Helena, die sich daran orientierte und mühsam neben ihren Bruder kroch. Alle drei schmiegten sich aneinander wie ängstliche Mäuse.

Lahja drehte sich um. Mit Schwung zog sie den Rehgobelin beiseite und stieß die Tür auf. Davor hatte sich in der Nacht eine Schneewehe gebildet. In Wollsocken stand Lahja im Schnee und wusste nicht, wohin sie gehen sollte.

1950 | SCHLAGBAUMWEG

Ferne und nahe Dinge

»He, Johannes, komm essen!«

Lahja nimmt aus dem neuen Schrank vier tiefe Teller, auf denen eine gelbe und eine rote Rose prangen, und stellt sie auf den Esszimmertisch. Onnis Bett in der einen Zimmerecke ist sorgfältig gemacht. Lahja versteht nicht, warum der Mann das nicht ihr überlässt. Johannes kommt durch die Tür des Vorraums in die Küche und geht sich gehorsam die Hände waschen.

»Bring dann gleich die Löffel mit.«

Lahja geht zurück in die Küche, wirft einen Blick in den Ofen, um sich davon zu überzeugen, dass das Feuer heruntergebrannt ist, und schließt den Ofenschieber. Sie nimmt den Topf mit der Fischsuppe vom Herd und stellt ihn auf den Tisch. Johannes zählt die Löffel ab und bringt sie ins Speisezimmer. Von dort kehrt er zurück und schwenkt tadelnd einen Teller.

»Mutter, für wen ist der?«

Wieder hat sie für Helena gedeckt, obwohl sie heute daran denken wollte, dass das Mädchen nicht mehr hier wohnt. Es war ja schon ein erster Brief von ihr aus der Blindenschule in Helsinki gekommen, geschrieben in der Handschrift eines unbekannten Lehrers. Lahja schiebt den Teller zurück in den Küchenschrank und stellt drei Trinkgläser auf den Tisch. Das kommt ihr wenig vor. Anna hat einen Mann gefunden, einen karelischen Aussiedler, und ist von zu Hause ausgezogen. Die Mutter kann die Erdgeschosswohnung nicht mehr verlassen. Übrig sind Johannes, Onni und sie.

Lahja öffnet die Tür zum Treppenhaus.

»Onni, das Essen ist fertig!«

Von unten kommt keine Antwort. Erst vor ein paar Minuten hat sie Onni aus dem Fenster zugerufen, er möge zu Tisch kommen. Er hatte sie nicht einmal angesehen, sondern war mit hängenden Schultern ins Haus gegangen. So hatte er sich in letzter Zeit verhalten, wenn sie allein waren. Wie ein geprügelter Hund. Er sah sie verstohlen an, ohne sich ihr zuzuwenden, antwortete, wenn er gefragt wurde, und tat, um was man ihn bat. Wenn du es zu Hause nicht aushältst, dann geh fort, hatte sie gesagt, aber er ging nicht. Wohin hätte er auch gehen sollen?

Lahja kehrt ins Esszimmer zurück und setzt sich an den Tisch. Johannes bestreicht sich schon einen Brotfladen. Lahja greift nach seinem Teller und schöpft Fischsuppe auf. Sie hat, ohne nachzudenken, für vier, vielleicht sogar für fünf Personen gekocht.

»Wo ist dein Vater?«

»Er ist mit reingekommen.«

»Wo wart ihr so lange?«

»Auf der Kirchenbaustelle. Wir sind schon bis zum Turm gekommen.«

»Da oben warst du? Hattest du Angst?«

»Man konnte fast bis hierher sehen.«

Johannes löffelt seinen Teller aus. Er hat eindeutig Hunger gehabt und hält ihr den leeren Teller hin.

»Krieg ich noch Nachschlag?«

»Es ist genug da.«

Lahja schenkt sich Wasser ein. Es hat einen metallischen Geschmack, denselben, den vor den Kriegen auch das Wasser des alten Brunnens hatte. Das Wasser hinterlässt im Geschirr und am Boden der Kannen braune Spuren, und wenn man sie noch so spült oder mit Sand und Soda scheuert.

»Mutter, kommt Helena zum Sommer nach Hause?«

»Natürlich kommt sie. Und zu Weihnachten auch.«
»Holen wir sie ab?«
»Jedenfalls dein Vater.«
»Er hat gesagt, wir könnten ein Floß bauen.«
»Soso.«
»Darf Helena im Sommer mit uns aufs Floß kommen?«

Lahja antwortet nicht. Was geht es sie an, wen Onni auf den Ausflug mitnehmen will und wen nicht? Ihr Platz ist zu Hause, sie hat ihre Mutter zu pflegen, wenn die anderen mit dem Postauto an die Stromschnellen fahren und auf die Fjälls steigen. Niemand kann sich auch nur vorstellen, dass sie mitfährt, und das würde sie auch nicht. Bei den wenigen Malen, wo sie dabei war, hat sie sich wie ein seltsamer Vogel gefühlt, wenn die anderen über alte Witze lachten und sich an gemeinsam erlebte Geschichten erinnerten. Weißt du noch damals, als …? Das hier ist doch nichts im Vergleich zu … War das damals, als …? Sie bleibt von diesen Als-Erinnerungen ausgeschlossen und bringt die anderen in Verlegenheit, wenn sie danach fragt. Und gerät in Verlegenheit, wenn sie nicht fragt.

Johannes legt den Löffel auf den Teller und leert sein Glas.

»Ich war auch bei den Ruinen des alten Glockenturms.«

»Was wolltest du da?«

»Nach den alten Glocken suchen.«

»Die sind doch bestimmt im Krieg geschmolzen. Oder der Russki hat sie mitgenommen.«

Johannes sieht Lahja an wie eine Spielverderberin und erzählt seinen Gedanken nicht bis zu Ende. Lahja ahnt, dass Onni nach den Glocken gefragt und darüber gerätselt hatte, wie tief das geschmolzene Metall wohl in den Boden eingedrungen war. Er kann gut mit den Kindern umgehen und lässt sich gern auf Gespräche mit ihnen ein. Niemals redet er in Ammensprache mit ihnen oder erzählt irgendeinen Unsinn, sondern spricht mit ihnen wie mit Erwachsenen.

Johannes steht vom Tisch auf, dankt für das Essen und bringt seinen Teller in die Küche. Auch Lahja erhebt sich. Sie nimmt ihren Teller in die eine und Onnis unbenutzten in die andere Hand. Den schmutzigen stellt sie in die Waschschüssel und den sauberen auf den Herdrand. Sie bindet sich die Schürze um und holt den Topf mit der Suppe in die Küche. Die Hälfte davon ist noch übrig. Die Suppe hält sich bis morgen, wenn sie sie in die Speisekammer stellt, aber nicht länger. Lahja betrachtet den leeren Teller auf dem Herdrand und beschließt, ihn zu füllen. Wenn Onni nicht essen will, dann vielleicht ihre Mutter.

Lahja öffnet die Küchentür und trägt den vollen Teller mit beiden Händen vorsichtig die Treppe hinunter. Die Fischsuppe schwappt im Takt der Schritte, und auf dem Treppenabsatz muss Lahja stehen bleiben, damit sie nichts verschüttet. Im Vorraum des Erdgeschosses klopft sie an die Tür der Mutter. Niemand antwortet. Die Kellertür ist geschlossen, also ist Onni nicht hereingekommen. Vielleicht ist er im Kuhstall? Lahja klopft noch einmal und bekommt wieder keine Antwort. Sie fragt sich, ob sie den Suppenteller zurück in die Küche bringen oder ihn auf den Fußboden stellen und eine Untertasse zum Abdecken holen soll. Am Ende beschließt sie, den Teller hinaufzubringen und den Inhalt zurück in den Kochtopf zu schütten, damit er nicht so schnell abkühlt. Auf dem Weg nach oben hört sie hinter sich ein schwaches Getrappel. Wahrscheinlich ist die Mutter aufgewacht und geht jetzt mit ihrem Krückstock zur Tür. Lahja kehrt nach unten zurück, doch die Tür öffnet sich nicht.

Wieder hört sie das Trappeln, aber es kommt nicht aus Mutters Wohnung, sondern anscheinend von unten. Sie öffnet die Kellertür, aber auf der Treppe ist es dunkel, und nichts regt sich. Sie will die Tür schon zuziehen, als das Geräusch wieder da ist. Es klingt nicht wie das scharfe Klacken eines Spazierstocks, sondern matter, wie erstickt. Lahja schaltet das Licht über der Treppe ein und steigt vorsichtig hinunter. Die beiden ersten

Stufen sind aus Holz, die übrigen aus Zement. Sie bemerkt, dass sie den Teller immer noch in der Hand hält.

Unten schaut sie instinktiv in die Kartoffelkisten, denn im Frühjahr war dort ein Mäusenest, aber jetzt ist dort nichts. Wieder hört sie hinter sich das Geräusch. Lahja dreht sich um und sieht hinter einem Ziegelhaufen Onnis Beine. Sie zucken. Onnis Gesicht ist nicht zu sehen. Lahja läuft zu ihm. Er starrt sie mit weit offenen Augen an. Sein ganzer Körper zuckt, und aus seinem Mund quillt blutiger Schaum. Seine Fersen schlagen gegen den Fußboden. Lahja sieht ihren Mann an, und ihr Gesicht wechselt die Farbe. Der Teller fliegt gegen den halb fertigen Backofen und zerspringt.

»O verdammt, was hast du getan!«

Lahjas Stimme hallt zwischen den Kellerwänden und steigt ins Treppenhaus hinauf.

»Auch das noch!«

Irgendwo oben öffnet sich eine Tür. Von der Treppe dringt Johannes' Stimme herab.

»Mutter, was ist los?«

»Bleib, wo du bist!«

Johannes' Schritte nähern sich.

»Du hast hier nichts zu suchen!«

Doch Johannes ist schon die Treppe herabgelaufen.

»Du sollst nicht hierherkommen!«, schreit Lahja aus voller Kraft, aber der Junge gehorcht nicht. Er bleibt am unteren Ende der Treppe stehen und starrt Onni an.

»Was ist mit Vater? Was hast du getan, Mutter?«

Onnis Finger krümmen sich, und sein Mund bemüht sich, Worte zu formen.

»Was ist mit Vater?«, fragt Johannes.

Lahja versucht, Johannes den Blick zu verstellen, doch es gelingt ihr nicht. Onnis Kopf schlägt gegen den Zementfußboden. In dem kleinen Raum klingt das Geräusch sehr laut.

»Geh weg, geh schon!«

Johannes rührt sich nicht. Seine Augen sind weit aufgerissen, aber er sagt nichts. Er kann nicht mal in Tränen ausbrechen. Onni hat am Hinterkopf eine Wunde, aus der Blut auf den Boden tropft. Lahja hockt sich hin und versucht, Onnis Kopf in der Luft zu halten. Sein Körper krümmt sich. Lahja setzt sich auf den Boden, zieht den Oberkörper ihres Mannes in ihren Schoß und versucht, das Zucken zu unterbinden. Sie dreht Johannes den Rücken zu, um zu verhindern, dass er das Gesicht seines Vaters sieht. Der Junge steht immer noch am unteren Ende der Treppe. Er hat die Hände zu Fäusten geballt.

»Johannes, hol die Oma. Geh!«

»Und wenn sie schläft?«

»Dann weckst du sie. Sie soll kommen.«

Der Junge dreht sich um und läuft die Treppe hinauf. Lahja folgt ihm mit dem Blick.

»Sag ihr, sie muss unbedingt kommen.«

Lahja wendet sich wieder Onni zu. Dessen Lippen bewegen sich.

Verzeih mir, sagen sie, und von seiner zerbissenen Zunge rinnt ihm Blut über die Wange.

»Lass sein. Lass gut sein.«

Lahja wischt ihm den blutigen Schaum mit dem Schürzenzipfel ab und hört, wie oben der Spazierstock gegen den Fußboden klopft. Onnis Leib wird von Krämpfen geschüttelt. Lahja streichelt ihm über das Haar.

»So schlimm ist es gar nicht. Das ist es nie.«

Onni sieht ihr in die Augen. Von der Treppe sind Stimmen zu hören. Lahja drückt ihre Stirn gegen Onnis.

»Verlass du mich nicht auch noch. Wir wollen wenigstens zu zweit in diesem Haus leben. Das wollen wir doch?«

1957 | DEPOTWEG

Geliehene Worte

Lahja nimmt den Rasierhobel und schraubt an seinem Griff. Der Kopf des Rasierers öffnet sich wie eine Metallblume. Sie schüttelt sich die alte Klinge auf die Hand und legt sie auf den Stuhl neben dem Bett, der als Nachttisch dient. Dann nimmt sie die Klingenschachtel und schiebt eine neue, unbenutzte Klinge heraus, die sie vorsichtig einsetzt. Zuletzt schraubt sie den Metallkopf wieder fest. Er schließt sich ruckhaft und bedeckt die Klinge wie einen verborgenen Stachel.

Lahja hat Onni mit Kissen in eine halb liegende Position gebracht. Sie setzt sich mit gespreizten Beinen ans obere Ende des Bettes und legt sich seinen Kopf in den Schoß. In einer Schale schäumt sie die Seife auf und verteilt sie zuerst auf dem Kinn und dann auf beiden Wangen ihres Mannes. In der Schale befeuchtet sie ihre Fingerspitzen und verteilt den Schaum auf den Schnurrbartstoppeln. Onni hat die Augen geschlossen. Er versucht, sie zu öffnen, als er den Seifenschaum auf seiner Haut spürt, doch es gelingt ihm nur zur Hälfte. In seinen Mundwinkeln zeigt sich Bewegung, aber auf seinem Gesicht entsteht kein erkennbarer Gesichtsausdruck. Die Augen schließen sich wieder.

Gestern wurde Onni aus dem Krankenhaus entlassen. Heute ist der Arzt da gewesen und hat ihm eine Spritze gegeben. Onni ist zeitweilig wach, kann aber kein Wort sagen. Lahja setzt den Rasierhobel auf Onnis Wange und zieht ihn langsam über das Kinn hinab. In den Fingern spürt sie das winzige Rucken, wenn die Barthaare durchtrennt werden. Der Hobel hinterlässt im weißen Schaum eine hautfarbene Bahn. Sie befühlt den rasierten Streifen. Er ist von der Seife glatt.

Sie hat niemals etwas von den Briefen gesagt, die sie entdeckt hatte, zu niemandem. Heimlich hat sie sie gelesen, hat die Papiere nachts im Keller auf unterschiedliche Weise sortiert, erst nach der Zeit, dann nach Absender und am Ende nach Inhalt und Gefühlslage. Nacht für Nacht hat sie die ihr unbekannten Handschriften entziffert, die Daten und Ereignisse geprüft. Die Absender haben einer nach dem anderen aufgehört zu schreiben. Keine Post mit Avancen kam mehr von diesen Unbekannten. Nur der Absender der schlimmsten Briefe, die sie im Sommerhaus gefunden hatte, schrieb auch weiterhin. Selbst im Schlaf würde Lahja diese Handschrift erkennen, präzise und kantig zugleich. Die großen Js bestanden aus drei Ecken, und die As standen oben leicht offen. Die Bögen der kleinen Ms wiederum waren so spitz, dass sie, hätte man Punkte darübergesetzt, Bündel von kleinen Is gebildet hätten. Jede Nacht liest Lahja die Briefe, die an Onni gerichtet sind, und versucht, durch die Handschrift hindurch zu erkennen, wie deren Absender aussieht.

Lahja biegt Onnis Nase nach links und rasiert ihm mit kleinen senkrechten Bewegungen die Oberlippe. Die Klinge des Hobels ist mit Barthaaren verstopft. Wie bekommt man sie da weg? Sie hat nicht daran gedacht, ein Handtuch mitzubringen. Also wischt sie die Klinge an ihrem Ärmel sauber, nimmt den Hobel in die andere Hand und biegt die Nase nach rechts.

Einen Teil der Briefe hat Lahja in ihr Zimmer gebracht. Durch sie hat sich ihr ein neuer Zugang zu ihrem Mann eröffnet. In den Briefen ist er ein ganz anderer und doch derselbe. Zärtlich, freundlich, gesellig. Witzig. Rücksichtsvoll, manchmal sogar allzu sehr, tadelt der Absender. Der Onni der Briefe ist all das, was er auch zu Hause ist, und doch anders. Stärker und kraftvoller. Echter. An den Datumsangaben erkennt Lahja, dass es Onni zu Hause desto schlechter geht, je tiefer die Gefühle sind, die die Briefe vermitteln.

Onnis Kopf zuckt, und Lahja unterbricht die Rasur. Als er sich nicht weiter bewegt, führt sie den Hobel an die Haut zurück. Mit langen Zügen von unten nach oben lässt sie ihn über den Hals gleiten. Den Adamsapfel rasiert sie erst von rechts, dann von links, zuletzt in der Mitte. Die Barthaare bilden Wirbel, und eines davon geht nicht ab. Lahja fühlt mit dem Finger nach, in welche Richtung es wächst. Sie richtet es auf und führt den Hobel sorgfältig darüber hin. Unter der Haut auf dem Schildknorpel spürt sie eine kleine Erhebung.

Manchmal liest Lahja sich die Briefe laut vor. Sie würde Onni diese Worte gern selbst sagen. Sie flüstert die Gedanken, die auf dem Papier stehen, mit dicker, heiserer Stimme in die Dunkelheit. Sie betrachtet ihr Gesicht im Spiegel und formt mit den Lippen geliehene Worte. Sie fühlen sich im Mund fremd und stark an. Zwischen den Sätzen macht sie Pausen, damit er antworten kann, aber er antwortet nie.

Lahja legt den Hobel auf den Stuhl und wischt den restlichen Schaum an ihrem Ärmel ab. Sie hebt Onnis Kopf an und entfernt die Kissen und ihre Beine von seinen Seiten. Dann zieht sie sich etwas hinunter und legt sich neben den Schlafenden. An ihrem Körper spürt sie die Bettkante und schlingt die Arme um ihren Mann, um nicht hinunterzufallen. Onnis Gesicht befindet sich unmittelbar vor ihren Augen. Lahja drückt die Nase gegen seine Wange und spürt den Duft der Seife. In Onnis Augenwinkeln entdeckt sie haarfeine Furchen. Hinter dem Ohr hat er ein kleines Muttermal. In seiner Halsschlagader sieht sie ein zartes Pulsieren.

Es könnte immer so sein. Sie möchte immer hier liegen. Die Wärme seines Körpers an Bauch und Brüsten spüren. Zusehen, wie die Augen hinter den geschlossenen Lidern vibrieren.

Sie lässt ihre Hand über seinen Brustkorb wandern, über den Bauch, die Beine. Leise wiederholt sie die Worte aus den Briefen, die sie auswendig gelernt hat, und spürt durch den Baumwollstoff hindurch den Bogen seiner Brustmuskeln, die Vertiefung des Nabels, die Erhebung in seiner Hose.

Sie weiß, dass Onni bald aufwachen und erschrecken wird. Wenn die Wirkung der Spritzen nachlässt, wird er aufstehen und seine Gedanken verstecken wie eine Klinge im Kopf des Rasierhobels. Er wird die Worte, die eigentlich für Lahja bestimmt sind, auf Papier schreiben und in einem frankierten Umschlag an jemand anders schicken. Und doch ist er nicht absichtlich böse.

Das Zimmer ist kühl. Lahja steht vom Bett auf und deckt Onni zu. Sie nimmt den Rasierhobel vom Stuhl, bringt ihn in die Küche und legt ihn auf den Spülschrank. Auf dem Herd steht zum Abkühlen auf einem Metallgitter die Fleischsuppe. Lahja lässt Wasser in die Waschschüssel laufen und sucht aus den Tiefen des Schranks einen Lappen hervor, der aus dem alten roten Kleid von Helena geschnitten ist. Dann geht sie die Treppe hinunter in den Keller, vorbei an dem Backofen, den sie noch nie benutzt hat, und öffnet die Tür zwischen Kesselraum und Brennholzlager. Dort ist es dunkel. In dem Licht, das durch das Kellerfenster hereinfällt, kann Lahja die Texte lesen. An den groben Zementwänden steht mit Onnis Handschrift derselbe Satz Dutzende, ja, Hunderte Male geschrieben: »Ich kann nicht.« – »Ich kann nicht.« – »Ich kann nicht.« Die Sätze sind mit dem Zimmermannsbleistift gemalt und folgen akkurat den Zeilen, die die Formbretter im Guss hinterlassen haben, aber am oberen Rand der Wand brechen sie an die Decke aus.

Lahja liest das Geschriebene genau, obwohl sie es schon vergangene Woche entdeckt hat, ehe sie ins Krankenhaus gehen musste. Sie schiebt die Axt beiseite und stellt die Waschschüssel auf den Hauklotz, taucht den Lappen ins Wasser, aber wringt ihn nicht aus. Sie drückt den nassen Stoff gegen die Wand, befeuchtet sie und wischt. Dabei bleiben von dem Stoff lange rote Fäden wie Adern am Beton hängen. Lahja legt den Lappen zweifach zusammen, sodass die ausfasernden Ränder sich im Inneren befinden. Sie wäscht die Wand mit kleinen kreisenden Bewegungen, aber die Buchstaben gehen nicht ab. Loser Sand prasselt auf den Brennholzstapel herab. Die runden Scheite flüchten unter ihren Füßen, und Lahja schwankt. Der Beton hat Wasser aufgesaugt und ist dunkel geworden, aber Lahja weiß, dass die Worte sichtbar sein werden, wenn die Wand getrocknet ist. Sie versucht, ein nass gewordenes Wort mit dem Nagel wegzukratzen, aber es verschwindet nicht.

Kleine Rinnsale laufen die Wand herab. Lahja wirft den Lappen zurück in die Waschschüssel. Sie legt den Finger auf eines der großen Is und zeichnet es nach. »Ich.« Die Wörter heben sich deutlich von der grauen Wand ab. »Kann.« Jeden einzelnen Buchstaben hat Onni viele Male mit dem Bleistift nachzeichnen müssen. Lahja führt den Finger am K entlang abwärts, aufwärts und wieder abwärts. »Nicht.« Der Finger versucht, den Buchstaben c anders zu schreiben. Sie kehrt zum Wortanfang zurück und folgt dem Verlauf so, wie Onni das Wort geschrieben hat. Sie drückt einen Punkt neben das Wortende und tritt einen Schritt zurück.

»Das sind nur Worte«, sagt sich Lahja und lächelt. Sie geht in den Kesselraum und schiebt die schwere Tür zu. Jetzt weiß sie, was sie zu tun hat.

Aber vor dem Schreiben könnte sie Onni mit der Fleischsuppe füttern.

1959 | WITWENWEG

Zwei voller Sehnsucht

Zur Trauerfeier für Onni kamen nicht viele Menschen, obwohl Lahja am Grab zweimal alle eingeladen und Johannes noch extra die Waffengefährten, Frontkämpfer und Mitglieder der Konsumgenossenschaft gebeten hatte zu kommen.

Alle wussten, warum Törmänens Leichenwagen Onni direkt aus Oulu hatte abholen müssen. In der Todesanzeige wurde die Todesursache nicht erwähnt, und als Trauernde waren nur die nächsten Angehörigen aufgeführt, sonst niemand. Lahja hatte gewollt, dass auf den Kranzschleifen der Kinder das Wort »Vater« vorkam, auch auf der von Anna. In der Kirche trat jedes Kind vor und las am Sarg den Trauergästen von seiner Sehnsucht nach dem Vater vor. Helena hatte ihren Vers auswendig gelernt. Auf Lahjas Kranz war die Rede von ihrer Sehnsucht nach dem geliebten Ehemann, dem heldenmütigen Verteidiger des Vaterlands und dem Garanten der Zukunft ihrer Kinder.

Als der Sarg zu Grabe gelassen wurde, musterte Lahja die Trauernden. Sie kannte die Leute in der vordersten Reihe, die wenigen Verwandten und die Dorfbewohner. Die Gesichter, die sich in den hinteren Reihen verbargen, waren ihr fremd, aber sie hatte es nicht gewagt, sie lange anzustarren. Erst als die Männer den Sarg mit Sand zuschaufelten, fragte sie sich, wie groß und echt die Trauer jedes Einzelnen war. Als der Hügel fertig war, wollte Lahja als Letzte die Grabstätte verlassen, aber Johannes und Helena hängten sich bei ihr ein.

»Alle warten schon. Du musst als Erste gehen, Mutter.«

Lahja riss sich von den Kindern los.

»Mich braucht man nicht wie eine Verrückte zu führen.«

Durch die heftige Bewegung rutschte Helena auf den Grasbüscheln aus und taumelte gegen Marias Grabstein, in dessen vergoldeten Buchstaben sich schon die ersten Flechten angesiedelt hatten. Johannes hob seine Schwester auf und führte sie auf den Kiesweg.

»Lass uns vorneweg gehen. Mutter kommt, wenn sie kommt.«

Lahja wartete ab, ob jemand für ein stilles Gedenken noch allein am Grab zurückbleiben würde, und mischte sich erst dann unter die Trauergäste. Einige folgten ihr schweigend, andere blieben etwas zurück. Die ungewöhnliche Prozession bewegte sich die Dorfstraße entlang. An der Spitze ging Lahja allein, ein paar Schritte hinter ihr die Kinder und zuletzt die lange Schlange der Trauernden. Es sah aus, als gingen die Dorfbewohner einzeln vom Friedhof in Richtung Ortsmitte.

Zu Hause beobachtete Lahja vom Wohnzimmerfenster aus, wie die Mehrzahl der Leute am Haus vorbeilief, manche mit gesenktem Kopf und ohne einen Blick in die Fenster zu werfen, die meisten jedoch, ohne sich zu schämen. Einige verlangsamten sogar ihre Schritte und reckten den Hals, um zu erspähen, wer hineingegangen war. Lahja sah den Leuten nach und wusste nicht, ob es an Onni oder an ihr lag, dass kaum Gäste gekommen waren. Sie hatten viel zu viel Essen vorbereitet.

Einige Trauergäste waren jedoch hereingekommen, die unbekannteren. Sie stiegen die Treppe herauf und warteten im Vorraum geduldig auf die Witwe, die vom Fenster herbeigeeilt kam, um ihnen die Hand zu geben. Jeder sagte etwas Banales wie: »Das war bestimmt erschütternd für Sie«, oder: »Dass er sich so etwas angetan hat …«, oder: »Wie werden Sie denn jetzt Ihr Leben organisieren?« Und Lahja antwortete: »So etwas konnte man wirklich nicht ahnen«, oder: »Für die Kinder ist es besonders schwer«, oder: »Das Leben muss ja weitergehen.«

Um Lahja ihr Mitgefühl zu zeigen, erzählten einige Frauen mit gedämpfter Stimme, dass ihre aus dem Krieg heimgekehrten Männer nie mehr ihren Platz im Leben gefunden hätten. Sie blickten sich verstohlen um und erzählten flüsternd von Wutanfällen, hysterischem Weinen und davon, wie sie vor ihren volltrunkenen Männern hinaus in den Schnee geflüchtet waren. Lahja nickte ihnen zu, aber präzisierte dann:

»Für unsere Familie kam das völlig überraschend.«

Sie sah sich jeden Gast aufmerksam an und fragte die Unbekannten, von woher sie zu der Beerdigung gekommen seien. Die nahe gelegenen Ortschaften wie Posio, Taivalkoski oder Salla interessierten sie nicht, aber jedes Mal, wenn der Gast als Wohnort Oulu nannte, presste Lahja die Lippen zusammen.

»Woher kannten Sie den Verstorbenen?«

Es waren Waffenbrüder, Kriegskameraden, Käufer von Netzen, Ziegelmacher. Diese Antworten genügten Lahja, und sie entspannte sich wieder. Bisweilen deutete sie sogar ein Lächeln an.

»Dort drüben gibt es etwas zu essen. Onnis Tochter schenkt Ihnen Kaffee ein. Bitte, bedienen Sie sich.«

Schließlich verklangen die Schritte im Treppenhaus, und Lahja musste annehmen, dass niemand mehr käme. Sie setzte eine passende Miene auf und mischte sich unter die Gäste. Mit einigen von ihnen versuchte sie zu plaudern, aber das Gespräch kam nicht recht in Gang. Onni hatte immer die passenden Worte gefunden, auch gegenüber Unbekannten. Er war in den Behausungen der Flößer ebenso gut zurechtgekommen wie am Kaffeetisch des Kantors, hatte sich hingesetzt und war sofort mit jedermann ins Gespräch gekommen. Zu Anfang erzählte er eine Geschichte, die die anderen im Nu mitriss, und hörte sich dann die Gegengeschichten an. Nie dachte er darüber nach, ob er mit dem richtigen Löffel aß oder an der falschen Stelle lachte oder ob er die Geschichten schon einmal erzählt hatte.

Helena hatte einen Platz neben Frau Hiltunen auf dem Sofa gefunden. Lahja setzte sich auf die Armlehne und ordnete eine Haarsträhne des Mädchens, die aus der Spange gerutscht war. Das Mädchen wirkte erstaunt.

»Wer ist das?«

»Ich bin es, Mutter.«

»Als wäre es Vater gewesen«, lachte das Mädchen, wurde sich aber der Situation bewusst und schnell wieder ernst.

»Ich wollte nur die Strähne befestigen, die sich gelöst hatte.«

»Nicht nötig. Das ist doch gut so.«

»Woher weißt du das?«

Helena antwortete nicht, sondern wandte sich zur anderen Seite und erzählte ihre Geschichte weiter. Darin wurde gerade das Treppenhaus gebaut. Helena war versehentlich die falsche Leiter hinaufgeklettert und auf das Dach geraten, von wo der Vater sie gerettet hatte. Lahja hörte sich die Geschichte an, die ihr völlig unbekannt war. Als Helena fertig war, erzählte einer der Zuhörer seine eigene Geschichte über Onni, danach ein anderer. Lahja hörte zu und begriff, dass in ihnen allen Onni vorkam, entweder allein oder mit den Kindern. Sie selbst kam in keiner einzigen vor.

Lahja schaute hinaus. Auf der Straße war niemand mehr unterwegs. Von der Küchentür her gab Johannes ihr ein Zeichen. Er trug Uniform. Da kam noch jemand, so spät. Wahrscheinlich eine Bauersfrau, die schlecht zu Fuß war und für den Weg vom Friedhof zum Trauerhaus lange gebraucht hatte. Lahja stand auf und begab sich zum oberen Treppenabsatz.

Ein Mann im Ulster kam herauf, aufrecht und mit seinem Filzhut in der linken Hand. Nervös schnappte Lahja nach Luft. Der Ankömmling hörte es und hob den Kopf. Sie sahen sich in die Augen, und wortlos wussten sie, wer der andere war. Der Mann blieb ein paar Stufen tiefer stehen und zog den Handschuh aus, um die frisch Verwitwete zu begrüßen. Lahja sah ihn an, seine hellblauen Augen und die sorgfältig geschnittenen blonden Haare, und trat einen Schritt zurück. Sie war sich nicht ganz sicher, ob der Mann in der Kirche oder am Grab gewesen war. Der Mann deutete das Zurücktreten als Einladung, stieg die zwei Stufen hinauf und streckte die Hand aus. Lahjas Hände versteckten sich hinter ihrem Rücken wie fremdelnde Kinder. Sie konnte nichts anderes tun, als die Hand anzustarren und den Mann, der sie ausstreckte. Ihr Blick wanderte über den Bogen seiner Lippen, die Geheimratsecken und den schwarzen Manschettenknopf. Sie sah alles, prägte sich die unversehrten Nagelhäute, die kleinen Furchen an den Mundwinkeln und ein vom Rasierer vergessenes Haar unter dem linken Ohr ein und vergaß all das niemals mehr.

Johannes war hinter Lahja aus der Tür getreten, und der Mann sah ihn. Lahja löste den Blick von der gut sitzenden Weste des Mannes. Sie würde zu dem Ankömmling kein Wort sagen können. Sie würde nicht die Hand ausstrecken, nicht seine Haut berühren und nicht die erforderlichen Höflichkeiten formulieren können. Sie wusste nicht, was sie tun sollte.

»Ich … ich …«

Lahja fixierte Johannes, aber der Junge begriff nicht, dass er das Ruder übernehmen sollte. Sie zog sich immer weiter zurück, blickte sich unruhig um und brachte sich schließlich durch die offene Küchentür in Sicherheit. Dann schloss sie die Tür hinter sich und lehnte sich mit dem Rücken dagegen. Durch das Holz hörte sie, wie Johannes die Situation erklärte.

»Es tut mir leid, aber meine Mutter ist heute etwas außer sich.«

Die Stimme des Mannes war überraschend tief.

»Bist du Johannes?«

Die Stimmen entfernten sich, und Lahja trat an den Küchentisch. Mit beiden Händen stützte sie sich darauf. Nebenan waren die Stimmen verstummt, weil Johannes den Gast ins

Wohnzimmer geführt hatte. Lahja schaute auf die Servierplatten mit den Zimtplätzchen und dem Spritzgebäck. Sie nahm eines davon und wog es in der Hand. Es war im Ofen gut aufgegangen und sah mürbe aus. Ein Rezept ihrer Mutter, bei dem mit Sahne nicht gespart wurde. Lahja ballte die Hand zur Faust, und der Keks zerbröselte. Sie zerrieb die goldgelben Krümel mit den Fingern, bis sie aus der Faust auf den Tisch rieselten.

Anna brachte aus dem Esszimmer eine halb volle Schüssel mit Spinatkroketten und Lachsbroten.

»Warum stehst du hier, Mutter? Ich mach das schon.«

Lahja wischte die Kekskrümel auf den Boden und nickte in Richtung Schüssel.

»Ist schon alles aufgegessen?«

»Die hier sind nicht besonders gefragt. Weil genug da ist, wollte ich alle Platten noch mal auffüllen.«

Das Mädchen bestückte die Servierplatte und nahm sie wieder mit. Lahja sah ihr nach, wagte sich dann an die Tür und warf einen Blick ins Esszimmer. Dort war niemand. Sie trat ein und ging um den Esstisch herum. Von der Kommode her beobachteten sie die erstarrten Gesichter der gerahmten Fotos. Lahja bemühte sich, einen viel beschäftigten Eindruck zu machen. Sie legte die Teelöffel so hin, dass sie alle in dieselbe Richtung wiesen. Frau Hänninen nickte ihr durch die Türöffnung verständnisvoll zu. Lahja nickte zurück und ließ die Heringsplatte und die mit den gefüllten Eiern die Plätze tauschen. Niemand hatte die Lachssuppe angerührt. Verstohlen spähte sie ins Wohnzimmer, aber in ihrem vom Türrahmen begrenzten Gesichtsfeld war der Mann nicht zu sehen. Lahja kehrte wieder zur Kommode zurück, wo das Foto ihrer Mutter stand. Diese schaute sie mitfühlend an. Sie drehte es zur Wand.

»Ich brauche kein Mitleid.«

Aus dem Wohnzimmer war die Stimme des fremden Mannes zu hören. Lahja wandte sich um, sah aber nur seinen Rücken, als Johannes ihm die Anwesenden vorstellte. Der Mann gab den Gästen auf dem Sofa die Hand.

»Und du bist sicherlich Helena? Dein Vater hat viel von dir erzählt.«

»Hoffentlich nicht alles.«

Helenas Lachen ertönte im Zimmer wie ein Glöckchen. Sie hatte immer über die Geschichten ihres Vaters gelacht. Der Mann drehte sich um, und Lahja zog sich hinter den Türrahmen zurück. Nun sah sie von dem Fremden nur Nase, Lippen und Schuhspitzen. Sie überlegte, wie die Sätze der Briefe aus seinem Mund klingen würden. Tiefe, dunkle Worte, mit dieser beruhigend tiefen Stimme geflüstert.

Lahja hatte das Gefühl, ihr werde etwas genommen, was ihr Eigen war. Sie setzte sich auf das Bett im Esszimmer. Diesen Raum hatte Onni für sich gewählt, als das Haus fertig geworden war. Sie schlief am anderen Ende, Anna in der Bodenkammer und die anderen Kinder in den Räumen dazwischen. Ein paar Mal hatte sie Onni gebeten, zu ihr zu ziehen, aber er hatte gemeint, dort sei kein Platz für zwei und einer würde nur den Schlaf des anderen stören. Irgendwann hatte auch die Mutter die Treppe nicht mehr geschafft und vereinsamte im Erdgeschoss. Sie hatte sich verpuppt wie eine Raupe. So hatten sie alle in ihren Zimmern hinter geschlossenen Türen gelebt und waren einander aus dem Weg gegangen. Das gewaltige Haus hatte sich mit Stille und höflicher Rücksichtnahme gefüllt, wo eine offen stehende Tür vorsichtshalber leise zugemacht wurde. Zuletzt saß jeder auf seiner eigenen Bettkante, horchte auf die vorsichtigen Bewegungen der anderen und wartete darauf, dass jemand zu Besuch käme. Sich vielleicht zu einem aufs Bett setzte und fragte, wie der Tag verlaufen sei. Doch nie schaute jemand vorbei, und nie fragte jemand, denn sie alle waren Gefangene der zugeschobenen, aber schlosslosen Türen.

Die Stimme des Mannes war nicht mehr zu hören. Lahja

beugte sich vor und spähte durch die Türöffnung, sah ihn aber nicht. Bestimmt saß er irgendwo in der Nähe des Klaviers. Johannes sah seine Mutter und kam ins Zimmer.

»Die Gäste wundern sich, wo du bleibst.«

Er setzte sich neben Lahja und hob die Hand, konnte sie aber nirgendwo hinlegen, sondern ließ sie wieder in den Schoß sinken.

»Bist du traurig?«, fragte er.

»Nein, ich verschnaufe nur ein bisschen.«

»Tu das ruhig.«

»Wer war der Mann, der zuletzt gekommen ist?«

»Das hab ich ihn nicht gefragt. Wohl einer von Vaters Freunden.«

Lahja stand auf und betrachtete das viele Essen auf dem Tisch. Was sollte sie damit nur machen? Die Butterbrote mit Fleischsülze würden schnell schlecht werden. Sie reichte Johannes das Tablett.

»Geh und biete das den Leuten an. Vielleicht nimmt ja doch noch jemand etwas.«

Johannes ergriff das Tablett, und Lahja nahm die Schale mit dem Spritzgebäck vom Tisch. Das gute Stück hatte sie während der Evakuierung begleitet und war mit nach Hause zurückgekehrt. Es stand auf einem hohen Fuß, und an jedem der beiden Messinggriffe befand sich ein stilisierter Kopf von einem Riesen oder Monster. Johannes wartete an der Tür auf sie. Irgendwann war er zu einem Mann herangewachsen.

»Er war euch ein guter Vater.«

Johannes nickte, aber Lahja sah, dass ihm nicht klar war, was sie meinte.

Aus dem Wohnzimmer klang die Stimme des Mannes herüber. Lahja schloss die Augen. Er musste auf dem Stuhl direkt neben der Tür zum Esszimmer sitzen.

»Ist dies das Haus, das Onni gebaut hat?«

Lahja fasste die Schale fester. Die Mutter war nicht mehr da, und auch Onni nicht. Die Mädchen waren aus ihrer Reichweite geflüchtet. Übrig waren nur noch Johannes und das Haus. Die würde man ihr nicht nehmen können. Lahja öffnete die Augen und trat ins Wohnzimmer.

»Dies ist das Haus, das Onni gebaut hat«, sagte sie. »Für mich und die Kinder.«

1967 | KIRCHWEG

Es gibt immer eine Verbindung

Die alten Frauen in der Kirche waren dabei, sich ihrer Sünden bewusst zu werden. Schon vor dem Gottesdienst waren sie ihre bösen Taten und schlechten Gedanken der vergangenen Woche durchgegangen und bereuten nun. Der Kirchenraum hallte wider von dem Stöhnen und den Schreien. Die Menschen flehten den Herrn an, sich ihrer zu erbarmen, und der Pfarrer schilderte lustvoll in allen Einzelheiten die Leiden, die den Menschen in der Hölle bevorstanden.

Die Kirche war nicht schön, und man hatte auch gar nicht versucht, sie schön zu gestalten. Sie war eher schroff oder majestätisch, ein Ort, wo Gott Angst und Respekt wecken soll, nicht Mitleid oder Zusammengehörigkeitsgefühl. Auf die Rückseite des Altars waren fromme Engel gemalt, die zu dem alles sehenden Auge Gottes emporblickten. Auf dem Altarbild wand Jesus sich blutend am Kreuz. Zum Ärger derjenigen, die die Kirche errichtet hatten, verlief in der Wand ein Riss von oben nach unten, direkt aus dem Auge bis zum Fußboden – als wäre es ein Zeichen dafür, dass es trotz allem eine Verbindung gab. Unzählige Male hatte man versucht, den Riss mit Mörtel zu verputzen, doch zum großen Verdruss des Pfarrers öffnete er sich wieder und wieder.

Die Ekstase im Saal nahm zu. Nach den quälenden Bezichtigungen begann für den Pfarrer seine Lieblingsphase des Gottesdienstes, auf die er schon die ganze Woche gewartet hatte. Er richtete sich zu seiner vollen Größe auf und sah die Gemeinde lange an. Am allerliebsten ließe er die Leute im ewigen Feuer schmoren, und die alten Frauen in der vordersten Reihe waren auch schon bereit dafür. Sie hatten das verdient, nicht nur wegen der Erbsünde, sondern auch deshalb, weil sie Frauen waren. Darin waren sich der Pfarrer und die Frauen einig. Der Pfarrer beschloss jedoch, seinen Genuss zu verlängern. Er gab dem grimmigen Kantor ein Zeichen, den nächsten Choral anzustimmen. Im nächsten Moment erfüllte ein düsteres und schwieriges Lied die Kirche, das nicht mit den kleinen, hellen Pfeifen gespielt wurde, sondern für das die tiefsten Register gezogen wurden. In den schreienden Choral mischte sich ein Stöhnen, und gemeinsam hallten die Stimmen von den Seitenschiffen wider. Die Säuglinge, die die Familien mitgebracht hatten, wagten nicht zu brüllen, sondern betrachteten verwundert die donnernde Reue ihrer Großmütter. Jesus wurde angefleht, bald zu seinem erwählten Volk zurückzukehren, bevor die ewige Pein begann. Der Pfarrer lächelte schief. Ihr sollt leiden, ihr Ehebrecher, ihr weltlich Gesinnten und Heuchler!

Das Weinen resonierte in Kronleuchtern und Apostelbildern. Es erschütterte die Orgelpfeifen und Emporen. Die Füße der Bußfertigen stampften jetzt auf den Fußboden, um ihrer Bitte um ewiges Leben Nachdruck zu verleihen. Die schweren Kirchenbänke bäumten sich auf, von den Liedertafeln fielen die Nummern herab, und die Schreie derjenigen, die die Verdammnis fürchteten, erstickten die Flamme der rechten Altarkerze. Der Riss in der Wand dahinter schien sich zusammenzuziehen.

Die Klage der Menschen brachte die Innenfenster schier zum Zerbersten.

Im Stillen zählte der Pfarrer langsam bis zehn, bevor er Hilfe verhieß. Er legte die Hände auf die Brüstung der Kanzel und beugte sich zu den Menschen hinab.

»Wer von euch ist bereit, seine blutroten Sünden zu bereuen? Wer von euch will für seine bösen Taten um Vergebung bitten?«, donnerte er. Eine Sturzflut der Erleichterung kam über die Zuhörer.

»Ach, ich, ich! Vergib mir, Christus! Verlass mich nicht, Jesus!«

»Wer von euch ist bereit, den ewigen Gott anzunehmen und sich vom Satan abzuwenden?«, rief der Pfarrer. Hundert Hände reckten sich in die Höhe. Ein Gemeindemitglied nach dem anderen rief der Pfarrer auf, Reihe für Reihe, und schlug über jedem das Kreuz.

»Im Namen unseres Herrn Jesus Christus und seines Versöhnungsbluts sind dir deine Sünden vergeben.«

Niemand in der Kirche täuschte sich darin, für wen das Zeichen bestimmt war. Niemand ließ die Hand sinken, bevor seine eigenen Sünden gesühnt waren.

Lahja saß in der drittletzten Reihe und sang zusammen mit den anderen. Ihr Mund bewegte sich mechanisch im Takt des Chorals, aber sie meldete sich nicht, um die Vergebung ihrer Sünden zu erlangen. Das war niemandem entgangen. Sie fragte sich, ob sie nach dem Gottesdienst die Kirche unauffällig würde verlassen können, ohne mit jemandem sprechen zu müssen. Zu den Erweckungsversammlungen war sie schon seit einer Weile nicht mehr gegangen, auch nicht zum Kirchkaffee. Doch zum Abendmahl traute sie sich.

Nachdem die Menschen das Wort gehört hatten, strömten sie hinaus. Einige alte Frauen meinten, sie hätten noch nicht alle ihre Sünden bekannt, und weinten beim Hinausgehen, aber das kümmerte niemanden. Die Stimmung war erleichtert, ja, fröhlich. Man hatte auch für diese Woche das Geschenk der Gnade empfangen und konnte froh sein, bis die Erbsünde einen wieder in die Verdammnis zog. Lahja ging den Mittelgang der Kirche entlang und sah niemandem in die Augen. Sie bemühte sich um eine ebenso heitere Stimmung wie die der anderen, aber es gelang ihr nicht, fand sie. An der Kirchentür stand der Laienprediger. Ganz offenkundig wartete er auf jemanden. Lahja richtete den Blick fest auf den weinroten Teppich der Kirche und sah nicht auf. Doch dann geschah es. Der Prediger entdeckte die gesuchte Person. Er reckte den Hals und spähte über die Hinausströmenden hinweg, die ihre Schritte beschleunigten und froh waren, dass diesmal jemand anders dran war.

»Lahja, warten Sie mal.«

Es hatte eine Chance gegeben, einen Augenblick lang hatte das Tor offen gestanden, doch jetzt hatte es sich geschlossen. Warum war sie nicht früher gegangen, während des Schlusschorals? Der Prediger trat zwischen Lahja und die offene Tür.

»Wir sind in Sorge über Ihre Falschgläubigkeit. Das wissen Sie.«

Zwei Mal schon war sie getadelt worden, zwei Mal auf ihre Weltlichkeit angesprochen und zur Reue aufgefordert worden. Zwei Mal hatte sie geleugnet, neben Gott irgendwelche anderen Abgötter gestellt und Verbindung zu einer falschen Frömmigkeit gehalten zu haben. Und was das Schlimmste war, sie war trotzdem nicht bereit gewesen, demütig Besserung zu geloben. Aber das, was jetzt kam, war genau das, was sie befürchtet hatte.

»Ich lade Sie zu der Versammlung ein, die übermorgen, am Dienstag, um acht Uhr in den Räumen der Friedensvereinigung stattfindet. Alle verantwortungsbewussten Menschen werden anwesend sein, um Ihnen beizustehen. Sie können doch kommen?«

Lahja erwog alle möglichen Gründe und Ausflüchte, aber es fiel ihr kein passender ein.

»Ich kann.«

»Dann sehen wir uns dort. Der Friede des Herrn sei mit Ihnen, Lahja.«

»Der Friede des Herrn.«

Die Dorfstraße war voller Menschen, die nach dem Gottesdienst Besuche machten oder zum Kirchkaffee ins Gemeindehaus gingen. Der Sonntag war der einzige Tag, an dem sie nicht zu schuften brauchten und an dem Kontakt zu Verwandten und Bekannten erlaubt war. Ereifern durfte man sich freilich nicht, weder laut lachen noch zu sehr begeistern, denn es war schließlich Sonntag. Kleine Kinder durften ein wenig herumrennen, aber die Erwachsenen mussten sich unter Kontrolle haben. Lahja beschloss, direkt nach Hause zu gehen. Die Birken an der Dorfstraße zeigten schon ein wenig Gelb, und das Blaubeerkraut leuchtete rot. Vielleicht würde die Zeit der warmen Herbstfarben an den Bäumen und auf der Erde in diesem Jahr zusammenfallen und die ganze Natur so die Ankunft des Herbstes verkünden. Das geschah nicht immer. Mal waren die Blätter schon abgefallen, wenn die Sträucher ihren Farbglanz entfalteten, mal glühten die Bäume, aber der Bodenbewuchs war schon verfault und braun. Nur selten entwickelten beide gleichzeitig ihre herbstliche Farbenpracht. Wenn das geschah, blieb es den Menschen lange in Erinnerung.

Zu Hause stieg Lahja die Treppe zur ersten Etage hinauf. Sie unterließ es, Minna zu begrüßen, und durchquerte die Küche. Kaarina hatte am Morgen für die Kinder Blaubeersuppe gekocht und für Lahja eine Schale auf den Tisch gestellt, aber sie hatte jetzt keinen Hunger. Ihren Sonntagsmantel warf sie auf das Sofa im Esszimmer und setzte sich in den Schaukelstuhl, um nachzudenken. Sie sah zur Vierwegekreuzung hinüber und verspürte Angst. Es kamen immer noch Leute die Straße entlang. Einige wollten auf den Friedhof gehen und das Grab eines Angehörigen pflegen, da sie nun schon ins Dorfzentrum gekommen waren, um das Wort zu hören. Die Bauern gingen mit weit ausholenden Schritten ihren Frauen voraus und kümmerten sich nicht darum, wie langsam die mit ihren schlechten Füßen hinterhergehumpelt kamen. Auf den Rückbänken der Kleinbusse hockten die kleineren Kinder auf dem Schoß der größeren wie Matrjoschka-Puppen.

Auf die Einladung zur Versammlung, auf der man sie bearbeiten würde, hatte Lahja schon lange gewartet, sie aber um Wochen hinauszögern können. Um sie zu tadeln, waren die Gemeindeältesten freilich sogar bis zu ihr nach Hause gekommen. Sie sprachen von Weltlichkeit, von dem Fernseher, den Johannes und Kaarina gekauft hatten, aber an diesen Grund glaubten weder die Prediger noch Lahja. Der Fernseher war nur ein Vorwand, hinter dem sich der Vorwurf verbarg, sie sei zu viel. Zu viel von irgendwas. Zu sehr alles Mögliche. Es fiel ihnen schwer, ihre Kritik in Worte zu fassen, und auch Lahja konnte das nicht so recht, obwohl sie wusste, was gemeint war. Sie war zu anders, nicht so gefügig und so still wie die Frauen der Gemeinde und nicht so achtsam und hilfsbereit, wie Frauen es sein sollten. Sie ließ niemanden an sich heran. Zeigte niemals Müdigkeit oder Schwäche, obwohl sie eine Frau war. Sie war selbstbewusst und beanspruchte zu viel Raum. Wegen ihrer Arbeit wäre es auch schwierig für sie gewesen, sich in irgendwelchen Winkeln zu verstecken, aber wegen ebendieses Berufs brauchte sie auch die Gemeinde als Kundschaft. Um ihres Einkommens willen konnte sie sich nicht außerhalb der Gemeinschaft stellen.

Und dann waren da noch die anderen Gründe, das wusste Lahja. Ihre Mutter, die Hebamme, hatte gegenüber Gottes Anweisungen, die Welt zu bevölkern oder dass die Frau zu schweigen habe, nicht genügend Demut bewiesen. Im Gegenteil, je älter die Mutter geworden war, desto lauter hatte sie die Weltordnung kritisiert. Ohne auch nur einen Augenblick zu zögern, hatte sie die verwitweten Männer getadelt, ungeachtet dessen, ob es sich dabei um einen Bauern handelte, der sein kümmerliches Wildmarkfeld kultivierte, oder um den Küster mit seinen sechzehn Kindern. Zuletzt hatte sie sich sogar dazu hinreißen lassen, ihre Meinungen an die Zeitungen zu schicken. In diesen Artikeln hatte sie die Frauen aufgefordert, die Erfüllung ihrer ehelichen Pflichten selbst zu regulieren, und einmal sogar angedeutet, wie man bei ungewollten Schwangerschaften ganz in der Nähe Hilfe finden konnte, nämlich unter den Pflanzen im eigenen Garten. Viele kannten diese Mittel, und die Frauen mit ihren mürben Knochen hatten die Wehmütter und Geburtshelferinnen immer dann danach gefragt, wenn sie befürchteten, dass das nächste Kindbett ihren Tod bedeuten würde. Wenn aber die Hebamme, eine Fachfrau für das Gebären, so etwas laut sagte, war das fast eine kriminelle Handlung. Und dann war da noch Onni, aber über solche Sünden wurde gar nicht laut gesprochen.

Mit allem Möglichen hatte Gott Lahja geschlagen, aber dennoch konnte sie sich nicht unterwerfen, nicht den Kopf senken, nicht ihr Herz erniedrigen. Stattdessen wanderte sie erhobenen Hauptes inmitten der anderen und erdreistete sich sogar, eine gewisse Sonderstellung einzunehmen, da sie eine Frau mit eigenem Beruf war und deshalb ihrer Ansicht nach ebenso viel wert wie ein Mann. Das alles bot genügend Anlass, eine Versammlung einzuberufen. Und wenn man Lahja nicht mit vereinten Kräften dazu bewegen würde, demütig zu werden und dem Herrn reuevoll gegenüberzutreten, ohne Überheblichkeit und Verbitterung, würde man sie für gottlos erklären müssen. Dann würden die Leute sie nicht mehr grüßen und ihr den Frieden des Herrn wünschen, sie würden jeden Kontakt zu ihr abbrechen und ihre Besuche einstellen. Niemand, der den wahren Glauben hatte, dürfte ihr auch nur einen guten Tag wünschen. Und auch nicht die Tür ihres Fotoateliers öffnen.

Auf der Straße waren jetzt weniger Leute unterwegs, anscheinend nur noch die Weltlichen. Sie gingen in die entgegengesetzte Richtung wie die Gläubigen. Lahja fielen die Ergebnisse der letzten Bußversammlung ein. Sie hatte unter den Gemeindemitgliedern gesessen, jedoch kein einziges Wort gesagt. Alle hatten gesessen, nur Bauer Hurskainen hatte stehen und sich wortlos die Zurechtweisungen der Rechtschaffenen anhören müssen, die ihn vom Geist des Sozialismus abbringen sollten. Hurskainen hatte sich nicht verteidigen dürfen, denn das hätte bedeutet, dass er in der geistlichen Dunkelheit verharrte. Er durfte nur nicken und um Vergebung bitten. Kein Zuhörer durfte ihn verteidigen, denn dann hätte er sich verraten und gezeigt, dass er in Gedanken vom rechten Glauben abwich. Vielmehr konnte Hurskainen nur sich selbst bezichtigen. Warum hatte er auch den anderen erzählt, für wen er bei den Kommunalwahlen gestimmt hatte, zumal er sich hatte verleiten lassen, nicht die für gut befundenen Kandidaten zu wählen? Jedes Gemeindemitglied durfte sich zu Wort melden, und bald verstand Lahja nicht mehr, wovon eigentlich die Rede war. Es ging um das Ausleihen einer Doppelsäge ebenso wie um einen samstäglichen Rausch und darum, dass Hurskainens Frau die Frau des Pfarrers nicht schnell genug gegrüßt hatte. Über die Wangen des alten Mannes waren Tränen gelaufen, und das Stehen war ihm sichtlich schwergefallen. Hurskainen bat immer wieder um Vergebung und erklärte, er freue sich über alles, was gesagt worden sei, und werde sich sofort von der Welt ab- und den Rechtgläubigen zuwenden.

Lahja wiegte sich im Schaukelstuhl, bis die Dämmerung hereinbrach. Die Scheinwerfer der unten vorbeifahrenden Autos malten bewegliche Bilder an die Decke des Wohnzimmers. Kaarina war gekommen und hatte sie zwei Mal zum Abendessen gebeten, aber sie hatte keinen Hunger gehabt. Erst am frühen Abend musste sie aufstehen und zur Toilette gehen, die im Erdgeschoss neben der Haustür eingebaut worden war. Lahja machte im Treppenhaus kein Licht, sondern legte den Weg im Dunkeln zurück. Das Haus war kompliziert und verwinkelt. Es war nicht für zwei Familien gebaut, sondern der Kern des Ganzen war Lahjas Wohnzimmer, und alles andere lag darum herum. Als Johannes und Kaarina geheiratet hatten, zerfiel das

Haus quasi in zwei Teile. Lahja führte ihren Haushalt allein weiter, und das junge Paar versuchte, seinen eigenen zu gründen. Lahja hatte das Wohn- und das Esszimmer behalten. Onnis Sofa war jetzt ihr Bett. Johannes und Kaarina ließ sie mal in dem einen, mal in dem anderen Zimmer wohnen, das dann jeweils nach der Geburt eines neuen Kindes zu klein wurde. Dann wurde die Familie in ein anderes Zimmer umquartiert, oder ein Bücherregal wurde so gedreht, dass dahinter eine Nische für eines der Kinder entstand. Nur die Küche war ein gemeinsamer Raum, aber da sie neben dem Esszimmer und also neben Lahjas Bett lag, durfte sie nur benutzt werden, wenn Lahja wach und angekleidet war.

Als Lahja wieder nach oben kam, hörte sie aus der Küche Geräusche. Kaarina zerschnitt etwas auf dem Schneidebrett, und die Mädchen hatten ein Bündel Zahnstocher in der Hand. Anscheinend waren alle gut gelaunt. Auf dem Tisch lag ein in zwei Hälften geteilter Kohlkopf. Das Plaudern verstummte, als Lahja durch die Küche ging. Sie wünschte eine gute Nacht und bekam von Maarit, dem älteren der Kinder, eine schüchterne Antwort. Lahja ging zu ihrem Schaukelstuhl, aber das Sitzen machte ihr keinen Spaß mehr. Sie stand am Fenster und schaute auf die menschenleere Straße. Anscheinend bewegte sich etwas auf dem Hof unter der Birke. Lahja versuchte im Dunkeln zu sehen, was es war, erkannte es aber erst, als es unter dem Baum hervorkam. Ein Hase mit braunem Fell sprang vom Hof und dann die Dorfstraße entlang. Er hatte an der Brennenden Liebe genascht und bewegte sich jetzt, halb laufend, vorsichtig vorwärts. Immer wenn er ein überraschendes Geräusch hörte, hielt er inne und duckte sich. Lahja beobachtete den Hasen, bis er am Feuerwehrgebäude zum See abbog. Lahja zog die Vorhänge zu, ging durch das Wohnzimmer und den Gang entlang zur Tür von Johannes' und Kaarinas Zimmer.

Die beiden saßen auf dem Sofa und sahen zu, wie Lassie aus

dem brennenden Haus flüchtete. Minna saß zwischen ihnen, und Kaarina las ihr laut die Untertitel auf dem Bildschirm vor. Maarit hatte sich ein Kissen geschnappt und lag unter dem Couchtisch. Sie konnte schon lesen, und um das zu beweisen, las sie sich selbst halb laut vor. Auf einem Tablett lag ein Käseigel aus einem halben Kohlkopf und Zahnstochern, auf die Käsestückchen und Weinbeeren aufgespießt waren. Für die Erwachsenen stand neben dem Tischbein eine geöffnete Rotweinflasche, die Becher der Kinder waren mit Apfelsaft von Kaarinas Eltern gefüllt, den sie jeden Herbst mit dem Postauto schickten. Die Vorhänge waren nicht vorgezogen, und in einem Ständer brannten Kerzen.

Lahja trat ein, und die Familie erstarrte. Alle wandten ihre Aufmerksamkeit vom Bildschirm ab und Lahja zu – mit Ausnahme von Minna, die von Kaarina forderte, sie solle ihr weiter vorlesen. Maarit kroch vorsichtig unter dem Tisch hervor und setzte sich auf, den Rücken gegen die Beine ihres Vaters gelehnt.

Johannes wollte verstohlen sein Weinglas wegstellen.

Lahja ging zum Sofa und nahm in der Ecke Platz. Johannes hob Minna hoch und setzte sie auf den Fußboden. Sofort schlüpfte sie unter den Tisch, wo gerade noch ihre Schwester gelegen hatte. Maarit wollte protestieren, wagte es aber nicht. Kaarina sah Lahja an, als die aber den Blick nicht erwiderte, wandte sie sich Johannes zu und zuckte die Achseln. Minna bat um mehr Apfelsaft, Maarit nahm sich einen Stachel vom Igel und aß den Käse und die Weinbeere einzeln. Dann nahm sie noch einen Stachel und reichte ihn ihrer Oma.

Lahja nahm ihn in die Hand. Sie wollte erzählen, wie sie seinerzeit in Oulu im Lichtspielhaus gewesen war, tat es dann aber doch nicht. Im Fernseher versuchte Lassie etwas zu sagen, aber niemand verstand es.

1977 | REUSENWEG

Abwehr der Einsamkeit

Lahja geht den Gang entlang auf ihre Seite des Hauses und bleibt im Wohnzimmer stehen. Ihre Wangen sind weiß, aber der Nacken glüht rot.

»In ihrer Nähe stirbt alles!«, hat Maarit gerufen.

Neuerdings endet es mit den Kindern jedes Mal im Streit. Auch jetzt.

Im Licht der Straßenlaternen räumt der Schneepflug den Bürgersteig frei. Lahja sieht aus dem Fenster zu, wie er den Schnee auf die Rosensträucher der Grundstücke wirft. Einige Fußgänger weichen weiträumig auf die Fahrbahn aus und lassen das schwere Fahrzeug vorbei. Es fährt schnell und verursacht ein donnerndes Geräusch. Lahja folgt ihm an das andere Fenster. Der Schneepflug entfernt sich in Richtung Ortsmitte.

Von Kaarinas und Johannes' Seite scheint schummriges Licht herüber. Kaarina hat für die Kinder den Abendtee gekocht. Lahja hört, wie das Gespräch dort allmählich wieder einsetzt, nachdem sie gegangen ist. Sie unterscheidet die Stimmen der Mädchen und einen Augenblick später auch die von Tapio. Ob Tuomas schon auf dem Fußboden eingeschlafen ist? Lahja kann nicht so recht mit ihnen umgehen. Sie hat den Eindruck, dass die Mädchen sich sperren, sobald sie ihrer ansichtig werden, und absichtlich jedes Wort falsch verstehen. Tapio hüllt sich in höfliches Schweigen.

Mit Tuomas ist Lahja ein paar Mal spazieren gegangen. Auf der Brücke hatte der Junge nach ihrer Hand gefasst. Sie hatte ihm die vom Regenwasser ausgewaschenen Höhlen im hohen Flussufer gezeigt und von den Trollen erzählt, die dort wohnten. Sie hatten Onnis Grab besucht und die Flechten aus den vergoldeten Buchstaben gebürstet. Lahja hatte ihm Geschichten vom Bau des Hauses und auch vom früheren Haus erzählt, von Onni und Maria und von Helenas Erblinden. Nie begannen diese Geschichten irgendwo, sie endeten nirgends, und es entstanden daraus auch keine richtigen Anekdoten. Sie hätte sie viel öfter erzählen, etwas davon weglassen und etwas aus einer anderen Geschichte hinzufügen müssen, um einen Spannungsbogen zu erzeugen. Trotzdem hatte Tuomas aufmerksam zugehört und genau hingesehen, als Lahja ihm auf den grasbewachsenen Hügeln am Flussufer zeigte, wo die Erdhütten gewesen waren. Zu Hause hatte Lahja dem Jungen mithilfe einer Pillendose Kreise auf Zeitungsränder gemalt, und gemeinsam hatten sie daraus lächelnde Gesichter und traurige Gesichter und weinende Gesichter gezeichnet. Tuomas malte nur fröhliche.

Ein einsames Auto fährt durch die Kurve, an der das Haus steht. Der Fahrer legt einen höheren Gang ein, und der Auspuff knallt. Lahja wendet sich ab und durchquert die Küche. Dabei macht sie das Licht aus, das jemand hat brennen lassen. Sie geht die Treppe hinunter. In die Tür zu Marias Zimmer ist ein Sicherheitsschloss installiert worden. Dahinter wohnt der Sohn von Johannes' Kumpel und dessen Freund, die beide im Dorf das Gymnasium besuchen. Heiteres Gelächter schallt heraus.

Von unten ist das Radio zu hören. Lahja öffnet die Kellertür und geht die Treppe hinunter. Der Fußboden ist voller Ziegelstaub und Ruß. Gerade kommt Johannes aus dem Saunavorraum und zieht die Tür hinter sich zu. Sein Gesicht ist schwarz, und an den Augenwinkeln hat er weiße Streifen, wo der Ruß nicht in die Furchen der zusammengekniffenen Augen eindringen konnte. Lahja bleibt auf halber Treppe stehen.

»Gibt es wenigstens Waschwasser?«

Johannes bemerkt sie erst jetzt.

»Das Wasser im Kessel wird schon warm. Ich hab Feuer gemacht, bevor ich anfing.«

Johannes hat die Ziegel ordentlich aufgestapelt. Lahja sieht sich die Putzspuren auf der Brandmauer an der Stelle an, wo der untere Teil des Backofens noch darauf wartet, abgetragen zu werden.

»Musste der nun abgerissen werden?«

»Ich baue hier einen Kamin hin.«

»Wer wird denn hier unten Feuer machen?«

»Den Backofen nutzt ja auch niemand. Im Kamin kann man nach der Sauna schön Wurst braten.«

Auf der Waschmaschine steht ein Transistorradio, das mit einer Plastiktüte abgedeckt ist. Es singt vom Flößer, der stolz und groß treibt flussabwärts auf dem Floß. Johannes fasst sich ans Hemd. Von seinen Fingern bleibt Ruß daran hängen. Er zieht das Hemd aus und dreht es dabei auf links, sodass die verrußte Seite nach innen kommt. Seine Arme sind bis zu den Ellenbogen schwarz von Ruß, aber Schultern und Brustkorb sind weiß. Mit seinem schwarzen Gesicht und den weißen Streifen darin sieht er aus wie ein menschliches Negativ.

»Ob das Wasser schon warm ist?«

Lahja weiß nicht, wo sie hinsoll, sondern bleibt auf halber Treppe stehen. Johannes legt vorsichtig das Hemd zusammen, damit der Ruß nicht herumfliegt.

»Erzähl Kaarina bitte nichts von dem Kamin, Mutter.«

»Weiß sie nichts davon?«

»Ich will sie überraschen. Sie spricht immer von dem großen Kamin in ihrem Elternhaus.«

»Und so einen willst du machen?«

»Dafür ist der Raum zu klein. Ich mach ihn so, dass er hier reinpasst.«

Hinter der Wand zischt und faucht der Ölbrenner des Heizkessels. Das Geräusch ist laut, und Johannes macht die Zwischentür zu. Im Kellerraum herrscht wieder Stille.

»Der macht ja ganz schönen Krach.«

»Ja.«

»Der alte hat gar kein Geräusch gemacht. Weißt du noch?«

»Der Holzkessel?«

»Gut, dass du ihn hast stehen lassen. Vielleicht brauchen wir ihn noch mal.«

»Mit so was gibt sich heute keiner mehr ab. Damals musste man bei Frost mitten in der Nacht aufstehen und Holz nachlegen, damit das Haus nicht auskühlte.«

Johannes öffnet die Tür zum Vorraum und betritt die Sauna. Lahja hört, wie der Deckel des Wasserkessels poltert. Dann kommt der Junge zurück.

»Allmählich ist es warm.«

»Maarit will ausgehen, hab ich gehört«, sagt Lahja.

»Ja, stimmt.«

»Geht sie schon tanzen?«

»Nein, in dem Alter noch nicht. Einmal im Monat haben sie in der Schule Disko.«

»Sie hat sich geschminkt. Ich hab ihr deswegen schon ein paar Takte gesagt.«

»Vergiss nicht, was wir besprochen haben, Mutter.«

Unter dem Blick des Sohnes senkt Lahja den Kopf.

Johannes wendet sich der Sauna zu.

»Wolltest du sonst noch was?«

Lahja würde gern zur Sprache bringen, dass nicht mal Tuomas mehr mit ihr spazieren gehen möchte und sich auch nicht neben sie setzt, selbst wenn sie ihn darum bittet. Wie schön es wäre, mit den anderen am Tisch zu sitzen, laut zu lachen und zu plaudern und dabei seine Sätze mit lustigen Frotzeleien zu spicken, wie die Familie es von Kaarina gelernt hat. Aber wenn Lahja den Mund aufmacht, dann kommt etwas heraus, was die anderen als Belehrung oder Genörgel verstehen. Sie bemerkt sehr wohl, wie die anderen sich vielsagend ansehen, wenn sie eine Bemerkung gemacht hat. Nach einer Zeit, die als höflich gelten kann, setzen sie sich von ihr weg auf andere Stühle. In ihrer Gesellschaft fühlen sie sich nicht wohl, haben sich noch nie wohlgefühlt, aber sie kann nicht anders. Lahja öffnet den Mund, findet aber nicht die richtigen Worte. Solche, mit denen sie sagen könnte, dass es manchmal einsam und kalt und dunkel ist.

»Nein. Nichts Besonderes.«

Johannes geht in den Vorraum der Sauna und drückt die Tür zu. Lahja starrt die Tür an, die sich hinter ihrem Sohn schließt, und empfindet die Bewegung als furchterregend und endgültig.

»Johannes!«

Lahja hat das Gefühl, alles sei glatt und gleite ihr aus den Händen wie die Fotos im Spülbecken. Dass sie nichts mehr hat außer diesem Haus, und auch das wird ihr Stück für Stück fremd. Sie kann sich mit den Veränderungen nicht abfinden. Zu dem, was einst da war, gibt es keine andere Verbindung mehr als diesen Sohn, denn ihre Töchter haben längst aufgehört, sie zu besuchen. Und nun schließt sich die Tür und lässt sie als Einzige auf der anderen Seite zurück.

»Ja?« Johannes' Stimme ist die Gereiztheit anzuhören.

»Wie geht es Helena?«

Die Stimme des Jungen verändert sich.

»Hat sie dir nichts erzählt?«

»Nein.«

Johannes öffnet die Tür und sieht seine Mutter durch den Spalt an.

»Und du hast nicht mit ihr telefoniert?«

»Was ist denn jetzt?«

Lahja kommt die Stufen herab, und Johannes öffnet die Tür ganz.

»Sie hat auch dieses Kind verloren.«

»War sie schwanger?«

»Hast du das auch nicht gewusst?«

»Doch, ich hab es gewusst«, sagt Lahja, obwohl das nicht der Wahrheit entspricht. »Aber wie hätte sie als Blinde ein Kind versorgen sollen?«

Johannes antwortet nicht, starrt sie nur von der Tür her an. Dann spricht er leise weiter.

»Sie ist gestern schon aus dem Krankenhaus gekommen.«

»Ich muss sie gleich mal anrufen.«

»Ruf sie erst morgen an. Jetzt ist es schon spät.«

Von der Treppe oben sind Schritte zu hören. Maarit kommt die Stufen heruntergelaufen. Kaarinas Stimme ruft ihr nach:

»Und du kommst und sagst uns Gute Nacht, sobald du zu Hause bist. So lange bleibe ich wach.«

Johannes horcht auf das Zuknallen der Haustür.

»Helena und ihr Mann werden es wohl nicht noch einmal versuchen.«

Er kehrt in die Sauna zurück und zieht die Tür zu, die aufgequollen ist und über den Boden schleift. Johannes hebt sie am Griff an, und die Tür gibt einen Seufzer von sich, als sie sich schließt. Lahja betrachtet die Überreste des Ofens. Die eine Seite der aufgestapelten Ziegel ist weiß vom Kalkbrei, die andere leicht verrußt. Sie überlegt, was für ein Kamin in die Ecke passen würde, hat jedoch keine rechte Vorstellung davon.

Lahja steigt die Treppe hinauf. Unter der Küchentür scheint Licht hervor. Kaarina schaut aus dem Fenster, und Lahja stellt sich neben sie. Ein Auto biegt auf den Hof ein und hält. Auf der Beifahrerseite steigt ein Junge aus und zündet sich eine Zigarette an. Dann bückt er sich und klappt die Lehne des Beifahrersitzes vor. Maarit steigt ein, und der Junge nimmt wieder Platz. Kaarina beugt sich vor, um einen Blick auf den Fahrer zu erhaschen, kann ihn aber nicht erkennen. Das Auto manövriert zwischen den Schneewehen hin und her und fährt schließlich wieder auf die Straße. Lahja geht ins Esszimmer. Kaarina sieht den Rücklichtern des Autos nach. Dann wendet sie sich Lahja zu.

»Eine Sache muss ich Ihnen jetzt sagen, und dann kommen wir nicht mehr darauf zurück.«

Lahja bleibt stehen, dreht sich aber nicht um.

»Mich können Sie anschreien, so viel Sie wollen«, fährt Kaarina fort, »und ich werde darauf reagieren oder auch nicht. Aber zu den Kindern werden Sie kein einziges böses Wort mehr sagen. Haben Sie mich verstanden?«

Lahja schweigt. Sie weiß, dass Kaarina hinauslaufen wird, wenn sie nicht antwortet. Dann nimmt sie die Autoschlüssel und fährt auf die Landstraße in Richtung Oulu. So macht sie es angeblich immer. Sie fährt wie eine Wahnsinnige fünfzig Kilometer, wendet und macht sich auf den Rückweg. Dann kocht sie Brei.

»Haben Sie mich verstanden?«, fragt Kaarina noch einmal, und ihre Stimme ist betont ruhig. »Wenn Sie mich verstanden haben, dann sagen Sie es.«

»Ich habe verstanden«, sagt Lahja zur Wand. Johannes hat oft mit ihr darüber gesprochen. Er hat Angst um Kaarina. Vor seinem inneren Auge sieht er vereiste Kurven und Zusammenstöße mit Rentieren.

Kaarina macht kehrt und verlässt den Raum. Auf der Treppe horcht sie, aber aus dem Keller ist kein Geräusch zu hören.

»Er baut einen Kamin«, erzählt Lahja der Tapete an der Wand.

»Was macht er?«

»Er baut an die Stelle des Backofens einen Kamin.«

»Ach, das macht er also.«

Kaarinas Stimme ist weicher geworden. Sie schließt die Tür hinter sich, und Lahja hört, wie ihre Schritte sich in Richtung Keller entfernen. Lahja geht zum Schalter und knipst das Licht aus. Das Zimmer wird dunkel. Nur durch die Fenster fällt ein wenig Licht. Lahja bückt sich und befühlt den Heizkörper. Er ist warm. Jemand hat die Heizung wieder aufgedreht. Sie stellt sie ab und schaut durchs Fenster in Richtung Ortsmitte. Im Licht der Straßenlaternen wirkt der Schnee gelborange. Die Schnur am Fahnenmast klopft im Wind einen schnellen Rhythmus, der bis ins Haus zu hören ist. Wie würde Onni aussehen, wenn er jetzt hier wäre?

KAARINA

»Ich will dich lieben und dir treu sein
in Glück und Unglück, in guten wie
in schweren Tagen, bis dass der Tod uns scheidet.
Zum Zeichen dessen nehme ich diesen Ring.«

Eheversprechen 1960

1964 | GARTENTORWEG

Hartnäckiger Schmutz

Kaarina verschiebt das schwere Sofa ihrer Schwiegermutter. Sie hebt das eine Ende an und schiebt den Flickenteppich unter die Beine des Möbelstücks. Doch sie kann es nicht halten, und so fällt das Ende des Sofas schwer polternd auf den Boden. Zum Glück dämpft der dicke Teppich den Fall. Minna in ihrem Korb wird wach und fängt an zu weinen. Kaarina hält inne und lauscht einen Augenblick, ob die Schwiegermutter das wohl gehört hat. Das Möbelstück mit den Löwentatzen ist ihr besonders lieb. Kaarina streichelt das Baby in den Schlaf und geht zum anderen Ende des Sofas, hebt es an und schiebt den Teppich darunter. Zuletzt zieht sie das ganze Sofa mithilfe des Teppichs von der Wand fort in die Mitte des Zimmers. Es ist Zeit, die Fenster zu putzen. Ihr Unterbauch schmerzt.

Seit vier Jahren wohnt sie in diesem verwinkelten und freudlosen Haus. Schon als sie zu Besuch herkam, wusste sie, dass sie es nicht mochte. Es war ungeheuer groß, obwohl es in der schlimmsten Notzeit gebaut worden war, und die Schwiegermutter ließ keine Gelegenheit aus zu betonen, dass es das größte Holzhaus im Dorf war. Dass auch von den anderen Gebäuden nur die Kirche höher war. Kaarina war sich sicher, dass das Haus nur gebaut worden war, um Eindruck zu schinden. Dennoch isolierten sich die Bewohner hinter dicken braunen Vorhängen, sobald es dämmerte. An der verschlossenen Haustür gab es keine Klingel.

Kaarina öffnet die schwergängigen Fensterriegel. Sie hinterlassen an ihren Händen den Geruch von Eisen. Dummerweise öffnen sich die Fenster nach innen. Kaarina stellt einen Stuhl vor die Wand, damit der Fensterflügel nicht dagegenschlägt und dann das dort hängende lange Gemälde herunterfällt. Es zeigt in violetten Farbtönen das Haus, das vor dem Krieg hier gestanden hat. Die kalte Frostluft ergießt sich über die Fußböden. Kaarina stellt Minnas Körbchen auf den Sofatisch und die dampfende Emailleschüssel auf das Fensterbrett. Dann bearbeitet sie das Fenster mit einem Lappen, der aus einem alten Hemd mit Kragen gerissen ist. Das Seifenwasser wird sofort grau.

Draußen sitzt Maarit in einer Schneewehe und isst Schnee. Kaarina lehnt sich aus dem Fenster und verbietet es ihr, aber das Mädchen kehrt dem Haus den Rücken zu und isst weiter.

Kaarina beobachtet die Dorfstraße, die am Haus vorbei direkt zur Vierwegekreuzung führt. Dort sind Johannes und sie mit dem Postauto angekommen. Damals war Kaarina voller Tatendrang gewesen. Während der ganzen Fahrt von Oulu bis hierher hatte sie beobachtet, wie die Birken immer weniger wurden und die Fichten ihre Form veränderten und an Kerzen erinnerten. Johannes hatte erzählt, dass die Bäume wegen dieser Form den Schneemassen weniger stark ausgesetzt sind. Als das Postauto mühsam den Hügel erklommen hatte und für die Fahrt bergab stotternd Schwung aufnahm, bekam Kaarina Bauchkribbeln. Sie kicherte und drückte Johannes fest die Hand. Für sie, die nur die Ebene kannte, hatte diese hügelige Landschaft etwas seltsam Beängstigendes. Sie kam nur schwer damit zurecht, dass sie nicht den Horizont sah, sondern Hunderte, ja, Tausende schneebedeckter Fjälls.

Am Ziel hatte die Schwiegermutter sie erwartet, eine in Schwarz gekleidete magere Frau. Sie hatte Kaarina von Kopf bis Fuß gemustert, bevor sie die Hand ausstreckte und sich mit vollem Namen vorstellte. Zu Johannes hatte die Schwiegermutter kein Wort gesagt. Am Wegrand kauerten die weißen Neubauten, deren Wände im strenger werdenden Frost knackten. Sie waren in den vom Ministerium genau festgelegten Abständen errichtet worden, alle gleich weit von der Straße entfernt. Auf ihre eigene, seltsam disziplinierte Art waren sie schön.

Auf dem Hof lässt sich Maarit rücklings in den Schnee fallen, als wollte sie einen Schnee-Engel machen. Sie bleibt jedoch unbeweglich liegen und beobachtet ihre Mutter. Kaarina sieht, dass an den dicken Strumpfhosen Eisstückchen hängen geblieben sind.

Sie weiß, warum sie die Fenster putzen muss. Sie hat schon zwei Töchter geboren, obwohl die Schwiegermutter keine Enkel wollte. Als sie zum dritten Mal schwanger wurde, befahl die Schwiegermutter ihr, die Fenster zu putzen, obwohl sie sagte, dass sie das schwere Sofa nicht allein verschieben dürfe. Nach der Fehlgeburt hatte die Schwiegermutter ihr immerhin ins Krankenhaus Blumen gebracht und ihr keinerlei Vorwürfe gemacht, obwohl sie bei ihrem Sturz die hässliche braune Vase kaputt gemacht hatte, die, so erzählte die Schwiegermutter, von ihrer Mutter zwei Mal auf die Evakuierung mitgenommen und wieder nach Hause gebracht worden war. Johannes hatte dem Kind nachgeweint, das auch ein Mädchen gewesen war. Von der jetzigen Schwangerschaft hatte Kaarina niemandem zu erzählen gewagt, aber die Schwiegermutter hatte am Morgen gehört, wie Kaarina sich in den Abfalleimer erbrochen hatte.

Im Sommer war das Dorf schön und voller Laub. In der Sonne erwärmten die sandigen Heideflächen sich rasch. Der Duft von heißem Sand und Sumpfporst zog bis ins Dorf, und in den Wipfeln der hohen Kiefern brauste es immer, obwohl kein einziger Zweig sich im Windhauch zu regen schien. Im Sommer ruderte Johannes abends auf dem von Teichrosen gefleckten See herum. Kaarina saß auf der Rückbank des Bootes und ließ die Finger durch das prickelnd kalte Wasser gleiten. Im Sommer machten sie mit Johannes' Motorrad, das einen Beiwagen hatte, Ausflüge in die unermessliche Wildmark, aßen ihren Proviant und tranken mit den Kindern warm gewordene Milch aus der Glasflasche, die in einem Wollstrumpf steckte. Die Sommer waren erfüllt von Sommerhausleben und Lachen und Nähe. Im Juli kam Helena zu Besuch und erzählte zusammen mit Johannes Geschichten, sodass Kaarina genau aufpassen musste, um mitzubekommen, wer die Geschichte begann und wer sie beendete. Zu Herbstbeginn fuhr Helena wieder fort wie ein Zugvogel. Im Winter saßen sie in ihren vier Wänden, passten auf, dass die Kinder leise waren, und warteten auf das Ende der Dunkelheit und die Ankunft des Sommers. Nur selten kam Anna zu Besuch und saß auf dem schweren Sofa schweigend ihrer Mutter gegenüber.

Nur in der Dunkelkammer konnten sie zu zweit allein sein. Kaarina saß neben Johannes und beobachtete die Entwicklung der Fotos. Anfangs bestaunte sie das Erscheinen von Gestalten auf dem sauberen weißen Papier wie die Zaubertricks auf einer Abendveranstaltung, die sie schon viele Male gesehen hatte und die sie doch immer wieder begeisterten. Ein ums andere Mal rief Johannes aus den Tiefen des Papiers Brautpaare, Beerdigungen und Landschaften hervor, die das Licht daraufgezeichnet hatte. Danach legte er die Papiere ins Stoppbad und befestigte die Bilder zuletzt im Fixierer endgültig am Papier. Kaarina half beim Spülen und Trocknen der Fotos. Bei der Herstellung der Chemikalien kam es auf Präzision an, denn wenn das Mischungsverhältnis falsch war, blieben die Menschen, die ohne Lächeln in die Linse der Kamera gestarrt hatten, blass und hoben sich nicht vom Hintergrund ab. Oder das Foto war zwar schön, verschwand jedoch nach einem Augenblick in derselben Leere, aus der es gekommen war. Die richtigen Mischungsverhältnisse hatte Johannes von seiner Mutter gelernt, und er wusste, wie der Fixierer schmecken musste. Er befeuchtete die Spitze seines kleinen Fingers und kostete die Flüssigkeit mit der Zunge.

Angeblich schmeckte er die richtige Zusammensetzung als richtige Säure auf der Zunge.

»Vatis Fotofinger«, sagte Maarit immer und zeigte auf die gelbliche Fingerspitze ihres Vaters.

Das Wichtigste aber waren die Gespräche. Die Themen waren so vielfältig wie die Gestalten auf den Negativen. Politik. Geschichte. Die Wohnung. Die Familie. Hier konnten sie über alles sprechen, ohne dass sich jemand einmischte. Manchmal zogen sich die Gespräche bis weit in den Abend hinein, und Kaarina holte Minnas Korb in die Dunkelkammer. Morgens roch das Kind nach Entwickler.

Kaarina putzt die Außenscheibe zur Sicherheit zweimal, damit die Schwiegermutter nichts daran auszusetzen hat. Minna ist aufgewacht und sieht ihre Mutter an.

»Mutter ist wieder da«, sagt Kaarina, obwohl sie gar nicht fort gewesen war.

Momentan hat sie im Unterbauch keine Schmerzen. Das graue Wasser in der Emailleschüssel ist kalt geworden.

1966 | VERLUSTWEG

Neu und Alt nebeneinander

Aus dem Treppenhaus ist ein inbrünstiger Fluch zu hören. Die Treppenkehre ist zu steil, und die Lagerarbeiter von Määttäs Geschäft für Haushaltsgeräte sind mit ihrer Traglast zwischen Treppengeländer und Wand stecken geblieben. Der untere Träger, ein junger, dunkelhaariger Bursche, versucht, das Paket freizubekommen, während sich der ältere Mann mit dem pomadisierten Haar bemüht, die Farbschicht der Wand vor Beschädigung zu schützen. Dem Jüngeren bricht der Schweiß auf der Stirn aus, dem Älteren nicht. Er lacht über das, was der Jüngere noch nicht weiß: nämlich dass der Hintere die schwerere Last trägt. Auf dem oberen Treppenabsatz versucht Kaarina, den Geräuschpegel zu dämpfen, obwohl niemand zu Hause ist. Die Männer gehen ein Stückchen rückwärts und bekommen das Paket schließlich vom Treppengeländer los. Kaarina geht zwei Stufen hinunter und beobachtet besorgt das Fortschreiten der Aktion. Ob sie es rechtzeitig schaffen werden?

Die Männer hieven ihre Last auf den oberen Treppenabsatz. Sie strecken den Rücken, und der Jüngere dehnt den Oberkörper nach beiden Seiten. Kaarina öffnet ihnen die Küchentür. Die Männer sehen einander an, dann Kaarina. Schließlich bücken sie sich wieder und tragen ihre Last in die Küche. Diesmal lassen sie sie nicht aus den Händen, bevor Kaarina ihnen den endgültigen Platz gezeigt hat. Sie schaut sich um und bittet die Männer dann, das Paket an die Wand neben der Speisekammertür zu stellen. Vorsichtig stellen sie es ab. Der Ältere nimmt einen

Schraubenzieher aus der Tasche und biegt die Eisenbänder auf, der Jüngere wickelt sie sich um die Hand. Die Männer sehen Kaarina an, aber da sie keine weiteren Anweisungen bekommen, gehen sie hinaus. Der Jüngere wünscht einen schönen Tag, aber Kaarina hört es nicht.

Sie tritt zwei Schritte zurück. Der ist schick! Die weiß gestrichenen Flächen, an den Seiten verchromte Leisten. Der Griff glänzt metallisch, und wenn man ihn herunterdrückt, öffnet sich die Tür. Darauf steht in großen Metallbuchstaben »BOSCH« und darunter in kleineren »Superior«. Kaarina liest die Worte laut ab. Die Buchstaben sind so angeordnet, dass die Wörter gleich lang sind, obwohl das eine mehr Buchstaben hat. Ein Kühlschrank.

So einen hat Kaarina sich gewünscht, seit sie in diesem Haus wohnt. Die Schwiegermutter hat eine Speisekammer, von der zwei Lüftungslöcher direkt auf den Hof gehen. Sie ist groß und so tief, dass man mit dem Arm nicht bis in die letzte Ecke kommt. Onni hat sie aus Paneelbrettern gezimmert, deren Nägel so lang sind, dass sie auf der Innenseite durchkommen. Johannes erzählt, dass er die Nägel aus den Ruinen des alten Hauses ausgegraben und gerade geklopft hat. Damals hat es an allem gefehlt. Kaarina hat das Gefühl, als würden die Ärmel immer an den Nägeln hängen bleiben, obwohl deren Spitzen flach gehämmert worden sind.

Jetzt hat sie ein neues Gerät. Es verdeckt ein wenig die Tür der Speisekammer, aber daran würde man sich gewöhnen. Gemeinsam haben sie heimlich für den Kühlschrank gespart, denn die Schwiegermutter will so etwas nicht in ihrer Küche haben. Johannes hat eine Mark hier und einen Penni dort beiseitegelegt. Auch am Motorrad haben sie gespart. Erst haben sie auf neue Zündkerzen verzichtet, aber als das Fahrzeug zweimal unterwegs stehen geblieben war, mussten sie sie doch erneuern. Auch die Ketten müssten ausgewechselt werden, aber deren

Kauf hat Johannes in die Zukunft verschoben. Jeden Tag fürchtet er, die Maschine könnte bemerken, dass das Öl seit ewigen Zeiten nicht gewechselt worden ist, und ihren letzten Schrei ausstoßen. Kaarina hat dank ihrer Ausbildung an einer Handelsschule eine zusätzliche Beschäftigung bei der Gemeindeverwaltung gefunden und schreibt zu Hause Protokolle ins Reine. Die Schwiegermutter ist ein paar Mal an die Tür gekommen, verwundert über das spätabendliche Geklapper der Schreibmaschine, aber Johannes hat ihr gesagt, Kaarina übe das Zehnfingersystem. Die Schwiegermutter weiß nicht, dass Kaarina es längst kann.

Als sie das Kabel in die Steckdose steckt, springt der Kühlschrank an. Er gibt zuerst ein paar metallische Geräusche von sich, irgendein Teil schlägt gegen ein anderes, aber kurz darauf beruhigt er sich und summt gleichmäßig. Aus dem Inneren dringt ein mechanisches Seufzen. Kaarina drückt den Griff herunter. Es ertönt ein mattes Schnappen, und der Riegel öffnet sich. Sie zieht die Tür auf und bewundert das Innere des Kühlschranks. Er hat drei Abstellgitter und zwei weitere Ablagen in der Tür. Auf der unteren liegt ein Gegenstand. Kaarina nimmt ihn heraus und dreht und wendet ihn. Sie erinnert sich, so etwas schon mal gesehen zu haben, weiß aber nicht mehr, was es ist. Die Oberfläche fühlt sich glatt an.

Kaarina holt aus dem Unterschrank der Spüle eine Waschschüssel, schöpft aus dem Topf, der auf dem Herd steht, zwei Kellen warmes Wasser hinein und gibt ein paar Tropfen Spülmittel dazu. Sie wählt den saubersten Stofflappen. Mit der Hand fühlt sie, ob die Platte der Rückwand schon kalt ist. Noch nicht. Sie wischt über die Innenwände des Schranks und wäscht alle Ablagen ab. Zweimal wechselt sie das Wasser. Dann schließt sie die Tür und wischt die Außenflächen, die beiden Seiten und die Tür ab und putzt sorgfältig jeden Buchstaben. Zuletzt säubert sie auch den Gegenstand, den sie im Türfach gefunden hat.

Ihr fällt ein, dass sie so einen im Kühlschrank der Gemeindeverwaltung gesehen hat, zwar leer, aber jemand hat ihr erzählt, was das ist: ein Eierhalter. Kaarina beschließt, Eier zu kaufen und am Abend Rührei zu machen.

Im Kühlschrank wird es langsam kalt. Kaarina öffnet die Tür zur Speisekammer und betrachtet prüfend die Vorräte in den Regalen. Die von den letzten Mahlzeiten übrig gebliebenen Kartoffeln und die Reste der braunen Soße sind auf Tellern mit Sprung zusammengekratzt, mit Untertassen bedeckt und vergessen worden. Sie möchte ein System entwickeln, eine eigene Ordnung für die einzelnen Borde und Wochentage, aber die Schwiegermutter will, dass der Esstisch immer möglichst schnell wieder leer ist. Deshalb finden sich in den Tiefen der Speisekammer mancherlei Überraschungen, vertrocknete oder langhaarige, grün und blau getönte, die Kaarina auf den Misthaufen kippt, ehe die Schwiegermutter es ihr verbieten kann.

Zuerst räumt Kaarina den gesamten Inhalt des untersten Bords auf den Fußboden und stellt dann einige Lebensmittel wieder zurück. Für den Kühlschrank wählt sie die wichtigsten aus: die Butter, eine Wurst, ein Stück Käse. Die letzten, noch auf dem Bord verbliebenen Lebensmittel sollen sich in der Speisekammer verstecken dürfen, bis die Schwiegermutter ihre Existenz vergessen haben würde. Bord für Bord sichtet Kaarina den Inhalt der Speisekammer. Insgeheim ist sie zufrieden, dass der Kühlschrank kleiner ist als die Kammer, denn es würden niemals alle Sachen dort hineinpassen. Morgen wird sie statt Butter Margarine kaufen, jetzt, wo sie sich halten wird. Niemals würde die Schwiegermutter davon zu essen wagen.

Sie überlegt, wie die Schwiegermutter wohl überhaupt den Kühlschrank finden wird. Bestimmt wird sie etwas daran auszusetzen haben, so wie immer. Im Herbst hat sie eine von Kaarina bestellte Wochenzeitschrift im Herd verbrannt. Zuvor hatte sie darin geblättert und gesagt, Sünde brauche man in diesem

Haus nicht extra zu bestellen, die würde ihren Weg hierher auch ohne Anleitung finden. Sollte die Schwiegermutter ihre Essensreste doch ruhig in die Speisekammer stopfen und sie dort verfaulen lassen, während sie und Johannes und die Mädchen sich kalte Milch in die Gläser schenken konnten. Kaarina würde die Milchkanne heben, liebenswürdig lächeln und mit ihrer zuckersüßesten Stimme fragen, ob die Schwiegermutter ein Glas kalte Milch möchte oder ob sie die lauwarme mit den Fettklumpen vorziehe.

Das oberste Bord ist hoch oben. Kaarina holt aus dem Vorraum den Küchenschemel, steigt hinauf und holt die Sachen näher zu sich heran. Eingesalzene Pilze. Verschimmelte Konfitüre. Beerensaft in Flaschen mit gewachstem Korken. Ihre Bewegung erstarrt. Ein Glas erregt ihre Aufmerksamkeit, ein hohes, braunes ohne Deckel. Kaarina weiß sofort, was das ist. Sie streckt die Hand aus, hebt das schwere Glas an ihre Brust und steigt vom Hocker. Ihr Mund presst sich zu einer scharfen Linie zusammen. Sie stellt das Glas auf den Tisch und starrt auf den Inhalt. Blutige Brotkanten. Halb gegessene Brotscheiben, von denen ein Mund ohne Schneidezähne nur die weiche Mitte herausgekaut hat. Vertrocknete, harte Brotrinden, vollgesaugt mit Blut von den Stellen, wo die Zähne ausgefallen sind. Das kann sie sich nicht länger ansehen, deshalb stellt sie das Glas zurück in die Speisekammer und legt den Haken davor.

Im Sommer waren Annas Zwillingsjungen zu Besuch gewesen. Die Schwiegermutter verwöhnte sie und gab ihnen alles zu essen und zu trinken, worum sie nur baten. Und das nutzten die Kinder aus, sobald sie bemerkt hatten, dass sie damit alles Mögliche und sogar Unmögliches erreichen konnten.

Sie wollten Weißbrot, denn von dem Fladenbrot tat ihnen angeblich das Zahnfleisch weh, weil ihnen die vorderen Milchzähne ausgefallen waren. Und von dem Weißbrot wollten sie nur die weichen Teile essen, die Rinde war ihnen zu zäh.

Als Kaarina den Fehler beging, die Art, wie die Jungen aßen, als Verschwendung zu rügen, hatte die Schwiegermutter die blutigen Kanten in dem braunen Glas gesammelt. Daraus könne man eine gute Suppe für Maarit und Minna kochen. Der ältere Junge hatte Kaarina eine Grimasse geschnitten. Als sie ihn dabei erwischt hatte, wie er von den Wecken nur den Zucker ableckte und die inneren, nach Kardamom schmeckenden Teile herausklaubte, während er den harten, blutigen unteren Teil in das Glas warf, hatte sie ihm eine schallende Ohrfeige verpasst. Das flößte dem Jungen immerhin so viel Respekt ein, dass er nicht petzte, aber vom Brot aß er weiterhin beharrlich nur den Mittelteil, obwohl ihm die bleibenden Zähne schon nachwuchsen.

Und nun steht das Glas in der Speisekammer. Kaarina hatte sich geweigert, aus den Kanten eine Suppe zu kochen, und geweint, als die Schwiegermutter ihr ankündigte, sie werde das selbst tun. Als Johannes erfuhr, dass die Mädchen eine Blutsuppe essen sollten, hielt er seiner Mutter eine ordentliche Standpauke. Das Glas war auf dem Küchentisch stehen geblieben, und Kaarina hatte angenommen, Johannes habe es in den Müll geworfen. Aber da steht es wieder. Und es ist nicht mehr so voll wie im Sommer.

Kaarina sieht sich in der Küche um. Die Schwiegermutter ist allgegenwärtig, selbst in den Schränken. Sie überwacht Kaarina, bezeichnet ihre Träume als lächerliche Fantastereien und fügt jedem Essen die blutigen Hinterlassenschaften ihrer Enkelsöhne bei. Wie viele dieser Brotkanten hat sie inzwischen, ohne es zu ahnen, in Form von Mehlschwitze und Semmelbröseln geschluckt? Und wie viele ihre Töchter?

Wenn es Streit gibt, ist Johannes immer auf Kaarinas Seite. Nie verteidigt er seine Mutter. Doch später rächt sich die Schwiegermutter an ihr für die Schelte. Wenn das dann zur Sprache kommt, behauptet sie, das alles sei nichts als ein Irrtum, ein Missverständnis und Einbildung von Kaarina. Dabei ist die Schwiegermutter nicht einmal bereit, sie zu duzen, und wenn sie besonders schlechte Laune hat, spricht sie Kaarina sogar in der dritten Person an. Aber was kann sie tun? Das Haus, das Fotoatelier und alles andere gehört der Schwiegermutter. Kaarina kann nicht einseitig zum Duzen übergehen. Doch was fürchtet sie? Auch den Kühlschrank hat sie heimlich angeschafft, nachdem sie den Liefertag zweimal verschoben hatte, damit die Schwiegermutter garantiert nicht zu Hause war.

Dies wird niemals ihr Zuhause sein. Niemals wird Kaarina eine schöne Küche haben, keine hübsch mit Papier ausgelegten Schränke, keine mit Reißzwecken befestigte Papierspitze an den Rändern der Borde. Die viele Arbeit und das Sparen, die Hunderte von langweiligen Protokollen jeden Abend, während Johannes die Mädchen wieder einlullt, die von dem Geklapper der Schreibmaschine erwacht sind. All das viele Geld, das sie in die Küche gesteckt haben, die nicht mal ihre eigene ist. Auch der Kühlschrank passt nicht ganz an seinen Platz, sondern ragt etwas zu weit nach vorn, zur Seite und in die Höhe, sodass sich die Tür der Speisekammer nicht ganz öffnen lässt.

Kaarina muss raus aus der Küche. Rasch durchquert sie das Esszimmer, wo die Schwiegermutter in einer Ecke ihre Schlafstatt hat, eilt durch deren Wohnzimmer, das diese hochtrabend als Saal bezeichnet. Kaarina sucht etwas, weiß aber nicht, was. Sie streift durch das Haus, findet sich schließlich auf der Treppe wieder und überspringt auf dem Weg in den Keller jede zweite Stufe. Sie hat Lust, zu schlagen, zu prügeln, zu zerstören. Irgendwo muss hier doch ein Hammer oder eine Axt sein. Kaarina öffnet Schubladen, wirft Nagelkästen beiseite und kramt in den Regalen mit den Dosen voller eingetrockneter Farbe. Ihr Schwiegervater war handwerklich geschickt und hatte die Häuser selbst gebaut, auch die Möbel. Hat er sein Werkzeug mit ins Grab genommen? Kaarina findet eine Art Vorschlaghammer.

Sie wägt das Werkzeug in der Hand. Es erscheint ihr schwer genug. Langsam geht sie zurück in die obere Etage.

In der Küche betrachtet Kaarina den Kühlschrank. Sie legt die Hand darauf und spürt, wie er gleichmäßig brummt. Sie hebt den Vorschlaghammer mit beiden Händen hoch über den Kopf und schlägt ihn mit voller Wucht gegen die Tür der Speisekammer. Ein dumpfes Krachen ertönt, das Holz splittert, und das Geschirr dahinter klirrt. Ein großes Stück der Tür ist zerborsten. Sie hebt den Hammer erneut, holt aus und schlägt gegen die Seitenwand der Speisekammer. Die Holzverkleidung springt aus den Nuten. Der Hammer zerschmettert sie und dringt tief ein. Es klirrt, als ein Glas auf dem Bord umstürzt. Kaarina öffnet die Tür der Speisekammer. Sie schlägt von oben nach unten auf das zweitunterste Regalbrett, aber da das folgenlos bleibt, schlägt sie von unten nach oben. Ein Bord nach dem anderen springt von der Wand ab, die Gläser zerscherben, und die vertrockneten Brotkanten werden zu Bröseln zermalmt.

1967 | FISCHKASTENWEG

Geschichte eines Gefangenen

»Nee, ich will selber!«

Minna steht bis über die Hüften im See und will sich nicht von ihrem Vater das Shampoo aus den Haaren spülen lassen. Johannes gibt es auf und lässt sich von dem Mädchen mit Wasser bespritzen. Maarit ist schon fertig und steht auf dem Steg. Sie friert sichtlich, will aber nicht in die Sauna gehen, um sich aufzuwärmen. Kaarina zieht das Kind zu sich heran, nimmt ein Handtuch und trocknet ihm die Haare. Johannes sieht das und watet zurück zum Steg.

»Lass mal, ich trockne sie ab.«

»Ich mach das schon.«

Maarits Haare sind inzwischen trocken, aber sie drängt sich an ihre Mutter, um warm zu werden. Minna ist ans Ufer zurückgekommen, will aber noch nicht ins Haus, sondern versucht, das Schlafengehen hinauszuzögern. Sie kniet sich in den Ufersand.

Vom See her dringt das Flügelrauschen eines Vogels herüber. Er zieht einen sanft abfallenden Bogen um die Sauna, und das Geräusch verändert sich. Einen Augenblick später ist ein hohles Klappern zu hören, als der Vogel zur Hinterwand des Nistkastens fliegt. Die Mädchen beobachten seinen Flug.

»Das war die Schellente«, weiß Maarit.

»Die ist jetzt auch schlafen gegangen«, versucht Johannes Minna zu locken. Anfangs konnten die Mädchen sich gar nicht einkriegen über die Gewohnheiten dieses Wasservogels, der in einem Nistkasten auf dem Baum brütet, aber jetzt haben sie sich daran gewöhnt. Minna tut, als höre sie ihren Vater nicht, und buddelt weiter im Sand.

»Komm mal gucken, Maarit«, ruft sie.

»Ich hab keine Lust.«

»Der schwimmt noch.«

Maarits Interesse ist geweckt, und sie kommt herbei. Kaarina nimmt ihr das Handtuch ab und wickelt sich darin ein. Maarit ist bei ihrer kleinen Schwester angekommen, hockt sich hin und schaut in den Sand.

»Geht's dem gut?«

»Bestimmt.«

»Was habt ihr denn da?«, fragt Kaarina und kommt dazu. Sie geht unsicher und bleibt ab und zu stehen, um von der Fußsohle eine Kiefernnadel zu entfernen.

Die Mädchen haben in den Ufersand eine kleine, mit Wasser gefüllte Vertiefung gegraben, die durch einen schmalen Damm vom See getrennt ist. Im Wasser befindet sich ein kleiner Barsch. Er schwimmt nicht, sondern bleibt auf der Stelle, obwohl die Brustflossen sich ständig leicht bewegen. Er sieht so aus, als warte er auf etwas.

»Anneli hat erzählt, dass die Mädchen und Martti ihn mit einer Reuse gefangen haben, während wir im Krankenhaus waren«, sagt Johannes.

Maarit legt den Kopf schief und betrachtet den Fisch.

»Wie groß wird der?«

»Mindestens so«, antwortet Minna und breitet die Arme weit aus.

»So groß nicht.«

»Ich hab so einen gesehen, als wir rudern waren.«

»Hast du gar nicht.«

Minna hockt sich hin und nimmt Sand in die Hand. Sie streckt die Hand über der Pfütze aus und lässt den nassen Sandklumpen auf den Fisch fallen. Der Barsch weicht aus und hält abwartend inne. Minna greift sich mit beiden Händen Sand und lässt auch den in die Pfütze fallen. Maarit versucht, sie davon abzubringen.

»Hör auf!«

Johannes schnappt sich die Kleine und nimmt sie unter den Arm.

»Jetzt ist es Zeit zum Zähneputzen.«

Minna versucht, sich loszustrampeln, aber Johannes hält sie fest und trägt sie den Pfad entlang ins Haus. Das Mädchen fängt an zu weinen. Maarit bleibt noch am Ufer. Sie macht die Pfütze tiefer. Der Barsch flüchtet in den flacheren Teil des kleinen Gewässers.

»Du darfst ihn nicht ärgern, auch wenn du größer bist und das schon kannst«, erklärt Kaarina.

Maarit nimmt Sand vom Seegrund und verstärkt damit den schmalen Damm, den die Wellen schon flacher gespült haben. Dann schiebt sie das Gesicht ganz nahe an die Wasseroberfläche.

»Könnten wir den zu Hause im Glas halten? Wir könnten ihm zum Fressen Würmer ausgraben.«

»Stell dir doch mal vor, wie er sich fühlen würde, wenn er nur Glaswände um sich herum hätte.«

Maarit denkt offensichtlich darüber nach. Dann zupft sie aus dem Uferwasser einen kleinen Schachtelhalm und steckt ihn in den Grund der Pfütze.

»Das ist für ihn ein Baum. Und mit dem Boot können wir Barschgras für ihn holen, dann ist ihm nicht so langweilig. Und Teichrosen.«

Das Mädchen sammelt im Sand kleine Steine und setzt sie als Wellenbrecher auf den Sanddamm.

»Den Damm müssen wir verstärken, damit der Fisch nicht weg kann.«

Das Hocken tut allmählich weh, und Kaarina steht mühsam

auf. Es ist ein leicht stechender Schmerz. Sie reicht Maarit die Hand.

»Jetzt gehen wir auch rein.«

»Der wird ja wohl nicht wegschwimmen in der Nacht?«

»Wie sollte er denn da rauskommen?«

Misstrauisch betrachtet Maarit den Fisch, greift aber nach Kaarinas Hand. Sie waten durch das Uferwasser, wo es sich leichter geht. Oben öffnet sich die Tür, und von innen hört man Minna weinen. Johannes kommt auf die Terrasse heraus und hängt ein Handtuch zum Trocknen über das Geländer. Er beugt sich vor, um zur Sauna hinunterzuschauen.

»Maarit, komm her und zieh dir den Schlafanzug an.«

Maarit lässt Kaarinas Hand los und springt den Pfad zum Haus hinauf. Sie hüpft abwechselnd zwei Schritte links, zwei rechts, und dann wieder links.

»Kommst du auch?«

»Ich bleib noch ein Weilchen.«

Johannes sieht Kaarina an. Auf ihrem Gesicht liegt Traurigkeit, vielleicht eine Bitte um Verzeihung. Wofür sollte sie jetzt um Verzeihung bitten? Es war nicht ihre Schuld.

»Wie geht es jetzt?«

»Es wird schon.«

Maarit ist oben auf der Terrasse angekommen.

»Was hat Mutter?«

»Sie hat so Frauensachen.«

»Was für Sachen?«

»Hast du schon die Zähne geputzt?«

»Noch nicht.«

»Dann gehst du jetzt Zähne putzen, Pipi machen und ins Bett.«

Die Terrassentür schließt sich. Kaarina bleibt vor der Sauna stehen. Der Fluss bläst Dunst zum See hinüber. Die Mücken sind weg. Schon bald wird die Luft so stark abkühlen, dass sie endgültig vom Sommerhaus ins Dorf zurückkehren müssen. Der Sommer ist praktisch, da kann die Familie nach der Arbeit hierherfahren und den Abend ungestört miteinander verbringen. Schon morgens packen sie alles ins Auto, fahren in den Ort und freuen sich auf den Abend. Kaarina öffnet die Tür und geht in den Umkleideraum. Sie hängt das Handtuch an die Garderobe und schaut in die Sauna. Warme, feuchte Luft flutet ihr entgegen. Sie riecht abgestanden, verbraucht. Ein dumpfer Geruch, hatte Johannes einmal gesagt, als Maarit noch kleiner war. Das Mädchen hatte sich verhört und verstanden: ein dummer Geruch.

Kaarina öffnet sämtliche Türen und legt noch ein paar Holzscheite in den Ofen. Durchs Fenster schaut sie auf den dunkelnden See. Als die Luft in der Sauna frischer ist, schließt sie die Türen und steigt auf die Schwitzbank. Sie macht einen Aufguss. Das Wasser zischt träge, und es dauert lange, bis die Feuchtigkeit auf den Steinen getrocknet ist. Kaarina legt sich auf die Schwitzbank und legt die Beine gegen die Wand. Obwohl die Sauna von eigenwilliger Bauart ist und am falschen Platz steht, mag sie sie. Es ist ein merkwürdiges, kastenartiges Gebäude mit Pultdach, erbaut auf einer Halbinsel, wo der Fluss in den See mündet. Während der Frühjahrsüberschwemmungen fließt das Wasser direkt unter dem Fußboden und lässt die Stützbohlen faulen, und wenn das Eis dick ist, steigt das Wasser darüber bis in die Badestube hinein. Aber die Sauna hat breite Schwitzbänke, von denen man einen weiten Blick auf den See hinaus hat. Das Fenster ist lachhaft groß und angeblich übrig geblieben beim Bau des Hauses, und deshalb hat Johannes' Vater es hierhergebracht.

Das ganze Sommerhaus hat er aus übrig gebliebenem Baumaterial gebaut, ebenso kastenförmig und mit Pultdach. Den Bauplatz hat er gut gewählt, denn von der Anhöhe aus hat man einen wunderbaren Blick auf den See und die Flussmündung, aber das

Haus ist durch Bäume vor neugierigen Blicken geschützt. Die Zimmer sind nach dem Sonnenstand angeordnet, und deshalb scheint die Sonne morgens auf den Frühstückstisch, mittags in die Küche und abends in das neue Schlafzimmer, das Johannes und sie nach Minnas Geburt angebaut haben. Keiner von ihnen kann sonderlich gut bauen, und deshalb war das Ergebnis nicht gerade berauschend, aber es war schön, gemeinsam etwas zu schaffen. Johannes hatte anfangs bedauert, dass der französische Balkon des Wohnzimmers weichen musste, aber an seiner Stelle ließ sich die Tür zum neuen Schlafzimmer am leichtesten einbauen. Wie als Entschädigung dafür planten sie für das Zimmer große Fenster, von denen aus man die Renken mit den glänzenden Flanken unten im Fluss beobachten konnte. Kaarina war gern hier, ebenso Johannes und die Mädchen. Und jedes Mal, wenn Helena in den Ferien kam, wollte sie ins Sommerhaus, sobald sie in der Gesellschaft ihrer Mutter so viel Zeit verbracht hatte, wie die Höflichkeit es verlangte. Die Anzahl der Schritte von der Terrasse auf den Höhenrücken sowie zum Herzhäuschen und zur Sauna wusste sie noch. Besonders, wenn sie sich in den Zimmern bewegte, schien es, als könnte sie sehen. Sie hielt nur die Hände etwas erhoben, wanderte sicher über die Schwellen, schnappte sich vom Nagel das Geschirrhandtuch und fand im Schrank die vertraute Teekanne.

Die Schwiegermutter mied das Sommerhaus. Zwar kam sie manchmal mit in die Sauna, aber gleich darauf wollte sie zurück ins Dorf gefahren werden. Niemals übernachtete sie im Sommerhaus. Und sie hielt sich nicht gern im Haus auf, saß lieber auf der Terrasse oder auf dem Steg und betrachtete mit säuerlicher Miene das Gebäude. Die Küche betrat sie nicht. Am liebsten hätte sie das Haus verkauft, aber zum Glück hatte der Schwiegervater es Johannes überschrieben. Und Johannes verkaufte es nicht, obwohl die Schwiegermutter mehrmals dargelegt hatte, was man mit dem Geld alles anfangen könnte. Ab und zu forderte sie auch Kaarina auf, sie solle ihren Mann zur Vernunft bringen. Das versprach Kaarina zwar bereitwillig, erwähnte aber Johannes gegenüber niemals etwas von einem Verkauf.

Kaarina bemerkt, dass sie sich auf die Lippen beißt. Die Schwiegermutter. Auf der Schwitzbank liegend stellt sie die Beine auf und legt sich die Hände auf den Bauch. Sie spürt keine Kontraktionen mehr. Es wird schon drinbleiben, hatte der Arzt gesagt, aber zur Sicherheit den Muttermund unter örtlicher Betäubung mit zwei Stichen genäht. Er hatte gefragt, wie es um Kaarinas Ehe stehe, und ihr offenkundig nicht geglaubt, als sie gesagt hatte, alles sei in Ordnung. Wie hätte sie ihm erzählen können, dass hinter allem jemand anders steckte? Die Person, der alles Geld und aller Besitz und das Haus gehört, sodass sie nichts anderes haben als dieses Versteck mit dem schrägen Dach. Und einander. Und die Mädchen. Und vielleicht noch dieses Kind.

Die Sauna kühlt langsam ab, und Kaarina steigt von der Schwitzbank. Sie spült sich noch einmal ab, legt zwei Scheite in den Ofen, damit die Sauna trocknet, und geht auf den Steg hinaus.

Der Wald hier ist so ganz anders als der ihrer Kindheit. Keine Büsche, keine Laubbäume. Nur hohe Kiefern und niedriges Heidekraut. Nur Extreme. Neben dem Sommerhaus kümmern zwei Fliederbüsche vor sich hin. Der Schwiegervater hat sie gepflanzt, aber sie sind noch nicht höher als einen halben Meter. Jeden Winter diese mörderischen Fröste, oder die Rentiere verbeißen sie.

Kaarina sieht in der Dämmerung nach dem Nistkasten der Schellente, aber von dort ist nichts zu hören.

»Die müsste wohl demnächst nach Süden ziehen.«

Kaarina zuckt zusammen, als sie Johannes' Stimme hört. Er steht am Ende des Stegs und schaut in ihre Richtung. Inzwischen hat er die Mädchen zu Bett gebracht und seinen Pyjama angezogen.

»Ich glaube, sie ist schon alt oder krank. Hoffentlich stirbt sie nicht im Nistkasten.«

Kaarina schaut in die andere Richtung. Ihr fällt das Wasserloch ein, das die Mädchen gegraben haben, und sie watet durch das flache Wasser dorthin. Im Halbdunkel ist der Barsch nur schwer zu erkennen. Er bleibt auf der Stelle, aber liegt halb auf der Seite. Sie bückt sich, um ihn zu betrachten. Die Flossen bewegen sich noch. Kaarina öffnet mit dem Fuß eine schmale Rinne vom Wasserloch durch den Sandwall in den See. Der Fisch erschrickt bei der Bewegung des Fußes, flüchtet aber nicht. Kaarina versucht, ihn in Richtung See zu scheuchen, aber er reagiert nicht. Sie ebnet mit dem Fuß den ganzen Damm ein und setzt das Wasser so in Bewegung, dass die Welle den Barsch in den See spült. Einen Moment lang verharrt er auf der Stelle und schwimmt dann los. Dabei bleibt er jedoch an der Oberfläche und schwimmt in Schieflage und ganz langsam. Bestimmt wird irgendein Vogel ihn sich schnappen.

Johannes hat sich auf den höher gelegenen Teil des Stegs gesetzt. Das Wasser an Kaarinas Beinen fühlt sich kalt an. Sie watet zum Steg und steigt hinauf zu Johannes. Am anderen Ufer weint ein Polartaucher. Kaarina setzt sich auf die untere Stufe des Stegs und schmiegt sich mit dem Rücken an Johannes. Der legt den einen Arm um sie und zeichnet mit einem Finger den Bogen ihrer Brauen nach. Das gibt ihr ein Gefühl von Sicherheit. Die Trauer bricht irgendwoher aus den Tiefen ihres Leibes hervor. Johannes' Finger hält inne.

»Ich will nicht, dass die Schellente stirbt«, flüstert Kaarina schluchzend durch ihr Weinen hindurch.

»Sie wird nicht sterben.«

Auch Johannes' Stimme klingt gepresst. Sein Griff wird fester, und mit der anderen Hand streichelt er Kaarina übers Haar.

»Sie wird nicht sterben. Sie ruht sich nur aus.«

Kaarina lehnt sich noch fester gegen Johannes, und gemeinsam wiegen sie sich sacht hin und her und vertreiben so Dunkelheit und Herbst.

Die Welt ist hier, im Ruf des Polartauchers.

1969 | GLÜCKSWEG

Das Überflüssige entfernen

»Jetzt geht es ab!«

Das Brett löst sich langsam, und die Eisennägel darin klagen, während sie aus dem Holz zum Vorschein kommen. In der Außentoilette drückt Johannes mit dem Brecheisen gegen die Schalung, und Kaarina zieht von außen an dem Brett.

»Moment mal«, sagt Johannes.

Das Brett hängt noch am oberen Rand fest, an den Kaarina nicht heranreicht. Sie tritt einen Schritt zurück.

»Geht aus dem Weg, Mädchen!«

Maarit und Minna ziehen sich zurück, als Johannes mit voller Wucht das Ende des Brecheisens gegen den oberen Rand des Bretts schlägt. Es zittert und schwingt und löst sich schließlich. Einmal springt es hoch, dann fällt es auf die feuchte Erde. Die Mädchen heben es auf und tragen es an dem im Sandkasten spielenden Tapio vorbei zur Kellerluke, wo schon einige andere Bretter neben dem Sägebock warten. Als die Mädchen es auf den Stapel werfen, wallt brauner mehlartiger Staub auf. Das von unten aufgestiegene Ammoniak hat die unteren Enden der Bretter zersetzt. Maarit schüttelt mit übertriebenen Gesten ihre Hosenbeine.

»Die sind ja ganz morsch!«

Schon vor einigen Jahren ist im Haus eine Innentoilette eingebaut worden. Allerdings nur eine einzige, und zwar in einer engen Kammer, die im Erdgeschoss vom Windfang abgeteilt wurde. Das eisenhaltige Brunnenwasser hat im WC-Becken bald einen hässlichen rostbraunen Streifen hinterlassen, aber alle wissen es zu schätzen, dass es beim Sitzen warm ist. Nach Einsetzen der Winterfröste begann auch die Schwiegermutter ohne viel Aufhebens die Innentoilette zu benutzen. Da das Herzhäuschen draußen nicht mehr gebraucht wurde, hatte Kaarina an einem schönen Samstag im Mai beschlossen, dass es abgerissen werden sollte. An dieser Arbeit hätten die Mädchen keinen Spaß gehabt, aber Kaarina hat es halb durch Befehlen, halb durch Bestechung geschafft, dass sie sich daran beteiligen. Sie hat Hackfleisch und Weißbrot gekauft, die Bouletten schon vorbereitet und angekündigt, dass es am Abend Hamburger geben würde, die in Amerika von allen Leuten gegessen wurden.

Die Paneele von Vorder- und Seitenwand sind abgerissen, nur die Rückwand steht noch. Daran hängen, mit Reißzwecken befestigt, alte Zeichnungen von Maarit. Im Sandkasten hat Tapio seinen Gummistiefel verloren, und Kaarina geht, um ihn dem Jungen wieder anzuziehen. Er macht sich auf ihrem Schoß ganz schwer und versucht, auf die Erde zu gleiten. Johannes schlägt die Bretter der Rückwand ab, und das ganze Toilettenhäuschen wankt von der Wucht der Hiebe. Die Sonne wärmt schon, obwohl die Schneehaufen immer noch hoch sind. Johannes schwitzt.

»Das ist ... doch verrückt ... dass das ... nicht abgehen ... will!«, schimpft er im Takt der Schläge.

Die Paneelbretter lösen sich zitternd, als Johannes gegen das Gerüst des Häuschens schlägt. Der Schall wird von der Wand des Nachbarhauses zurückgeworfen.

»Maarit, halt mal das Brett am unteren Rand fest, damit es nicht schwingt.«

»Halt es selber fest.«

»Was hast du denn?«

»Ich tret da nicht hin«, sagt Maarit und zeigt auf den dunklen

Boden unterhalb der Toilette, der bis zur Unkenntlichkeit verrottet ist.

»Na, du brauchst dich ja nicht gerade da hinzustellen.«

»Igitt, wie eklig!«

Minna freut sich über die Reaktion ihrer Schwester. Sie zeigt mit dem Finger auf einen Haufen.

»Das ist jedenfalls deiner. Und der da auch!«

»Igittigitt!«

Maarit schlackert demonstrativ mit den Händen und rennt weg. Minna tut, als nähme sie etwas in die Hand, und läuft hinter ihr her.

»Der hier ist für dich! Der kommt an seinen alten Platz zurück!«

»Minna, das darfst du nicht! Bleib da!«

Kaarina kommt vom Sandkasten zurück.

»An die Arbeit, Mädchen, damit nicht der ganze Tag dafür draufgeht!«

»Da stell ich mich jedenfalls nicht hin!«

»Was ist denn da? Das ist doch alles zu Erde geworden.«

Johannes hält inne. Er beschirmt die Augen mit der Hand und sieht Kaarina an.

»Was hättest du gern an dieser Stelle?«

»Ich weiß nicht. Man könnte hier etwas pflanzen, weil der Boden so locker ist. Vielleicht Himbeersträucher.«

»Davon ess ich jedenfalls nicht«, sagt Maarit und schneidet eine Grimasse, um der Schwester ihren Widerwillen zu demonstrieren.

»Ich auch nicht«, wiederholt Minna, obwohl sie gar nicht gehört hat, worum es ging.

»Dann lasst ihr es eben bleiben«, sagt Johannes.

»Oder irgendeinen Strauch«, fährt Kaarina fort. Sie erinnert sich an den dicht belaubten Garten ihres Elternhauses. Hier wachsen nur Preiselbeeren.

»Ich könnte Sand holen und alles damit bedecken«, sagt Johannes. »Dann müsst ihr nicht die Nase rümpfen.«

Er reicht Kaarina das Brecheisen und geht los, um die Schubkarre zu holen. Kaarina steigt das Treppchen zur Toilette hoch. An den Seiten der Stufen ist noch blau gestrichenes Profilpaneel dran. Links unten klafft eine breite Spalte.

»Geht ihr mal den Hammer holen? Der hängt im Kesselraum an der Wand.«

Minna läuft zur Haustür, aber Maarit geht langsamer. An der Treppe wartet Minna auf ihre Schwester, weil die Tür so schwer ist, dass sie sie noch nicht allein öffnen kann. Kaarina will den Mädchen gerade noch zurufen, sie sollen die Gummistiefel ausziehen, aber da sind sie auch schon im Haus.

Johannes hat die Schubkarre aus dem Stall geholt. Im Rad ist keine Luft, sodass der schlaffe Gummireifen gegen den Erdboden schlackert. Wie kann es in diesem Haus noch etwas Kaputtes geben? Früher waren die Dinge immer weg oder kaputt. Alles wurde nach Gebrauch irgendwohin geworfen, das Werkzeug blieb da liegen, wo es einem aus der Hand gefallen war, und wenn die Dinge sich lange genug auf dem Tisch herumgetrieben hatten, wurden sie in den nächsten Schrank gesteckt. Dann fand sie niemand mehr wieder. Das Haus hatte gewaltige Ausmaße, mehrere Etagen und Tausende von Verstecken. Kaarina war die Einzige, die sich bemühte, ein wenig Ordnung zu halten, und deshalb fragten alle zuerst sie, bevor sie überhaupt anfingen, etwas zu suchen: »Kaarina, hast du den ... gesehen?«, und: »Mutter, wo ist mein ... geblieben?« Und die Schwiegermutter, die Kaarina weiterhin beharrlich siezte: »Haben Sie gesehen, wer meinen ... genommen hat?« Kaarina ordnete und sortierte, aber alle zusammengelegten und mit Namensschildern versehenen Dinge wurden heruntergerissen und in die Ecken der Schränke geworfen. Hartnäckig suchte sie für jeden Gegenstand einen eigenen dauerhaften Platz. Allmählich wurde das

Haus systematischer, die Aufbewahrungsstellen logischer, und irgendwann fanden sich die Sachen wieder an. In letzter Zeit will sie die Stellen gar nicht immer verraten, und wenn jemand sie nach etwas fragt, sagt sie ganz ruhig: »Such.« Sie weiß, dass alles an seinem dafür bestimmten natürlichen Platz liegt. Der Suchende muss nur sich selbst vertrauen und dort nachsehen, wo es am vernünftigsten ist.

»Hast du die Schaufel gesehen?«, fragt Johannes, als er bei ihr ankommt.

»Schon oft.«

»Haha.«

»Wo könnte sie denn sein?«

Johannes geht mit der Schubkarre zum Sandkasten. Tapio gräbt eine Höhle in den Sand, aber hört damit auf und starrt den platten Reifen an.

»Mach mal für Vater die Schubkarre voll Sand.«

Tapio freut sich, streckt seine Hand aus, in der er nassen Sand hat, und lässt ihn neben die Schubkarre auf die Erde fallen. Johannes geht zur Haustür. Kaarina bleibt auf der Treppe zur Außentoilette sitzen. Vergangenen Sommer haben sie das Haus gelborange gestrichen. Sie findet, dass es jetzt mehr hermacht. Sie schließt die Augen und lässt sich die Sonne ins Gesicht scheinen. Der Wind duftet nach Frühling. Irgendwo klappt ein Fenster. Kaarina öffnet die Augen und sieht zur oberen Etage hinauf. Die Schwiegermutter dreht den Fenstergriff zu. Sie achtet darauf, dass die Wärme nicht entweicht. Wenn sie doch wenigstens manchmal zulassen würde, dass Kaarinas und Johannes' Schlafzimmer gelüftet wird.

Die Schwiegermutter bleibt am Fenster stehen und schaut auf den Hof. Kaarina kniet sich hin und nimmt das Brecheisen zur Hand. Sie schiebt es in den Spalt am Ende des Profilpanels und hebelt. Das Brett zersplittert und löst sich. Sie hebt ein Stück davon auf, dreht sich zur Schwiegermutter im

Schlafzimmerfenster um und schwenkt es wie eine Trophäe. Brett für Brett entfernt sie mit dem Brecheisen. Sie setzt ihre Arbeit fort, bis etwas Schweres zwischen die zersplitterten Paneelbretter auf die zweitunterste Stufe poltert. Es ist eine Pistole. Kaarina hält inne und betrachtet die Waffe. Sie reißt die Zeichnung von der Wand, auf der ihre Familie und das Sommerhaus zu sehen sind, und bedeckt damit die Waffe. Warum, weiß sie selber nicht. Tapio sitzt mit dem Rücken zu ihr und schiebt mit dem Stiefel Sand in das Loch, das er gegraben hat.

Kaarina füllt die Türöffnung der Toilette mit ihrem Körper aus und nimmt die Zeichnung von der Waffe. Die Pistole sieht ganz anders aus als die in den Filmen. Kantiger und doch zierlich, mit langem Lauf. Vor dem Abzug befindet sich ein eckiger Vorsprung. Kaarina streicht über die Zeichen, die in den geriffelten Holzgriff eingekerbt sind. Eines davon sieht aus wie eine Neun. Darunter ist per Hand ein W gesetzt. Kaarina nimmt die Waffe auf und richtet den Lauf auf den Fußboden der Toilette. Sie hebt sie zu der noch nicht abgerissenen Rückwand, streckt die Arme vor und prüft ihr Gewicht. Sie fühlt sich schwer an. Kaarina schaut nach, ob an dem Fenster oben immer noch die Gestalt zu sehen ist, doch die Schwiegermutter ist nicht mehr da. Kaarina hebt die Pistole in Augenhöhe und legt den Finger an den Abzug. Sie schließt ein Auge und schaut mit dem anderen durchs Visier. Ihr Arm wird rasch müde. Dann lässt sie sie sinken. An der einen Seite steht »Waffenfabrik Mauser Oberndorf am Neckar«.

Wem mag die Pistole gehören? Bestimmt nicht Johannes und auch nicht der Schwiegermutter. Ihr fällt niemand ein außer dem Schwiegervater, aber über ihn wird im Haus nicht gesprochen. Sie hat ihn niemals kennengelernt. Wenn sie die Schwiegermutter etwas fragt, lautet die Antwort immer gleich: Er war ein guter Mann und ein guter Vater. Es gab in den Zimmern nichts, was an ihn erinnert hätte, keine alten Kleider, kein Werkzeug, keine Bücher. Kaarina kennt ihn nur von dem Foto auf der Esszimmerkommode. Darauf steht er in Uniform vor dem alten, noch nicht verbrannten Haus. Er hält Johannes auf dem Arm, den anderen hat er um Anna gelegt. Helena steht neben ihrer Schwester und schaut in die falsche Richtung. Johannes' dicke Oma hat sich hinter dem Mädchen platziert und ihm die Hände auf die Schultern gelegt. Das Foto hat die Schwiegermutter gemacht. Ihr Schatten erstreckt sich vom unteren Bildrand bis zu Helenas Füßen.

Das heutige Haus gehört natürlich zum Nachlass des Schwiegervaters. Johannes hat erzählt, dass sein Vater als Zimmermann auf einem Schiff gearbeitet hat, aber es gibt im Haus keine maritimen Erinnerungsstücke. Unter vier Augen erzählte Johannes, sein Vater sei nett gewesen, und aus seinen Worten war herauszuhören, dass er sich immer noch nach ihm sehnte. Gleichzeitig wirkte er jedoch irgendwie zornig. Der Schwiegervater war plötzlich gestorben, als Johannes seinen Wehrdienst leistete. Die Schwiegermutter erzählte, eine Ischias-Operation sei nicht gelungen.

Nach Maarits Geburt hatte Johannes gesagt, er wolle seinen Kindern ein ebensolcher Vater sein, wie sein eigener es gewesen sei. Er wolle immer genug Zeit für sie und für Umarmungen und Berührungen haben. Zu den Mädchen und auch zu Tapio sprach er immer wie zu Erwachsenen und nicht in einer albernen Ammensprache. Am Anfang, als sie sich manchmal stritten, hatte Johannes sie beschwichtigt, die Zwischentüren geschlossen und die Kinder ans andere Ende des Hauses in Sicherheit gebracht, damit sie nicht das Geschrei der Erwachsenen mitanhören mussten.

Die Haustür öffnet sich, und Johannes kommt mit dem Spaten heraus. Kaarina steigt auf die oberste Stufe der Treppe, die zum Toilettenhäuschen hinaufführt. Johannes geht zum Sandkasten und schaufelt die Schubkarre halb voll. Auch die

Mädchen kommen auf den Hof. Kaarina wägt die Pistole in der Hand, dann lässt sie sie ins Loch der Toilette fallen. Die Waffe rutscht zwischen den Rand der Grube und den Haufen, und auf den Lauf senken sich Fetzen von Zeitungspapier, die noch nicht verrottet sind. Kaarina zieht sich auf die Treppe zurück, sammelt ein paar zersplitterte Paneelbretter zusammen und wirft sie durch das Loch auf die Waffe. Sie bedecken das Magazin, aber ein Stückchen vom Kolben bleibt sichtbar. Johannes karrt den Sand neben die Toilette. Tapio läuft neben ihm und hält sich mit der Hand an einem der Schubkarrengriffe fest.

»Sand«, sagt er.

»Wir bringen Sand hierher, damit unsere feinen Damen sich nicht ekeln.«

Johannes kippt die Fuhre Sand unter die Toilette. Kaarina sieht, wie der in den Kolben eingekerbte Buchstabe darunter verschwindet. Maarit kommt zu der ramponierten Außentoilette, aber Minna baut weiter an ihren Bächen.

»Ist es unseren Fräuleins so recht?«, fragt Johannes Maarit.

Kaarina steigt die Stufen wieder hinunter. Tapio schubst Maarit mit beiden Händen, plumpst dann aber mit dem Hinterteil voran auf die Erde. Kaarina hebt den Jungen mit einer Hand auf.

»Was haben wir nur für Kinder.«

»Da würde noch mehr hineingehen«, sagt Johannes und klopft den Sand mit der Schaufel glatt. Maarit folgt der Schaufel mit den Blicken.

»Ich ess trotzdem keine Himbeeren von da.«

Ein Stück entfernt springt Minna mit beiden Füßen in eine Schlammpfütze. Tapio hört das Platschen und läuft auf seine Schwester zu, aber Kaarina erwischt ihn noch an der Kapuze. Jetzt müsste sie die Bouletten braten.

»Vielleicht pflanzen wir hier Blumen? Am besten mehrjährige.«

1971 | KUHPFAD

Manchmal schmeckt es einem nicht

»Wie war der Flug?«

»Danke, ganz gut.«

Lahja begnügt sich mit Helenas Antwort und kehrt in die Küche zurück. Johannes und Anna sitzen stumm da. Das Gespräch will nicht in Gang kommen. Kaarina sieht zu, wie Helenas Finger die Oberfläche des Sessels befühlen. Sie finden die vertrauten, geschnitzten Blumenmuster und die Stelle, wo ein kleines Stück Holz fehlt.

»Dieser Stuhl stand früher drüben vor dem Fenster.«

Die Finger tasten weiter und finden die Naht zwischen dem Sitz und dem Vorderteil des Sessels. Sie verweilen bei der Innenseite der Armlehnen und streichen über den Bezug.

»Hat der Sessel einen neuen Bezug?«

Die Fingerspitzen finden im Stoff eine Medaillondarstellung und betasten deren Begrenzung. Instinktiv fährt Anna an derselben Stelle über den Stoff ihres Sessels. Ein neues Gesprächsthema ist gefunden, und Kaarina verfolgt, wie die Geschwister einander die Bälle zuspielen. Das Wichtigste ist nicht, Lösungen zu finden oder Wissen zu vermitteln, sondern die Erinnerungen hervorzukramen, die ein Jahr Trennung verdrängt hat. Am lautesten lacht Helena.

»Weißt du noch, wie Vater dieses Sofa gebaut hat?«

»Hatte er die Holzteile irgendwo bestellt?«

»Er hat es im Keller zusammengebaut.«

»Der frühere Stoffbezug war gröber. Fast wie Sackleinen.«

»Hat er das Sofa nicht sogar hier auf dem Fußboden gezimmert?«

»Ich hab auf den Stufen gesessen und zugeguckt.«

»Mutter war böse, weil die Späne bis zum Bett geflogen sind.«

»Hatte das Sofa nicht so komische Beine?«

»Hast du nicht auch alles Mögliche gebaut?«

»Stimmt, einen Tisch oder eine Kommode oder so was.«

»Ich hab das nie gekonnt.«

»Das Essen steht bereit.«

Die Schwiegermutter steht an der Tür zum Esszimmer. »Kommt zu Tisch.«

Johannes erhebt sich als Erster und wartet, bis Helena aufgestanden ist. Er legt die rechte Hand seiner Schwester auf seinen Oberarm. Helena sträubt sich etwas, lässt aber die Hand an ihrem Platz.

»Zu Hause finde ich mich doch wohl allein zurecht.«

Anna versucht, Kaarina den Vortritt zu lassen, doch die macht eine abwehrende Geste.

»Aber nein, die Gäste gehen als Erste zum Festtisch.«

Im Esszimmer fasst die Schwiegermutter Helena bei den Schultern und setzt sie auf den Platz neben sich.

»Komm du hierher zu mir. Da vor dir steht ein Teller und rechts dahinter ein Glas. Ich hab dir statt der Gabel einen Löffel hingelegt, damit geht das Essen leichter.«

»Ich krieg das auch mit der Gabel hin.«

»Anna, das ist Johannes' Platz. Setz du dich doch dort an die Wand. Helena, da ist ein Fladen mit Butter. Direkt neben deiner linken Hand.«

Helena tastet auf dem Tisch herum und findet alles.

»Macht meinetwegen keine Umstände.«

»Du hast eine lange Reise hinter dir.«

»Ich hab am Flughafen gegessen.«

Helena nimmt das Brot in die Hand, aber weiß nicht, wo sie

es ablegen soll. Johannes nimmt es ihr ab und legt es auf seinen eigenen Teller.

»Ein erwachsener Mensch weiß ja wohl, was er will.«

»Helena, wie viele Kartoffeln soll ich dir pellen?«

»Nur eine.«

»Ich hab schon zwei gepellt.«

»Mutter, lass doch mal gut sein.«

»Man muss schon essen, um bei Kräften zu bleiben.«

Das Essen ist mit Hingabe zubereitet worden. Die Schwiegermutter hatte Kaarina verboten, in die Küche zu kommen, sie wollte alles allein machen. Sie hatte Kaarina eine lange Einkaufsliste gegeben und sie beschworen, kein einziges Produkt durch ein anderes, billigeres zu ersetzen. Nur die Beschaffung der Biestmilch hatte die Schwiegermutter ihr nicht anvertraut, denn Ofenkäse war eine von Helenas Lieblingsspeisen. Jetzt ist der Tisch reich gedeckt. Die Kohlrouladen sind ein wenig angebrannt, in der Soße sind ein paar Klümpchen, und jedem Gericht hätte ein wenig mehr Salz gutgetan, aber Kaarina ist überrascht von der Tadellosigkeit des Ergebnisses. Für ihre Enkel kocht die Schwiegermutter nie.

Anna pellt eine Kartoffel und beugt sich vor.

»Mutter, weißt du noch, wo Vater die Stühle gebaut hat?«

»Welche Stühle?«

»Die mit den Löwenfüßen und das Sofa.«

»Hab ich die nicht gekauft?«

Die Stimme der Schwiegermutter klingt verwundert. Johannes runzelt die Stirn und wendet sich an seine Mutter.

»Du hast sie nicht gekauft.«

»Die hat Vater gemacht«, wiederholt Anna.

»Vater? Er war nicht dein Vater.«

Anna lehnt sich im Sessel zurück. Helena legt ihren Löffel auf den Teller.

»Doch, er war unser aller Vater.«

Anna legt die Kartoffelschalen auf eine Untertasse, die Kaarina ihr reicht. Ihr Blick ist fest auf den Tisch gerichtet.

»Er war mir ein guter Vater.«

»Im Album gibt es ein Foto von deinem richtigen Vater.«

»Was redest du denn da?«, fragt Helena. »Musst du das nun sogar mit einem Foto beweisen?«

»So hab ich das nicht gemeint.«

»Dann hör auf damit!«

»Sag das nicht. Er war ein guter Mann. Auch er.«

Helena sucht in ihrem Schoß die Serviette, die ihre Mutter dort hingelegt hat, und legt sie auf den Tisch. Sie tastet nach der Stuhllehne, um aufzustehen.

»Bist du schon fertig mit Essen?«

»Ich hab keinen Hunger.«

Die Schwiegermutter zerteilt auf dem Teller eine Kartoffel in immer kleinere Stücke und weiß nichts zu sagen. Kaarina steht vom Tisch auf, geht in die Küche und holt einen Topflappen. Die Schwiegermutter tut ihr leid.

»Warte noch einen Augenblick, Helena.«

Kaarina holt den Ofenkäse aus dem Backofen und streut Zimt und Zucker darüber. Sie sieht, dass Anna gerade von ihrer Kohlroulade isst und nicht weiß, ob sie die Gabel hinlegen oder weiteressen soll. Johannes klopft seiner Schwester beruhigend auf den Rücken.

»Wir haben keine Eile.«

Kaarina legt einen Untersetzer auf den Tisch und stellt die Auflaufform darauf. Die Schwiegermutter nickt ihr dankbar zu. Kaarina geht die Teller und Löffel holen, die auf der Spüle bereitstehen. Mit der Wärme des Ofenkäses breitet sich Zimtduft im Raum aus. Helena wendet den Kopf und schnuppert.

»Sind das Zimtwecken?«

Die Schwiegermutter muss lachen. Sie tut mit dem Löffel etwas von dem Dessert auf Helenas Teller.

»Nein, das ist Ofenkäse«, erklärt sie.
»Wie jedes Mal.«
»Ich hab dir schon was aufgetan.«
»Das ist nicht nötig, Mutter.«
»Der Löffel liegt vor dir.«
»Du brauchst mich nicht so zu betütern! Hör auf damit!«
Die Schwiegermutter beugt sich vor und gibt Helena den Löffel in die Hand.
»Die Milch hab ich heute Morgen vom Bauern geholt. Die Kuh hat am Dienstag gekalbt.«
Helena schlägt mit dem Löffel kräftig auf den Teller, und etwas von dem Ofenkäse fliegt auf das Tischtuch.
»Ich bin kein Kind mehr! Bald krieg ich selbst ein Kind!«
Johannes' Messer fällt klirrend auf den Teller, und Anna lächelt. Kaarina bemerkt den Ausdruck von Überraschung auf dem Gesicht ihrer Schwiegermutter.
»Wieso?«, fragt Lahja, weil ihr nichts Besseres einfällt.
»Mein Gott, Mutter.«
Helena packt den Tischrand und steht schnell auf. Ihr Stuhl fällt um und prallt vom Fußboden ab. Helena tastet sich in den Vorraum. Sie schließt die Tür, und aus dem Treppenhaus sind ihre Schritte zu hören, die abwärts gehen. Kaarina steht auf und folgt Helena. Johannes starrt seine Mutter an.
Helena sitzt auf der Außentreppe und raucht. Sie hält die linke Hand in der rechten Achselhöhle und mit der rechten Hand die Filterzigarette. Als Kaarina die Tür öffnet, fährt Helena zusammen.
»Wer ist da?«
»Ich bin es nur.«
»Ich dachte schon, es wäre Mutter.«
Helena klopft vorsichtig die Asche ab. Dabei fällt etwas davon auf ihr Kleid. Helena macht einen tiefen Lungenzug und bläst den Rauch durch die Nase aus.

»Ich hätte das ja auch etwas freundlicher sagen können.«

Kaarina setzt sich neben sie auf die Treppe.

»Das ist eine großartige Nachricht.«

Die Glut verbrennt Helena die Finger, und sie fasst sie näher am Filter. Ihre Stimme klingt erleichtert.

»Es passiert so viel.«

»Ist es von Kari?«

»Ja.«

»Das ist doch ein sympathischer Mann.«

Helena drückt die Zigarette auf der Treppe aus und wirft die Kippe weit fort ins Gras. Aus der Tasche holt sie ein weiches Marlboro-Päckchen und klopft es gegen den Boden.

»Rauchst du noch?«

Helenas Lachen klingt nervös.

»O verdammt. Daran hab ich nicht gedacht. Ich hab es erst gestern erfahren.«

»Hast du Angst?«

»Dreimal darfst du raten.«

Die Tür geht auf, und Anna schaut heraus.

»Herzlichen Glückwunsch!«

Anna bleibt hinter den anderen auf der obersten Stufe stehen. Kaarina steht auf und zupft ihren Hosenrock zurecht.

»Ich geh mal wieder nach oben.«

Anna setzt sich auf die Treppe und wischt die Asche von Helenas Kleid.

»Wie wär's, wenn du hier entbinden würdest?«

»Hier?«

»Hier sind mehr helfende Hände.«

»Hierher komm ich bestimmt nicht. Wieso ziehst du nicht auch weg?«

»Wo sollte ich denn hin?«

»Zum Beispiel zu mir.«

Anna streicht ihren Rock glatt.

»Was könnte ich schon tun? Ich bin nicht in eine weiterführende Schule geschickt worden wie du.«

»Hast du gedacht, ich wollte gern dorthin?«

Kaarina geht die Treppe hoch zur Küche. Sie steckt den Stopfen in den Abfluss der Spüle und dreht erst den Hahn für das heiße, dann den für das kalte Wasser auf und gibt einen Spritzer grünes Spülmittel hinein. Aus dem Esszimmer hört sie Johannes' Stimme.

»Musste das denn nun wieder sein?«

»Ich hab es nicht böse gemeint«, antwortet die Schwiegermutter.

Johannes kommt in die Küche und sieht Kaarina. Er schüttelt den Kopf.

»O Gott. Wo ist sie?«

»Draußen.«

»Vielleicht sollte ich mit ihr reden.«

»Tu das. Ich mach den Abwasch.«

Johannes geht in den Vorraum, und aus dem Treppenhaus sind schnelle Schritte zu hören. Kaarina prüft die Temperatur des Wassers und schließt die Hähne. Sie wischt sich die Hände an dem blauen Küchenhandtuch ab, auf dem der Kalender von 1969 abgedruckt ist. Er ist zwei Jahre alt.

Die Schwiegermutter sitzt immer noch am Esstisch. Vor ihr steht eine große Platte mit Kohlrouladen. Kaarina hebt Helenas umgestürzten Stuhl auf. Nur Annas Teller ist leer gegessen.

»Kann ich abräumen?«

Die Schwiegermutter nimmt das Besteck zur Hand.

»Ich esse noch.«

Sie schneidet von der kalt gewordenen Kartoffel ein Stück ab und steckt es in den Mund. Mit ihrer eigenen Gabel legt sie sich eine neue Kohlroulade auf den Teller. Kaarina nimmt die übrigen Teller vom Tisch und schiebt alle Reste auf den obersten. Auf der braunen Soße hat sich eine Haut gebildet.

1973 | ANGELPUNKTGASSE

Manche Verbindungen geraten in Vergessenheit

»Ist alles gut gegangen?«

»Ja.«

Kaarina legt das Baby auf die Tagesdecke des Doppelbetts, die aus Fischergarn gehäkelt ist. Darunter ist das gelborangefarbene Blümchenmuster der Bettbezüge zu erkennen. Die Schwiegermutter bleibt in der Tür stehen und denkt gar nicht daran, zu gehen.

»Obwohl Sie zur Entbindung bis nach Oulu fahren mussten?«

Kaarina öffnet den Reißverschluss und breitet den Schlafsack als Decke über den Jungen. Im Schlaf hat der Kleine die Beine angezogen, als befände er sich noch immer in der Enge der Gebärmutter. Die Schwiegermutter betrachtet ihn von der Tür her.

»Wo ist Johannes hingegangen?«

»Er holt die Kinder ab.«

»Ich hätte sie auch diesmal versorgt.«

»Wir wollten Ihnen nicht zu viel Mühe machen.«

»Es hat doch auch letztes Mal gut geklappt.«

Kaarina will lieber nicht erzählen, dass die Kinder nicht allein bei der Oma bleiben wollten.

Die Augen des Babys sind geschlossen, aber es zuckt mit den Beinen. Die Brüste schmerzen. Kaarina möchte stillen, aber es ist ihr unangenehm, vor der Schwiegermutter die Bluse auszuziehen.

Die Schwiegermutter lässt den Türrahmen los und macht ein paar zögerliche Schritte auf das Bett zu.

»Ich hatte vor, ins Krankenhaus zu Besuch zu kommen.«

»Na, jetzt ist er ja hier.«

Die Schwiegermutter kommt ans Bett, setzt sich aber nicht ohne Erlaubnis hin, weil es ihnen gehört. Es hat ein Fußende aus grünem Kunststoff und Leselampen. Die Schwiegermutter beugt sich vor und betrachtet das Kind.

»Es ist Johannes wie aus dem Gesicht geschnitten.«

»Ja?«

»Dieselbe Nase und dieselben Ohren. Die Augen hat es von Onni.«

Das Baby öffnet die Augen. Kaarina kitzelt ihm die Handfläche. Der Junge ballt die Finger zur Faust. Der Knoten der Kunststofffolie mit der Windel hat sich gelöst.

Die Schwiegermutter hat sich aus einem klein geblümten Stoff ein neues Kleid genäht. Es ist genauso geschnitten wie die früheren, hängt von den Schultern bis auf die Waden herab wie ein Sack und verdeckt alle Körperformen. Von den Fotos auf der Kommode im Esszimmer blickt eine Frau, die völlig anders aussieht. In den Kleidern der Vierzigerjahre hatte sie noch eine deutliche Taille und betonte Schultern.

»Das Haus war leer ohne euch«, sagt die Schwiegermutter und sieht das Baby an. »Nirgends war ein Geräusch zu hören.«

Draußen klappt eine Autotür. Kaarina wendet sich dem Kind zu. Mit der linken Hand stützt sie seinen Kopf, hebt es mit der rechten hoch und reicht es der Schwiegermutter.

»Nehmen Sie den Jungen in den Arm.«

Die Schwiegermutter schreckt zurück.

»Ach ... nein.«

»Nehmen Sie es nur, ich gehe inzwischen auf die Toilette.«

»Die Zeiten, wo ich Kinder herumgeschleppt habe, sind vorbei.«

Kaarina steht auf und übergibt das Kind der Schwiegermutter. Die legt den Arm um den Kleinen. Kaarina macht ein paar Schritte Richtung Tür, geht aber nicht fort. Die Schwiegermutter setzt sich aufs Bett. Sie stützt mit der Hand den Kopf des Kindes, schiebt die Schulter vor und lässt das Kind vorsichtig auf ihren Schoß gleiten. Wenn diese Bewegungen auch langsam sind, wirken sie doch sicher, wie tausendfach ausgeführt. Die Schwiegermutter schiebt den linken Arm unter den Kopf des Kindes und sichert mit der Hand, dass es nicht hinunterfällt.

»Hier ist Oma.«

Von der Tür her sieht Kaarina, wie klein und zerbrechlich das Kind ist. Der Junge wittert den fremden Arm oder die Stimme und den Geruch. Er wendet den Kopf, versucht, seine babyblauen Augen irgendwohin zu richten, und fuchtelt mit beiden Armen, weint aber nicht. Obwohl Kaarina weiß, dass das Kind nicht genau sehen kann und nicht versteht, kommt es ihr doch so vor, als schaute es seine Oma direkt an. Sie überlegt, wann sie der Schwiegermutter zuletzt direkt in die Augen gesehen hat, und wann die Kinder. Und wann hat Johannes seine Mutter so angeschaut? Nach jedem Kind hat die Schwiegermutter sich mehr und mehr in ihren Räumen isoliert. Zwar essen sie gemeinsam, natürlich, aber die Schwiegermutter verirrt sich immer seltener in ihren Teil des Hauses, und alle vermeiden den Blickkontakt.

Die Schwiegermutter spürt, dass Kaarina nicht fortgegangen ist, wendet aber den Blick nicht von den Augen des Kindes ab. Dies ist nicht das erste Enkelkind, das sie im Arm hält, aber seit dem letzten ist viel Zeit vergangen, und niemand ist mehr wie früher. Sie spricht zu dem Jungen mit kleinen, tastenden Worten, als könnte ihre Stimme die zarte Verbindung zerstören. Ihre Stimme klingt brüchig.

»Hier ist die Mutter deines Vaters. Willkommen in diesem Haus. Ich bin deine Oma.«

Aus dem Treppenhaus sind Laufschritte zu hören, und die Tür des Vorraums wird geöffnet. Tapio sieht seine Mutter und läuft ihr direkt in die Arme. Seine gelben Gummistiefel hinterlassen Schmutzspuren auf dem Wohnzimmerteppich. Kaarina nimmt Tapio auf den Arm, obwohl sie noch nichts tragen dürfte. Maarit und Minna haben ähnliche Ponchos an. Kaarina hält auf dem einen Arm Tapio und umarmt mit dem anderen die Mädchen. Zuletzt kommt Johannes und schließt die Tür hinter sich. Kaarina sucht den Blick ihres Mannes und deutet mit dem Kopf zum Schlafzimmer hinüber. Dort hält die Schwiegermutter immer noch das Baby auf dem Schoß und singt ihm fast lautlos etwas vor. Zusammen wirken die beiden wie eine verzerrte Madonnenstatue.

»Wir beide werden zusammenhalten. Wenigstens wir«, flüstert die Schwiegermutter.

Johannes reckt sich vor und späht in das Zimmer, begreift aber nicht, was Kaarina ihm sagen wollte. Sie runzelt die Stirn und deutet auf die Kinder. Johannes nickt und nimmt ihr Tapio ab.

»Zuerst gehen wir Hände waschen, und dann sehen wir uns den kleinen Bruder an.«

Kaarina geht ins Schlafzimmer, aber die Schwiegermutter hat das Kind schon zurück aufs Bett gelegt.

»Vielleicht nehmen Sie es wieder.«

Kaarina setzt sich auf die andere Seite des Kindes.

»Wir haben doch keine Eile. Ich werde das Kind noch oft genug halten.«

Tapio hat seine Hände kurz nass gemacht und kommt zur Tür gelaufen. Dort bleibt er einen Moment stehen und sieht erst seine Oma, dann die Mutter an, saust zum Bett und schlüpft unter Kaarinas Arm. Die Schwiegermutter steht auf und blickt noch einmal auf das Baby.

»Wie klein es ist. Ich wusste gar nicht mehr, dass sie so klein sind.«

Maarit und Minna kommen herein. Minna stützt sich mit den Unterarmen auf das Fußende des Bettes und lässt die Beine in der Luft baumeln. Die Schwiegermutter macht ihren Platz für Maarit frei.

»Ist er gewachsen, seit wir ihn im Krankenhaus gesehen haben?«

»Kann schon sein, dass er ein bisschen gewachsen ist.«

Johannes ist an die Tür gekommen. Er nickt seiner Mutter zu und stellt sich hinter Minna.

»Hat er schon einen Namen?«, will Maarit wissen.

»Ja. Aber der wird noch nicht verraten. Erst bei der Taufe.«

Die Schwiegermutter steht hinter den Kindern und hört zu. Minna streckt die Hand nach dem Kleinen aus.

»Darf ich ihn streicheln?«

»Ja, wenn du vorsichtig bist.«

Auch Tapio streckt die Hand aus und berührt das Wickeltuch.

»Wir könnten ihn Schwächling nennen.«

Beide Schwestern protestieren gegen den Vorschlag, und Tapio grinst als Antwort. Als Kaarina das nächste Mal zur Tür schaut, ist dort niemand mehr.

1977 | RÜPELGASSE

Wechselseitiger Grenzgang

Kaarina summte ohne Worte, weil sie vergessen hat, »*was der kleine Vogel dort sang vor Freude immerfort*«. Sie stellte die Teller auf den Küchentisch, beschloss dann aber doch, sie ins Wohnzimmer zu bringen. Also holte sie aus der unteren Herdklappe das braune Metalltablett und stapelte das Geschirr darauf. Der Refrain fiel ihr wieder ein.

»*Hat zum Trauern keine Zeit.*«

Kaarina schenkte Tee in die Tassen. Eine davon sowie ein Butterbrot mit Gurkenscheiben auf einem Teller stellte sie ans Ende des Tisches.

»Hier ist Tee und Abendbrot für Sie«, rief sie von der Tür des Esszimmers zur Schwiegermutter hinüber.

Es kam keine Antwort. Das ganze Zimmer war dunkel, nur aus einem Winkel des Wohnzimmers drang der schwache Schein der Stehlampe. Es war kühl in den Zimmern, und Kaarina prüfte den Heizkörper. Sie stellte fest, dass er kalt war, und drehte ihn auf. Tagsüber versuchte sie immer, die Heizung bei der Schwiegermutter anzumachen, damit keine kalte Luft in die Küche zog, aber die Schwiegermutter ließ sie nicht lange an. Vielleicht will sie ja im Kalten und im Dunkeln sitzen wie die Morra bei den Mumins, hatte Minna einmal überlegt, als sie noch klein war.

Es war schwierig, mit dem Tablett in der Hand die Tür zu öffnen. Kaarina setzte das eine Ende auf der Spüle ab und öffnete mit der freien Hand die Tür zum Treppenhaus. Rasch schlüpfte sie hinaus und schob die Tür mit dem Fuß wieder zu. Aus dem Keller hörte sie Hammerschläge.

»Johannes?«

Das Hämmern endete, und Kaarina hörte ein paar Laufschritte.

»Was ist?« Johannes' Stimme klang deutlich herauf. Er war die Kellertreppe ein Stück heraufgestiegen, um besser zu hören.

»Kommst du? Dann kommen auch die Mieter zur Ruhe.«

»Ja, gleich. Am besten wäre es, wenn eine Weile niemand hier runterkäme, der Fußboden ist voller Staub. Ich kann morgen sauber machen. Oder übermorgen. Vorher hat das keinen Sinn.«

»Das Abendbrot steht auf dem Tisch.«

»Ich würde mich gern erst waschen. Ich hab den Kessel geheizt, damit warmes Wasser da ist.«

Kaarina stützte das Tablett auf ihrem Knie ab und öffnete die andere Tür im Vorraum. Sie führte in einen Durchgangsraum, in dessen Ecke Minnas Bett und ein Schreibtisch standen. An der Wand waren mit Stecknadeln Fotos von Popstars befestigt. Im Zimmer war jetzt mehr Platz, seitdem Maarit in die Bodenkammer gezogen war. Minna saß auf dem Fußboden. Sie hatte zwei Kassettenrekorder so hingestellt, dass die Lautsprecher einander gegenüberstanden. Mit dem einen spielte sie eine Kassette ab, mit dem anderen Gerät nahm sie die Musik auf.

»Mutter, was ist Zaion?«

»Was?«

Ursprünglich hatte die Kassette Maarit gehört, aber sie war auf Minna übergegangen, die beschlossen hatte, sich für das frühere Lieblingsstück ihrer Schwester zu begeistern. Jedes Familienmitglied konnte den Song mitsummen, auch Tuomas.

»Was singen die da?«

»*When we remember ...*, und dann kommt das Wort: *Zaion.*«

»Vielleicht ist Zion gemeint? Also Israel.«

Minna sah Kaarina fast mitleidig an.

»Was sollte das für einen Sinn haben?«

»Das weiß ich nicht. Die singen doch auch vom Fluss von Babylon.«

»Ja, ja.«

»Das Abendbrot ist fertig.«

»Ich hab keinen Hunger«, antwortete Minna, mehr der Form halber.

»Du kommst trotzdem. Und ruf Maarit, sie soll runterkommen.«

Im Wohnzimmer hatte Tapio sich in die äußerste Ecke des Sofas gekuschelt und las in einem *Donald-Duck*-Comic. Tuomas saß auf dem Boden und baute ein Haus aus Legosteinen. Auf einer ebenen Platte waren bunte Wände entstanden, und der Junge versuchte, dazwischen eine Tür anzubringen. Tapio beobachtete das mit halbem Auge. Die Legosteine waren früher seine gewesen.

»Die passt nicht dazwischen«, stellte er im Tonfall des großen Bruders fest.

Tuomas drehte die Bodenplatte und probierte es an einer anderen Stelle.

»Da passt sie auch nicht hin.«

Tuomas entfernte den obersten langen Legostein und versuchte es erneut. Im Fernseher moderierte Heikki Hietamies gerade seine samstägliche Tanzsendung.

Kaarina machte einen langen Schritt an Tuomas vorbei, doch der Junge konzentrierte sich voll und ganz auf die Tür. Seine Haare waren zu lang. Während seiner immer wiederkehrenden Mittelohrentzündungen hatte er gelernt, zuerst die Ärzte zu fürchten, dann die Arztkittel und am Ende jeden weißen Kittel. Deshalb gelang es auch beim Friseur nicht, ihn an seinem Platz zu halten, denn der trug eine weiße Arbeitsschürze.

Kaarina setzte das Tablett ab und stellte die Tassen auf den Tisch. Sie wischte Tuomas sanft die Haare aus der Stirn. Die könnten auch später noch geschnitten werden. Der Junge drückte die Legotür so zwischen die Wände, dass das Kunststoffteil sich bog.

»Nimm noch einen Stein weg. Manchmal muss man etwas abreißen, um Platz für was Neues zu machen.«

Im Vorraum rief Minna nach ihrer Schwester. Tapio steckte seinen aufgeschlagenen Comic zwischen die Sofakissen und stand auf. Tuomas bekam Milch in einem Becher, auf dem ein Dackel mit Hut eine Zigarre rauchte. Minna kam und setzte sich aufs Sofa.

»Was ist Keptiviti?«

»Keine Ahnung.«

»Du weißt gar nichts.«

»Ich hab Deutsch gelernt, nicht Englisch.«

»Kannst du Deutsch?«

»Ich hab viele Jahre Deutsch gehabt. Guten Tag. Wie geht es?«

»Grüß Gott«, ertönte die Stimme der Schwiegermutter von der Tür her.

Niemand hatte die Schwiegermutter bemerkt, die in der Türöffnung stand und sich gegen den Rahmen lehnte. Sie schien guter Laune zu sein, weil sie sich am Gespräch beteiligen konnte.

»Vielen Dank«, fuhr sie fort. »Könnte ich Tee bekommen, bitte?«

»Ich habe für Sie auf dem Küchentisch gedeckt. Aber Sie können auch hier welchen haben.«

Kaarina fand, dass Deutschkenntnisse ihre Domäne waren. Die Schwiegermutter trat mit einem wissenden Lächeln ins Wohnzimmer.

»Im Krieg haben hier alle Deutsch gelernt, auch die kleinen Kinder. Es ist nicht schwer.«

Kaarina hatte die Empfindung, als ginge von der Schwiegermutter ein kalter Hauch aus. Der Korridor hinter ihr war dunkel, und nur die Scheinwerfer der vorbeifahrenden Autos warfen helle Streifen an die Decke.

»Wo ist Johannes? Hat er schon gegessen?«

Jedes Mal dieselbe Frage. Bei niemandem sonst interessierte es sie, ob sie schon gegessen hatten oder nicht, sie fragte immer nur nach Johannes. Sie magerte ab, aber sie fürchtete, ihr Sohn könnte verkümmern. Seine Pobacken sähen aus wie kleine Zwiebäcke, behauptete sie.

»Er ist im Keller, aber er kommt gleich.«

»Was macht er da um diese Tageszeit?«

Es ärgerte Kaarina, dass sie überhaupt davon gesprochen hatte, aber sie musste es erzählen, weil die Schwiegermutter es ohnehin bemerken würde, wenn sie das nächste Mal in die Sauna ging.

»Er reißt den Backofen ab.«

Die Schwiegermutter ließ sich auf das Sofa plumpsen, und *Donald Duck* fiel zu Boden. Kaarina holte ihr den Teller mit dem Butterbrot. Die Schwiegermutter nahm es, legte den Käse und die Wurst jedoch auf den Tellerrand und ließ nur die Gurkenscheiben liegen. Tuomas schlürfte unbefangen Milch aus seinem Becher, während Tapio sein Brot zurück auf den Teller legte. Minna stand von ihrem Platz neben der Oma auf und setzte sich auf den Fußboden.

»Musste das denn sein, dass der Backofen zerstört wird?«, fragte die Schwiegermutter nach einer Pause und sah Kaarina herausfordernd an.

»Johannes hat gesagt, der Rauchabzug wird für den neuen Heizkessel gebraucht. Und seit ich hier wohne, ist dieser Ofen kein einziges Mal benutzt worden.«

»Es hat auch eine Zeit vor Ihrer Ankunft hier gegeben.«

»Wann haben Sie das letzte Mal gebacken? Zieht der Backofen überhaupt noch?«

»Das müsste man ausprobieren.«

Solche Gespräche wurden immer geführt, egal, was im Haus oder im Sommerhaus verändert werden sollte. Anfangs hatte die Schwiegermutter allem Alten nachgeweint. Sie hatte bei jedem Anlass geschrien und gewütet, sogar dann, wenn im Frühjahr die Vorhänge gewechselt wurden. Selbst wenn die neuen viel schöner waren und keine Meterware, sondern von Kaarinas Mutter gewebt, hatte die Schwiegermutter die Begonientöpfe vom Fensterbrett auf den Fußboden gefegt und gedroht, Johannes, Kaarina und die Kinder aus dem Haus zu jagen. Das Haus gehöre ihr, und so müsse es auch bleiben. Nichts dürfe ohne ihre Erlaubnis verändert werden. Nichts dürfe ausgewechselt, weggeworfen oder durch Neues ersetzt werden. Das Haus sei ein für alle Mal fertig gebaut worden, und daran habe niemand zu rütteln.

Von der Bodentreppe her waren schnelle Schritte zu hören. Kaarina war auf der Hut. Die Tür ging auf und knallte wieder zu.

Maarit kam herein. Sie hatte sich geschminkt und Lipgloss aufgetragen, versuchte jedoch, die Lippen einzuziehen, sobald sie ihre Großmutter entdeckt hatte. Offenbar wollte sie ausgehen. Sie setzte sich nicht aufs Sofa, sondern holte sich einen Stuhl vom Kaffeetisch.

»Hat jemand für mich angerufen?«

»Nein.«

»Niemand?«

Das Mädchen wirkte erstaunt und zupfte das Tuch zurecht, das sie um den Hals trug. Kaarina erkannte es: Ihre Schwester hatte es ihr als Geschenk aus Leningrad mitgebracht. Die Schwiegermutter musterte Maarit aufmerksam, und Kaarina sah, wie ihr Blick sich schärfte. So als belauerten sich zwei Raubtiere.

»So willst du ausgehen?«, fragte sie.

»Lassen Sie es gut sein«, bremste Kaarina.

Kaarina betrachtete die Schwiegermutter, die anschwoll von unausgesprochenen Worten.

»Nimm ein Butterbrot, bevor du gehst«, sagte Kaarina und schob dem Mädchen den Brotteller hin. Ihre Jeans waren an den Rändern noch feucht. Sie hatte sich mühsam hineingezwängt, als sie noch nass waren.

»Komm mal her, Tuomas.«

Die Schwiegermutter streckte die Arme nach dem Jungen aus, der auf dem Fußboden saß und sich lieber auf sein Spiel konzentrierte.

»Komm auf meinen Schoß.«

»Hörst du, was man dir sagt?«, versuchte es Kaarina. Das wäre die einfachste Art gewesen, die Lage zu entspannen, aber der Junge hörte nicht.

Die Schwiegermutter erwischte seinen Pullover und versuchte, ihn daran näher zu sich zu ziehen. Der Junge wollte dem Griff ausweichen, aber die Schwiegermutter bekam seinen Arm zu fassen.

»Was ist denn?«

Tuomas strampelte sich los und trat versehentlich gegen sein Legohaus. Die eine Wand ging ab. Regungslos betrachtete der Junge sein kaputtes Haus.

»Doof.«

Die Schwiegermutter beugte sich vor und gab Tuomas eine Kopfnuss. Der brach in ein künstliches Heulen aus. Maarit legte ihr Brot auf den Tisch.

»Musste der denn auch noch zum Heulen gebracht werden?«

»Das geht dich nichts an.«

»Alle hören doch sein Geschrei.«

»Halt den Mund. Und geh dir das Gesicht waschen.«

»Jetzt hört doch mal auf«, versuchte Kaarina die beiden zu beruhigen, aber der Streit hatte schon angefangen, und die Beteiligten schrien sich gegenseitig an. Das Ganze wurde von

Tuomas' zunehmendem Geheul übertönt. Wieder versuchte die Schwiegermutter, sich den Jungen zu schnappen.

»Nun wein doch nicht.«

Empört zog Maarit den kleinen Bruder an sich.

»Der darf ruhig heulen!«, schrie sie ihre Oma an.

»In meinem eigenen Haus dürfen Kinder mich nicht anschreien.«

»Dies ist auch mein Zuhause!«

Kaarina begriff nicht, wie ein ruhiger Abend sich plötzlich in ein solches Chaos hatte verwandeln können. Sie hatte schon gelernt, die Kommentare der Schwiegermutter zu überhören, aber das galt nicht für die Kinder. Sie betrachtete die Streithähne und ergriff dann den Teller mit den Butterbroten. Um das schöne Veilchendekor tat es ihr leid, trotzdem schlug sie den Teller kraftvoll gegen die Tischkante. Die Teetassen sprangen hoch, und die Scherben spritzten über den Fußboden bis hin zur Efeutute. Die Brote, die Käse- und Wurstscheiben fielen auf die braun geblümte Tischdecke.

»Jetzt halten alle miteinander den Mund!« Kaarina schwenkte das Tellerstück, das sie in der Hand behalten hatte. »Dies ist mein Zuhause!« Maarit löste sich von Tuomas und stand auf.

»Die hat angefangen.«

»Dies ist unser aller Zuhause!«

»Wenn ich noch lange mit der da zusammenwohnen muss, dann bring ich mich um.«

»Egal. Trotzdem wohnst du hier.«

»In ihrer Nähe stirbt alles. Das hält doch keiner aus!«

Langsam stand die Schwiegermutter auf, aber Maarit wandte sich zur Tür. Sie lief nicht aus dem Zimmer, sondern ging betont langsam. Die Tür knallte sie trotzdem zu. Die Schwiegermutter folgte ihr mit den Blicken. Auf ihren Wangen waren weiße Flecke erschienen.

»Das hat es in diesem Haus früher nicht …«, setzte sie an.

»Genug jetzt. Kein Wort mehr.«

Die Schwiegermutter durchquerte das Wohnzimmer. An der Tür drehte sie sich um und wollte etwas sagen, aber Kaarina starrte sie so an, dass sie verstummte. Dann machte die Schwiegermutter kehrt und ging in ihre eigenen Räume. Kaarina setzte sich aufs Sofa und schwieg. Tuomas kletterte zu ihr auf den Schoß. Er hatte schon aufgehört zu weinen. Stille senkte sich herab, die nur vom Fernseher unterbrochen wurde. Kaarina streichelte Tuomas gedankenverloren über die langen blonden Locken. Es wäre so leicht, nichts zu sagen. So leicht, sich nicht darum zu kümmern und einfach abzuwarten, dass die Schwiegermutter eines Tages aufhören würde. Dass sich eines schönen Morgens am anderen Ende des Hauses ein erkalteter Leichnam fände und in dem Haus nur noch sie und Johannes und die Kinder wohnten. Dass immer Sommer wäre und das Heidekraut blühen und der Wind die von ihrer Mutter gewebten Vorhänge bauschen und den Duft von Nadelwald hereinwehen würde. Die Eule im Fernseher blinzelte ihr zu.

Minna hatte den Comic vom Teppich aufgehoben, lag bäuchlings auf dem Sofa und las darin. Tapio überlegte, ob er deswegen protestieren sollte, beschloss jedoch, sich auf den Fernseher zu konzentrieren. Kaarina setzte Tuomas neben sich, der gleich wieder auf den Fußboden krabbelte. Kaarina hob die Beine, streckte sie gerade vor sich aus und drehte die Füße zuerst nach außen, dann nach innen, sodass in beiden Gelenken ein leichtes Knacken ertönte. Anschließend stellte sie die Füße auf den Teppich und rieb sich die Ballen, erst in Richtung der Kettfäden, dann in der der Schussfäden. Am Ende stand sie auf. Tapio wandte den Blick vom Fernseher ab.

»Wo gehst du hin?«

Kaarina nahm das Tablett und sammelte darauf die Tellerscherben.

»Ans andere Ende.«

»Bringst du mir Milch mit?«

»Hol sie dir selbst.«

Kaarina schlug den Weg zu den Räumen der Schwiegermutter ein. Solche Dinge schob man nicht auf die lange Bank, die musste man sofort klären.

1980 | BÜRDENWEG

Die Welt sieht anders aus, wenn man innehält

In den Kurven vibriert das Auto auf den Rillen, die der Schneepflug in die vereiste Oberfläche gekratzt hat. Die verschneiten Fichten sausen am Auto vorbei. Kaarina tritt auf die Kupplung und legt den nächsten Gang ein. Der Motor heult auf, und durch das Auto geht ein Ruck, bevor es noch schneller fährt.

Irgendetwas war schon seit Wochen anders gewesen. Die Schwiegermutter hatte schwieriger gewirkt als sonst. Überraschend hatte sie damit begonnen, ihre Schränke durchzusehen, hatte Bündel hervorgekramt und deren Inhalt danach sortiert, was aufbewahrt und was ausrangiert werden sollte. Einige Dinge schienen verschwunden zu sein, und Kaarina musste ihr immer wieder versichern, dass sie die Schränke der Schwiegermutter nicht angerührt, geschweige denn irgendetwas daraus weggeworfen habe.

»Dann erklären Sie mir doch mal, wo das Kleid hingekommen ist, das hier immer gehangen hat.«

Letztlich hatte sich alles Gesuchte gefunden und war wieder in den Tiefen des Schrankes verstaut worden.

Am Vorabend hatte die Schwiegermutter bei ihnen ferngesehen. Dabei hatte sie etwas in der einen Hand gehalten, aber nicht gesagt, was es war. Nach dem Ende der Sendung war sie aufgestanden und hatte eine zerknüllte braune Papiertüte auf den Sofatisch gelegt. Und Kaarina zugeschoben.

»Hier ist so ein Ding. Falls es dafür Verwendung gibt.«

Ohne eine Antwort abzuwarten, war die Schwiegermutter in

ihre Zimmer gegangen. In der Tüte war eine ovale Brosche aus Neusilber gewesen, in das eine rauchgraue Glasperle eingelassen war.

Am nächsten Tag erzählte Johannes, die Schwiegermutter sei verreist, obwohl er das noch nicht hätte verraten dürfen. Sie sei am Morgen in den Bus gestiegen und ins Universitätskrankenhaus gefahren, um sich operieren zu lassen. Brustkrebs.

Der Zeiger des Tachometers neigt sich nach rechts. Das Lenkrad vibriert. Die Spikereifen krallen sich in die vereiste Straße. Der Motor schreit. Kaarina schafft es nicht, die Wegweiser zu lesen. Es schneit. Sie schaltet die Scheibenwischer ein.

Die Schwiegermutter hatte es ihr nicht erzählt. Johannes hatte es schon am Morgen gewusst, aber nicht erzählt.

Kaarina taugt als Dienerin. Sie ist gut im Putzen und Aufräumen, obwohl sie die gerahmten Fotografien auf der Kommode immer noch in der falschen Reihenfolge aufstellt. Sie kann gut kochen und abwaschen. Sie hat das eine Ende des Hauses für ihre Familie hergerichtet, und sogar die Schwiegermutter fand, dass es ihr gelungen war, einige hübsche Möbelstücke anzuschaffen. Sie hat die Kinder zu ordentlichen und höflichen Menschen erzogen und der Nachbarin immer ein ofenwarmes Brot gebracht. Sie ist mit einer Mutter gesegnet, deren Stachelbeerkonfitüre selbst der Schwiegermutter recht ist. Und sogar die Farbkombinationen ihrer Flickenteppiche sind nicht übel. Zu all dem nickt die Schwiegermutter wie zu den erworbenen Fertigkeiten eines Kindes. Gut so. Gute Idee.

Und doch ist sie offenbar nicht so gut, dass die Schwiegermutter ihr von ihrer Krankheit erzählen würde. Dass das Schlimmste zu befürchten steht. Johannes sagt, der Krebs habe sich im Körper schon weit ausgebreitet. Kaarina weiß nicht, auf wen sie wütender ist, auf die Schwiegermutter oder auf Johannes.

Kaarina gelangt an die Grenzen ihrer Fahrkünste. Sie weiß

nicht, ob sie das Auto beherrscht oder das Auto sie. In einer Kurve gerät das Heck des Wagens auf dem glatten Schnee ins Schleudern. Kaarina drosselt die Geschwindigkeit, schaltet einen Gang runter und gibt Gas. Sie sieht nicht in den Rückspiegel, nicht nach rechts und links. Bei diesem Tempo verengt sich der Gesichtskreis, sodass sie nur nach vorn schauen kann. Das fühlt sich gut an.

Sie hat geglaubt, sie seien inzwischen eine Familie geworden, auch wenn sie aus irgendeinem Grund ungleichmäßig auf die äußersten Enden des Hauses verteilt sind.

Es hat keinen Sinn, die Schwiegermutter zu bitten, beim Essenkochen oder bei der Kinderbetreuung zu helfen, und doch ist sie ein Teil von ihnen. Auch wenn sie es einem schwer macht, sie zu mögen, gewöhnt man sich doch an sie, so wie das Auge sich mit der Zeit an ein Etagenhaus gewöhnt, das in die falsche Umgebung gesetzt worden ist.

Ein Lastwagen kommt ihr entgegen und blendet die Scheinwerfer auf. In seinem Sog stiebt der Schnee in die Höhe. Kaarina tastet am Armaturenbrett nach dem Schalter und knipst die Scheinwerfer an. Die Landschaft verändert sich wie durch einen Zauberschlag. Sie hat gar nicht bemerkt, dass der Schnee so dicht fällt. Die weißen Flocken reflektieren das Licht so stark, dass sie dahinter die Landstraße kaum erkennen kann. Kaarina schaltet die Scheinwerfer wieder aus, um besser zu sehen. Immerhin ist ihr die Menge des Schnees bewusst geworden. Sie nimmt den Fuß vom Gas und schaltet in den Leerlauf.

Dann biegt sie in eine Bushaltestelle ein. Sie legt beide Hände aufs Lenkrad. Vom Motor her hört sie das Knacken von abkühlendem Metall. Wie lange ist sie gefahren? Wie weit? Die Scheibenwischer schieben den Schnee an die Ränder der Windschutzscheibe. Kaarina schaltet die Scheinwerfer wieder ein. Jetzt, wo der Wagen steht, kommt ihr der Schneefall nicht mehr so dicht vor. Die Schneeflocken schweben langsam herab, und sie versucht, einer davon mit dem Blick zu folgen, verliert sie aber aus den Augen. Die Landschaft ist friedlich, verstummt. Die Spikes der Räder haben ihren Ärger in den Boden abgeleitet.

Sie sind eine Familie. Trotz allem.

Kaarina betätigt den linken Blinker und schaut in den Rückspiegel. Sie schlägt das Lenkrad, so weit es geht, ein und lenkt den Wagen zurück in die Richtung, aus der sie gekommen ist. Am Samstag werden sie alle zusammen nach Oulu fahren.

1996 | ABSCHLEIFWEG

Etwas wie Lächeln

Durch das Aufblasen nimmt das Planschbecken ganz allmählich Gestalt an. Im unteren Teil ist es rot, oben durchsichtig mit Muschelmuster, und es riecht stechend nach Kunststoff. Kaarina hat es in einem Billigkaufhaus erstanden und bläst es nun im Wohnzimmer der Schwiegermutter auf. Daneben warten zwei Eimer mit dampfendem Wasser, die sie aus der Sauna im Keller geholt hat. Die Schwiegermutter sitzt auf dem Rand ihres Bettes im Esszimmer und beobachtet sie durch die offene Tür. Allmählich verabschiedet sie sich erkennbar von dieser Welt. Die Augen hat sie sich nicht operieren lassen und das Knie auch nicht, nein, unter keinen Umständen. Im April wurde das Bein so schlimm, dass sie die Treppe nicht mehr bewältigen konnte. Ihr Gehör aber ist immer noch verdammt gut.

Es kommt Kaarina so vor, als werde die Schwiegermutter auf den letzten Metern abgeschliffen. Ihre Mundwinkel, die die Welt heruntergezogen hat, erschlaffen allmählich. Sie heben sich nicht mehr, und sie lacht nicht, außer auf den Fotos. Für die hat sie immer einen so liebenswürdigen Gesichtsausdruck aufgesetzt, dass die Kinder ihre Oma beim Durchblättern der Fotoalben kaum erkennen. An manchen Tagen wirkt sie weniger verkniffen. Irgendwie still, ja, friedlich. Einmal bat sie Johannes, ihr aus dem staatlichen Alkoholladen ein Erwachsenengetränk zu besorgen. Johannes brachte ihr einen süßen Likör, den die Schwiegermutter sofort in ihrem Schrank versteckte und sich tropfenweise rationierte, und zwar so, dass es mit Sicherheit niemand sah. Manche Tage wiederum sind schlechter, dann verliert sie völlig den Sinn für die Realität. Sie führt keine Selbstgespräche, glaubt aber, während sie auf dem Bett im Esszimmer liegt, ganz woanders zu sein, an alltäglichen Orten, und macht sich daran, gewohnte Dinge zu tun. Ein paar Mal musste Kaarina den ganzen Fußboden aufwischen, weil die Schwiegermutter geglaubt hatte, sie befinde sich in der Außentoilette.

Von dem Aufblasen wird Kaarina ganz schwindlig. Sie macht eine kleine Pause und sieht aus dem Fenster. Die Birken auf dem Hof verdecken die Sicht über die Straße zur Kreuzung. Wann sind sie so hoch gewachsen? Noch zweimal pusten, und das Planschbecken ist fertig. Kaarina schiebt den Sessel beiseite und breitet im Zimmer einen alten Teppich aus. Darauf stellt sie das Becken und da hinein einen Hocker aus Kunststoff.

»Sind Sie bereit?«

Wortlos sieht die Schwiegermutter sie mit ihren fahlen Augen an. Kaarina geht zu ihr.

»Schaffen Sie es allein?«, fährt sie fort und berührt die Schwiegermutter an der Schulter.

Allmählich tritt ein Ausdruck des Verstehens in ihre Augen.

»Jetzt geht's ans Waschen«, lockt Kaarina.

Langsam setzen sich die Hände der Schwiegermutter in Bewegung. Sie wandern zum Kragen des Nachthemds und öffnen einen Knopf nach dem anderen. Der zweite von oben bleibt geschlossen, und Kaarina beugt sich vor, um zu helfen. Die Hände halten in der Bewegung inne, die Schwiegermutter streckt den Rücken und lehnt sich etwas zurück. Kaarina hört, wie die Zunge der Schwiegermutter sich von dem trockenen Gaumen löst.

»Das kann ich selbst«, sagt sie überraschend deutlich.

Kaarina lässt sie auch den letzten Knopf öffnen. Sie hilft ihr, das Nachthemd auszuziehen. An dessen vorderer Innenseite hängen zwei mit Watte gefüllte Beutel, die von außen mit

Sicherheitsnadeln befestigt sind. Noch immer weiß niemand außer ihr und Johannes von der Operation. Die Schwiegermutter achtet sorgfältig darauf, dass sie sich allein ankleidet und allein auszieht und allein in die Sauna geht. Manchmal löst Kaarina spätnachts die stinkenden Wattebeutel, wäscht sie, lässt sie auf der Heizung trocknen und tut sie am Morgen wieder an ihren Platz. Sie weiß, dass die Schwiegermutter es weiß.

Kaarina reicht der Schwiegermutter die Krücken und hilft ihr beim Aufstehen. Weit vorgebeugt und das Gesäß nach hinten gestreckt, geht die Schwiegermutter langsam ins Wohnzimmer. Kaarina würde ihr gern sagen, dass es so auch anderswo wehtut, am ganzen übrigen Körper, aber sie sagt es nicht. Die Schwiegermutter ist mit ihrem rechten Knie deutlich vorsichtiger als bisher, obwohl es schon weit über zehn Jahre her ist, dass sie auf der Kellertreppe gestürzt ist. Vorsichtig hebt sie das rechte Bein über den niedrigen Rand des Planschbeckens, dann das linke. Einen Augenblick lang ruht das gesamte Gewicht auf dem rechten Bein, und sie presst die Lippen zusammen. Schließlich kann die Schwiegermutter sich setzen. Ihr vertrockneter Körper ohne Brüste wirkt seltsam geschlechtslos. Wie der eines faltigen kleinen Jungen. Sie gibt die Krücken Kaarina zurück, die sie gegen das Sofa lehnt. Sie fallen sofort zu Boden.

Kaarina zieht die Gummistiefel an und steigt ins Becken. Sie macht den Waschhandschuh im Eimer nass, drückt Duschgel darauf und wäscht der Schwiegermutter den Rücken. Die sagt nichts, legt aber die Hände auf die Knie und beugt sich demütig vor. An den Seiten hat sie dunkelrote Druckstellen vom Liegen. Ist dies die Frau, die ihre Schwiegertochter fast vierzig Jahre lang drangsaliert hat? Die starke Frau, die das Essen und das Dickwerden gefürchtet und sich deshalb zu einem dürren, altersschwachen Knochenhaufen gehungert hat und nun vor ihr den Rücken krümmt wie eine Katze? Wieder taucht Kaarina den Handschuh in den Eimer, wäscht der Schwiegermutter die Hände, zuerst die rechte, dann die linke, zuletzt den Kopf. Die schütteren grauen Haare kleben am Schädel. Wo ist die Frau geblieben, die nicht die geringste Gelegenheit ausließ, der Schwiegertochter zu sagen, dass sie nicht gut genug war?

Kaarina spült den Handschuh aus und betrachtet aus einigem Abstand die kleine Frau, die einst so mächtig war und nun auf dem Schemel hockt wie ein nasses Eichhörnchen. Sie sieht die Schwiegertochter nicht direkt an, verfolgt jedoch ihre Bewegungen aus den Augenwinkeln. Jetzt hat sie zu niemandem mehr Kontakt, niemand schaut vorbei, und niemand ruft an. Helena hat anderes zu tun, als das Flugzeug zu nehmen und ihre Mutter zu besuchen, und Anna wohnt zwar in der Nachbarschaft, lässt sich aber nur selten blicken. Als Kaarina und Johannes einmal zur Hochzeit eines Patenkindes fahren mussten, war keine der Schwestern bereit, sich um die Mutter zu kümmern. Also mussten sie sie in die Pflegeabteilung des Krankenhauses bringen. Jedesmal, wenn Anna zu Besuch kommt, bringt sie die Sache zur Sprache und stachelt ihre Mutter zu gemeinsamer Missbilligung auf.

Jetzt leben sie zu dritt, die Schwiegermutter, Johannes und Kaarina. Als die Kinder eines nach dem anderen ausgezogen waren, hallte das große Haus auf einmal vor Leere. Doch die Schwiegermutter will nicht sterben, sondern klammert sich zäh ans Leben. Ihr Körper hat ihren Geist überlebt, aber jetzt stehen beide kurz vor dem Zusammenbruch. Kaarina stellt sich vor die Schwiegermutter. Sie schäumt ihr die Haare ein und spült sie, indem sie mit der Kelle Wasser aus dem Eimer darüber gießt.

Unmerklich verändert sich der Gesichtsausdruck der Schwiegermutter. Ihr Blick wird glasig oder wendet sich nach innen, und die Augen sehen etwas, was vor langer Zeit geschehen ist oder sich irgendwann wiederholen wird. Ihr Mund öffnet und schließt sich. Plötzlich, ohne Vorwarnung, beginnt sie zu weinen. Sie fällt nach vorn, und der Kummer quillt irgendwoher aus der Tiefe hervor, aus dem Bauch oder den abgeschnittenen Brüsten oder aus dem vertrockneten Schritt. Die Schwiegermutter weint lautlos, und ihr knochiger Körper krampft sich zusammen. Ihr Mund sucht nach Worten, die Lippen wiederholen denselben Satz zuerst tonlos, dann leise.

»Ich hatte wirklich nichts Böses im Sinn«, flüstert sie wieder und wieder, »ich hatte wirklich nichts Böses im Sinn.«

Die Schwiegermutter kreuzt die Arme, legt sich die Hände auf die Schultern und wiegt sich mit ihren nassen Haaren vor und zurück.

»Verzeih mir. Ich war wütend. Verzeih mir.«

Sie tröstet sich selbst, vermutet Kaarina. Ihr ist nicht klar, zu wem die Schwiegermutter spricht, ob zu ihr oder zu jemandem, den nur sie sieht. Sie tritt näher zu ihr heran und legt ihr die Hand auf die Schulter. Sofort hört die Bewegung auf. Die Schwiegermutter reißt die Augen auf. Sie starrt in die Ferne. Sie horcht.

»Natürlich nicht«, sagt Kaarina und weiß nicht, ob sie für sich oder für jemand anders spricht, jemand Unbekanntes. »Wir sind doch alle manchmal wütend.«

Die Schwiegermutter hört aufmerksam zu. Ihre Hände wandern zurück in den Schoß. Ihr Kopf lehnt gegen Kaarinas Arm. Wieder fließen ihre Tränen, aber die Augen schließen sich nicht. Die alte Frau sitzt nackt auf einem Plastikhocker im Planschbecken, und aus ihrer Nase rinnt der Rotz.

»Verlass mich nicht«, sagt sie mit belegter Stimme, »geh nicht fort.«

Die Haare kleben ihr am Kopf, und zwischen den grauen Strähnen schimmert die weiße Kopfhaut hervor.

Kaarina geht in die Hocke und nimmt die Schwiegermutter in die Arme. Das abgekühlte Seifenwasser macht ihr die Hosenbeine nass und läuft in die Gummistiefel. Sie drückt die Stirn an die der Schwiegermutter und wiegt sich mit ihr zusammen.

»Ist ja gut, nicht weinen«, versucht sie die Schwiegermutter zu beruhigen, aber deren Kummer wirkt ansteckend.

Kaarina weint mit der Schwiegermutter gemeinsam. Die Schwiegermutter versucht, den Kopf zu heben, aber Kaarina hat sie mit beiden Armen umfasst.

»Wir sind doch beide hier. Hören Sie? Keiner von uns geht fort.«

Allmählich beruhigt sich die Schwiegermutter. Sie hört auf zu weinen, und auch das Schluchzen verebbt. Sie zieht die Nase hoch. Von der Kommode starren die verstorbenen Vorfahren die beiden Frauen unverwandt an. Nach einer Weile hebt die Schwiegermutter den Kopf und sieht Kaarina in die Augen. Langsam hebt sie die Hand und berührt Kaarina leicht an der Wange, als wolle sie eine Haarsträhne beiseitestreichen oder eine Sommerfliege wegwischen. In den Mundwinkeln erscheint etwas wie ein Lächeln. Und Kaarina versucht ihrem Blick zu entnehmen, in welcher Welt sie gerade weilt.

ONNI

»Ich will alle mir gegebenen Befehle und Anweisungen nach besten Kräften ausführen. Bei allem will ich mich so verhalten, wie es sich für einen treuen, anständigen und heldenhaften Mann gehört.«

Fahneneid 1928

1930 | BALZPFAD

Wenn Erinnerungen entstehen

Als Onni erwachte, wusste er zunächst lang nicht, wo er sich befand. Die Sonne schien auf die Fassade des gegenüberliegenden Hauses, und die Fensterscheiben reflektierten das Licht in Onnis Stube. Er drehte sich auf den Rücken, und die Federn des Eisenbetts passten sich seiner Bewegung an. Er konzentrierte den Blick auf das Zimmer und sah an der Decke eine gesprungene Gipsrosette und breite Leisten, die oben an den Wänden verliefen. Das Zimmer war spartanisch eingerichtet und hatte dunkle Tapeten. Rechts vom französischen Balkon befand sich ein gusseiserner Heizkörper, in der Ecke standen ein Lehnstuhl und eine Stehlampe mit einem runden Glasschirm, und neben dem Bett war die Tür. An der Wand über dem Bett wand sich ein gequälter, an ein Holzkreuz genagelter Jesus.

Außer ihm war niemand im Zimmer. Onni bemerkte, dass seine Kleider zusammengelegt über der Sessellehne hingen. Die Stores wehten in dem Luftzug durch das offene Fenster, und irgendwo im Gebäude spielte ein Radio. Obwohl er die Worte nicht verstand, kam ihm das Lied bekannt vor. Der Refrain erinnerte ihn daran, dass er es gestern gehört hatte. Alles fiel ihm wieder ein.

Das ist, was soll ich machen,
Meine Natur.
Ich kann halt lieben nur
Und sonst gar nichts.

Onni lächelte und streckte die Arme hinter dem Kopf aus. Er packte die Sprossen des Bettes und reckte sich lange.

Das Schiff war schon früh im Hafen angekommen, aber die Mannschaft hatte vor dem Landgang den ganzen Nachmittag für das Fest klar Schiff machen müssen. Schließlich hatten auch die Unteroffiziere frei bekommen. Zu Beginn des Abends war Onni mit den anderen durch das Hafenviertel gezogen. Sie hatten über die Straßennamen gelacht, deren stimmhafte und stimmlose Laute sie nicht aussprechen konnten. Sie hatten in einer Gaststätte gegessen, wo ein kleiner Bengel, der als Kellner fungierte, vergeblich versucht hatte, ihnen zu erklären, was es zu essen gab. Schließlich hatte er sie am Ärmel gezupft und in die Küche gezogen. Dort hatte die Wirtin, eine alte und faltige Frau, allerlei Essbares auf dem Schneidetisch aufgetürmt. Sie hatte Koteletts in die Hand genommen und sie in ihrer eigenen Sprache vorgestellt.

»Mięso.«

Die Frau hatte die Koteletts liebevoll zurück auf den Tisch gelegt und eine Dose Sauerkraut hochgehoben.

»Kiszona kapusta.«

Zuletzt lachte sie und wog in den Händen zwei Eier, als wären es Hoden.

»Jajka.«

Stolz hatte die Frau auf die Würste gezeigt, die an der Wand hingen, und sie einzeln beim Namen genannt. Zuletzt hatte sie die Deckel der Kochtöpfe angehoben und den Männern auch diese Speisen vorgestellt wie eigene Kinder.

»Zupa szczawiowa. Krupnik. Grzybowa. I żurek.«

Aus den geöffneten Kochtöpfen waren faszinierende säuerliche und süße Düfte aufgestiegen, und der Junge hatte auf einem Tablett randvolle Schnapsgläser für alle balanciert.

Nach dem Essen verlief sich die Gruppe. Sie hatten frei bis

zum nächsten Mittag und konnten zum Schlafen aufs Schiff gehen, wenn sie wollten. Doch das interessierte nicht alle.

»Jetzt müsste man zu den Frauen gehen.«

»Kommst du mit, Löytövaara?«

Einige Männer gingen Richtung Schiff, andere steuerten das Hafenviertel an. Mehrere wollten sich vorher noch einen Schnaps genehmigen. Ihnen schloss Onni sich an.

Onni beobachtete den Pianisten, der auf dem Klavier beliebte Schlager spielte. Manchmal ließ eine Tischgesellschaft sich mitreißen und stimmte mit ein, andere Lieder sang der Klavierspieler selbst. Onni kannte nicht alle Melodien und auch nicht alle Sprachen. Zerstreut verfolgte er die zielstrebige Wanderung der Finger über die schwarzen und weißen Tasten. Während die linke Hand den Rhythmus aufrechterhielt, spielte die rechte die Melodie. Mal spreizten sich die Finger auf der Suche nach entlegenen Tasten weit auseinander, mal drängten sie sich zusammen. Klang für Klang, Ton für Ton entstand daraus ein Lied. Onni ärgerte sich, dass er kein Instrument spielen konnte.

Nach einem langsamen Stück machte der Pianist eine Pause, klappte den Klavierdeckel zu, drehte sich zum Saal um und ließ seine Fingergelenke knacken. Er winkte dem Barkeeper zu, drückte seinen Kopf mit der Hand zur rechten Schulter hinab und gleich darauf auch zur linken. Onni hörte die Nackenwirbel knacken. Dann zog der Mann ein Etui aus seiner Westentasche und entnahm ihm eine Zigarette, die er gegen den Deckel klopfte. Zerstreut ließ er seinen Blick durch den Saal wandern, während er in seiner Tasche nach Streichhölzern suchte. Plötzlich schaute er Onni direkt an.

Der Blick währte einen Moment zu lang.

Er wanderte wie ein Fangseil von Onnis Augen zu seinem Unterbauch und schnürte ihm das Zwerchfell ab. Sein Atem stockte. Die Ohren wurden ihm heiß, und in seinen Lippen kribbelte es. Er spürte sein Herz klopfen. Noch nie hatte er so scharf gesehen wie jetzt. Trotzdem senkte er den Kopf und löste sich vom Blick des Mannes.

Diesen Blick erkannte er. So einem konnte man unvermutet überall begegnen: auf einer matschigen Straße, im Postamt, in den Hafenvierteln, im Zug. Es war ein winziger Augenblick, ein verschwindend kurzer Lidschlag, der gleichwohl jegliches Verständnis enthielt, das es im Leben zwischen zwei Menschen geben kann.

Onni schaute auf den Fußboden und überlegte, ob jemand etwas bemerkt hatte. Er spürte, dass sein Gesicht immer noch glühte.

Onni versuchte, den Blick erneut einzufangen, aber der Klavierspieler hatte sich seine Zigarette angezündet und sah in eine andere Richtung. Dennoch spürte Onni, dass er wachsam war. Obwohl er ihn nicht direkt ansah, beobachtete er Onni aus dem Augenwinkel und tat lange Zeit nichts. Dann drückte er die Zigarette aus und öffnete den Klavierdeckel. Er setzte den rechten Fuß auf das Pedal und hob die Finger an die Tasten. Onni sah, wie er vor sich hin lächelte.

Männer umschwirr'n mich
Wie Motten um das Licht.
Und wenn sie verbrennen,
Ja, dafür kann ich nicht.

Die anderen Mitglieder der Tischrunde machten sich allmählich auf den Weg, aber Onni blieb stundenlang auf seinem Platz sitzen und betrank sich. Es gelang ihm nicht, den Blick des Pianisten noch einmal einzufangen. In der zweiten Pause hatte der Mann sich von der Bar ein Bier geholt, aber auf dem Weg zurück zum Klavier hatte er Onni keines Blickes gewürdigt, sondern die hintere Wand des Saals angestarrt. Es war Onni so vorgekommen, als hätte er den Kopf geschüttelt. Onni fielen die Augen zu.

Als er erwachte, stellte er fest, dass der Pianist gegangen war. Über das Klavier war ein rot geblümtes Tischtuch gebreitet, und der Klavierhocker stand seitlich neben dem Instrument. Onni ließ seinen Blick durch den Raum schweifen, aber der Mann war nirgends zu sehen. Eilig lief er hinaus und sah in beiden Richtungen die menschenleere Straße entlang. Er lief vom Hafen stadteinwärts bis zur nächsten Kreuzung. Mitten auf der Straße blieb er stehen und suchte im Dunkeln nach der vertrauten Gestalt. Rechts endete die Straße an einem hell verputzten Haus, links verlief eine Querstraße an einem unbeleuchteten Park entlang. Während Onni langsam an der Grünanlage vorbeischlenderte, bemühte er sich, die Finsternis zu durchdringen. Er fühlte sich vollkommen nüchtern.

In einiger Entfernung war ein Hüsteln zu hören, und Onni blieb stehen. Auf der Rückenlehne einer Parkbank saß vorgebeugt, die Füße auf der Sitzfläche, ein Mann. An der Stellung der Hutkrempe erkannte Onni, dass er ihn anstarrte. Dann senkte er den Blick, und durch die Dunkelheit war das Ratschen eines Streichholzes zu hören. Der Mann hielt das Streichholz zwischen Daumen und Zeigefinger und beschirmte mit beiden Händen die schwache Flamme. Er zündete sich eine Zigarette an, löschte aber das Feuer nicht sofort, sondern ließ es noch einen Augenblick sein Gesicht erhellen. Es war der Pianist. Dann blies er die Flamme aus, und wieder umgab ihn Dunkelheit. Hinter den Bäumen waren Hausfassaden zu erahnen. Weiter entfernt ragte der Umriss eines mittelalterlichen Turms auf.

Langsam wanderte Onni an der Bank vorbei. Der Mann sagte nichts. Auf dem Sandweg unter einem Baum blieb Onni stehen und sah sich um. Die Glut der Zigarette verriet, dass der Pianist in seine Richtung schaute. Onni versuchte herauszufinden, ob irgendwo Schritte zu hören waren. Dann drehte er sich um, schlenderte langsam zur Bank zurück und blieb an deren Ende stehen. Der Mann wandte sich ab und schaute gleichgültig geradeaus. Onni setzte sich und sah neben sich die Schuhspitzen. Im Hals spürte er seinen Herzschlag. Er strengte sich an, um irgendwelche Geräusche wahrzunehmen, hörte aber nur das Rauschen seines eigenen Blutes.

Plötzlich knackte die Bank, und der Mann beugte sich langsam zu Onni herab. Der spürte, wie dessen Hand sich auf seine Schulter legte, und hielt den Atem an. Am oberen Rand seines Gesichtsfeldes sah er die Glut der Zigarette, die der Mann in der anderen Hand hielt. Langsam streckte sich die Hand nach ihm aus. Onni erstarrte. Die Hand wanderte über seine Schläfen, über Wangen und Nase, bis sie den Weg zu seinen Lippen fand. Sie umfasste seinen Nacken und bedeutete ihm, die halb gerauchte Zigarette zwischen die Lippen zu nehmen. Wieder wanderten die Hände über Onnis Gesicht. In dessen Bewusstsein flammten Tausende von Empfindungen auf. Er spürte den Nikotingeruch der Finger und den zarten Duft von Seife. An der Wange berührte ihn ganz leicht der Daumennagel des Mannes, und der Stoff seines Ärmels blieb kurz an den Bartstoppeln hängen, ehe seine Hand ihren Weg nach oben fortsetzte. Onni hatte Mentholgeschmack im Mund und spürte an der Zungenspitze, dass das Papier der Zigarette nass war vom Speichel des Fremden.

Onni holte tief Luft, und der Rauch gelangte in seine Lunge. Ihn ergriff ein berauschendes Wohlgefühl. Er legte den Kopf zurück, lehnte ihn gegen den Arm des Pianisten und blies den Rauch nach oben, dem Himmel entgegen. Er war eins mit dem Park, der Dunkelheit und der Bank, mit dem Duft der Bäume und dem Gesang der Amseln. Mit den Fingerspitzen der anderen Hand streifte der Mann beim Aufstehen seinen Nacken unter dem Haaransatz. Onni schloss die Augen und verspürte ein prickelndes Gefühl von Glück.

Unvermutet stand der Mann auf und ging davon. Onni riss die Augen auf, als er hörte, wie der Sand unter den sich entfernenden Schritten knirschte. Vor Schreck sträubten sich die Härchen auf seinen Handrücken. Hatte er die Situation falsch verstanden oder sich anders verhalten, als der Mann es von ihm erwartet hatte? Er warf die Zigarette zu Boden und starrte ihre Glut an. Das Knirschen des Sandes war verstummt. War der andere schon so weit weg? Onni stand auf und ging ihm nach. Kurz darauf hörte er, wie die Schritte ihren Weg fortsetzten. Sie gingen ihm voraus und ließen den Park hinter sich. Onni folgte. Am Rand der Anlage gab es Straßenlaternen, und er sah, wie der andere die Straße überquerte und auf den Bürgersteig trat. Onni wusste nicht, was er tun sollte. Der Mann sah sich nicht um. Einen Augenblick lang horchte Onni auf die Schritte, die in der Straßenschlucht hallten, dann drehte er sich um und ging in die entgegengesetzte Richtung, zum Hafen. An der Kreuzung der nächsten Straße sah er sich noch einmal um. Der Mann stand mitten auf der Fahrbahn und blickte zu Onni hin. Er setzte sich wieder in Bewegung, fort von Onni, blieb dann aber stehen und wartete.

Onni folgte ihm. Der andere hielt Abstand zu ihm, sorgte aber dafür, dass Onni sah, an welchen Straßenkreuzungen er abbiegen musste. Schließlich blieb er vor einem hohen Steinhaus stehen, öffnete die Tür mit einem Schlüssel und verschwand. Onni ging weiter, bis er meinte, vor derselben Tür zu stehen. Im Dunkeln ließ sich nur schwer beurteilen, ob es die richtige war. Er sah sich um. Er drückte die Klinke herunter, die schwere Tür war nicht verschlossen. Onni schob sie auf und trat ein.

Drinnen brannte kein Licht, aber durch das Fenster oberhalb der Tür fiel der Schein einer Straßenlaterne, den eine von der Sonne ausgeblichene Gardine dämpfte. Der Mann stand am Fuß der Treppe und legte den Finger auf die Lippen. Onni schloss leise die Tür und überlegte, was er tun sollte. Der Mann sah ihn an und senkte dann den Blick, als überlegte er etwas. Onni wagte nicht, sich zu rühren. Dann hob der andere den Kopf und ging ein paar Schritte auf Onni zu. Er schlang ihm den Arm um die Taille und zog ihn an sich. Einen Augenblick lang sahen sie einander an, bis der Pianist die Lippen auf Onnis Mund drückte. Seine Zunge ertastete Onnis zusammengepresste Lippen, ihre Spitze kitzelte seinen Mund, bis er ihn öffnete und ihr mit seiner eigenen Zunge begegnete. Die Zungenspitze des Mannes war der Mittelpunkt, von dort schossen Empfindungen wie Funken unter Onnis Haut entlang in alle seine Glieder. Die Hände des Mannes betasteten seine Hüften und umfassten seine Pobacken. Die eine Hand wanderte nach vorn und versuchte, Onnis Hosenknöpfe zu öffnen.

Unvermittelt löste der Mann seinen Griff und stieg ein paar Treppenstufen hinauf. Onni konnte sich nicht rühren. Er beherrschte dieses Spiel nicht und spürte, dass Müdigkeit und Trunkenheit ihn übermannen wollten.

Der andere drehte sich um und streckte ihm einladend die Hand entgegen. Onni ergriff sie, spürte, wie der Fremde seine Hand drückte, und folgte ihm die Treppe hinauf.

Ich bin von Kopf bis Fuß
Auf Liebe eingestellt,
Denn das ist meine Welt,
Und sonst gar nichts.

Onni richtete sich im Bett auf und schaute sich um. Er war allein im Zimmer. Die Kleider des anderen waren nirgends zu sehen. Er ging zur Tür und probierte, ob sie aufging, doch sie war abgeschlossen. Er holte seine Sachen von der Sessellehne und zog sich an, als der Mann die Tür öffnete. Auf einem Tablett brachte er eine Kaffeekanne und zwei Tassen herein. Er stellte es aufs Bett und verwuschelte Onni die Haare.

»Czesław«, sagte er und reichte Onni die Hand. An der Geste und dem Tonfall erkannte Onni, dass der Mann seinen Namen genannt hatte. Ihm fiel ein, dass sie sich nicht vorgestellt, ja, bis gestern Abend nicht einmal von der Existenz des anderen gewusst hatten. Er ergriff die Hand und schüttelte sie.

»Onni.«

Der Mann lächelte und wiederholte Onnis Namen mit einem fremd klingenden Akzent. Die Stores wehten in dem Lufthauch, der von einem schmalen Balkon hereinkam. Schon jetzt sehnte sich Onni nach dem Moment zurück, als er vor Wollust laut geschrien hatte.

1934 | RUTSCHBAHNWEG

Wenn man alles hat, was man will

Die vereisten Planken knacken, als der Transportschlitten über die Brücke fährt und das Pferd das hohe Flussufer hinaufsteigt. Onni will sich abwenden, aber der Polizeichef hat ihn schon gesehen und winkt ihm energisch zu. Jetzt kann er nicht mehr so tun, als hätte er ihn nicht bemerkt, und in die andere Richtung weitergehen. Er muss mit ihm plaudern. Onni lässt den Rodelschlitten sinken, hebt ebenfalls die Hand und winkt. Der Polizeichef hält neben ihm. Der Atem seines Pferdes dampft in der Frostluft.

»Der Schrank, den Sie gebaut haben, ist prima. Gutes Holz. Kiefer?«

Unauffällig blickt Onni hinter sich. Wird er schon erwartet?

»Birke. Ahorn wäre besser, aber der wächst hier nicht.«

»Würden Sie mir noch zwei solche bauen, aber kleiner?«

Eine vertraute Gestalt kommt den Berg herauf. Als sie Onni bemerkt, läuft sie auf ihn zu. Onni wendet sich dem Polizeichef zu. Er möchte weg.

»Ja, kann ich machen.«

»Ungefähr so hoch«, zeigt der Polizeichef mit der Hand.

Die Gestalt stolpert im Schnee, steht aber wieder auf und rennt weiter. Onni würde ihr gern entgegenlaufen, tut es aber nicht. Erst will er die Sache hier erledigen.

»Könnte ich vielleicht am Dienstag vorbeikommen und Maß nehmen? Damit die Höhe richtig wird.«

»Das passt.«

Das Mädchen erreicht Onni. Der breitet die Arme aus, und sie springt hinein.

»Vater!«

Onni fängt Anna auf, schwenkt sie im Halbkreis herum und setzt sie dann ab. Der Polizeichef betrachtet sie mit Interesse.

»Ist das Ihre Tochter?«

»Ja.«

Onni nickt Anna zu, die wie eine feine Mamsell vor dem Mann im Schlitten knickst.

»Haben Sie noch mehr Kinder?«

»Nein, es ist bei dem einen geblieben.«

Anna zerrt an Onnis Hand.

»Komm, wir gehen.«

»Gleich, Anna.«

Der Polizeichef ergreift die Zügel und macht sich abfahrtbereit.

»Also dann, bis Dienstag.«

Onni setzt das Mädchen auf den Rodelschlitten und zieht ihn an einer Schnur auf die geschlossene Schneedecke, bis er seine eigenen Spuren wiederfindet. Anna lacht und tut so, als schlüge sie mit dem Zügel wie eben der Polizeichef.

»Los geht's!«, ruft sie.

Onni wiehert und galoppiert durch den Schnee. Er schlägt Haken, und der Schlitten rutscht mal nach rechts, mal nach links. Anna lässt unvermutet los und fällt mit dem Gesicht vornüber in den Schnee. Onni bleibt stehen und kommt zurück. Er hebt sie auf und schüttelt den Schnee von ihrem Rock. Das Mädchen ist ernst geworden und mustert schweigend und mit gerunzelten Brauen Onnis Gesicht. Er bemerkt den Blick.

»Ist nicht schlimm.«

»Ist nicht schlimm«, wiederholt das Mädchen und fasst Onni bei der Hand. »Ist nicht schlimm, wenn man hinfällt.«

»Genau.«

Oben auf dem Flussufer setzt Onni Anna wieder auf den Schlitten. Der Hang ist recht steil, aber das Mädchen betrachtet ihn erwartungsvoll. Unten hat die Schwiegermutter ein Feuer angezündet und den Kaffeekessel an eine Astgabel darübergehängt. Auch Lahja steht dort unten und bemerkt die Rodler.

»Seid vorsichtig!«

Onni setzt sich hinter Anna und wickelt sich die Schnur um die Hand. Anna hält sich an Onnis Armen fest. Er setzt den Rodelschlitten in Bewegung, indem er sich mit dem Fuß abstößt. Das Gefährt besteht aus einer einfachen Sperrholzplatte, deren vorderer Teil gebogen ist. Onni hat das Modell in der Zeitung gesehen und beschlossen, es nachzubauen. Dazu befestigte er über dem gemauerten Kessel der Viehküche ein Öltuch und dämpfte das Sperrholz, bevor er es bog. Obwohl er das Ergebnis nicht besonders schön findet, hat es ihm Freude gemacht, ein neues Verfahren zu lernen. Und er hat sofort einen gewölbten Rand für einen Schrank entworfen.

Zunächst gleitet der Schlitten langsam dahin, aber allmählich nimmt er Fahrt auf. Die verschneiten Bäume sausen an ihnen vorbei, und der Schlitten hüpft über die Unebenheiten des Hügels. Anna hält sich an Onni fest, und der legt einen Arm um das Mädchen, damit es nicht hinunterfällt. Schnell verlagert er seinen Schwerpunkt nach rechts, und so können sie gerade noch der großen Weide am Ufer ausweichen, bevor der Schlitten vom Ufer abspringt und unsanft auf dem Eis des Flusses landet. Der Wind hat es nahezu schneefrei gefegt, und der Aufprall tut ziemlich weh. Onni beschließt, an dem Sperrholz Griffe anzubringen. Der Schlitten schießt die ebene Eisfläche entlang, weit an dem Waschplatz und dem Pferdeufer vorbei. Sie sehen, wie die Schwiegermutter am Ufer sich von ihrem Kaffeekessel abwendet und ihnen mit den Blicken folgt. Aus Lahjas Mund bricht ein »Ogottogott« hervor. Der Rodelschlitten gleitet mit Schwung an den Frauen vorbei. Onni drückt die

Sohlen seiner Lapplandstiefel in den Schnee und versucht, den Schlitten abzubremsen. Der Fluss macht eine Kurve, das andere Ufer nähert sich rasch, und sie landen in einer hohen Schneewehe. Der Schnee dringt ihnen in Augen, Mund und Kragenöffnung.

Onni horcht, ob mit dem Mädchen alles in Ordnung ist. Einen Augenblick lang ist es ganz still. Anna spuckt den Schnee aus und beginnt dann haltlos zu lachen. Onni lässt sie los und lacht mit. Sie suchen sich einen Weg aus dem Weidengestrüpp des Ufers und lachen, schütteln ihre Kleider und lachen, graben ihre Mützen aus dem Schnee und lachen noch immer. Lahja ist ihnen den Fluss entlang nachgelaufen. Ihr Gesicht sieht zornig aus, aber das Gelächter der beiden steckt sie an, und ihre warnenden und tadelnden Worte bleiben unausgesprochen. Lahja fasst Anna an den Händen und schwenkt sie wieder und wieder im Kreis herum. Onni setzt sich in den Schnee und zieht seine Stiefel aus. An den Wollsocken sind kleine Schneeklumpen hängen geblieben. Er betrachtet seine beiden Mädchen: Lahja, wie sie in Schnürstiefeln und Persianer auf dem Eis rotiert, und Anna, deren Gelächter bald zu einem glücklichen Kreischen, bald zu einem müden Gegacker wird. Von der heftigen Bewegung löst sich Lahjas Hut und rollt weit fort bis in das trockene Ufergras. Dort steht die Schwiegermutter, die Hände in die Hüften gestemmt, und lächelt über die Verrücktheit der jungen Leute. Nirgendwo möchte Onni lieber sein als hier. Der geschmolzene Schnee dringt in den groben Wollstoff ein.

Die Schwiegermutter hat Kaffee in weiße Blechbecher geschenkt und reicht aus einem Tuchbündel Zwieback herum. Anna bekommt Milch mit ein wenig Kaffee und Zucker. Das Mädchen weicht den Zwieback darin ein und isst das Ganze mit dem Löffel.

»Wollen wir das auch mal ausprobieren?«, fragt Lahja und nickt zum Rodelschlitten hinüber.

»Warum nicht?«

Onni nimmt den Schlitten unter den einen Arm, und Lahja hakt sich auf der anderen Seite bei ihm ein. Er stapft durch den tiefen Schnee und lässt Lahja auf dem Pfad gehen, damit sie keinen Schnee in die Schuhe bekommt. Am Fuß des Hangs dreht er sich zur Schwiegermutter um.

»Möchten Sie es auch mal probieren?«, fragt er.

Die lacht und steht auf.

»Ja, vielleicht«, antwortet sie. »Aber allein traue ich mich nicht.«

»Ich fahr mit der Oma«, verspricht Anna und klappert mit dem Löffel in dem leeren Emaillebecher. Lahja versucht, in Richtung ihrer Mutter oder Anna die Stirn zu runzeln, aber sie sind zu weit weg oder tun so, als bemerkten sie es nicht. Sie stapft weiter bergauf und zupft an Onni, damit er mitkommt.

»Diese Fahrt ist für mich reserviert.«

Die Schwiegermutter tritt zurück ans Feuer.

Onni legt den Schlitten in die Spur von der Abfahrt mit Anna.

»Ich sitz vorn«, sagt Lahja. Sie nimmt Platz und greift sich die Schnur. »Ich lenke.«

Onni setzt sich hinter seine Frau. »Wo soll ich mich festhalten?«

Sie ergreift seine Arme und legt sie um sich.

»Zum Beispiel hier.«

Onni drückt sich an ihren Rücken. Sie steckt den Rock fester unter ihre Beine. Er sucht eine passende Stelle für seine Hände und findet sie unter Lahjas Brüsten, auf ihrem Bauch. Er umfasst das Handgelenk seiner anderen Hand. Die Bewegung seiner Finger entlockt ihr ein Kichern.

»Wirst du wohl!«

Onni will das Gefährt in Schwung bringen, aber unter dem Gewicht der beiden Erwachsenen ist es tief eingesunken. Also lässt er seine Frau los und schiebt es an. Langsam findet der Schlitten die Spur und neigt sich dem Abhang zu.

Lahja dreht sich zu ihm um.

»Ich möchte noch ganz viele Kinder.«

Eine Welle der Angst durchfährt Onni. Sie legt seine Arme fest um ihren Bauch. Der Schlitten nimmt Tempo auf, und der Fahrtwind treibt Onni die Tränen in die Augen.

1941 | GEBIRGSJÄGERWEG

Durch Erfahrungen verbunden

Onni sitzt auf den Stufen, die zur Sauna führen, und trinkt Wasser aus einem Emaillebecher. Es schmeckt dumpf und abgestanden. Der Brunnen ist seit bestimmt zwei Monaten nicht mehr benutzt worden. Durch die Tür hört Onni, wie die Männer dort drinnen das Gefecht Schuss für Schuss durchsprechen. Die Gruppe J hat es schließlich geschafft, den Fluss zu überqueren, obwohl niemand so recht versteht, was das für einen Sinn haben sollte. Turtola hat General Siilasvuo vor der Möglichkeit einer Kesselbildung gewarnt, aber nein, es musste ja vorgerückt und die Bahnlinie erreicht werden. Der Oberstleutnant tut Onni leid. Über das Feldradio hat der General Turtola als Feigling beschimpft. Der Schreiber hört viel, aber sagt nichts.

Onni schüttet den Rest des Wassers auf den Boden und versucht, mit dem Griff des Bechers den Schmutz unter einem Fingernagel zu entfernen. Der Schweiß schwemmt Sand aus den Haaren und hinterlässt dunkle Streifen oberhalb der Schlüsselbeine. Es herrscht eine seltsame Stille. Die Stimmen der Männer klingen matt, wie durch eine Wolldecke hindurch. Er hat nicht deshalb die Sauna verlassen, weil die Männer plötzlich anfingen, General Siilasvuo als Blut-Hjalmar zu beschimpfen. Sie sind der Meinung, es gehe ihm nur um Reputation und darum, die Bahnlinie als Erster zu erreichen. Onni teilt ihre Meinung. Bestimmt wird Siilasvuo das auch schaffen, denn er hat als Verstärkung deutsche Soldaten und auch Panzerwagen bekommen. Die Stimmen der Männer waren allmählich breiig geworden, und zuletzt konnte Onni kaum noch unterscheiden, von welcher Seite der Schwitzbank welches Wort kam.

Vom Ufer her dringt ein Schrei von Niemelä herauf, der nicht von einem Menschen zu stammen scheint. Er ertönt ununterbrochen, mal höher, mal tiefer, ohne Worte, ohne Inhalt. Da ist nur Schmerz, schneidender Schmerz.

Niemelä hatte das Ufer schon fast erreicht, als eine Kugel ihn traf. Das hatte er jeden Morgen mehr als alles andere gefürchtet. Onni hatte ihn manchmal kurz betrachtet, wenn er zufällig vor Niemelä Wache geschoben hatte. Der Mann lächelte im Schlaf, lag auf der Seite und wirkte ruhig wie ein Kind. Wenn Onni ihn dann wecken musste, sah er sich verwundert um, ehe er begriff, wo er war. Dann kehrte die Angst zurück. Er weinte nicht, so wie viele andere, sondern blickte sich panisch um, und ihn überkam die Todesangst. Schon seit sie sich aus Paanajärvi zurückgezogen hatten, war er überzeugt, er werde sterben. Vielen Kugeln war er entgangen, hatte Lämsä durch das Artilleriefeuer zum Verbandsplatz getragen, aber beim letzten Ruderschlag der Überfahrt hat ihn das Glück verlassen. Sein Brüllen wird zu einem matten Wimmern, als die Sanitäter versuchen, an die Stelle seines Unterkiefers Verbände zu stopfen und ihn mit ihren letzten Morphindosen ruhigzustellen. Der Truppenverbandsplatz wäre am anderen Ufer, und die Männer müssen sich ausruhen.

Die Sauna ist aus Rundhölzern ohne Farbanstrich gebaut und hat lang überstehende Balkenecken. Onni reckt sich, um nachzusehen, ob das Hauptgebäude ein ebenso steiles Dach hat wie die Sauna. Das ist schwer zu beurteilen, denn das Artilleriefeuer, das der Flussüberquerung vorausging, hat das gesamte Dachgeschoss zerstört, jedoch ohne dass das Haus Feuer gefangen hätte. Die Sauna hatten sie als Erstes untersucht, gleich nach dem Pfad, aber keines von beiden war vermint.

Das dunkle Wasser fließt als reißender Strom gen Osten.

Onni überlegt, ob die Fließgewässer seines Dorfes in diesen Fluss münden. Auf jeden Fall erreichen sie den Pistojärvi-See, aber danach kommt er durcheinander, was die Richtungen betrifft. Vielleicht steht irgendwo weiter westlich Lahja im Fluss und wäscht die Wäsche der Schwiegermutter, und die Kinder sind mit dabei. Vielleicht fällt Anna ein Stück grüne Seife ins Wasser, als sie die Sachen spülen soll, vielleicht trägt der Fluss Johannes' Baumrindenboot mit sich fort. Vielleicht ist Helena zum Fluss geführt worden und sitzt nun am Ufer. Rupft sie mit nichts sehenden Händen Grasbüschel ab und wirft sie in das gekräuselte Wasser? Vielleicht gelangen diese Dinge nun durch Stromschnellen und Seen bis hierher und schwimmen vorbei an dem Haus ohne Dach und der Sauna mit den überstehenden Balkenenden und an Niemeläs Schreien, bis sie irgendwo im Osten den Dwinabusen erreichen, wo sie vor Herbstbeginn eintreffen sollten. Onni fragt sich, ob Lahja wohl gerade jetzt an ihn denkt. Ob sie irgendwo sitzt und hofft, das Leben möge anders sein. Eines, zu dem Lächeln und Freude gehört. In der Ferne schreit ein Polartaucher, aber das berührt Onni nicht.

Die Männer kommen heraus. Sie haben sich gewaschen, obwohl das warme Wasser nicht für alle gereicht hat. Wenn sie sich die Haare waschen, saugen die das Wasser nur auf, und es dauert lange, bis sich Sand und Moosstücke herausspülen lassen. Als Letzter tritt Pesonen heraus und bleibt auf der Treppe stehen. Onni weiß, dass er sich bedanken möchte, aber keine Worte findet. Für so was gibt es keine Worte. Pesonen räuspert sich die Kehle frei, verlagert das Gewicht von einem Bein aufs andere und versucht, einen Satz zu bilden. Er überlegt, ob er sich setzen und Onni Gesellschaft leisten sollte. Weiter vorn auf dem Pfad dreht Siliämaa sich um, bemerkt Pesonen und bleibt stehen. Er überlegt, ob er umkehren und sich den beiden anschließen sollte, setzt dann aber seinen Weg fort. Pesonen beschließt, sich nicht zu setzen. Er klopft Onni mit der Hand auf die Schulter und geht. Wenig später kommt er zurück, um mit zwei Eimern Wasser für die Sauna holen. Er sieht Onni dabei nicht an, aber der weiß, wie viel Pesonen gerade gesagt hat.

Vom Pfad her ist jemand zu hören, der Deutsch spricht. Niemand hat den Männern verboten, gemeinsam zu baden, dennoch bleiben Deutsche und Finnen jeweils unter sich. Nur wenige Finnen sprechen so viel Deutsch, dass sie von den Kämpfen erzählen können. Und die Deutschen bleiben für sich, obwohl die SS Nord und die Gruppe J der finnischen dritten Armee offiziell zusammengelegt worden sind. Die Männer gehen an Onni vorbei, grüßen höflich und begeben sich in den Vorraum der Sauna. Onni winkt Willem zu, dessen Panzer heute einen Treffer in die Raupenkette bekommen hat und als leichtes Ziel mitten in der Angriffsrichtung liegen geblieben ist. Die Teutonen seien gekommen, um sich mit fremden Federn zu schmücken, sagen die Finnen halb im Scherz. Man wisse doch, wer die Bahnlinie als Erster sprengen würde, dass die Deutschen für ihre Ehre bis zum letzten Finnen kämpfen würden und dass es auf der Halbinsel Kola nicht genug Eisen gebe, um daraus ein ausreichend großes Eisernes Kreuz für General Siilasvuo herzustellen.

Onni spricht leidlich Deutsch. Und kaum etwas verbindet so wie gemeinsame Angst. Wenn man mit dem anderen zusammen in demselben Granattrichter liegt und hört, wie auf der gegnerischen Seite das Angriffsgebrüll erschallt. Wenn man gemeinsam einen Sumpf überquert und dabei sieht, wie Hunderte von Männern sich erheben und zum Gegenangriff übergehen. Wenn man sieht, wie sich bei dem Verlobten von Nachbars Marjatta der Hinterkopf löst und das Gehirn in hohem Bogen auf Krüppelbirken und Preiselbeersträucher fliegt. Wenn man im Artilleriefeuer spürt, wie einem die eigene Scheiße den Schenkel runterläuft. Wenn einem alles egal ist. Wenn man nichts mehr spürt. Wenn man nichts mehr bemerkt. In jedem Mann hat sich gleich viel Schreien angestaut.

Vor dem Saunagang war der Feldwebel vorbeigekommen und hatte erzählt, dass er Onni wegen seines Einsatzes im Kampf für einen Orden, die Freiheitsmedaille, vorgeschlagen hat. Er hatte ihm seine eigene, an einem blauen Band hängende Silbermedaille gezeigt. »Für Tapferkeit«, stand darauf. Onni dankte und bemühte sich, irgendein Gefühl zu finden, an dem er sich festhalten konnte, fand aber keins. Er hielt sich nicht für sonderlich heldenhaft. In solchen Situationen denkt man nicht nach. Da gibt es keine Zeit zu überlegen, ob man es wagt oder schafft, bevor... Einer Mücke ist es gelungen, an seinem Bein zu saugen, ihr Hinterleib schwillt rot an, aber Onni zerklatscht sie. Weiter entfernt im Osten knattert eine kurze MG-Garbe. Er horcht darauf, aber denkt an nichts.

Die Sauna ist den Deutschen zu heiß geworden. Eine große Schar von Männern rennt an Onni vorbei zum Ufer. Er muss lachen. Über Norwegen waren sie nach Finnland gekommen, und Lahja schrieb ihm, dass sie auf der Dorfstraße eine Parade abgehalten hatten. Sie waren in ihren Kniebundhosen und Bergschuhen marschiert und hatten gesungen, dass sie bereit seien für Sturm und Wind. Das waren sie nicht, und ebenso wenig bereit waren sie für die heiße Sauna. Onni hört, wie sich die Männer in den Fluss plumpsen lassen. Gerüchten zufolge waren sie in den Kämpfen im Norden nicht erfolgreich gewesen, und als ihr Kommandeur Dietl bemerkte, dass die finnische Gruppe J in nur wenigen Tagen fünfzig Kilometer nach Osten vorgestoßen war, bot er die SS-Kampfgruppe Nord als Verstärkung an. Oder er hat sie versteckt, wie Willem behauptete.

Lahja freut sich bestimmt über die Medaille, wenn sie davon erfährt. Sie schreibt mindestens zweimal die Woche, erzählt von Annas Verehrern und den Ereignissen bei den Lottas, fragt nach seinem Ergehen. Was kann er darauf antworten?

Der Vormarsch geht zügig voran, der Feind ist nicht besonders wachsam, und es gibt nur wenig Gefallene, schreibt Onni. Auch wenn er Heimaturlaub hat, erkundigt sich Lahja nach dem Verlauf des Kriegs. Sie hat sich über Onnis Beförderung gefreut und erzählt, dass sie bei der Beerdigung der Gefallenen an den Gräbern Fotos gemacht habe. Trotzdem hat Onni jedes Mal, wenn er nach Hause kommt, das Gefühl, Lahja beobachte ihn. Er hat den Eindruck, dass sie seine Augen, seinen Kopf und seine Gedanken anstarrt, sobald er zur Seite blickt. Jedes Mal scheint es, als enttäusche er sie. Als erhoffe Lahja sich von ihm mehr, als er jemals würde geben können. Obwohl sein Zuhause nur hundert Kilometer von der Front entfernt liegt, fällt es ihm von Mal zu Mal schwerer, dorthin zu fahren. Dort herrschen andere Regeln.

Aus der Sauna kommt ein untersetzter Deutscher, den Onni kennt. Es ist der Mann, der seine Geige an die Front mitgebracht hat. Onni hat ihm zugehört, als er gestern Abend, noch am anderen Ufer, *Von Finnland bis zum Schwarzen Meer* spielte.

Draußen wird es langsam kalt. Onni versucht, sich am Schulterblatt zu kratzen, und entdeckt am Rücken eine kleine Wunde. Sie ist so winzig, dass sie kaum geblutet haben kann, oder das Blut ist schon getrocknet und abgerieben. Bei Gelegenheit wird er an seinem Mantel und am Hemd nachsehen. Er kehrt in die Sauna zurück. Die Luft riecht abgestanden. Willem sitzt noch auf der Schwitzbank, und Onni klettert hinauf, um ihm Gesellschaft zu leisten.

»Die Sauna ist zu heiß«, grinst Willem und deutet in die Richtung der Männer, die zum Fluss geflüchtet sind. Aus seinem Deutsch ist eine andere Sprache herauszuhören.

Die Männer sind schon ans Ufer zurückgekehrt, sitzen im Gras und zerklatschen Mücken auf der Haut.

»Oder du bist zu kalt«, antwortet Onni und wirft mehr

Wasser auf den Saunaofen. Er überlegt, ob er das Wort *zu* richtig ausgesprochen hat.

Die Steine zischen nicht mehr, aber die Wärme dringt zur Haut der Männer vor.

Onni betrachtet Willem, sein blondes Haar, seine dunklen Augenbrauen. Er ist braun gebrannt, hoch aufgeschossen und immer zum Lachen aufgelegt, obwohl er gestern im Granattrichter überhaupt nicht gelächelt hat. Mit der Pistole in der Hand sah er zu, wie Onni Heidekraut ausriss und es mit einer Kiefernwurzel um seinen Helm band, ehe er über den Rand des Trichters spähte. Jetzt lächelt er wieder.

Manchmal lagen sie in einer Ruhepause im Heidekraut und erzählten in der ihnen fremden Sprache von ihren Ländern: Der eine von den Wäldern, die sich bis in die Unendlichkeit erstreckten, der andere vom ewigen Kampf zwischen Land und Meer. Onni hätte mit tastenden Konsonanten gern von Lahja und Johannes und von Helenas Erblinden erzählt, doch er fand nicht die passenden Worte. Er war nicht imstande, von seiner Frau zu sprechen, die ihn beobachtet und sich vor ihm verschließt. Er konnte nicht darüber reden, wie gern er sie um Verzeihung bitten würde, obwohl er nicht auszusprechen wagt, wofür. Und wie sollte Willem, ein lediger Mann, das auch verstehen? Willem hat mit gedehnten Vokalen von den Kanälen, den hohen Kirchtürmen und den kleinen braunen Backsteinhäusern seines Heimatlandes erzählt, die dicht an dicht das gefesselte Wasser säumen. Von den anderen Dingen hat er geschwiegen, davon, wie er zum Militär gekommen und wo er vorher stationiert gewesen ist. Zwischendurch haben sie die Wolken angestarrt und in ihrer je eigenen Sprache gesprochen. Auch wenn sie die Worte des anderen nicht verstehen, können sie doch auf das dahinter verborgene Gefühl horchen. Nur der gegenwärtige Augenblick ist von Bedeutung. Ein Morgen gibt es vielleicht nicht.

Willem klettert von den Schwitzbänken und geht hinaus.

Neben dem Ofen besteht der Fußboden aus Brettern, darunter ist die blanke Erde. Onni überlegt, wo im Winter das Wasser versickert, wenn der Boden gefroren ist. Willem kehrt zurück und setzt sich, mit dem Rücken zu Onni, auf die unterste Bank. In der Hand hat er ein Stück Seife. Geschickt greift er sich mit der Metallkelle einen Stein vom Ofen und lässt ihn in den Zuber fallen, wo nur noch wenig Wasser ist. Hat ihm jemand beigebracht, wie man Wasser wärmt, oder hat er das gerade hier und jetzt erkannt? Mit der Hand prüft Willem das Wasser, schöpft eine Kelle voll aus dem Zuber und schlägt die Seife zu Schaum. Er seift sich die Achselhöhle und den linken Arm ein, dann den rechten Arm und die Achselhöhle. Er schäumt Brustkorb und Bauch ein und dreht sich dann zu Onni um.

»Den Rücken?« Willem hält Onni fragend die Seife hin. Sein Brusthaar ist noch voller Seifenschaum.

Einen Augenblick lang tut Onni gar nichts, sitzt einfach nur da und genießt die Wärme. Er schaut aus dem Fenster, und ihm wird bewusst, dass er schon eine Weile Niemeläs Schreie nicht mehr gehört hat. Onni steigt auf die unterste Schwitzbank hinab. Willem streckt immer noch die Hand mit der Seife aus, und er nimmt sie ihm ab. Willem reicht ihm die Kelle. Onni taucht die Seife darin ein, seift sich damit die Hände ein, bis sie voller Schaum sind, und wäscht Willem dann mit weichen, kreisenden Bewegungen den Rücken. Dabei denkt er daran, wie sich Lahjas Blick verhärtet und eiskalt wird, wenn er das nächste Mal auf Heimaturlaub fährt.

Vor dem morgigen Tag sollte er versuchen, sich auszuruhen.

1946 | BOHRERWEG

Finde einen neuen Rhythmus

Mit drei Schlägen versinkt der Nagel im Balken, manchmal mit zwei. Onni kriecht auf den Dachlatten herum, hält sich mit der einen Hand an einem Dachsparren fest und nagelt mit der anderen die Dachunterschalung an. Die Arbeit hat ihren Rhythmus gefunden. Schlag – zwei – drei – neuer Nagel – Schlag – zwei – drei – Ortswechsel – aus der Nageltasche eine Handvoll Nägel in den Mund – eins – zwei – drei. Langsam nimmt das Dach Gestalt an, heute könnte er vielleicht auch noch einen Teil der zweiten Dachschräge schaffen.

»Ich brauche Bretter!«

Juho Pesonen, der Frontkamerad, kann die Bretter gar nicht so schnell zureichen, wie Onni nagelt. Nach dem Krieg fällt es Onni schwer, Pesonens Vornamen zu benutzen. Für Onni klingt der Name Juho, als wäre ein anderer gemeint. Ein Fremder und Schwächerer.

»Mach mal Pause. Wozu diese Eile?«

»Her mit den Brettern. Ausruhen können wir uns im Grab.«

Pesonen schiebt die letzten Bretter hinauf und klettert die Leiter hinunter, um weitere zu holen.

»Wahrscheinlich kannst du nicht mal da still liegen«, vermutet Juho.

Vom Dach ist rhythmisches Hämmern zu hören.

Schon am frühen Morgen hat Onni angefangen. Zuerst hat er im Licht der Karbidlampe die Wandbretter gesägt, und weil immer noch Dunkelheit herrschte, als er damit fertig war, weiteres Werg zwischen die Balken geklopft. Bei Tagesanbruch ist er endlich hinaufgeklettert.

Die Baumwipfel am Waldrand färben sich blutrot, und bald steigt hinter dem Berg eine fahlrote Kugel auf, die man ungeschützt betrachten könnte, ohne dass die Augen schmerzen. Vom eisbedeckten See weht ein kalter Wind herauf. Zur Sicherheit hakt Onni den linken Arm um einen Dachsparren und nagelt mit der rechten Hand weiter. Bis nach unten sind es drei Etagen. Die Schneedecke wirkt weich, aber darunter verbergen sich die aufgestapelten Schornsteinziegel des alten Gebäudes. Onni muss noch prüfen, ob er einige davon wiederverwenden könnte. Auf den Stapel hat jemand ein Fahrradgestell gelegt, das sich im Feuer verbogen hat. Es fehlt an allem: an Holz, an Zement und an Nägeln. Die ehemaligen Frontkameraden betreiben untereinander einen illegalen Tauschhandel, und aus der Asche der Häuser klauben die Menschen heraus, was nicht niet- und nagelfest ist. Beim Kellerbau verwenden sie Schienen, die sie von den Heeresfeldbahnen der Deutschen gestohlen haben. Wegen des Schwarzmarkthandels gibt es ständig neue Verordnungen. Der neuesten zufolge darf aus Balken nur eine einzige Etage gebaut werden. Deshalb bleiben die meisten Häuser niedrig, anderthalb Stockwerke hoch, aber Onni will höher hinaus. Er hat die Wände des ersten Stockwerks aus zwei Bretterschichten gebaut und den Zwischenraum mit Sägespänen von der Feldkreissäge ausgefüllt. Darüber wird ein hoher Dachboden errichtet.

»Krieg ich noch Holz?« Der kalte Wind trägt die Dampfwolke seines Atems fort.

Pesonen hat die Bretter durch die Fensteröffnung ins Haus geschoben und steigt nun die Leiter hinauf, um sie Onni zuzureichen. Der nimmt sie in Empfang und legt sie auf die Dachsparren, wo sie darauf warten, angenagelt zu werden. Beim Wechseln des Standorts muss er vorsichtig sein, denn er kann sich nur auf ein loses Brett stützen. Er stopft sich den Mund voller Nägel und befestigt die Bretter an ihrem Platz. Der Hammer ist schwer, fast wie ein Vorschlaghammer. Pesonen leiht ihn sich niemals aus, weil er keine Nagelklaue zum Herausziehen hat. Onni will nur bauen, nicht abreißen.

»Nun gib schon die Bretter her, zum Teufel!«

Pesonen reicht die restlichen Bretter zum Dach hinauf und klettert hinunter, um weitere zu holen.

»Du hast es ja verdammt eilig.«

»Die Nägel sind alle!«

Pesonen ist schon gegangen. Onni springt hinunter auf den Dachboden und füllt sich die Taschen des Nagelgürtels aus einem Fünf-Kilo-Karton. Es ist noch viel zu tun, sehr viel. Er haucht auf seine nackten Finger und beugt und streckt den Rücken. An der Schläfe spürt er einen Schmerz.

Der Dachboden wird riesengroß. In die Mitte wird Onni eine breite Treppe bauen und in die Giebel je ein großes Fenster. Er misst den Fußboden mit Schritten. Zwanzig bis zur Mitte und von dort bis ans andere Ende achtzehn. Von unten ist ein Geräusch zu hören, und im Treppenschacht tauchen Bretter auf. Onni nimmt sie entgegen und stapelt sie an der Außenwand entlang auf. Er greift sich einige davon und markiert damit ein Stück des Fußbodens. Ein Brett verschiebt er nach rechts und ein anderes nach links, bis er zufrieden ist. Dann nimmt er den Hammer vom Gürtel und klopft jedes Brett leicht mit einigen Nägeln fest. Pesonen kommt über die Leiter auf den Dachboden. Onni steckt den Hammer zurück in den Gürtel. Der Wind wirbelt feinen Puderschnee herein.

»Hier kommt noch ein Zimmer hin.«

»Gibt es davon nicht schon mehr als genug?«

»Es werden aber noch mehr. Hierher kommt eins und an das andere Ende ein zweites.«

»Wozu brauchst du die denn alle? Wie viele Kinder willst du noch machen?«

Die Unterdachschalung ist inzwischen schon so hoch, dass man sie von unten nicht mehr erreicht. Onni betrachtet sie prüfend, nimmt den Hammer und fängt an, ein Brett abzuschlagen.

»Was hast du vor?«

»Auf der Treppe wird es zu dunkel. Hier muss ein Fenster hin.«

»Das kann man doch später noch einbauen.«

»Bei uns sollen die Frauen nicht auf der Bodentreppe stolpern.«

Das Brett löst sich. Onni holt die Säge, schiebt deren Spitze in die entstandene Öffnung und beginnt parallel zu den Dachsparren zu sägen.

»Es wäre leichter, das Dach komplett zu decken.«

»Es wäre leichter, einfach nur dazuliegen.«

Die eine Seite ist gesägt. Onni zieht die Säge nach innen.

»Machst du lieber mit dem Dach oder mit der Fensteröffnung weiter?«, fragt er.

»Ist mir egal.«

Onni reicht Pesonen die Säge, nimmt den Hammer und erklärt, wie er es sich vorstellt.

»Du sägst von hier bis da. Dann schlägst du da und dort einen Pfosten ein, um einen Rahmen für die Dachgaube zu errichten.«

Onni steigt über den Bretterstapel aufs Dach. Er findet wieder in seinen Arbeitsrhythmus hinein. Von seinem Standort aus erreicht er zwei Dachsparren.

Schlag – zwei – drei – Nagel – Schlag – zwei – drei – Ortswechsel. Als wären alle Gedanken verschwunden und übrig nur der arbeitende Mann und sein Tagwerk. Auf der Welt gibt es nichts anderes als das weite windige Weiß und ein Dach, das im Entstehen begriffen ist. Nichts als einen Hammer und Nägel, die auf Schläge warten. Es geht nur darum, ob der Nagel mit zwei oder mit drei Schlägen eindringt, das ist alles. Er ärgert sich, wenn er einen vierten Schlag machen muss. Onni bemerkt nicht die fahle Sonne, nicht den Wind und nicht den Neuschnee.

Der letzte Nagel ist an seiner Lippe festgefroren und reißt eine kleine Wunde. Eisengeschmack breitet sich in Onnis Mund aus, aber er nimmt es nicht wahr, denn alles um ihn herum ist verschwunden. Die Schläfe schmerzt nicht mehr. Die Waschschüssel fliegt nicht durchs Zimmer. Die Kinder fürchten sich nicht mehr. In Lahjas Augen ist keine Enttäuschung zu sehen. Der Krieg wurde nicht geführt. Die Finnen haben sich nicht gegen ihre Frontkameraden gewendet. Die Panzer der Deutschen explodieren nicht auf ihrem Rückzug zum Eismeer. Auf der Heide werden keine Gräber ausgehoben. Kein Sand wird auf weit aufgerissene Augen geschaufelt.

Da ist nur Weiß. Nur Rhythmus. Da ist nur der Mann. Nur das Haus.

»Soll die Gaube ein Satteldach kriegen oder ein Schleppdach?«

Über dem Rand des Daches ist Pesonens Kopf erschienen. Onni lässt den Hammer sinken.

»Sattel.«

»Gut.«

Pesonen verschwindet nach unten. Onni versucht, weiterzumachen, aber er weiß, der Augenblick ist unwiderbringlich vorbei. Er schaut hinunter auf die Dorfstraße, die am Haus vorbei zur Vierwegekreuzung führt. Überall entstehen Häuser, aber alle sind niedriger. Er sitzt an der höchsten Stelle des Dorfes. Onni schaut in die entgegengesetzte Richtung. Von den neben dem Friedhof gelegenen Erdhütten jenseits des Flusses sind die Männer unterwegs zu ihren eigenen Baustellen. Die jüngeren gehen schnell und begeistert ihren Herausforderungen entgegen. Den Schritten der anderen merkt man die Müdigkeit und den Krieg an. Dennoch gehen auch sie an ihre Arbeit, schuften vom Morgengrauen bis zum letzten hellen Augenblick, und danach machen sie noch Jagd auf Baumaterial, tauschen und stehlen. Das ständige Arbeiten ist leichter als das Innehalten und die Erinnerungen. Es ist leichter, in der Erdhütte todmüde auf die nach Mäusen stinkende Pritsche zu fallen und traumlos zu schlafen, als alles noch einmal zu durchleben.

Über die provisorische Brücke wandern drei Personen, die Onni erkennt. Als Erstes kommt die Schwiegermutter angewatschelt. Offensichtlich tun ihr die Fußballen weh. Sie trägt etwas in der Hand, vielleicht einen Korb. Ihr folgen Johannes und Helena. Sie gehen Arm in Arm eng nebeneinander, damit Helena Bewegung und Tempo des anderen spürt. Manchmal bleibt Johannes stehen und erklärt ihr etwas, deutet mal auf den See, mal auf den Himmel und beschreibt, was er sieht. Mal hört Helena zu, mal wendet sie ihre schönen Augen in die Richtung der Erzählung und spürt Wind und Schnee auf der Haut. Die Worte ihres kleinen Bruders sind für sie die Augen geworden. Jetzt zeigt Johannes ihr etwas in einer Schneewehe, vielleicht die Spur eines Fuchses oder eines Eichhörnchens. Als er sich vorbeugt, tut Helena dasselbe. Dann und wann bei einer Unterhaltung richtet sie ihre Augen noch auf den Sprecher, aber Onni hat bemerkt, dass die Augen sich immer häufiger schräg nach oben drehen. Sie wendet das Gesicht dem Sprecher zu, aber ihr Blick weist ganz woanders hin. Daran sieht man, ob sie aufmerksam zuhört.

Die Schwiegermutter nimmt den Korb in die andere Hand. Gestern ist Onni aufgefallen, dass sich an ihren Gelenken kleine Höcker gebildet haben.

»Hallo, Johannes!«

Der Junge bleibt stehen und sucht mit dem Blick die Stelle, von der die Stimme des Vaters gekommen ist. Dann bemerkt er ihn und winkt. Er sagt etwas zu seiner Schwester, die daraufhin ebenfalls winkt.

»Du bist jung, nimm mal der Oma den Korb ab.«

Auch die Schwiegermutter hat Onni auf dem Dach entdeckt. Sie überlässt Johannes den Korb.

»Pass auf, dass du nicht runterfällst!«, ruft sie. Der Wind verschluckt ihre Stimme, sodass sie kaum zu hören ist.

»Wieso sollte ich runterfallen?«

»Das kann man nie wissen. Hast du Zeit zum Verschnaufen?«

Onni richtet sich auf und greift nach dem obersten Brett. Das ist noch nicht festgenagelt und hebt sich von der Kraft des Griffes. Er schwankt, findet aber sein Gleichgewicht wieder und steigt auf den Dachboden hinab. Juho sieht ihm dabei zu.

»Geh du auch essen.«

Johannes ist mit Helena in den ersten Stock heraufgestiegen. Sie gehen Hand in Hand.

»Da sind zwei große Fenster zur Straße hin. Und zum Dorf hin noch eins. Fühl mal, wie groß die sind.«

Der Junge führt Helena zu der Öffnung und hebt ihre Hand an den Rahmen. Helena tastet mit der Hand erst zur Seite, dann nach oben.

»Kann man von hier aus weit sehen?«

»Bis zur Vierwegekreuzung.«

»Was für ein Zimmer ist dies?«

»Das weiß ich nicht«, antwortet Johannes. Er wendet sich an Onni. »Was wird das für ein Zimmer?«

»Das Wohnzimmer. Hier stellen wir ein Sofa hin und dort einen Stuhl und neben das Fenster noch einen, damit man auf die Straße gucken kann.«

»Einen Schaukelstuhl.«

Helena ist an der Wand entlanggegangen und hat eine Türöffnung gefunden.

»Was ist hier?«

»Dort kommt das Esszimmer hin. Da werde ich schlafen.«

Dem Mädchen ist anzusehen, dass etwas sie beschäftigt.

»Wo schlafen wir?«

»Dort am anderen Ende.«

Helena dreht sich zur Wand um.

»Und Mutter?«

Darauf weiß Onni keine Antwort. Natürlich würde es im Haus einen Raum für Lahja geben, aber er hat noch nie darüber nachgedacht, wo. Ihn überrascht der Gedanke. An Lahja gibt es nichts auszusetzen, nichts, dessentwegen sie nicht ins Haus kommen sollte. Sie ist eine gute Ehefrau, fleißig und tüchtig. Pesonen lobt sie oft und beneidet ihn um diese ansehnliche Frau. In dem Maße, wie das Haus wächst, wird Lahja in Onnis Gedanken immer kleiner und verschwindet in einem der zahllosen, noch nicht gebauten Zimmer. Aber mit jedem Nagel schlägt er sein schlechtes Gewissen in Wände, Balken und Böden.

Helena dreht sich um, und ihre Augen warten auf die Antwort, die Onni nicht weiß. Für dieses Zimmer hat er einen großen Tisch und Stühle vorgesehen, die gemeinsamen Mahlzeiten. Er weiß sogar, dass er dort, am Tischende, sitzen wird. Daneben die Schwiegermutter und Helena, auf der anderen Seite Johannes und Anna. Wird Lahja am anderen Ende des Tisches sitzen, oder fehlt sie auch in dieser Vorstellung? Onni bemerkt, dass Johannes auf Antwort wartet.

»Mutter hat noch nicht entschieden, wo sie schläft«, antwortet Onni schnell.

Die Schwiegermutter ist im Erdgeschoss geblieben und ruft von dort nach Onni. Sie hat zwei Bretter als Tisch auf Böcke gelegt und den Korb daraufgestellt, in dem sich ein Kochtopf in Heu befindet.

»Hier wäre Kartoffelsuppe. Auch Roggenbrot ist da.«

»Essen die anderen nichts?«

»Wir haben im Warmen gegessen.«

Onni holt aus dem Nachbarraum einen Hocker für die Schwiegermutter. Sie ziert sich nicht, sondern setzt sich gern.

Auf dem Hof versuchen die Kinder, mit Schneebällen den Sägebock zu treffen. Johannes sagt, Helena habe gewonnen, obwohl in Wirklichkeit er als Erster getroffen hatte.

»In welchem Zimmer möchten Sie schlafen?«

»Wo würde es denn passen?«

Onni bemerkt, dass sie die Finger der einen Hand von den Spitzen bis zur Handfläche ruckweise knetet.

»Vielleicht könnte Ihr Zimmer hier sein?«

»Sollte an diese Stelle nicht das Fotoatelier hin?«

»Von hier wäre es leichter, hinauszukommen. Da sind nicht so viele Stufen.«

Onni wird klar, dass die Schwiegermutter nie und nimmer siebzehn Stufen in den ersten Stock hinaufsteigen und niemals mit den anderen an demselben Esstisch sitzen wird. Und dass sie kein neues Fahrrad mehr braucht.

»Stimmt, hier wäre es leichter für mich.«

Ihrer Stimme ist anzuhören, dass sie traurig ist. Sie beklagt sich nicht, aber oft kommt sie darauf zu sprechen, dass ihr altes Zuhause niedergebrannt worden ist. Dann überlegt sie, von welcher Ecke das Haus angezündet wurde und wie das Wohnzimmer ausgesehen haben mochte, als es in Flammen aufging. Es tut ihr leid, dass sie bei der Evakuierung ihre Palmen nicht mitnehmen konnte.

Der Schwiegermutter wird bewusst, dass Onni sie betrachtet. Sie steht auf und nimmt den Kochtopf vom Brett, neigt ihn und kratzt die Reste der Suppe zusammen.

»Am Morgen ist es Lahja wohl nicht so gut gegangen?«, fragt sie, ohne Onni anzusehen.

»War das bis zu Ihnen zu hören?«

»Für seine Natur kann man nichts.«

Die Schwiegermutter gießt die restliche Suppe in den Teller. Sie schwankt und stützt sich auf Onnis Schulter ab, klopft ihm dann darauf.

»Niemand kann etwas dafür, dass er ist, wie er ist.«

Onni überlegt, ob die Schwiegermutter Lahja oder sich selbst oder ihn meint.

Er kehrt auf den Dachboden zurück und lehnt weitere Bretter gegen das fertige Dach. Noch drei Reihen, dann könnte er mit dem anderen Sattel anfangen. Er lehnt die Leiter an die Giebelwand, denn über den Bretterstapel kommt er nicht mehr aufs Dach. Dann steigt er hinauf und setzt sich mit dem Rücken nach außen auf den oberen Rand der Wand. Er zieht zwei Bretter herauf und legt sie auf die Dachsparren. Dabei sieht er, dass die Schwiegermutter zu den Erdhütten zurückkehrt. Sie dreht sich um und winkt. Die Kinder sind auf dem Hof geblieben und spielen. Sie haben den Fahrradkadaver vom Ziegelstapel gehoben und zerren ihn auf den Hof. Onni zieht den Hammer aus dem Gürtel, aber er verspürt keine Lust zu arbeiten. Er legt den Hammer hin, nimmt aus der Brusttasche seiner Jacke eine Schachtel Zigaretten und schiebt sich die Spitze zwischen die Zähne. Er steckt eine Zigarette hinein und zündet sie an. Ihm zittern die Hände. Diese Augenblicke fürchtet er am meisten. Wenn die Farben verschwinden und nur Grau übrig bleibt.

Onni hält den Hammer weit hinter seinen Rücken und lässt ihn los. Er zählt die Sekunden. Eins. Zwei. Knapp drei. Von unten hört er ein helles, scharfes Geräusch, als der Hammer von einem Ziegel abprallt und im Schnee versinkt. Wie wäre es, sich zurückzulehnen und in die Leere zu stürzen? Hinabzuschweben mit ausgebreiteten Armen und Beinen, einen Augenblick lang den kalten Wind in den Nackenhaaren zu spüren und wahrzunehmen, wie der Luftstrom die Wolljacke gegen den Rücken presst? Der momentane Schmerz, wenn der Hinterkopf auf den Ziegelhaufen trifft. Nur wenige Augenblicke. Eins – zwei – drei. Kein vierter. Nur Ruhe.

Onni streckt die Beine waagerecht vor sich aus und verlagert seinen Schwerpunkt nach hinten, bis die Füße sich hinter der nächsten Dachlatte verhaken können. Er schließt die Augen, hebt beide Arme und lehnt sich über die Leere. Die Muskeln von Bauch und Schenkeln spannen sich an, um sein Körpergewicht zu tragen. Seine Füße, die er gegen die Dachlatte drückt, werden müde. Es würde nur einer kleinen Bewegung bedürfen, eines winzigen Beugens der Knie, und er dürfte ausruhen.

Vom Dachboden her ertönt Johannes' ängstliche Stimme.

»Helenas Fuß ist in den Radspeichen stecken geblieben, und wir kriegen ihn nicht raus!«

Onni öffnet die Augen. Hinter dem Bretterstapel ist Johannes' Gesicht zu sehen. Er hat ihm zugeschaut.

»Ich hab's versucht, aber es geht nicht.«

Johannes beobachtet Onni. Er legt den Kopf etwas zur Seite.

»Sie wird gleich weinen.«

Onni hebt die Hände, bis sie den Rand der Wand erreichen, und zieht sich hoch.

»Ich komme.«

Johannes sieht Onni einen Moment lang an und steigt dann hinunter. Plötzlich bleibt er stehen.

»Soll ich den Hammer holen, der runtergefallen ist?«

Die Sonne steht schon hoch am Himmel. Noch ein Monat, und man kann ihre Wärme auf dem Gesicht spüren.

»Ja, tu das.«

1950 | KERLEWEG

Eine abgebrochene Verbindung

Der neue Turm wird viel höher als die Kuppel der alten Kirche. Onni richtet die Kamera auf den Kirchweg. Johannes lehnt sich gegen das Brett, das als Geländer dient, schaut zuerst hinab in die Tiefe und versucht zu erspähen, ob sein Zuhause vom Turm aus zu sehen ist. Die Gerüste sind voller Männer, die die Dachbalken anbringen, und von den Baustellen außerhalb der Kirche dringt aus verschiedenen Richtungen Gehämmer herüber. Die Männer schlagen jeder in seinem eigenen Rhythmus, aber manchmal verfallen sie alle in denselben. Ein Blick schräg nach rechts zeigt, wie das Dorf um die Vierwegekreuzung herum neu erstanden ist. Fertig sind der Konsumladen, die Post, das Fremdenheim und die Gaststätte. Auf der anderen Seite des Turms, auf der Wiese am Krankenhaus, liegt auf den Heureitern noch Heu, obwohl die Nächte schon kälter geworden sind. Aber tagsüber ist es immer noch warm, und deshalb hat Johannes Kniehosen an. Sein für den Sommer geschorenes Haar ist so weit gewachsen, dass es gescheitelt werden kann. Der Junge geht an den Arbeitern vorbei, die die Balken festnageln, beugt sich vor und schaut vom Turm direkt nach unten. Auch das Lehrerwohnheim ist fertig, und auf der Volksschule prangt schon der Dachfirst.

»Ich fall schon nicht runter«, sagt Johannes, obwohl niemand ihn gewarnt hat.

»Na fein.«

»Ob die Schule wohl gut ist?«

Den Jungen beschäftigt der Umzug von der Barackenschule in den Neubau. Dies ist der erste Herbst ohne Helena, denn das Mädchen hat einen Platz in der Blindenschule bekommen. Vor einer Woche haben Onni und Johannes sie per Bahn in diese Schule gebracht, und die ganze Rückfahrt über hat der Junge geweint. Das hat er damit begründet, dass er sich Sorgen mache, ob die Schwester in der Hauptstadt allein zurechtkommen werde, aber Onni weiß, dass er aus Sehnsucht nach ihr geweint hat. Eine ganze Woche lang ist er bedrückt und verloren herumgelaufen. Die Geschwister waren miteinander verwachsen, sie hatten sich selbst vergessen und gemeinsam eine neue Einheit gebildet, bei der man nicht wusste, wo der eine endete und der andere anfing. Jetzt war dem Jungen die eine Hälfte entrissen und mit einem stampfenden Zug weit fort hinter endlose Schienen gebracht worden.

»Wie hoch soll die Kirche noch werden?«

»Das kann ich nicht sagen.«

Der Junge betrachtet die Dachsparren, in die die Arbeiter Zehn-Zoll-Eisennägel schlagen. Die Konstruktion beginnt sich nach innen zu wölben.

»Soll dies das Dach werden?«

»Pesonen, soll das Dach hier enden?«, ruft Onni in die Höhe, aber der Mann ist mit seinem Hammer über die Holzleiter in die Höhe geklettert, wo der Wind ihm die Worte vom Mund reißt. Ein anderer Arbeiter, den Onni nicht kennt, antwortet an seiner Stelle.

»Nein, noch nicht. Ab hier soll es eine Schräge geben, aber da oben, wo die anderen sind, kommen noch das Zifferblatt und das Uhrwerk hin, und erst dann verjüngt sich das Dach zum Turm.«

»Wie hoch soll er werden?«

»Ich möchte wetten, wir haben noch nicht mal die Hälfte. Und obendrauf kommt dann ein großes Kreuz.«

»Wer traut sich, das da hinzubringen?«

»Vielleicht ja du?«

Johannes lacht und vergisst für kurze Zeit seine Einsamkeit. Er denkt an die Freude, zur Spitze des Kirchturms hochzuklettern, und an Tausende beifallspendende Gemeindemitglieder, die die Heldentat von unten verfolgen würden. Onni betrachtet die schrägen Stützen und Dachsparren. Es ärgert ihn, dass der Turm so hoch werden soll. Als hätte er einen Wettkampf verloren.

»Wird der Wind den Turm nicht umreißen?«

Der Mann schiebt sich die Mütze auf den Hinterkopf.

»Wohl nicht. Ich hab keine Ahnung. Ich schlag nur den Nagel in den Sparren da ein, wo man es mir sagt.«

Der Mann lacht, und die Freude steckt Onni an.

Johannes möchte schon hinunter und die Höhe des Turms bewundern, aber Onni will noch ein Foto machen.

»Stell dich dort auf die andere Seite. Nicht dahin, sondern dort, damit du nicht im Schatten stehst.«

»Komm mit mir aufs Bild, Vater.«

»Der Apparat kann doch nicht selbst Bilder machen.«

Ein Arbeiter sieht zu, wie Onni fotografiert.

»Ich kann knipsen, wenn es recht ist.«

»Gern. Man braucht nur hier durchzugucken und da zu drücken.«

Onni kommt zum Rand des Turms neben das Brett, das als Geländer dient. Er stellt sich hinter Johannes und legt ihm die Hand auf die Schulter. Der Arbeiter hält die Kamera mit beiden Händen vor dem Bauch und guckt durch den darüber befindlichen Sucher. Er trägt Stiefelhosen und ein Flanellhemd. Die Mütze sitzt ihm neckisch auf dem Hinterkopf. Sein Gesicht ist sonnengebräunt, und am Morgen hat er sich nicht rasiert. Auf seinen Handrücken wächst dicke schwarze Wolle, ebenso auf seiner Brust, die sichtbar wird, weil die obersten Knöpfe des Hemdes in der Wärme des schönen Herbsttages offen stehen.

Onnis Blick verweilt auf seinen Hüften und wandert dann abwärts zu den Stiefeln. Die sind alt und abgetragen, aber so sorgfältig gewienert, dass sie auf der Baustelle zwischen Himmel und Erde fehl am Platz zu sein scheinen.

»Wenn ihr beide jetzt mal zu mir gucken würdet?«

Der Mann hat die Kamera gesenkt und wartet darauf, dass Onni in die richtige Richtung schaut. Er hebt die Kamera hoch und macht ein Foto. Dann reicht er sie wortlos zurück. Onni weiß nicht, ob der Mann seinen Blick bemerkt hat. Onnis Ohren glühen. Der Mann schließt die obersten Knöpfe seines Hemdes.

»Danke für die Hilfe«, sagt Onni, aber der Mann greift wieder nach seinem Hammer und klettert die Holzleiter hinauf. Er nimmt Nägel aus der Tasche und beginnt wortlos, sie in die schrägen Sparren zu schlagen.

Johannes eilt die gegossenen Stufen hinab, indem er jede zweite überspringt. Im Vorraum der Kirche angekommen, bettelt er, der Vater möge mit ihm zusammen das steinerne Fundament des alten Glockenturms besichtigen, aber Onni kann nicht. Sein Atem geht schwer. Der Junge sprintet hinaus, und Onni begibt sich in den Kirchsaal. Das Dach ist noch nicht gebaut, aber die Wände stehen, und die Form des Saales ist klar erkennbar. Er ist einschiffig, und zum Altar führen ein paar Stufen hinauf. Zu beiden Seiten markieren zwei hohe Säulen den Übergang zum Chor, und links befindet sich der Unterbau für die Kanzel. In ihrem oberen Teil wölbt sich die Rückwand zum Saal hin, und die Türen darin müssen in die Sakristei führen. Die großen Fensteröffnungen sind am oberen Ende dreieckig. Onni nimmt den Hut ab und sucht Halt an den Stapeln von Brettern und Bohlen. In seinem Blickfeld schweben kleine goldene Punkte. Es fällt ihm schwer, den Blick auf etwas zu konzentrieren. Für Augenblicke taucht Johannes' Kopf in jedem Fenster auf, als er an der Kirche entlangläuft. Onni bemerkt, dass ihm die Hände zittern. Er kauert sich auf den Fußboden, legt den Kopf in die eine Hand und stützt sich mit der anderen am Fußboden ab. Er ringt nach Luft. In seinen Lippen kribbelt es, und er schließt fest die Augen.

Er möchte kein solches Leben. Er möchte ein ordentlicher Ehemann und ein guter Vater sein. Wenn es ginge, oder wenn er jemand anders sein könnte, dann wäre er es. Onni faltet die Hände und dreht sich in die Richtung, wo bald der Altar errichtet wird, doch ohne die Augen zu öffnen. Er drückt den Kopf in die gefalteten Hände, und seine Lippen formen tonlose Worte und auswendig gelernte Wendungen. Lieber Gott, barmherziger, allmächtiger und allwissender Gott, lass mich so sein wie die anderen Männer. Nimm diese Krankheit, diese Anfechtung von mir. Für die es nur solche Bezeichnungen gibt, wie sie auf der Straße hinter seinem Rücken ausgespuckt werden. Hat er nicht schon genug Prüfungen erleiden müssen? Er ist ein Mann, der Nacht für Nacht in seinem Bett liegt und das leise Klopfen seiner Frau an der Tür fürchtet. Er ist ein Mann, der regungslos auf seinem Bett liegt, um kein Geräusch zu verursachen. Ein Mann, der hofft, dass seine Frau es bald leid ist und fortgeht. Hat er nicht für alles gebüßt, indem er sein Kind ans andere Ende des Landes bringen und dort allein lassen musste, weil es dazu ausersehen war, die Sünden seines Vaters zu tragen? Onni verspricht Gott all seinen Besitz, all seine Freuden, wenn er wenigstens für einen Augenblick so wie die anderen sein und zu ihnen gehören könnte. Kein Außenseiter und ohne Angst, ohne ...

Irgendwoher sind Stimmen zu hören, und Onnis Gedankengang bricht ab. Er öffnet die Augen, aber niemand ist zu sehen. Er hebt den Blick, dorthin, wo nur die starken Deckenbalken den Himmel begrenzen und eine vage Trennlinie zwischen den Menschen und Gott bilden. Die letzte Bachstelze des Herbstes wippt auf dem Deckenbalken mit dem Schwanz und schwingt sich dann zur Orgelempore hinüber. Onni folgt ihr mit dem Blick, bis er bemerkt, dass die Arbeiter ihn vom

Turm aus anstarren. Er kann nicht erkennen, ob sie Mittagspause machen oder sich gegen das Brettergeländer lehnen, um ihn zu beobachten. Die Männer sprechen miteinander, aber die Worte sind nicht zu verstehen. Der mit dem Flanellhemd steht in der Mitte. Einer der Männer beugt sich vor und spuckt in den Kirchsaal. Der Wind erfasst die Spucke und trägt sie aus dem Gebäude. Rasch steht Onni auf und klopft sich die Knie ab. Er hebt den Hut vom Boden auf, setzt ihn aber nicht auf. Zwischen den Bretterstapeln hindurch strebt er zum Haupteingang und sucht Johannes. Der Junge steht vor dem Gedenkstein für den Freiheitskrieg und liest die darin eingravierten Namen.

»Lass uns nach Hause gehen.«

Johannes dreht sich nach der Kirche um und ärgert sich, dass er nicht nach der Turmhöhe gefragt hat, aber Onni will nicht zurückblicken.

Sie gehen Richtung Vierwegekreuzung, am Postplatz vorbei und die Dorfstraße entlang nach Hause. Bei jedem Schritt weiß Onni, dass er den Kampf gegen sich selbst nicht gewinnen kann. Er ist ein fehlkantiger, schiefer Balken, der sich nicht zum Ständer eignet. Er weiß, dass er auch weiterhin Briefe vom Postamt abholen und auf dem Postplatz in den Bus einsteigen wird, und er weiß auch, dass er um nichts in der Welt auf die wenigen kurzen Augenblicke der Glückseligkeit verzichten wird, die er in seinem Leben gefunden hat.

Johannes springt neben ihm auf dem Kiesweg her und betrachtet die wenigen Auslagen in den Schaufenstern der Geschäfte. Die Reihen weißer Häuser ziehen sich schnurgerade beiderseits der Straße hin. An ihrem Ende entsteht ein Haus, das gerade einen Wettkampf verloren hat, von dem niemand sonst wusste.

Dort, wo die Hebamme in die Länge gebaut und sich Raum erobert hat, strebt Onni in die Höhe und versucht, sich selbst zu übertreffen.

Johannes betrachtet die Fenster im Erdgeschoss seines Elternhauses.

»Wenn du alt wirst, ziehst du dann auch ins Erdgeschoss? So wie jetzt Oma?«

»Wieso?«

»Wenn ich groß bin, will ich im ersten Stock wohnen. Und Helena auch, wenn wir sie zurückholen. Wohnst du dann im Erdgeschoss? Und Mutter? Wir werden doch irgendwann wieder alle zusammenwohnen?«

In einem Fenster des ersten Stocks bewegt sich eine Gestalt. Lahja wartet wohl schon mit dem Essen auf sie.

»Wie wäre es, wenn wir im kommenden Winter ein Floß bauen? Dann könnten wir im Sommer die Flüsse entlangpaddeln.«

Lahja sieht, wie sie auf den Hof einbiegen, und öffnet das Küchenfenster. Onni spürt, wie seine Haltung sich verändert. Er sieht Lahja nicht in die Augen, aber die bemerkt es nicht, oder es ist ihr egal.

»Das Essen ist fertig. Kommt zu Tisch.«

Onni nickt. Johannes läuft zur Treppe. Lahja will schon das Fenster schließen, öffnet es aber noch einmal.

»Im Keller sind anscheinend Mäuse. Mutter hat erzählt, dass sie sie in der Nacht unter dem Fußboden hat nagen hören.«

»Kommen die jetzt schon ins Haus?« Onni räuspert sich.

»Offenbar ja. Vergangene Nacht gab es schon Frost.«

»Dann müssen wir Fallen aufstellen.«

»Tu das. Haben wir noch Gift?«

»Ich kann es holen gehen«, schlägt Johannes vor.

»Du kommst da nicht ran. Und du wirst das Zeug nicht anrühren«, antwortet Lahja.

Johannes hält die Tür auf, und Onni geht ins Haus. Der Junge stürmt geräuschvoll die Treppe hinauf, und Onni öffnet die Kellertür. Er dreht den Lichtschalter und geht die Treppe hinunter.

Ihm schlägt der erdige Geruch der Kartoffelkiste entgegen. Im Keller sind an der Wand entlang Ziegel aufgeschichtet, und in der Ecke wartet ein Backofen auf seine Fertigstellung. Lahja wollte keinen, aber Onni wollte ihn bauen. Damit ließe sich das Treppenhaus beheizen. Onni begibt sich auf die andere Seite der Kernmauer und legt Holz im Heizkessel nach. Der ist alt und verbraucht, aber er hat ihn in Oulu für wenig Geld aus einem bombardierten Haus bekommen, und nun haben sie die erste Warmwasserheizung im Dorf. Der Unterhalt macht viel Arbeit, aber das wäre auch der Fall, wenn er Öfen bauen und Holzkörbe durch das große Haus schleppen müsste.

Onni nimmt das Gift von dem Regal oberhalb des Heizkessels. Die Flasche ist flach und hat ein gelborangefarbenes Etikett mit der Aufschrift »Selipa«. Die Mausefallen findet er nicht. Er geht die Treppe wieder hoch und schaltet das Licht aus. Im Vorraum nimmt er die Flasche mit dem Gift in die linke Hand und klopft an die Tür der Schwiegermutter, hört aber von drinnen keine Antwort. Er öffnet die Tür und wirft einen Blick hinein. In der Küche ist niemand. Onni geht zur Schlafzimmertür. Die Schwiegermutter liegt im Bett. Um die Schmerzen zu lindern, hat sie sich zum Kühlen feuchte Lappen um die Fingergelenke gewickelt. Nun schläft sie und streckt dabei die Hände über die Bettkante hinaus, damit die Decke nicht nass wird. Sie röchelt. Oft leidet sie unter Atemnot.

Onni betrachtet die schlafende Frau und fragt sich, wieso sie sich niemals beklagt. Nicht einmal von ihren schmerzenden Gelenken spricht sie. Dasselbe gilt für Lahja. In der Familie spricht man nicht über Schwierigkeiten und Nöte. Doch wenn Lasten nicht geteilt und Nöte nicht einmal erwähnt werden, können dafür auch keine Lösungen gesucht werden. Onni wundert sich, wie die anderen so ruhig lächelnd vor sich hin leben können. Er sitzt nachts auf seinem Bett und erlaubt seinen Händen zu zittern, da niemand es sieht. Nachts schreibt er

Briefe, streckt die Arme wenigstens auf dem Papier nach anderen Dörfern und Städten aus. Er sucht die Verbindung zu einem anderen Menschen, der ähnlich ist wie er selbst, und möchte erzählen, wie es ist, wenn man sich nach etwas sehnt, das man sich nicht wünschen darf. Tagsüber bringt er die Briefe zum Postamt und holt die angekommenen ab, und unterwegs wiegen sie in seinen Taschen so schwer wie Steine. Er versteckt die Briefe hinter dem Heizungskessel und liest sie allein, wenn das Haus still ist. Dann rascheln leise die Briefbögen. Sie enthalten nur kurze Wünsche nach einem Wiedersehen und obszöne Vorschläge. Es sind keine Gespräche, sie bieten keinen Trost. Nur wenige Briefe wecken Onnis Interesse, aber sie kommen von allzu weit her.

Onni kehrt in den Vorraum zurück und betrachtet die Giftflasche, auf der eine tote Ratte abgebildet ist. Das Tier liegt auf dem Rücken, und seine Pfoten ragen in die Höhe. Aus der Küche dringt Lahjas Geträller herüber. Onni geht wieder in den Keller hinunter. Er schließt hinter sich die Tür zum Treppenhaus, schaltet aber nicht die Beleuchtung an. Das Gras draußen vor den schmalen Kellerfenstern gibt dem hereinfallenden Licht eine grünliche Nuance. Licht, Onni holt die Briefe hinter dem Heizkessel hervor. Er wirft sie in das Feuerloch und zündet sie mit einem Streichholz an. Die wortkargen Wiedersehensvorschläge brennen mit schöner, gelber Flamme. Auf der Post liegen sicherlich noch ein paar.

Die Flasche in seiner Hand ist geneigt, und Onni sieht der gelbbraunen Flüssigkeit dabei zu, wie sie langsam in den Flaschenhals fließt. Er zieht den Korken heraus und kippt sich die Flüssigkeit in den Mund, ohne die Flasche auch nur ein einziges Mal abzusetzen. Es dauert lange, bis alles heraus ist. Der Geschmack ist bitter und brennt an den Mundschleimhäuten. Oben öffnet Lahja die Tür zum Treppenhaus und ruft ihn zum Essen. Onni zwingt sich zu trinken. Es ist so viel Flüssigkeit, dass er zweimal schlucken muss. In dem dunklen Keller bewegt Onni sich vorsichtig. Mit geschlossenen Augen versucht er, den Weg blind zu finden so wie Helena. Sein Fuß stößt gegen den Ziegelstapel. Er betastet ihn und setzt sich darauf. Noch immer hält er die Flasche fest in der Hand. Von der Treppe her sind Schritte zu hören. Jetzt kann er nichts weiter tun als warten.

1952 | SCHLINGENPFAD

Schwieriger Abschied

Onni beobachtet, wie Helenas Hand auf dem Tisch die Kakaotasse sucht und sie näher zu sich heranzieht. Sie findet auf der Untertasse den Löffel, rührt damit ein paar Mal den Kakao um und legt ihn zurück. Im Verlauf des Schuljahrs hat sie Sicherheit und Wagemut bekommen. Das freut Onni. Selbst im Lärm des Cafés fällt dem Mädchen das Schweigen ihres Vaters auf. Sie lässt die Tasse los und legt rasch die Hände in den Schoß, als hätte sie etwas falsch gemacht.

»Woran denkst du, Vater?«

»Ich schau mich nur um.«

»Es ist doch nichts runtergefallen?«

»Nein. Alles gut.«

Die Hände kehren auf den Tisch zurück. Die Fingerspitzen ertasten den Weg zur Tasse und bemerken unterwegs eine Falte im Tischtuch. Sie verfolgen sie bis zu der Kakaokanne aus Stahl.

»Welche Farbe hat sie?«, fragt Helena und betastet die Oberfläche der Kanne. In ihrer Stimme liegt eine Andeutung von Lachen. Immer will sie dieses Spiel spielen, wenn sie zu zweit sind.

»Was meinst du wohl?«

Helena umfasst die Kanne mit beiden Händen und überlegt.

»Sie ist hart, aber warm. Könnte sie rot sein? Hellrot?«

»Dann ist sie rot. Gibt es hier auch was Blaues?«

Die Hände fliegen hoch, um eine passende Oberfläche zu suchen. Sie betasten die Armlehnen des Stuhls, prägen sich das

Gefühl des Tellerrandes ein und gelangen schließlich zu einer Gabel, die vergessen auf der Serviette liegt.

»Die könnte es sein. Sie ist kalt.«

Onni legt eine Hand des Mädchens auf den Stoff des Sitzes.

»Und welche Farbe hat der?«

Helena befühlt die grobe Oberfläche des Stoffs erst mit den Fingerspitzen und streicht dann mit der ganzen Handfläche darüber.

»Der ist schwarz. Nein, braun. Richtig dick braun.«

Unvermittelt prustet Helena vor Lachen los. Dieses Spiel versteht niemand sonst. Das kennen nur sie beide.

»Mutters Choräle sind schwarz«, kichert Helena. Sie steckt Onni mit ihrem Lachen an.

»Das sind sie doch gar nicht.«

»Warum nicht?«

»Sie sind grau.«

»Was ist grau?«

Onni überlegt.

»Das ist so, wie wenn man an einem nassen Fäustling leckt.«

Helenas helles Lachen erregt im Saal Aufmerksamkeit. Die große Kuppel des Cafés hat die Stimmen zur gegenüberliegenden Wand getragen, und Onni bemerkt, wie zwei Männer, die an einem Tisch auf der anderen Seite sitzen, sich nach ihnen umdrehen. Sie senken die Köpfe und setzen ihr Gespräch fort, aber der eine von ihnen, ein Blonder, schaut manchmal zu Onni und Helena herüber und lächelt. Die beiden Männer sitzen sich am Tisch nicht gegenüber, sondern nebeneinander. Der Dunkelhaarige nippt an einem Stielglas mit einer gelblichen Flüssigkeit.

»Welche Farbe ist das?«, fragt Helena und betastet die Spitze an der Serviette.

Onni verrückt seinen Stuhl, um den Blick des Blonden zu meiden. Das Spiel macht ihm keinen Spaß mehr.

»Wir sollten gehen«, sagt er und bedeutet dem schwarz gekleideten Kellner, die Rechnung zu bringen. »Im Wohnheim erwarten sie dich sicherlich schon.«

Auf der Straße schlägt ihm die Wärme von Helsinki entgegen. Die Luft steht, und die Steinhäuser strahlen ihre Hitze auf die Bürgersteige ab. Onni nimmt Helenas Koffer in die rechte Hand, und das Mädchen hängt sich in seine linke Armbeuge ein.

»Von hier könnten wir mit der Sieben oder mit der Drei zur Schule fahren.«

»Lass uns mal zu Fuß gehen.«

In den zwei Jahren ist die Stadt Helena offenbar vertraut geworden. Sie kann schon in die Straßenbahn einsteigen und an der richtigen Haltestelle aussteigen. Und als sie jetzt stehen bleiben, nennt sie ihrem Vater die Namen der sich kreuzenden Straßen und erklärt ihm die Umgebung. Jetzt über die Aleksanterinkatu. Wenn man von hier in die andere Richtung führe und noch lange zu Fuß ginge, käme man dorthin, wo Oma die Schule besucht hat. Von hier wendet man sich schräg nach rechts.

In der Stadt fühlt Onni sich fremder als seine blinde Tochter. Er lässt sich Straßen entlangführen, die voller Abgase sind, und hört sich aufmerksam Helenas Berichte an. An einer Stelle wäre sie beinahe von einem Lastwagen überfahren worden, und an einer anderen war die Baugrube bei einem Abflussrohr überhaupt nicht abgesperrt. Jede Geschichte erzählt davon, dass sie gut allein zurechtkommt, ihr Ziel findet und sich auskennt, und jede einzelne bewirkt, dass Onni sich immer entbehrlicher fühlt.

Sie überqueren eine Brücke und gehen an Häusern vorbei, in deren offenen Fenstern Frauen in ärmellosen Hauskitteln sich mit Zeitungen Luft zufächeln. Sie passieren eine Bucht, die eingeschlossen mitten in der Stadt liegt und nach Schlamm stinkt. Die Kriegsveteranen auf den Parkbänken haben ihre Jacken ausgezogen und präsentieren dem aufziehenden Gewitter ihre Armstümpfe in kurzärmligen Netzhemden und ihre von Granaten verursachten Verletzungen. Im Vorübergehen berührt Onni mit dem Finger seinen Mützenschirm. Einer der Männer nickt ernst zurück.

Je näher Onni und Helena der Schule kommen, desto hektischer wird ihr Redefluss.

Vor dem großen Gebäude aus roten Ziegeln bleibt sie plötzlich stehen.

»Vater«, flüstert sie und will ihn nicht ansehen. »Dürfte ich nach Hause zurückkommen?«

Onni stellt den Koffer auf den Bürgersteig, hockt sich hin und schlingt die Arme um Helena. Die drückt den Kopf an seine Brust, und Onni spürt, wie ihr magerer Körper vom Weinen über das Ende des Sommers, die Abwesenheit des Bruders und die kurzen Briefe der Mutter geschüttelt wird.

»Habt ihr mich wirklich lieb? Beide?«

Onni versteht nicht, wie das Mädchen auf eine solche Frage kommen kann. Er streichelt Helena über den Kopf, und sie vergräbt das Gesicht tiefer in Onnis Anzugjacke.

»Natürlich haben wir dich lieb, wir alle. Warum sollten wir dich nicht lieb haben?«

»Dürfte ich wieder zu Hause wohnen, wenn ich verspreche, euch nicht im Weg zu sein?«

Wie könnte er sagen, dass er nichts lieber möchte als das? Dass Johannes ohne seine Schwester ein Jahr lang nicht ordentlich geschlafen hat, dass Lahja immer noch zu viele Teller auf den Tisch stellt. Dass die Schwiegermutter gewissenhaft mit der Krücke einen am Boden vergessenen Strumpf oder eine heruntergefallene Zeitung beiseiteschiebt, damit das Mädchen nicht stolpert. Und gleichzeitig will er doch mehr als alles andere, dass Helena allein zurechtkommt. Vielleicht würde sie das hier, so weit von zu Hause entfernt, lernen. Dann wäre sie nicht nur eine Vertreterin ihrer Behinderung und in den Augen der anderen ein hilfloses Ding, das betütert werden muss, sondern würde Chancen bekommen, die es im Norden nicht gibt. Vielleicht sogar einen Beruf. Und sie dürfte sein, was sie ist.

»Vielleicht kaufen wir ein Telefon? Dann könntest du immer anrufen, wenn du Sehnsucht hast.«

»Das ist doch teuer.«

»So teuer ist das gar nicht. Dann könntest du mit Mutter und mit Johannes sprechen.«

»Könnte Oma vom Erdgeschoss ans Telefon kommen?«

»Wenn sie es nicht kann, dann tragen wir sie.«

Das Lächeln kehrt in Helenas Gesicht zurück.

»Das schafft ihr nicht.«

»Wir sind doch zu viert, Johannes, Mutter, Anna und ich. Und wenn das nicht genügt, dann rufen wir durchs Fenster Passanten herein.«

Bei dieser Vorstellung muss das Mädchen lachen.

»Würdet ihr sie mit einem Pferd hochbekommen?«

»Bestimmt. Ich kann Oma in einen Schlitten setzen und den Strick über die Treppe hochziehen und durchs Fenster hinablassen. Johannes befestigt ihn am Pferdegeschirr von Tuovilas Rappen, und schon gleitet die Oma schön nach oben.«

»Würdet ihr euch wirklich ein Telefon anschaffen?«

»Das machen wir. Versprochen.«

Am Ende war Helena gern ins Wohnheim zurückgekehrt, hatte ihrer neuen Zimmergenossin von den Ereignissen des Sommers berichtet und versprochen, so lange Briefe zu schreiben, bis sie das Telefon angeschafft hätten. Als die Aufsicht zum Essen rief, umarmte sie Onni rasch und führte dann ihre neue Bekanntschaft in den Speisesaal.

Jetzt geht Onni die gepflasterten Straßen entlang. Er wandert an der auf einem Felsen errichteten Kirche vorbei, betrachtet die Aussicht, die die Straße bietet, und setzt seinen Weg fort. Zunächst hat er versucht sich einzureden, dass er ziellos herumwandere, aber bald gewusst, dass das nicht stimmte. Er geht an neuen mehrstöckigen und alten Häusern aus Holz vorbei, deren Erdgeschoss aus Ziegeln erbaut ist. Er nimmt aus seiner Brusttasche einen Brief und prüft noch einmal die Adresse. Auf die Rückseite des Umschlags hat er aus dem Telefonbuch eine grobe Kartenskizze abgemalt. Bis zur Abfahrt des Zuges sind es noch viele Stunden.

Die Straßenschilder sind ihm fremd, aber schließlich findet Onni die gesuchte Straße. Sie ist terrassiert und besteht aus zwei Teilen. Er wählt den oberen Weg und betrachtet die unten liegenden Häuser. Manche sind hoch und haben klare Linien, andere sind niedrige Holzhäuser. An einigen der neuen Häuser wird noch gebaut: Gehilfen tragen über die hölzernen Gerüste Ziegel und Mörtel zu den Maurern, die hoch oben warten.

Über eine Treppe gelangt Onni auf die untere Straße und geht zu dem richtigen Haus. Die Eingangstür mit den Fenstern öffnet sich mit einem Klicken, in dem glänzend türkisfarbenen Hausflur riecht es nach Ammoniak. Auf der Tafel findet Onni den Namen. Sechste Etage. Er drückt auf den Fahrstuhlknopf, und von oben ertönt aus dem Inneren des Hauses ein metallisches Klirren.

Onni spürt seinen Herzschlag bis zum Hals. Sein Atem geht schneller. Der Fahrstuhl kommt geräuschvoll im Erdgeschoss auf. Onni öffnet die Harmonikatür, drückt auf den Bakelitknopf, und der Fahrstuhl setzt sich mit einem Ruck in Bewegung. In jeder Etage öffnet sich mit einem Knacken die Tür und schließt sich wieder. Das Geräusch prallt von den leeren Wänden ab. Mit einem Ruck hält der Fahrstuhl, und Onni schiebt die Harmonikatür auf. Er schaltet im Flur keine Lampe an, sondern sucht im Licht des Fahrstuhls unter den birkenfurnierten Türen die richtige. Er kennt diese Wohnung ganz genau, obwohl er nie dort gewesen ist. Ein Zimmer mit Alkoven, ein Waschraum. In die Küche passt ein kleiner Tisch. Selbst geklebte Tapeten. Breite Fensterbänke. Im Linoleumfußboden ein Loch, das sich beim Neujahrsessen dort eingebrannt hat. Eine graugelbe Katze, die den Lehnstuhl besetzt. Jede Einzelheit ist in Worte zerlegt, in einen Briefumschlag gesteckt und an ihn abgeschickt worden.

Onni steht im dunklen Treppenhaus und spürt seine Herzschläge. Er drückt das Ohr an die Tür und horcht. Von drinnen ist eine Schallplatte zu hören. Jazz. Onni hebt die Hand an die Drehklingel und horcht auf den swingenden Rhythmus der Musik. Der tiefe metallische Ton einer Trompete drängt sich in den Vordergrund. Er klingt klar und voll. In Onnis Vorstellung entsteht eine Farbe. Gelb. Das könnte er Helena erzählen.

Im Türspion erscheint ein flüchtiger Schatten. Jemand beäugt ihn. Zwischen den beiden einander Erwartenden befindet sich nur ein zwei Zoll starkes Hindernis aus Birke. Onni schaut auf seine Hand. Seine Finger haben die Drehklingel losgelassen. Er hat sie nicht betätigt. Er ist nicht hineingegangen. Er hat es nicht gewagt, nicht gewollt. Er will so sein wie die anderen. Muss dagegen ankämpfen.

Die Tür des Fahrstuhls knallt, als Onni sie hinter sich zuzieht. Er drückt auf den Knopf für das Erdgeschoss, und der Fahrstuhl setzt sich in Bewegung in Richtung Norden und Lahja und Johannes und Helena und Anna. In jedem Stockwerk öffnet sich die Fahrstuhltür, gewährt ihm für einen Augenblick den Zugang zu Helsinki und versperrt ihn wieder. In jedem Stockwerk möchte Onni hinauslaufen und in dieser schweißtreibenden, staubigen Stadt verschwinden. Er möchte die Abgase der Autos riechen und das Rumpeln der Straßenbahn hören. Er möchte unter der Kuppel des Cafés lachen und im sechsten Stockwerk die Schallplatte hören.

Er möchte hierher gehören, und doch bringt der Fahrstuhl ihn weiter und weiter fort. Als junger Mann hat er sich von seinen Wurzeln losgerissen und ist auf der Flucht vor sich selbst in die Wildmark gegangen. Jetzt möchte er hierherflüchten vor dem, was er dort geworden ist. In den oberen Etagen wird eine Tür geöffnet und wieder geschlossen. Onni lässt sich langsam an der Wand entlang zu Boden gleiten.

1953 | WANKELMÜTIGENWEG

Dinge mit Namen

Der Schlaf kommt nicht. Onni setzt sich auf den Bettrand und sucht seine Kleider in dem Licht, das durch das Fenster hereinfällt. Das Laken ist nass geschwitzt. Er zieht die Unterhosen an und beugt sich vor, um am Fußboden nach seinen Socken zu tasten. Die Bewegung lässt die Bettfugen knarren, und von der anderen Seite des Betts kommt ein leises Wimmern. Onni hält inne. Reglos wartet er, bis er hört, dass der Atem des Schläfers wieder gleichmäßig geht. Dann findet er die eine und auch die andere Socke und zieht sie an.

Aus verschiedenen Blickwinkeln betrachtet wirken die Dinge unterschiedlich. Zu Hause nimmt seine Beklemmung von Tag zu Tag zu. Er versucht, sich das nicht anmerken zu lassen und dieses Gefühl zu unterdrücken, obwohl die Nervosität in ihm wächst wie die verzweigten Äste eines Baums. Manchmal ist er imstande, es monatelang, vielleicht ein Jahr, zurückzuhalten, aber es lebt in seinem Körper und stößt gegen seine Haut, sodass ihm nachts das Atmen schwerfällt. Schließlich erfüllt dieses Gefühl ihn bis zum Rand wie eine Gussform, und er muss fort, wenn er heil bleiben will. Er muss in den Postbus steigen, obwohl er weiß, dass er sich selbst und Lahja zerreißt. Schon auf der Hinfahrt lässt das Gefühl nach, aber bald, spätestens am nächsten Morgen, schämt er sich und sehnt sich zurück nach dem, was er verlassen hat.

Onni hat schon gelernt, dass es für solche wie ihn keinen Zufluchtsort gibt. Außerhalb der Familie gibt es nichts, außer an die Türen von Unbekannten zu klopfen. Und verstohlene Blicke in öffentlichen Toiletten.

Onni sitzt ein Weilchen auf dem Bett und drückt die Hände gegen die Knie. Er möchte nach Hause. In wenigen Stunden werden die Kinder erwachen. Manchmal wundert sich Lahja, wie sehr er an ihnen hängt. Aber Onni hat immer Vater sein wollen so wie manche Frauen von klein auf Mutter sein wollen. Er kann gut mit Kindern umgehen, denn dann erwartet niemand von ihm, anders zu sein, als er ist. Ebenso ist es mit Unbekannten. Erst wenn er einen Menschen näher kennenlernt, fängt er an, sich bedeckt zu halten. Onni steht auf, zieht sich das Hemd an und nimmt die Hose von der Stuhllehne.

Die Gürtelschnalle klickt, und Onni sieht nach, ob der Schläfer aufgewacht ist. In dem fahlen Licht erkennt er seine Gesichtszüge. Er hat einen ausgeprägten Amorbogen, die Augen sind noch geschlossen. Die Nacht hat seine blonden Haare zerzaust, die oben lang und an den Seiten kurz sind. Der Mann liegt auf dem Rücken. Er hat das eine Bein seitlich angewinkelt, und die Decke hat er über Bauch und Brustkorb gezogen. Am Abend hatte er noch etwas Jungenhaftes an sich gehabt. Etwas in seinem Wesen oder vielleicht im Lächeln oder in seinem schalkhaften Blick. Schnell wendet Onni sich ab.

Das Schlimmste an den nächtlichen Begegnungen ist die Namenlosigkeit. Aus Furcht vor dem anderen wird nie ein Name genannt, und auf Dritte wird mit Spitznamen angespielt. Der Spanner aus Toppila. Das alte Postfräulein. Die leichte Beute aus Taivalkoski. Onni hat gehört, mit welchem Spitznamen über ihn geredet wird, und der ist nicht schön. Unter vier Augen werden gar keine Namen verwendet, oder man erfindet schnell einen. Zwei Männer können Bett und Berührungen teilen, aber nicht den richtigen Namen. Wie viele Kalles hat er schon getroffen? Onni zieht den Mantel an und sucht seinen Hut auf dem Tisch neben der Tür, wo er ihn am Abend abgelegt hat, als er als Neuer, Unbekannter in dieses Zimmer kam. Langsam öffnet er die Tür und achtet darauf, kein Geräusch zu machen. Vom Treppenhaus her breitet sich am Fußboden kühlere Luft aus. Die Stadt schläft noch, und bis zur Abfahrt des ersten Postbusses ist es noch lange hin.

Onni lässt den Blick durchs Zimmer schweifen, ob er nichts vergessen hat. Sein Koffer wartet in der Gepäckaufbewahrung am Bahnhof. Er will die Tür zuziehen. Sie wird einen weiteren Raum vor ihm verschließen – mit einem Bücherschrank, dessen Inhalt er sich nicht ansehen konnte, mit einem Radio, das er in der Nacht nicht eingeschaltet haben wollte, mit einem Fenster, dessen Ausblick ihm im Dunkeln verborgen blieb. Gerade als die Tür das Bett und den darauf liegenden Menschen aus Onnis Welt ausschließen will, bemerkt er, dass der Mann die Augen geöffnet hat. Sie sehen ihn direkt an.

»Gehst du schon?«

Die Stimme ist rau vom Schlaf.

»Ich wollte mich nicht hetzen.«

Der Mann stützt sich auf die Ellenbogen und hebt die eine Augenbraue. Die Decke gleitet etwas herab, auf dem Bauch bilden sich Querrillen.

»Hetzen wohin?«

Onni will nicht da sein, wenn der andere erwacht, denn er kann ihm nicht in die Augen sehen. Er weiß nicht, welches Gefühl schwerer zu ertragen ist, die Selbstverachtung oder das Bemühen, sich nicht zu verachten. Also schließt er die Tür hinter sich.

»Warte mal!«

Onni hört, wie der Mann vom Bett zur Tür läuft.

»Bleib, wo du bist!«

Der Mann drückt die Klinke hinunter, aber Onni packt sie und zwingt sie zurück nach oben.

»Lass mich gehen.«

»Ich will doch nichts Böses.«

»Du sollst gar nichts von mir wollen.«

Onnis Atem geht schneller. Der Mann bemüht sich, die Klinke hinunterzupressen, aber Onni beugt sich vor und stützt seinen Arm am Bauch ab. Er ist stärker.

»Lass mich einfach gehen.«

Plötzlich lässt der Druck auf die Klinke nach. Hinter der Tür hört er einen seltsamen Ton. Onni drückt das Ohr gegen die Holzfläche und horcht. Der Mann da drinnen lacht.

»Dachtest du, ich verfolge dich?«

»Was?«

»Dass du davonläufst und ich mit nacktem Arsch durch die Straßen von Raksila hinter dir herrenne?«

Das Gelächter des Mannes ist hell, und er kann gar nicht mehr aufhören damit.

»Und was sollte ich mit dir anstellen, wenn ich dich zu fassen kriegen würde? Etwas, was wir nicht schon getan haben?«

Onni lässt die Klinke los. Auch er muss lächeln.

»Vielleicht hättest du ja noch was Neues zu bieten?«

Der Mann prustet laut vor Lachen. Seine Freude perlt durch die Tür und steckt Onni an.

»Dann wäre diesmal wohl ich die nehmende Seite«, gackert der Mann und schnappt zwischen den Worten nach Luft.

Gemeinsam brüllen die Männer vor Lachen, jeder auf seiner Seite der Tür, und ihr Gelächter hallt von den Wänden des Treppenhauses wider. Der Bauch tut ihm weh. Onni muss sich auf die oberste Treppenstufe setzen. Zwischendurch will der Mann Onni dazu bewegen, leiser zu sein, erzeugt aber selbst laut pfeifende Geräusche, wenn er zwischen seinen gewaltigen Lachanfällen nach Luft schnappt.

Allmählich legt sich die Freude. Onni zieht sein Taschentuch hervor und wischt sich die Lachtränen aus den Augen. Aus dem Erdgeschoss sind Schritte zu hören.

»Bist du noch da?«, fragt der Mann.

»Ja.«

»Gut.«

Auch der Mann sitzt am Fußboden, denn Onni hört seine Stimme auf der Höhe seines eigenen Ohres.

»Kommst du wieder rein?«

»Eher nicht.«

Onni steht auf und zieht seinen Mantel zurecht. Er erzeugt Aufbruchgeräusche, aber der Mann lässt ihn nicht in Ruhe.

»Möchtest du anders sein? Oder möchtest du genau so sein, wie du bist, nur irgendwo anders?«

Onni geht einige Stufen hinab. Das hier will er nicht. Er will den Mann nicht kennenlernen, nicht lieb gewinnen.

»Was willst du von mir?«

»Du kannst mir ja wohl deinen Namen verraten.«

Onni dreht sich um und steigt vorsichtig die letzten Stufen hinunter. Der Mann oben hat nicht bemerkt, dass er gegangen ist.

»Nur den Namen, sonst nichts.«

Onni öffnet die Tür zur Veranda und tritt hinaus. Die Sonne ist noch nicht aufgegangen, aber die Dunkelheit weicht allmählich. In einem Fenster im Erdgeschoss brennt Licht. Eine Frau in der Küche schaut ihn an, aber als sie bemerkt, dass Onni sie sieht, winkt sie und wendet sich wieder ihrer Beschäftigung zu. In der Luft liegt der Duft von Erde. Heute oder spätestens morgen werden sich die Blätter der Rosenbüsche entfalten.

An der Pforte macht Onni kehrt und geht zurück ins Haus.

1954 | VERGNÜGUNGSGASSE

Eigener Raum

In der Wildmark fand die Flurbereinigung erst nach dem Krieg statt. Im Süden hatte sie schon zweihundert Jahre früher begonnen, indem man Flächen und Felder bonitierte und den Bewohnern eine für passend erachtete Menge an Wiesen, Wald und Flur zuteilte. Hier im Nordosten herrscht keine Eile. Jeder Bauer hat sein Feld dort urbar gemacht, wo er es für richtig hielt, und trieb seine klapprige Kuh zum Grasen auf die Überschwemmungswiesen der namenlosen Flüsse. Zu guter Letzt erachtete die Obrigkeit es auch hier für das Beste, jedem Bürger ein angemessenes Areal zuzuteilen, da ja nun auch der Krieg vorbei war und ein Teil des Kirchspiels an den Nachbarstaat abgetreten worden war. Nicht dem Feind, sondern dem fleißigen und freundlich gesinnten Volk, mit dem nach besten Kräften gute und friedliche Nachbarschaftsbeziehungen unterhalten werden sollen.

Onni hat sich auf die Flurbereinigung vorbereitet. Er karrte dieselbe Ladung Balken bald an diesen, bald an jenen Wegrand und erklärte im Katasterbüro, er habe die Absicht, genau dort einen Bauernhof zu errichten. Die Ingenieure waren von den vielen Besuchen des misstrauisch umherblickenden Mannes mit den verbundenen Handgelenken allmählich nervös geworden und hatten schließlich ein Stück von dem Höhenrücken zwischen dem namenlosen Weiher und dem dort mündenden Fluss auf seinen Namen eingetragen. Seiner Frau war auf ihr Verlangen die östliche Hälfte eines noch vor dem Krieg abgegrenzten Grundstücks zugesprochen worden, sodass der Mann etwas zu viel bekam. Niemand glaubt ihm, dass er auf diesem sandigen und zum Teil sumpfigen Grundstück Landbau betreiben will. Der Grund für die Weichherzigkeit der Ingenieure ist entweder im Flehen des Mannes oder in der Barschheit der Frau zu suchen. Oder in beidem.

Ursprünglich hat Onni einen Berggipfel für sich beantragt. Er hat dort im Stillen eine Burg geplant und den Entwurf dafür in sein Heft mit dem Wachstuchdeckel gezeichnet. Zwei viereckige Türme, durch Wohnflügel verbunden, so wie vor langer Zeit in der Stadt am Meer. Die Frage, wie man auf den Berg Wasser und Strom bekäme, interessierte ihn nicht, wenn nur die Dächer der Türme hoch genug waren. Für den Berg gab es jedoch kein Aufgebot, und er musste sich mit dieser Landzunge begnügen. Zum Glück ist sie hoch.

Das Sommerhaus entsteht oben auf dem Höhenrücken genau an der Stelle, von der aus man in drei Richtungen Wasser sieht. Es wird nur langsam fertig und kann heute so aussehen und morgen anders. Es ist an einem Ende kürzer und am anderen breiter, dann wieder reißt Onni die schon fertiggestellten Konstruktionen für das Satteldach ab und nagelt stattdessen ein Pultdach. Einen Grundriss hat Onni: Küche, Wohnzimmer und große offene Veranda, von der aus man einen prachtvollen Blick auf den See hat. Die Details fügt er erst während des Bauens hinzu. In die hintere Wand kommt ein französischer Balkon zur Abendsonne und zu dem mit Teichschachtelhalm bewachsenen Fluss hin und in die Küche ein Reihenfenster. Sollte er den Mittelteil erhöhen und dort einen Turm bauen? Das würde Johannes gefallen. Diesmal ist das Bauen selbst ein Genuss. Manchmal nimmt Onni einen Kaffeekessel mit und rudert ans andere Ufer. Kocht Kaffee und prüft das Gebäude in aller Ruhe. Die besten Ideen kommen ihm, wenn er es aus der Distanz betrachtet. Für einen Außenstehenden sieht das Haus sonderbar aus, doch die Lage, die Proportionen und die Aussicht sind von einer stillen Schönheit und eine Freude für das Auge.

Onni genießt es, zu bauen und zu planen, zu verändern und über Einzelheiten nachzudenken. Sobald die Luft sich etwas erwärmt hat, ist er in das Zelt aus Öltuch neben das halb fertige Sommerhaus gezogen, um schon im Morgengrauen anfangen zu können. Den Kaffee kocht er sich über dem Lagerfeuer oben auf dem Höhenrücken, wo er vor sich den See und hinter sich die Flussbiegung hat. Für diese Stelle könnte er irgendwann einen Tisch und eine Bank bauen. Lahja bauscht in ihren Erzählungen das Gebäude zu einem richtigen Haus oder gar zu einer Villa auf. Das amüsiert Onni.

Auf der Veranda sägt Onni Bretter für die Verschalung der Küchentür. Ursprünglich sollte es nur eine Haustür geben, aber gestern hat er beschlossen, auch von der Veranda her eine zu machen, die direkt in die Küche führt. Wenn zum Beispiel das Essen auf dem Herd anbrennt, wäre es leicht, durch Lüften den Geruch aus der Küche herauszubekommen. Er ist kein guter Koch und auch kein …

Plötzlich bleibt die Säge in der äußersten Position stehen. Onni hält inne, lehnt sich gegen die Verschalung der Veranda und versucht, den Gedanken von eben noch einmal zu denken. Wenn das Haus fertig ist, könnte er im kommenden Sommer den Mann mit den lachenden Augen aus Oulu zu sich einladen. Seinen Namen laut auszusprechen wagt er nicht, so als könnte er mit dem Wind ins Dorf fliegen und in die falschen Ohren gelangen. Den Mann, dessen Briefe er kaum erwarten kann. Der so schöne Worte findet. Onni wünscht sich, er möge zu seiner Welt gehören.

Nein, nicht so! Onni versucht, den Gedanken neu zu formulieren.

Wenn das Haus fertig ist, könnte er für Helena auf der Heide mit Seilen Wege markieren, einen, der zur Badestelle führt, und einen zur Bank oben auf dem Höhenrücken, wo die Mücken nicht hinkommen, und einen dritten zur Außentoilette. Das Mädchen würde die warme Sonne und den Duft des Nadelwalds genießen. Und Johannes auch. Irgendwo müsste er auch eine Sauna bauen. Die Kinder würden zusammen in dem flachen Wasser über dem Schwemmsand im Fluss herumwaten, und sie würden zusammen auf dem Anleger sitzen. Die Säge sinkt ihm aus der Hand. Onni stellt fest, dass er wieder denselben Fehler gemacht hat.

Der Gedanke hat die Scham mitgebracht. Wieder hat Onni Lahja aus seinen Plänen ausgeklammert. Er denkt an sich immer noch in der Mehrzahl, aber neben sich hat er in seiner Fantasie nicht Lahja, sondern jemand anders. Die übrigen Einzelheiten sind dieselben: die badenden Kinder, der Sonnenschein und die Laternen, deren Lichter im Abenddunkel auf der Veranda flackern.

Er hat sich fest vorgenommen, keinen Kontakt aufzunehmen. Er hat beschlossen, keine Briefe abzuholen und keine neuen zu schicken. Er hat beschlossen, niemandem Enttäuschung oder Traurigkeit zu bereiten. Hat Lahja ihm jemals etwas Böses getan? Onni tastet nach dem Puls seiner Halsschlagader.

Aus seiner Brusttasche nimmt er ein kleines braunes Glas, schüttet sich daraus zwei Pillen auf die Hand und schluckt sie ohne Wasser. Onni hat gelernt: Schwermut ist Schwäche des Geistes. Arbeit hält die falschen Gedanken fern. In der Stunde der Not darf man sich nicht in ein Gefühl verrennen, sondern muss die Aufmerksamkeit auf etwas anderes, Angenehmeres lenken. Damit er nicht mehr ins Kreiskrankenhaus muss. Onni konzentriert sich auf seinen Atem und versucht, ihn zu beruhigen. Er schaut auf die Narbe an seinem linken Handgelenk, die schon heller wird.

Die Diagnose des neuen Gemeindearztes war eine Erleichterung. Nicht er ist schlecht, sondern die Krankheit in ihm. Sie schwächt ihn und seine Moral. Die Adern lassen die Krankheit mit rasender Geschwindigkeit im ganzen Körper zirkulieren. Sie lebt in ihm, atmet unter seiner Haut, sucht vom Herzen aus die geheimsten Räume seines Gehirns und verursacht Angst und Fehlverhalten. Er hat versucht, sie aus sich herausfließen zu lassen, zuletzt auf der Reise nach Oulu, als es zu schwierig wurde, den Konflikt zwischen Begehren und Abscheu zu ertragen. Jetzt versteht er, dass das nicht hilft. Er ist verdorben und kommt nicht mehr gegen sich selbst an. Er kann sich nur jeden Umgang versagen. Stark sein.

Onni konzentriert sich und nimmt die Säge zur Hand. Arbeitet weiter. Durch die rhythmische Bewegung beruhigt er sich allmählich. Die Wände müsste er mit Teerpappe tapezieren und vertäfeln. Sollte er sie mit Sägespänen füllen? Es wäre schön, die Sommerzeit bis weit in den Herbst hinein zu verlängern und an dunklen Abenden dem Trommeln des Regens zu lauschen. Aber die Zeit reicht nicht. Er müsste auch einen Ofen bauen. Einen, der die Wärme lange speichert, damit sie bis tief in die Nacht hinein vorhält. Obendrauf könnte er ein Erinnerungsstück aus seiner Militärzeit stellen, einen Helm mit einem Loch, durch das ein Granatensplitter passt.

Die Latte ist durchgesägt, und Onni probiert, ob sie passt. Sie ist einen halben Zentimeter zu lang, fügt sich aber mit ein paar Hammerschlägen an ihren Platz. Onni setzt sich auf den Rand der Veranda und nimmt seine Zigaretten aus der Tasche. Das Ende der Zigarette klopft er gegen den Deckel der Schachtel, steckt sie in die Zigarettenspitze und zündet sie an. Den Rauch spürt er tief unten in der Lunge. Trotz der Pause setzen seine Finger die Arbeit fort. Sie wandern die Seitennaht der Hose entlang, streichen über den Deckel der Zigarettenschachtel, fliegen hoch, um die Festigkeit der Verkleidung zu prüfen. Onni zwingt sie, sich zu beruhigen, und schaut zum See hinüber. Er müsste auch den Platz für die Sauna festlegen, um rechtzeitig den Sockel gießen zu können. Ihm erscheint das Flussdelta geeignet, aber wie hoch steigt im Frühjahr die Flut? Er springt die anderthalb Meter von der Veranda hinab. Den Hammer hält er immer noch in der Hand, damit er nicht verloren geht. Er steigt seitlich den Hang hinunter. Der ist so steil, dass er zwischendurch ein paar Laufschritte machen und sich an den Kiefern festhalten muss, um sein Tempo abzubremsen. Für die Kinder müsste er eine Treppe bauen.

Die Badestelle sieht gut aus. In einem steilen Winkel mündet der Fluss in den See, und die schmale Landzunge ist für eine Sauna wie geschaffen. Onni entwirft sie in Gedanken und zeichnet mit dem Hammer die Stelle für die Wände in das Abendrot. Das verschafft ihm Erleichterung. Der Vorraum kommt auf die entfernteste Spitze und der Schwitzraum hierher. Zum See hin eine große Veranda, wo man nach dem Saunagang sitzen kann. Für den Steg muss er den Seegrund abschreiten und herausfinden, wo das Wasser die passende Tiefe hat. In den Vorraum kommen hoch liegende Fenster und in die Sauna selbst ein oder zwei große, je nachdem, was für welche sich finden. Für den Schornstein könnte er Zementziegel nehmen, da nur ab und zu geheizt wird.

Onni freut sich, dass die Pläne Gestalt annehmen, und klettert mit großen Schritten den Hang wieder hinauf. Zuerst hat er ein Haus für Lahja gebaut, bald wird er das Sommerhaus und danach die Sauna bauen.

Zwischen den Preiselbeersträuchern bleibt er stehen. Wenn das Haus im Dorf für Lahja war, für wen errichtet er dann dieses? Er konzentriert sich darauf, den aufgetauchten Gedanken in die Tiefe zurückzudrängen. Diesmal ist sein Atem nicht einmal schneller gegangen. Er darf nicht begehren. Er darf sich nicht sehnen. Onni betrachtet das Sommerhaus. Er findet nicht, dass es wie eine Villa aussieht. Es wirkt unförmig mit seinen Fensterreihen und den vorkragenden Erkern. Mit den grob gefügten Balken und Brettern ist es eine seltsame und lächerliche Missgeburt.

Im Augenwinkel spürt er ein nervöses Zucken. Onni schleudert den Hammer in Richtung Haus. Er fliegt durch das Gebäude hindurch, ohne einen Pfosten zu treffen, und verschwindet dahinter. Nur die Bewegung des Heidekrauts verrät, wo er hingefallen ist. Onni merkt sich die Stelle anhand der Bäume, die in der Nähe stehen. Er klopft gegen die Tasche seiner Jacke, nimmt aber das kleine Glas nicht zur Hand. Er will nicht in die Abteilung für Nervenkranke. Und den Hammer darf er auf keinen Fall verlieren.

1955 | KERZENWEG

Der gemeinsame Nenner verschwindet

Was ist hier wohl das Eitelste
in dieser Welt, die schnell vergeht?
Dass jedermann nach etwas strebt,
das mit dem Wind alsbald verweht.

Die Schwiegermutter konnte nicht in der Kirche ausgesegnet werden, weil der Sarg für den langen Weg durch den Mittelgang zu schwer war. Die Aussegnung erfolgte am Grab, denn dorthin konnte er mit einer Karre transportiert werden. Viele Menschen waren gekommen, und als der Karren sich dem Grab näherte, hatten die letzten noch gar nicht das Friedhofstor passiert. Onni kannte nicht viele der Gesichter in der Menschenmenge.

An der Spitze des Trauerzugs wurde ein Choral gesungen, den der Kantor mit tiefen Tönen angestimmt hatte, aber die brüchigen Soprane der alten Frauen hoben ihn in Höhen, die für die Männer unerreichbar blieben. Das Lied schlängelte sich wie ein mehrstimmiger Kanon bis zur Mitte der Prozession, am Ende des Zuges jedoch verglichen die Frauen lieber ihre Erinnerungen an die Hebamme und die Geburten. Wessen Kind dank ihr am Leben geblieben, wessen trotz ihrer Hilfe gestorben war. Jede, die das Wort ergriff, flocht in die gemeinsame Geschichte die Einzelheiten ein, die ihr in Erinnerung geblieben waren.

»Sie hatte wirklich kleine Hände.«

»Aber sie war stark.«

»Und dick.«

»Früher war sie das nicht.«

»Sie hat gesagt, wenn mein Mann nicht wegbleibt von meinem Bett, dann soll ich ihm einen Fußtritt geben.«

»Zu uns wäre sie sogar gekommen und hätte das selbst übernommen, wenn mein Mann mir nicht geglaubt hätte.«

Von Weitem hörte Onni das Gelächter, das von den alten Frauen niedergezischt wurde.

Ach, wie so fremd ist uns dies Land,
niemand für ewig hier Heimstatt fand.
In dieser Welt voll eitlem Tand
ist unser Ziel das Anderland.

Am Ende des Sandwegs blieb der Karren stehen, und die Sargträger stellten sich zu beiden Seiten auf. Das Grab lag weitab vom Weg und noch weiter entfernt vom Tor, im alten Teil des Friedhofs. Die Männer hoben den Sarg an, und der Mann vom Bestattungsinstitut zog den Karren darunter hervor. Obwohl es insgesamt acht Sargträger waren, drückte sich der Tragegurt schmerzhaft in Onnis Schulter. Nur langsam legten sie die Strecke vom Sandweg zum offenen Grab zurück, denn die mit Preiselbeeren bestandene Heide war uneben. Onnis Fuß stieß gegen eine Bülte, er taumelte, und das Gewicht des hinteren Sargteils musste von den anderen aufgefangen werden.

»Pack an. Der Sarg ist schwer.«

Lahja ging vor den Kindern, direkt hinter Onni. Sie machte ein paar schnellere Schritte, als wollte sie mit anpacken.

»Nun versuch doch mal, Mutter mit Anstand ins Grab zu kriegen.«

»Das war doch keine Absicht. Der Boden ist uneben.«

»Ich kann ja mit anfassen, wenn ihr das nicht hinkriegt.«

Onni fand sein Gleichgewicht wieder und übernahm erneut

seinen Teil der Last. Er wickelte den Gurt besser um seine äußere Hand. Er schnitt ihm in die Handkante.

Wende den Blick nach Golgatha.
Was man dir predigt, weißt du ja:
Unseres Herren Siegestod
bringt dir das Ende aller Not.

Onni hatte seine Schwiegermutter kaum wiedererkannt, als der Leichnam fortgebracht wurde. Zwar war Maria mangels Bewegung dick geworden, aber Onni hatte sie immer als geschäftig wahrgenommen. Sie hatte in halb sitzender Stellung Kartoffeln geschält oder, mit Kissen gestützt, Leserbriefe an die Zeitung geschrieben. Diesmal aber, als er Lahja helfen sollte, der Schwiegermutter das Totenhemd anzuziehen, konnte er sich nur über die Massigkeit des auf dem Bett liegenden Körpers wundern. Nicht einmal ihre Nacktheit störte ihn, vielmehr stand er vor der Leiche wie vor einem medizinischen Wunder. Zwar erkannte man sie als Frau an den gewaltigen Brüsten, die sich in der liegenden Position über Achselhöhlen und Arme ausgebreitet hatten. Dennoch schien der Körper weniger der einer Vertreterin des weiblichen Geschlechts zu sein als der eines riesigen Kindes. Er erinnerte an einen drallen Säugling auf einem alten europäischen Gemälde, der nach der Brust verlangt. Nur an den Armen und Beinen war die von Leiden geplagte Greisin zu erkennen. Die Finger waren geschwollen und verkrümmt, und die Schwielen an den Fußsohlen hatten die Zehen in Schieflage gebracht. Auf dem wächsernen Gesicht lag ein lächelnder, fast glücklicher Ausdruck.

»Ein schwaches Herz«, hatte der Arzt festgestellt. »Und viel zu stark vergrößert.«

Im Zimmer lag ein zarter Duft von Bratkartoffeln.

Kurz ist des Menschen Lebenszeit.
Er baut nicht für die Ewigkeit.
Was er geschaffen für die Not,
das bricht entzwei der grimme Tod.

Lahja hatte die Tote selbst gewaschen. Vor Onni und den Kindern zeigte sie nicht, dass sie ihre Mutter vermisste, aber durch die geschlossene Tür hatte Onni sie bitterlich weinen hören. Er hatte die Tür geöffnet, um sie zu trösten, aber Lahjas Körper hatte sich bei seiner Berührung versteift.

»Was versuchst du denn jetzt noch?«

Sie hatte die Tote weiter mit einem feuchten Lappen abgewischt, und Onni hatte die Tür wieder zugemacht. Er war erst zurückgekehrt, als sie ihn dazu aufforderte, und hatte den Männern vom Bestattungsinstitut die Türen geöffnet. Den Kindern hatte er gesagt, die Oma sei schnell und bestimmt ohne Schmerzen gestorben. Und er hatte begonnen, sich nach dem einzigen Menschen zu sehnen, der nicht müde geworden war, in diesem Haus ein ums andere Mal Frieden zu stiften. Und immer daran erinnert hatte, dass es besser sei, einmal zu viel um Verzeihung zu bitten als einmal zu wenig. Dass der Mensch es kurze Zeit sogar als Steckrübe in der Erde aushalten könne, wenn er wisse, dass dadurch alles besser wird. Die Schwiegermutter kannte eine Menge Redensarten, aber sie hatte niemals jemanden neben sich ertragen. Oder halten können. Onni wusste nicht, welches von beiden.

Die Männer hatten es geschafft, den Sarg bis zum Grab zu tragen und ihn auf den Brettern abzusetzen, die über der ausgehobenen Grube lagen. Die Tragegurte wurden zusammengerollt. Ans Kopfende legte der Pfarrer eine kleine Schaufel, einige größere Spaten hatte der Totengräber neben dem Erdhaufen bereitgelegt. Erst am Morgen hatte jemand festgestellt, dass der Sargdeckel nicht richtig schloss, sodass zwei Finger dazwischengepasst hätten. Zum Glück verdeckten die Fransen der Sargdecke den Spalt, und niemand hatte bemerkt, dass die Hebamme auf ihrem letzten Weg noch das Tun und Treiben der Menschen beobachtete. Die Grabstelle hatte die Verstorbene rechtzeitig vor ihrem Ableben ausgewählt. Lahja hatte versucht, eine andere zu bekommen, nachdem sie bemerkt hatte, dass nicht weit davon entfernt das verrostete schmiedeeiserne Kreuz des verbrannten Apothekers aufragte und etwas weiter weg der neuere Gedenkstein für seine altjüngferlichen Schwestern. Doch als sich herausstellte, dass die Schwiegermutter den Platz reserviert und auch schon bezahlt hatte, war die Gemeinde zu einem Tausch nicht bereit.

»Ihre Mutter wollte ausdrücklich diesen Platz haben. Sie hat ihn gleich nach dem Krieg gekauft und noch in der Barackenkirche bezahlt.«

»Mir egal, was sie wollte. Sie sieht den Platz nicht, aber ich muss dorthin gehen.«

Ob wir nun arm sind oder reich,
in einem sind wir alle gleich:
den König und die Bettlerin,
uns alle rafft der Tod dahin.

Onni mochte den Choral nicht und wusste, dass er auch der Schwiegermutter nicht gefallen hätte. Sie hätte sich aus der ganzen Zeremonie nichts gemacht.

»Tretet meinen Körper einfach in den Misthaufen«, hatte sie einmal gesagt, als mit den Kindern die Sprache auf den Tod kam. »Aber ihr müsst zu mehreren draufspringen, damit er darin versinkt.«

Als die Aussegnung begann, bemerkte Onni, dass Lahja auf der anderen Seite des Sarges stand. Auch Anna und ihr Mann hatten sich auf diese Seite gestellt. Anna hatte gleich den Erstbesten geheiratet, der ihr einen Antrag gemacht hatte, um ihr Elternhaus verlassen zu können. Sie wollte ihr eigenes Leben beginnen, erschien aber als kostenlose Magd bei ihrer Mutter, sobald der Befehl erging. Lahjas Blick verirrte sich kein einziges Mal zu Onni oder zu den Kindern. Sie presste den Kranz in den Händen und starrte in das offene Grab.

»Gesät wird in Vergänglichkeit, auferweckt in der Ewigkeit.«

Der Pfarrer zeichnete schon ein erdiges Kreuz auf den Sarg, als der Großteil der Frauen erst beim Grab ankam. Zwischen den schief stehenden Grabkreuzen suchten sie sich einen geeigneten Platz, manche kicherten noch über eine der gerade gehörten Geschichten. Onni überlegte, ob wohl alle Trauernden bei der Gedenkfeier Platz finden würden. Er hatte vermutet, dass viele Leute kämen, aber niemand hatte ahnen können, dass es eine solche Menge sein würde. Das Essen würde nicht für alle reichen, vielleicht nicht einmal der Kaffee. Onni hatte Lahja vorgeschlagen, die Trauerfeier im Haus der Gemeindeverwaltung oder bei der Friedensvereinigung abzuhalten, aber Lahja war der Meinung gewesen, nur wenige hätten gewusst, dass die Hebamme noch so lange gelebt hatte.

Der Pfarrer beendete die Zeremonie, und die Träger traten neben den Sarg. Sie legten sich die Tragegurte über die Schultern, hoben den Sarg an, und der Totengräber zog die Bretter darunter hervor. Langsam senkten sie den Sarg in die Grube hinab. Annas Mann ließ die Tragegurte zu sehr nach, und das Kopfende senkte sich zu schnell hinunter. Dabei stieß es von der Wand des Grabes gelblichen Sand ab.

»Nicht zu schnell. Sonst öffnet sich der Deckel.«

Der Sarg kam am Boden des Grabes an, und die Träger der einen Seite ließen die Tragegurte los, damit die anderen sie heraufziehen konnten. Onni hob den Kopf und sah, dass Lahja ihn unverwandt anstarrte. Aus ihrem Blick ließ sich nichts herauslesen. Das Grab der Schwiegermutter war zwischen ihnen aufgerissen wie eine Eisspalte, die immer tiefer und länger wurde.

Männer aus dem Trauerzug ergriffen die Spaten, um das Grab zuzuschaufeln, und der Totengräber wies sie leise an, den ersten Sand an die Seiten des Sarges zu werfen. Helena hatte sich bei Johannes eingehängt. Onni ergriff die andere Hand des Mädchens, und Johannes erklärte seiner Schwester:

»Das ist nur Vater.«

Helena trat einen Schritt näher, und Onni legte ihr die Hand auf die Schulter. Dem Mädchen kamen die Tränen. Johannes beobachtete seine Schwester, und Onni strich ihm über die Schulter. Anna stand weiter entfernt. Schwere Sandladungen prasselten auf den Sargdeckel. Lahja starrte Onni immer noch an, jetzt mit verkniffenem Mund. Manchmal wanderte ihr Blick zu Johannes und Helena.

Glaub, dass nun endet Angst und Not,
dass du nun Frieden findest in Gott,
dass dir das Sterben wird Gewinn,
wenn du zum Vater fährst dahin.

Als das Grab zugeschaufelt war, bildeten die Trauergäste eine Schlange, und Lahja machte sich bereit, die Beileidsbekundungen entgegenzunehmen. Onni streichelte Helena über den Kopf.

»Sollen wir schon nach Hause gehen?«

»Kommt Mutter auch mit?«

Johannes sah zu Lahja hinüber, die neben dem großen, glatt geklopften Grabhügel stand.

»Sie kann noch nicht.«

Am Friedhofstor drehte Onni sich um und schaute zurück, aber Lahja war hinter den Menschen verborgen, die ihr die Hand drückten. Auf den Gesichtern der Frauen, die Schlange standen, war das Lachen erloschen.

1957 | MASCHINENWEG

Frisch Gepflanztes ist empfindlich

Als der Autobus in der Abenddämmerung auf den Postplatz einbiegt, zeichnen die Scheinwerfer einen fahlen Bogen an die Häuserwände. Es nieselt. Der Busfahrer fährt eine Schleife und hält so, dass der Bus zur Vierwegekreuzung weist. Onni knöpft seine Jacke aus Ölzeug zu, nimmt seinen Sperrholzkoffer und steigt aus. Neben dem Bus steht der Geschäftsführer des Konsumladens und schaut zum Busdach hinauf. Der Fahrer ist hinaufgestiegen, um eine große Kiste vom Gestell zu lösen.

»Wieso dauert das so lange?«

»Die Knoten sind ziemlich festgezurrt.«

Alle haben es eilig, nach Hause zu kommen. Onni nimmt den Koffer von der rechten in die linke Hand und macht sich auf den Weg zur Kreuzung. In Oulu haben sich an den Rosensträuchern in den Vorgärten gerade die letzten Blüten geöffnet, aber in diesen Breiten riecht man schon den bevorstehenden Herbst.

Onni biegt am Walmdachgebäude der Gemeinschaftsbank ab und steuert durch den Regen sein Zuhause an. Über die Dorfstraße hat sich die Ruhe des Herbstabends gesenkt, niemand kommt ihm entgegen. Onni hört, wie hinter ihm der Busmotor röhrend anspringt. Der Fahrer hat die Knoten aufbekommen. Beim Wenden knirschen die Busreifen über den Kiesweg. Der Fahrer hält neben Onni und öffnet die Tür.

»Willst du mitfahren?«, fragt er.

»Jetzt tut es gut, sich die Beine zu vertreten. Ich seh auch schon das Haus.«

»Erkälte dich nicht.«

Zum Abschied winkt Onni, und der Fahrer schließt die Tür. Die Regentropfen funkeln im Licht der Scheinwerfer. Onni sieht zu, wie der Bus weiter die Dorfstraße entlangfährt. Ihm scheint, als hätte er in der Kurve bei seinem Haus das Tempo etwas verlangsamt.

Onni geht gemächlich. Er hat es nicht eilig. Der Koffer ist nicht schwer, sein Schritt leicht. Er bemerkt nicht den Regen, nicht den matschigen Weg. In Gedanken weilt er noch ganz woanders. Sie sitzen in der Dunkelheit des Kinos, und Onni wagt es, seine Hand verstohlen in die seines Sitznachbarn zu schieben. Sie sitzen im Restaurant, und Onni sieht zu, wie der andere entschlossen den Oberkellner herbeiwinkt. Sie tanzen immer noch nachts in der Mietwohnung, wo sie den Teppich beiseitegerollt haben. »*Ich kleiner Mensch, jetzt bitt ich dich, o Himmel blau, gewähr es mir.*«

An seiner Taille spürt er immer noch die Hand des anderen. Sie führt ihn so sicher in immer neue Figuren, dass er die Augen schließen und sich einfach führen lassen kann. Sie tanzen mit langen, gleitenden Schritten. Ihre Bewegungen, ihre Körper und Gedanken passen sich einander an, sodass sie wie eine präzise geschliffene Maschine sind, wie eine Uhr, in der jedes Teil seinen Platz im großen Ganzen kennt. Onni hört zu, wie der Mann in das Lied von der Platte einstimmt. »*Nimm meine Träume und versteck sie sicher. Lass niemand sie finden, der nicht an Wunder glaubt.*« Seine Stimme ist tief und angenehm. Ein Bariton.

Onni fährt zusammen. Vom See her schallt das Poltern einer einzelnen Ruderdolle herüber. Der Regen ist stärker geworden. Onni drückt den Mantelkragen fester an den Hals. Ob so hoch im Norden eine Rose gedeihen würde? Oder Flieder? Onni möchte wenigstens einen kleinen Teil von Oulu in seine Nähe holen.

Vom Feuerwehrgebäude aus sieht er schon das Haus. Keines seiner Fenster ist erleuchtet. Onni bleibt stehen und betrachtet es. Die Südwand müsste bald wieder gestrichen werden, und der Zaun braucht neue Pfähle. Er neigt den Kopf und vergleicht die Größe des Gebäudes mit der der Nachbarhäuser. Ein Gefühl des Wohlbehagens durchströmt ihn. Seines ist mindestens zweimal so groß, wenn nicht dreimal.

Da ist etwas beim Eingang zum Grundstück. Er schärft den Blick. Dort bewegt sich jemand. Onni beschleunigt seinen Schritt. Hat er alles Werkzeug ins Haus gebracht? Ist die Haustür verschlossen worden? Schlafen Lahja und Johannes schon? Jetzt rennt Onni. Zum Glück sind die Betten weiter drinnen im Haus. Niemand könnte so viele Türen öffnen und schließen, ohne die Hausbewohner zu wecken.

Er bleibt stehen. Durch den Regen erkennt er Lahja. Sie sieht ihm direkt in die Augen, sagt aber nichts, sondern senkt den Kopf. Der Regen hat ihre Frisur aufgelöst, das Haar klebt ihr in feuchten Strähnen an Nacken und Stirn. Sie trägt einen langen Mantel, der nicht zugeknöpft ist. Darunter ist das nass gewordene Nachthemd zu sehen. Sie gräbt mit einem Spaten im Rasen.

»Was machst du?«

Lahja antwortet nicht.

»Du wirst dich erkälten.«

Sie setzt den Spaten auf den Rasen und tritt darauf, aber die Schneide dringt nur wenig ein. Als sie mit beiden Füßen auf das Blatt steigt, schneidet es tiefer in den Boden ein.

Onni schaut sich um. Am Zaun entlang sind in die Erde vier flache Gruben gegraben. Er legt Lahja die Hand auf den Arm.

Die Bewegung des Spatens bricht ab.

»Was hast du? Du bist ganz nass.«

»Wo bist du gewesen?«

»Das weißt du doch. In Oulu.«

»Warum?«

»Lass uns ins Haus gehen und etwas Trockenes für dich suchen.«

Lahja schüttelt die Hand ab und gräbt weiter.

»Du riechst nach Rasierwasser.«

»Was hast du vor?«

»Mutter hat die Kiefern gehasst.«

Lahja drückt den Spaten hinunter und hebt eine Grassode aus. Sie reißt sie mit den Händen heraus und wälzt sie beiseite. An den Ärmeln ihres Mantels bleibt nasse Erde kleben. Onni sieht ihr bei der Arbeit zu, ohne ihr helfen zu können. Mit dem Fuß kratzt Lahja die Grube tiefer aus. Dann schlägt sie den Spaten senkrecht in den Boden und holt die Schubkarre. Darin liegen kümmerliche Birkensetzlinge mit Klumpen von Heideboden, die sie im Wald ausgegraben hat. Lahja nimmt den ersten heraus, stützt ihn an ihrer Hüfte ab und trägt ihn zur ersten Vertiefung.

»Sie liebte die Laubbäume.«

Lahja tritt die Erde an den Wurzeln der Birke fest. Vorn an ihrem Nachthemd sind dunkle Spuren davon zurückgeblieben.

Onni nimmt eine Bewegung wahr und dreht sich um. Oben am Fenster sieht er die Gestalt von Johannes. Der Junge bemerkt den Blick des Vaters und zieht sich hinter die Gardine zurück. Inzwischen hat Lahja einen schweren Erdklumpen in das zweite Loch gesetzt. Sie nimmt den Spaten und beginnt, eine weitere Vertiefung auszuheben.

»Lahja, lass uns ins Haus gehen. Morgen machen wir weiter.«

»Das hier wird jetzt gemacht.«

»Gib mir den Spaten, dann gehen wir.«

Onni nähert sich Lahja, aber die verändert ihre Haltung. Sie hebt den Spaten ein wenig hoch und neigt den Körper seitwärts und nach hinten. Er wirkt angespannt bis zum Äußersten und bereit. Onni ist sich nicht sicher, ob sie zuschlagen will.

»Was zum Teufel ist los mit dir?«

»Du riechst nach Rasierwasser.«

Lahjas Hände sind immer noch angespannt, als wollte sie zuschlagen, aber dann erschlaffen sie, und die Spitze der Schaufel sinkt langsam herab. Onni steht unbeweglich da. Das Ölzeug lässt allmählich die Feuchtigkeit durch.

»Du hast eine Sandschaufel. Morgen finden wir für dich einen Stechspaten. Damit ist das Graben leichter.«

Lahja stützt sich mit beiden Händen auf die Schaufel und atmet tief durch. Sie hebt den Kopf, und der Regen läuft ihr über das Gesicht.

»Geh weg.«

Die Bitte ist leise, fast ein Flüstern. Aus ihren Worten klingt weder Hass noch Ärger.

»Lass uns hineingehen«, lockt Onni.

Lahja wendet ihm den Rücken zu und zieht die Schaufel hinter sich her, vorbei am letzten Loch. Sie setzt die Spitze in die Erde und drückt sie mit dem Fuß tiefer hinein. Von Johannes ist nichts mehr zu sehen, aber Onni weiß, dass der Junge alles beobachtet.

1959 | OULUWEG

Schnell zum Ziel

»Sind Sie in der Karjakatu in Oulu in der erwähnten Mietwohnung gewesen?« Onni geht den Mittelgang des Postbusses entlang und wischt den Satz beiläufig aus seinem Kopf wie eine einschlafende Mücke. Gerade hat der Fahrer die Türen geschlossen, auf dem Postplatz steht Lahja und winkt matt. Helena steht nur herum, obwohl ihre Mutter sie in die Richtung dreht, wo der Bus des Vaters gerade abfährt. Das Mädchen ist über Ostern zu Besuch gekommen, war aber schnell enttäuscht von der Einsamkeit, denn Johannes hat für die Feiertage keinen Urlaub vom Wehrdienst bekommen. Auf dem Weg zum Platz wollte sie den Pappkoffer tragen, obwohl er für sie zu schwer war. Langsam hellt der Morgen sich zu einem klaren Tag auf. Im Baum neben der Apotheke erwachen die Spatzen. Der gestern geschmolzene Schnee ist in der Nacht zu harten Deckeln auf den Matschpfützen gefroren.

»Du kommst doch wieder?« Lahja hatte nach seiner Hand gefasst. »Du kommst doch auch diesmal zurück? Trotz allem?«

Onni hatte nicht geantwortet, sondern war in den Bus eingestiegen. Jetzt schaut er aus dem Fenster. Lahja läuft ein paar Schritte hinter dem Fahrzeug her. Ihr Blick ist ängstlich.

Der Bus fährt über die Vierwegekreuzung Richtung Oulu. Onni lehnt sich über den Mittelgang und versucht, das Ende des Weges zu sehen. Auf jedem Grundstück ist ein Haus mit Hofgebäuden entstanden, und manche Häuser sind schon erweitert worden. Als hätte es niemals Krieg gegeben. Sein eigenes Haus weit hinten in der Kurve tanzt im Verhältnis zu den anderen ein wenig aus der Reihe. Onni hätte es gern in einer Linie mit den anderen gebaut, als Schlusspunkt des Weges, aber das Grundstück war nicht groß genug. Er winkt dem Haus zum Abschied zu.

Der Fahrer schaltet einen Gang runter, und der Bus brüllt sich den Höhenrücken hinauf. Das Dorf ist an der unscheinbarsten Stelle des Kirchspiels erbaut worden, zwischen zwei Seen, und Wege ohne Steigungen verbinden den Ort mit den Städten des Südens und im Norden mit der Finnmark. Nach Westen jedoch, die einzige Richtung, in die die Dorfleute fahren wollen, führt der Weg an den Flanken Hunderter von Höhenrücken bergauf und bergab. Das Dorf ist durch Tausende von kleinen Fasern mit der Küstenstadt verbunden. Von dort wird all der überflüssige Luxus geholt, den es in der Wildmark nicht gibt: ein besserer Stoff für das Hochzeitskleid, Brillen, die mehr hermachen, pompösere Uhren. Der Weg nach Kajaani oder Rovaniemi wäre kürzer, aber diese Orte liegen ebenso in der Wildmark wie das Dorf. Nur Oulu verspricht, etwas Besonderes zu bieten.

Onni nimmt den Schal ab, und die junge Kassiererin beginnt ihre Runde. Wenn er sich jetzt umdrehen und zurückblicken würde, dann sähe er, dass das Dorf schon ganz und gar hinter verschneiten Wäldern verschwunden ist. Höchstens der Rauch eines Schornsteins würde verraten, dass die Gegend bewohnt ist.

»Sind Sie zum genannten Zeitpunkt in der erwähnten Mietwohnung in der Karjakatu in Oulu gewesen?« Wieder erhebt sich die Frage, aber Onni lässt sich davon nicht stören. Er schaut geradeaus durch die Windschutzscheibe und sieht, wie die aufgehende Sonne die Wipfel der Kiefern rot färbt. Sie lässt die dicke Schneeschicht darauf schmelzen, die Dutzende Meter herabstürzt und tief im Bodenschnee versinkt. Noch einen

Monat, und die Schneewehen würden verschwinden wie durch Zauberschlag. Sie würden in wenigen Wochen tauen, das Wasser würde im Sandboden versickern und eine seltsame Unruhe die Menschen ergreifen. Duft von selbst angebautem Tabak erreicht Onni. Der Bauer auf der Bank gegenüber hat sich eine Pfeife angezündet. Er macht eine einladende Bewegung, aber Onni schüttelt den Kopf. Vielleicht später. Jetzt genießt er die Ruhe und das Schweigen. Und die Tatsache, dass er nichts mehr tun kann. Er faltet den Schal zu einem Kissen, legt es gegen die Fensterscheibe und stellt den Kragen seines Ulsters auf. Der Schlaf kommt schnell, endlich.

In Taivalkoski gibt es eine kurze Pause. Hier sieht es anders aus, so wie in seinem Dorf vor dem Krieg, eingeschossige Häuser entlang der Straße. In seinem Dorf war alles frisch gestrichen, hier hingegen gibt es nur an wenigen Häusern Farbe, die meisten bestehen bloß aus Balken. Zu beiden Seiten der Straße sind tiefe Gräben gezogen, um das Trocknen der Fahrbahn zu beschleunigen. Onni springt aus dem Bus und steckt eine Zigarette in die hölzerne Spitze. Der Fahrer versucht ein Paket aus dem Bus zu bugsieren, das in einen Flickenteppich verpackt ist, doch es gelingt ihm nicht, es in der Tür genügend zu drehen. Onni fasst das Paket am anderen Ende und hält es fest, bis der Fahrer auf dem Hof ist. An dem Knarren hört er, dass es ein Spankorb ist. Der Fahrer nickt Onni zu und stellt den Korb in den Schnee neben die schlammige Reifenspur. Er nimmt aus der Tasche eine Packung Zigaretten, Onni gibt ihm Feuer. Einen Augenblick schweigt der Fahrer.

»Scheißgeschichte«, sagt er dann.

Zunächst ist Onni sich nicht ganz sicher, was der Mann meint. Zur Sicherheit tritt er seinen Zigarettenstummel aus und kehrt in den Bus zurück. Der Fahrer bleibt draußen und erzählt einer Frau mit Kopftuch, an welcher Stelle in Raati der Bus halten kann. Die Frau steigt ein und setzt sich auf den Platz, wo das

Paket gestanden hat. Von hinten sieht sie genauso aus wie die Schwiegermutter früher. Onni überlegt, ob er sie immer noch vermisst. Lahja ist vom Tod ihrer Mutter so erschüttert, dass sie fortwährend Angst hat, dick zu werden. Ständig macht sie Gymnastik, achtet auf ihr Essen und warnt vor jedem Lebensmittel. Butter ist Gift. Salz ist der weiße Tod. Zucker ist für den Körper das Verderben. Onni beobachtet den Verlauf der Straße und sieht, wie der Fahrer ihn im Rückspiegel anschaut.

»Sind Sie zu dem genannten Zeitpunkt zusammen mit dem Mann auf dem Foto in der erwähnten Mietwohnung in der Karjakatu in Oulu gewesen?« Onni schließt ganz fest die Augen.

Die Situation war seltsam gewesen. Siliämaa, sein alter Frontkamerad, war am Nachmittag bei Anbruch der Dämmerung erschienen und hatte ihn aufs Polizeirevier gebeten. Er hatte nicht herumgewitzelt so wie sonst, sondern ihn sonderbar angesehen und aufgefordert, sofort mitzukommen. Onni hatte überlegt, ob immer noch wegen der versteckten Waffen ermittelt würde, aber zum Glück hatte er sie alle bis auf die eine schon vor langer Zeit aus den Ölzeugbeuteln geholt, die in den Sägespänen der oberen Deckenkonstruktion lagen, und so weit fort geschafft, dass niemand außer ihm und drei von den Stabsoffizieren sie dort finden würden. Während er mit Siliämaa zur Polizei ging, hatte Onni überlegt, ob er ihm von der Mauser im Plumpsklo erzählen sollte. Bei der Polizei angekommen, hatte Siliämaa ihn jedoch nur gebeten, sich zu setzen. Er hatte einen Stift und ein Heft geholt und etwas abseits Platz genommen.

Ein unbekannter Mann war hereingekommen. Groß und untersetzt, wie ein Ringer. Er hatte eine Halbglatze, aber auf seinen Handrücken wuchsen lange, erdgraue Haare. Er trug einen braunen Anzug, sein Gesicht war sorgfältig rasiert.

»Hauptkommissar Candolin. Vom Polizeibezirk Oulu.«
Onni stand auf und streckte die Hand aus.

»Onni Löytövaara.«

Candolin zog an der Garderobe seinen Ulster aus, aber gab ihm nicht die Hand.

Der Hauptkommissar setzte sich nicht an den Tisch, sondern wanderte um Onni herum und taxierte, was er sah. Er beugte sich vor und betrachtete Onnis Gesicht von der Seite. Er hockte sich neben ihn hin, als wollte er Onnis Körpergeruch prüfen. Dann stand er auf und ließ sich von Siliämaa Onnis Identität bestätigen, entnahm einer Mappe einige Papiere und breitete sie vor sich auf dem Tisch aus. Er hängte sein Jackett über die Stuhllehne, wählte eines von den Papieren aus, stellte sich hinter Onni und legte sorgsam ein Foto vor ihn auf den Tisch. Und rückte es so zurecht, dass es vollkommen parallel zum Tischrand lag.

Der Mann auf dem Foto hatte freundliche Augen und Fältchen in den Augenwinkeln, aber sein Mund war eine ernste Linie. Die Haare waren sorgfältig nach hinten gekämmt, der Haaransatz an den Schläfen hatte sich schon etwas zurückgezogen. Die Beleuchtung war gnadenlos, und das Gesicht wirkte flach, beinahe zweidimensional, aber das Foto sollte auch nicht schmeichelhaft sein. Hinter dem Gesicht befand sich eine schwarz-weiße Skala mit Zentimetereinteilung. Onni wusste, dass es hundertsechsundachtzig waren. Wie gelähmt starrte er das Gesicht an.

Dann kam die Frage, zum ersten Mal.

»Sind Sie zusammen mit dem Mann auf dem Foto in der Mietwohnung in der Karjakatu in Oulu im Stadtteil Raksila gewesen, als die Schutzpolizei dort eine Haussuchung durchführte?«

Onni verspannte sich, seine Hände umklammerten krampfhaft die Stuhllehnen. Kalte Schauer liefen ihm über den Rücken. Er war durstig.

»Ich wiederhole: Sind Sie zusammen mit dem Mann auf dem

Foto in der erwähnten Mietwohnung in der Karjakatu in Oulu im Stadtteil Raksila gewesen, als die Schutzpolizei dort eine Haussuchung durchführte, und durch das offene Fenster entwichen?«

Onni bekam kein Wort heraus. In seinen Lippen begann es zu kribbeln. In den Ohren spürte er seinen Herzschlag. Siliämaa beugte sich vor, damit ihm nur ja kein Wort entging.

Onni erinnerte sich an die Wärme des Kachelofens in der Karjakatu, an das Knarren der Holztreppe, an den süßen Punsch, den traurigen Tango, der aus dem Radio kam, an die Lachfalten in den Augenwinkeln des anderen, den zarten Flaum seiner Arme. An die leicht geöffneten Lippen. Die Kühle der gemangelten Bettwäsche. Die Fallhöhe vom Fenster im ersten Stock in den Schnee. Das Rutschen der Füße auf dem vereisten Weg. Die Rufe der ihn verfolgenden Polizisten. An die Scham auf der Heimfahrt mit dem Postbus.

Siliämaa zog sein Jackett aus. Der Hauptkommissar hatte es nicht eilig. Ruhig stellte er wieder und wieder seine Frage.

»Sind Sie zusammen mit diesem Mann in der Mietwohnung in der Karjakatu in Oulu zum Zeitpunkt der polizeilichen Durchsuchung gewesen, aber durch das Fenster geflohen?«

Im linken Mundwinkel hatte der Mann Speichelschaum. Das Gesicht auf dem Foto sah aus, als warte es.

Über Pikisaari und den Hafen Toppila blies ein nach Meer riechender Wind Onni ins Gesicht. Von den Kasernen im Stadtteil Intiö schallten Übungsschüsse herüber. Unter seinen Füßen klapperte die hölzerne Bogenbrücke, in seinen Ohren zirpten die Grasmücken im Sommerabend. Fast hätte er es gewagt, nach der Hand des anderen zu fassen, der neben ihm ging.

Der Hauptkommissar erhob die Stimme.

»Antworten Sie mit Ja oder Nein: Waren Sie während der Haussuchung in der Karjakatu oder nicht?«

Er hatte geheiratet, wie es sich gehörte, zwei Kinder bekommen, ein Mädchen und einen Jungen. Hatte die Tochter seiner Frau an Kindes statt angenommen. Hatte an der Front gekämpft so wie die anderen. Hatte aus der Asche neue Häuser gebaut und sie möbliert. Mit schmerzenden Fingern Schaukelstühle getischlert. Geld zusammengekratzt, einen Penni hier, einen da. Was hatte er falsch gemacht?

Die Stimme des Hauptkommissars wurde noch lauter. Er wiederholte die Frage Hunderte, Tausende, Millionen Mal. Jedes Mal flogen ihm kleine Spucketröpfchen aus dem Mund. Siliämaa starrte den Hauptkommissar voller Bewunderung an. Der nahm schließlich Briefe aus der Mappe, deren Handschrift Onni kannte. Es war seine eigene.

»Erkennen Sie die? Ist das der Briefwechsel, den Sie beide geführt haben?«

Onni betrachtete die Briefe, auf deren oberem Rand mit roter Tinte das Wort »Beweisstück« stand. Er sagte nichts. Der Hauptkommissar sah ihm in das ausdruckslose Gesicht.

»Antworten Sie mit Ja oder Nein.«

Onni schwieg. Candolin holte noch etwas aus der Mappe und trat hinter Onni. Auf den Tisch flog ein neuer Brief, der eine andere Handschrift aufwies als die früheren. Onni erkannte sie sofort. Über den präzisen Zeilen flogen die Querstriche der kleinen Ts wie verirrte Krähen. Es würgte ihn. Er nahm den Brief in die Hand, obwohl er es nicht wollte. Der Hauptkommissar fasste Onni bei der Schulter.

»Lesen Sie!«

Onnis Hände zitterten. Er zwang sich zu dem ersten Wort, danach zu dem nächsten und dem übernächsten. Er wollte nicht verstehen. Die Welt war grau.

»Ich frage noch einmal: Haben Sie zum Zeitpunkt der Haussuchung in der Karjakatu mit dem Mann auf dem Foto nackt im Bett gelegen oder nicht?«

Aus Onnis Mund kam ein kläglicher Laut. Es war die Antwort. Eine Bestätigung. Der Hauptkommissar ließ Onnis Schulter los. Er wirkte erleichtert. Siliämaa schrieb mit kleiner, sorgfältiger Schrift etwas in das Heft. Der Hauptkommissar setzte sich und schob die Papiere in die Mappe zurück. Den letzten Brief ließ er liegen. Er knöpfte sich die Weste auf und lehnte sich auf dem Stuhl zurück, schaute noch mal in die Papiere.

»Und doch sind Sie ein richtiger Mann. Militärdienst voll abgeleistet. Oberfeldwebel. Gekämpft bei Lohilahti, Pinkosalmi, Röhö, am Swir und so weiter. Drei Medaillen von der Armee, die letzte sogar mit Eichenlaub. Und von den Deutschen das Eiserne Kreuz. Nach dem Krieg aktiv bei der Volksversorgung. Verheiratet. Zwei eigene Kinder, Vormund des unehelichen Kindes der Frau. Und trotzdem.«

Onni hört nicht. Durch die Schande hindurch erinnert er sich, wie der biegsame Körper des Pianisten sich an seiner Hüfte bewegt, und er schreit vor Wollust und Ekstase, während er die Schultern des anderen fest an sich drückt. Onni legt sich die Hand auf die Augen und sein Mund formt tonlose Bitten um Vergebung. Wieder brennen die Wälder im Fortsetzungskrieg. Onni schaufelt Torfsand auf Willems Sarg, der aus rohen Brettern gezimmert ist. Daneben liegt auf den Preiselbeersträuchern ein Grabmal aus Birkenästen, das anders aussieht als die der Finnen. Ein Kreuz, dessen Arme schräg nach oben weisen. Der mittlere Arm erwartet eine Gabe von dem Toten, aber die bekommt er nicht. Onni spült den blutigen Helm aus und packt ihn in seinen Rucksack. Es gibt in der Welt keine Farben, nach dem Artilleriebeschuss ist sie grau von dem schwebenden Staub.

Der Hauptkommissar wollte Einzelheiten hören, Siliämaa schrieb sie auf. Manchmal stellte er dem Hauptkommissar eine Präzisierungsfrage. Der überdachte sie und fragte schließlich Onni, manchmal aber auch nicht. Hinter Onnis Augen erwachte ein pochender Kopfschmerz. Die Fragen kamen wie schnelle, betäubende Schläge. Wer hatte die Initiative ergriffen? War bei dem Vorkommnis Alkohol im Spiel gewesen? Wie viel? War der Verdächtige nur wegen dieser Unzucht nach Oulu gefahren? Der wievielte Besuch war es gewesen? Es hatte keinen Sinn zu lügen, denn sie waren schon eine Weile beobachtet worden. Warum wollte er sich überhaupt mit jemand anders einlassen als mit seiner Frau? Hatte er bei seiner Tat Wollust empfunden? Wie oft? War ihm klar, dass er ein Verbrecher war? Würde er sich selbst als schwachen oder kranken Charakter bezeichnen? Hatte er sich um Hilfe bemüht? Begriff er, dass er seelisch krank war? War ihm klar, dass er sich unausweichlich vor Gericht würde verantworten müssen und wahrscheinlich in eine geschlossene Anstalt käme?

Onni bejaht leise all diese Fragen. Er hört alles, aber die Worte erreichen ihn nicht. Mit den Kindern fährt er auf dem Floß in der Stille den Aventojoki hinunter. Die hohen Föhren säumen das Flussbett, das sich tief in den Boden gegraben hat. Helena sitzt am Rand des Floßes und lässt die nackten Beine durch das kühle Wasser gleiten. In einer Biegung ist Sand angeschwemmt, und Johannes stakt das Floß mit einem Paddel in tieferes Wasser. Eine Libelle kommt und inspiziert die Flussfahrer, umschwirrt sie ein paar Mal und kehrt dann ins Ufergras zurück. Die Sonne versengt die Heide, und ein leichter Windhauch säuselt matt in den Baumwipfeln. Johannes sieht seinen Vater an, voller Bewunderung, als wollte er etwas sagen, setzt sich aber auf seinen Rucksack und beschattet die Augen mit der Hand. Es ist warm und still, der Strom trägt das Floß langsam dahin. Helena spürt die Sonne auf der Haut. Sie wendet ihr das Gesicht zu und lacht laut. Niemand hat sie aufgefordert, auf irgendetwas zu achten. Die Natur ist grün und üppig, der Fluss reflektiert das tiefe Blau des Himmels.

Schließlich zog der Hauptkommissar sein Jackett an und ging. In der Tür warf er einen Blick zurück, um sich einen Gesamteindruck zu verschaffen. Onni erwiderte den Blick nicht, sondern blieb mit Siliämaa im Zimmer sitzen. Der stellte noch ein paar gleichgültige Fragen, dieselben, die er schon an den Hauptkommissar gerichtet und auf die er keine Antwort bekommen hatte. Dann ging auch er, nachdem er Onni aufgefordert hatte, morgen wiederzukommen, um das Polizeiprotokoll zu unterschreiben. Onni blieb allein im Zimmer zurück. Der letzte Brief war auf dem Tisch liegen geblieben. Onni steckte ihn ein, obwohl er nicht wusste, ob er das durfte.

Als er nach Hause kam, waren die Lichter schon gelöscht. Onni versuchte, geräuschlos zu seinem Bett im Esszimmer zu gelangen. Von der ins Wohnzimmer führenden Tür ertönte ein leises Klopfen, aber Onni antwortete nicht. Mit erstickter Stimme fragte Lahja, wo er gewesen sei. Onni antwortete nicht und drehte sich zur Wand, hörte aber an dem Atem, dass Lahja immer noch hinter der Tür wartete. Er stand auf, holte aus seiner Jackentasche den Brief und schob ihn unter der Tür hindurch. Aus dem Wohnzimmer hörte er das Rascheln von Papier, dann leises Weinen.

Onni wird wach, als der Postbus von Tuira nach Süden abbiegt. Er überquert den unteren Kanal und fährt weiter auf die Brücke Tuiransilta. In Raati hält der Bus und lässt die Frau aussteigen, die der Schwiegermutter ähnelt, und setzt dann seine Fahrt über den Ämmänväylä und den Pokkinen fort. Der Himmel ist grau. Es sieht nach Regen aus.

Zu Hause hatte Lahja am Morgen keine Fragen gestellt, und Onni hatte nichts erzählt. Er hatte des Gefühl, als würde er ständig beobachtet. Er achtete auf den Blick eines jeden Entgegenkommenden, auf die Pause vor dem Guten Tag, auf den zusätzlichen Abstand von einem Schritt, den die Männer nach seinem Eindruck neuerdings zu ihm hielten. Die Frontkameraden kamen noch seltener vorbei als bisher, sie kämpften die Schlachten von Miikkula und Niskankangas nicht mehr von Neuem. Wenn er zur Post oder in den Konsumladen ging, folgten ihm die Blicke der Menschen, und auch die Frau dort ist wohl in die Seitenstraße nur eingebogen, um ihm klarzumachen, dass sie bemerkt hatte, wer hinter ihr herging. Er spürte, dass die Grenze zwischen ihm und der Welt dicker, er selbst aber dünner geworden war. Er konnte seiner Frau nicht mehr in die Augen sehen.

Gleich hinter der Brücke biegt der Postbus scharf nach rechts in die Aleksanterinkatu ab und beschleunigt über den Laanaoja. Schneeregen fällt.

Schließlich war mit der Post ein Brief in einem braunen Umschlag gekommen. Lahja hatte ihn auf den Küchentisch gelegt zusammen mit der Zeitschrift *Elokuva-aitta*, Filmspeicher. Da lag er nun und wirkte ganz unschuldig, obwohl am linken oberen Rand mit blauschwarzen Großbuchstaben als Absender das Bezirksgericht angegeben war. Das Schreiben enthielt eine Ladung für den zweiundzwanzigsten April. Onni hatte den Brief über dem Loch der Außentoilette verbrannt. Aus dem Spalt im Profilpaneel der Treppe hatte er die Mauser hervorgeholt, sie geladen und damit an seiner rechten Schläfe auf das Gehirn gezielt, dort, wo man fühlen kann, dass der Schädelknochen endet und die Augenhöhle beginnt. Diese Stelle hatte ihm Willem einmal geraten, als sie den vorübergleitenden Wolken nachgesehen hatten. Nach einer Weile, die ihm wie eine Ewigkeit vorgekommen war, hatte er die Waffe sinken lassen, die Patronen entfernt und den Türhaken geöffnet. Im Augenwinkel war von der Pistole eine Druckstelle zurückgeblieben. Drinnen im Haus hatte Lahja Onni angesehen und dann den Blick gesenkt. Eine Woche lang hatte er durchgehalten.

Der Bus biegt von der Aleksanterinkatu in die Hallituskatu ein und hält am Busbahnhof. Onni sieht, dass ihn unter dem weißen Regendach die vertrauten Augen mit den Lachfalten erwarten, aber er kann sich nicht mehr darüber freuen. Die Augen wirken müde, und darunter sind dunkle Ringe erschienen, der Mund bemüht sich jedoch um ein Lächeln. Onni kämpft mit den Tränen, als er sich den Schal um den Hals wickelt und auf den matschigen Boden hinaustritt. Vom Meer weht ein kalter Wind. Schneeregen fällt.

Die Männer gehen die Ojakatu entlang. Die Eisdecke des Laanaoja ist stellenweise aufgerissen, und das Wasser hat schmutzig braune Streifen daraufgeschoben. Der Mann mit den Lachfalten trägt Onnis Pappkoffer. Obwohl er nicht schwer ist, nimmt er ihn in die andere Hand. Auf dem Sandweg, der dem Bachverlauf folgt, bleibt er stehen und dreht sich um. Auch Onni bleibt stehen.

»Am zweiundzwanzigsten April?«

Onni nickt. Auf dem Gesicht des Mannes erscheint für einen Moment ein Ausdruck, den Onni nicht kennt. Es ist eine Mischung aus Angst, Wut und Resignation. Der Schneeregen lässt die Farben des Parks verschwinden. Von Onnis Filzhut fallen Tropfen zwischen ihn und den anderen.

Der Mann wendet sich ab und geht weiter. Onni betrachtet den sich entfernenden Rücken. Er macht ein paar Laufschritte, holt den anderen ein und nimmt ihm den Koffer ab. Kurz darauf schiebt er die freie Hand in die behandschuhte des Mannes. Dieser zuckt zusammen. Er schaut zuerst auf die ineinanderliegenden Hände und blickt sich dann um. Im Park ist keine Menschenseele, denn der Regen hat die Leute in die Häuser getrieben. Fest drückt der Mann Onnis Hand. Gemeinsam durchwandern sie den Park und den Stadtteil Raksila. Er bekommt Sehnsucht nach den Kindern. Auch nach dem, das nach Ansicht der anderen nicht seines ist.

1996 | DER DACHBODEN

»Johannes«, frage ich, und er hebt den Kopf. Er ist damit beschäftigt, die Bücher aus dem Regal seiner Mutter in einen Karton zu packen.

»Ja?«

»Was machen wir mit denen hier?« Ich zeige ihm die beiden Persianer seiner Mutter, einen braunen und einen mit grünlicher Farbschattierung.

»Was sollte man damit machen?«

»Rufst du Anna an oder Helena? Vielleicht haben sie dafür Verwendung.«

»Was sollen die denn damit anfangen?«

»Die sind doch hübsch.«

Ich falte die Pelzmäntel zusammen und stopfe sie in einen Müllsack. Johannes steht mit einem Buch in der Hand da: *Jubiläum in Jalna*. Er beobachtet, wie ich mich mit dem Müllsack abmühe, hilft mir aber nicht.

»Man muss nicht alles wegwerfen.«

»Für den Flohmarkt nehmen sie die nicht an. Ich hab gefragt.«

Johannes legt das Buch ins Regal zurück und geht zur Tür.

»Als hätte es den Menschen nie gegeben«, sagt er.

»Wo willst du hin?«

»Holz in der Sauna nachlegen.«

»Tut mir leid«, rufe ich ihm hinterher, aber er antwortet nicht.

Das Haus ist still, wie tot. In den Erinnerungen der Kinder hat sich die Schwiegermutter in Geschichten verwandelt, sobald sie von zu Hause ausgezogen waren. »Wisst ihr noch, wie Oma einmal ...«, beginnen sie bei einem festlichen Essen ihre Erzählungen, die keineswegs böse oder gemein sind. Früher hatten sie vielleicht eine verwunderte Nuance, heute klingen sie eher konstatierend. Sie werden nicht den am Tisch zuhörenden Freundinnen oder Ehemännern serviert – für sie werden der Kartoffelbrei und der Bratenteller herumgereicht. Nur die Geschwister teilen die gemeinsamen Erinnerungen: »Hat Oma jemals zu dir gesagt ...?« – »Ja, hat sie.«

Ich nehme den Müllsack auf und bringe ihn zur Küchentür. Eigentlich sollte er weg, aber ich öffne die Tür zum Dachboden und bringe ihn dorthin. Immerhin durfte ich die abgelaufenen Kaffeepakete und die Plastiktüte mit gestopften Strumpfhosen in den Müll werfen.

Johannes wirkt stiller als sonst. Als hätte die ständige Konfrontation mit seiner Mutter seine Kampfkraft aufrechterhalten. Man sieht, dass er seine Mutter vermisst. Auch ich vermisse sie, auf meine Art. Manchmal halte ich inne und überlege, was für ein Mensch an einem anderen Ort aus mir geworden wäre. Wenn die Schwiegermutter nicht gewesen wäre. Wäre ich dann anders, eine völlig andere?

Wie lange haben wir darauf gewartet, dass das Haus ganz uns gehören würde? Unter vier Augen haben wir von Anfang an darüber gesprochen, als die Schwiegermutter uns bald hier, bald da auf durchgelegenen Eisenbetten schlafen ließ. Abends in den dunklen Zimmern flüsterten wir uns unsere Gedanken an eine eigene Küche und ein eigenes Schlafzimmer zu. Wir träumten davon zu bauen und besichtigten auch ein paar Grundstücke, aber ein Beschluss rückte in immer weitere Ferne. Wenn erst die Kinder ein bisschen größer sind, damit wir beide arbeiten können. Wenn wir noch ein bisschen mehr angespart haben. Wenn nur erst. Wir sollten vielleicht noch so lange warten, bis. Dann, wenn.

Jetzt ist das Dann-wenn da, aber keiner von uns beiden weiß, was wir mit der Freiheit anfangen sollen. Abends drehen wir bei den Werbeblöcken den Ton instinktiv leiser. Das Licht der Stehlampe reicht nicht bis zum Zimmer der Schwiegermutter, und wir gehen nicht einmal da durch, um den Weg in die Küche abzukürzen. Am einen Ende des Hauses wachsen überflüssige Zimmer. Am anderen sitzen wir beide auf der Sofakante wie verwaiste Kinder. Johannes versteckt die Weinflasche immer noch neben dem Tischbein.

Der Müllsack dehnt sich, reißt aber nicht. In die Kleiderkammer mag ich die Sachen nicht bringen. Ich nehme den Sack vom Treppenabsatz auf und trage ihn auf die kalte Seite des Dachbodens. Durch ihn hindurch verläuft der Schornstein und neben ihm eine halb fertige Wand, so als hätte jemand auch auf dieser Seite ein Zimmer bauen wollen, dann aber den Gedanken verworfen. Rechts davon, zwischen dieser Wand und der Dachschräge, ist ein schmaler freier Raum entstanden, nachdem Minna bei ihrem Auszug von dort das alte ausziehbare Bett mitgenommen hat. Dort würde der Sack am wenigsten im Wege sein.

Ich schlängele mich vorbei an Beuteln mit Legosteinen, an einem zusammengeklappten Laufstall und einem Sekretär, den Johannes in jungen Jahren gebaut hat. Irgendwann bat ich darum, ihn ins Erdgeschoss zu bekommen, aber das untersagte Johannes strikt, weil er handwerklich angeblich so viel schlechter war als sein Vater. In der engen Ecke des Durchgangsraums, wo Fußboden und Dach aneinanderstoßen, sind Sperrholzkisten und alte Teppiche aufgestapelt. Der Müllsack passt nicht ganz obendrauf. Ich ziehe den obersten Teppich von den Kisten herunter. Ein Bündel alter Weihnachtskarten fällt zu Boden.

Ich nehme die restlichen Flickenteppiche herunter und sammle die Karten zu einem Stapel. Wo soll ich sie hintun? Ich öffne die oberste Kiste ein wenig. Sie enthält Bündel, die in braunes Packpapier gewickelt sind. Ich öffne das oberste. Es enthält ein schwarzes Kleid. Ich fasse es mit beiden Händen am Kragen und schüttele es auf. Es ist riesig. Ich richte mich auf, halte mir mit einer Hand das muffige Kleidungsstück an und breite mit der anderen das Oberteil über mir aus. Es reicht ganz um mich herum. Am Grund der Kiste liegt ein kaputter Soldatenhelm. Ich sehe mir noch ein Bündel an. In dem bestickten Stoffbeutel stecken kleine, unbenutzte Kinderschuhe aus weißem Leder mit einer Reihe matter Messingknöpfe, die vom Schaft bis hinunter zum Fußteil reicht.

Seitlich in der Kiste steckt eine kleine, ovale Blechdose mit der Aufschrift »Finest Assorted Chocolates«. Sie enthält Fotos, Papier und Kleinkram: einen aufschraubbaren Barthobel, eine Medaille in Hakenkreuzform und eine andere am blauen Band. Eine Sterbeurkunde. Ein Zeitungsausriss mit Todesanzeige, in der es heißt: »*nur von seinen Angehörigen betrauert*«. Ein Brief von Helena, den ein Lehrer der Blindenschule nach Diktat geschrieben hat. Fotos von Johannes' Familie, die ich noch nie gesehen habe. Ein unbeschrifteter Umschlag, darin ein Brief. In der rechten oberen Ecke ein blauer Stempel: »*Polizeibehörde des Bezirks Oulu / Eingegangen am ...*« Auf der Zeile darunter ist per Hand das Datum eingetragen: »*13.5.1957*«.

An Herrn Hauptkommissar Yrjö Candolin

Anbei schicke ich Ihnen die Briefe, um die Sie gebeten hatten, als ich Sie in Ihrer Dienststelle in Oulu anrief. Diese Briefe habe ich im Sommerhaus gefunden, als wir zu Ostern mit den Kindern dorthin fuhren, um zu rodeln. Bis dahin hatte ich sie noch nie gesehen. Ich weiß nicht, wer sie dort versteckt hat, vermute aber, dass es mein Mann war.

Alle Briefe sind von demselben Absender in Oulu geschickt worden und an meinen Mann gerichtet. Der Absender ist mir unbekannt, und ich habe meinen Mann nie über ihn sprechen hören. Ich habe die Briefe gelesen, und ihr Inhalt ist für mich schwer erträglich. Aber es sind nur Worte.

Der Krieg hat meinen Mann tief erschüttert, und ich fürchte, er ist unter falschen Einfluss geraten. Er war immer ein guter Ehemann und Vater, und im Krieg wurde er für seine Tapferkeit vor dem Vaterland mit mehreren Medaillen ausgezeichnet. Nun frage ich Sie, ob es möglich wäre, dass die Polizei den erwähnten Absender überprüft und ihn bittet, meinen Mann endlich in Ruhe zu lassen?

Außerdem möchte ich Sie bitten, in der Sache diskret vorzugehen und weder meinen Namen noch meinen Wohnort irgendjemandem gegenüber zu erwähnen, falls Sie es für nötig erachten, die Wohnung in der Karjakatu in Oulu zu überprüfen. Derartige Dinge sprechen sich in einem kleinen Dorf rasch herum, und Kinder und Frau geraten ins Blickfeld der Leute. Ich möchte, dass diese Sache ein Ende hat. Damit mein Mann sich seiner Familie und seiner Frau widmen kann. Und wieder so wird, wie er sein könnte.

Hochachtungsvoll,
Lahja Löytövaara

Die Bodentür klappt. Ich falte den Brief zusammen und stecke ihn in die Tasche. Die Blechdose lege ich zurück in die Sperrholzkiste. Den Sack mit den beiden Pelzen stelle ich darauf und nehme die Teppiche unter den Arm.

Auf dem oberen Treppenabsatz kommt mir Johannes entgegen. Er trägt einen anderen Müllsack.

»Was hast du gefunden?«

»Alte Flickenteppiche. Mal sehen, ob man die noch gebrauchen kann.«

»Vielleicht sind die noch von meiner Oma? Schmeiß sie weg.«

Johannes betritt den Dachboden.

»Wo hast du den anderen Sack hingetan?«

»Dort in die Ecke. Da ist auch eine Medaille von deinem Vater.«

Johannes bleibt stehen. Er dreht sich zu mir um und sieht mich misstrauisch an.

»Im Ernst?«

»Sieh in der Kiste nach. In der Blechdose.«

Johannes guckt zum Dachboden hinüber. Auf seinem Gesicht erscheint ein jungenhaftes vorsichtiges Lächeln.

»Hat er wirklich eine Medaille bekommen?«

Ich bringe die Teppiche in die Sauna im Keller und lege Holz im Ofen nach. Aus der Tasche nehme ich den Brief und werfe ihn auf die Scheite, die noch nicht Feuer gefangen haben. Ich warte nicht, bis das Holz auflodert, sondern schließe die Ofenklappe. Die Teppiche lege ich in den großen braunen Kunststoffzuber, in dem die Schwiegermutter immer ihre Wäsche einweichte. Aus dem Saunakessel schöpfe ich heißes Wasser und lasse aus dem Hahn kaltes dazu. Mit dem Griff der Kelle drücke ich die Teppiche ins Wasser. Aus den Falten entweichen Luftblasen, und Wasser, das vom Staub schwarz geworden ist, platscht auf den Fußboden. Ein Rinnsal schlängelt sich die Fliesenfurchen entlang im Zickzack zum Abfluss im Fußboden. Wenn ich sie nur erst gewaschen habe, werden das noch gute Teppiche.

Von der Treppe her höre ich Johannes' eifrige Schritte. Ich lege die Kelle hin und gehe ihm entgegen.

Liederverzeichnis

Einstmals, ja, da liebt' ich dich ... (*Kerran sua rakastin ...*). Volkslied.

Ich bin von Kopf bis Fuß auf Liebe eingestellt. Melodie und Text von Friedrich Hollaender, 1930.

Ach, wie so fremd ist uns dies Land ... (*Vieras on meille tämä maa*). Aus den *Zionsliedern*, dem Gesangbuch der Laestadianer. Volksmelodie, Text von Gustaf Skinnari, 1894.

Blauer Himmel (*Sinitaivas*). Melodie von Josef Rixner, finnischer Text *(Taivaan milloin nään sinisen, kaipaan sinisillalle sen)* von Lauri Jauhiainen, 1936.

Rivers Of Babylon. Melodie von den Melodians und Text aus dem Alten Testament, 1970.

Glossar

12 Die Kämpfe von Kiestinki und am Swir (finnisch: Syväri) gehören zu den größten Schlachten des finnischen Fortsetzungskrieges (1941–1944) gegen die Sowjetunion. Die Ortschaft Kiestinki (russischer Name: Kestenga) liegt heute in der Karelischen Republik. Der Swir ist ein Fluss in Karelien, der den Onegasee mit dem Ladogasee verbindet.

14 Vor den Kriegen: Für Finnland bestand der Zweite Weltkrieg aus drei Teilen, dem Winterkrieg (1939–1940), dem Fortsetzungskrieg (1941–1944) und dem Lapplandkrieg (1944–1945).

24 Kammwecken: ein Weizengebäck, dessen Einschnitte an nur einem Rand an einen Kamm erinnern.

34 Fahrdienst (finnisch: hollikyyti): Bis zum Ende des 19. Jahrhunderts gab es in Finnland einen Fahrdienst für Personen, insbesondere Beamte, und für Transporte. Die Bauern der Umgebung waren dabei nach einem Rotationsprinzip verpflichtet, mit eigenem Pferd und Wagen kostenlose Fahrdienste von einer Herberge zur anderen bereitzustellen.

48 Fensterglas im Schornstein: Wenn ein Maurer mit den Leistungen des Auftraggebers unzufrieden war (wenn dieser beispielsweise vergessen hatte, für ihn eine Flasche Schnaps bereitzustellen), rächte er sich, indem er in den Schornstein ein Stück

Fensterglas einbaute, das von oben unsichtbar war, aber den Abzug des Rauchs durch den Schornstein verhinderte.

57 Friedensvereinigung (finnisch: rauhanyhdistys): Die Friedensvereinigungen sind die lokalen Organisationen der konservativen Erweckungsbewegung innerhalb der evangelischen Kirche. Die Mitglieder werden nach ihrem Begründer Lars Levi Laestadius (1800–1861) als Laestadianer bezeichnet. Die Friedensvereinigung ist am stärksten im nördlichen Finnland verbreitet, also auch im Dorf des Romans, und bildet dort die vorherrschende Religionsform. Die Laestadianer unterwerfen ihre Mitglieder strengen Verhaltensregeln. Sie lehnen unter anderem Verhütung und jede Art von Unterhaltung wie beispielsweise Fernsehen ab.

93 Lotta: Die Lottas waren Mitglieder der Frauenorganisation Lotta Svärd, einer Hilfsorganisation finnischer Frauen. Sie unterstützten im Krieg die kämpfende Truppe bei der Landesverteidigung durch Sanitäts-, Verpflegungs-, Telefon- und andere Dienste. Dadurch wurden Männer für den Frontdienst frei. Die Mitglieder unterwarfen sich strengen Verhaltensregeln.

121 Erika: Ein Marschlied von Herms Niel, das im Dritten Reich von den deutschen Soldaten beim Marschieren gesungen wurde (»Auf der Heide blüht ein kleines Blümelein ...«).

154 Bußversammlung (finnisch: hoitokokous): Verhält sich ein Mitglied einer laestadianischen Friedensvereinigung wiederholt nicht regelkonform, wird es zu einer der gefürchteten Bußversammlungen eingeladen, wie im Kapitel »Kirchweg« beschrieben. Führt diese nicht dazu, dass das Mitglied seine »sündhaften« Gewohnheiten (wie z. B. eine »falsche« Parteizu-

gehörigkeit) aufgibt, kann es aus der Bewegung ausgeschlossen werden. Das hat seine totale Isolierung im privaten und im geschäftlichen Leben zur Folge.

201 Biestmilch: Die erste Kuhmilch nach dem Kalben, die besonders fett und nährstoffreich ist. Im Ofen goldgelb gebacken und mit Kompott oder Zimt und Zucker (Ofenkäse) gilt sie in Finnland als besondere Delikatesse.

211 Morra: Die Morra ist eine Gestalt aus den Muminbüchern der finnlandschwedischen Schriftstellerin und Künstlerin Tove Jansson (1914–2001). Sie ist ein kaltes und einsames Wesen, das selten spricht, und was sie berührt, gefriert zu Eis.

213 Heikki Hietamies: Der 1933 geborene finnische Journalist, Schriftsteller, Moderator und Komiker moderierte von 1977 bis 1985 die beliebte Fernsehsendung *Samstagstanz*.

248 Hjalmar Siilasvuo (1892–1947): Der finnische Generalleutnant war Leiter der heftigen Kämpfe beim finnischen Ort Suomussalmi im Dezember 1939.

248 Johannes Turtola (1897–1941): Der Oberstleutnant war im Fortsetzungskrieg Regimentskommandeur, Leiter der Gruppe J und Untergebener von General Siilasvuo. Er fiel, als sein Regiment im August 1941 östlich von Kiestinki von der Roten Armee eingekesselt wurde.

Lesen Sie weiter >>

LESEPROBE

Von zwei Menschen, die allen Widerständen zum Trotz ihren eigenen Weg gehen

Die dunklen Jahre des Zweiten Weltkriegs sind vorbei, und die Menschen in dem abgelegenen Städtchen im hohen Norden Finnlands beginnen wieder an die Erfüllung ihrer Sehnsüchte zu glauben. So auch Helenas Eltern, die dem Mädchen, das früh das Augenlicht verloren hat, ein selbstständiges Leben ermöglichen wollen. Sie schicken das Kind auf eine Blindenschule im tausend Kilometer entfernten Helsinki. Dort findet Helena zur Musik. Als junge Frau nimmt sie all ihren Mut zusammen, bewirbt sich am Sibelius-Institut, und Schritt für Schritt geht sie ihrer Eigenständigkeit entgegen. So wie Tuomas, Helenas Neffe, vier Jahrzehnte später. Auch er lässt seine Familie zurück und damit all die Erwartungen an ihn, die der junge Mann nicht erfüllen will.

Wir kennen uns, obwohl du dort drinnen bist und ich hier, außerhalb des Bauchs deiner Mutter. Ich bin es, der für dich gesungen hat. Der deine Mutter um Erlaubnis gebeten hat, dich zu ertasten und zu berühren, das zu streicheln, was ich für deine Stirn halte. Ich liebe dich, obwohl ich dich noch nicht einmal gesehen habe.

Du wirst mich Papa nennen. Ich habe auch einen eigenen Namen, aber den wirst du nie brauchen, denn für dich lerne ich diesen neuen Namen. Du musst nur deinen Papa zu Hilfe rufen, dann werde unter allen Menschen auf der Welt genau ich deinen Ruf hören und sofort zu dir eilen. Du versprichst mir doch, immer zu mir zu kommen, wenn du Angst hast? Ich tröste dich, wenn du dir wehtust oder hinfällst. Väter vertreiben alles Böse. Väter geben Schutz.

Aber du kommst auch dann zu mir, wenn alles gut ist, oder? Dann sitzen wir beisammen und freuen uns über den schönen Sommerabend oder über die Eins, die du in Geschichte bekommen hast. Du traust dich doch, mir davon zu erzählen, wenn du dich verliebst? Dann werde ich antworten, dass es leicht ist, sich zu verlieben, aber dass es Mühe kostet zu lieben. Ich hätte noch viele andere Ratschläge, doch ich weiß nicht, ob du mit ihnen etwas anfangen kannst. Das eigene Leben verläuft nicht immer so mustergültig, dass es sinnvoll wäre, auf dieser Basis für jemand anderen eine Landkarte zu zeichnen. Aber ich verspreche dir, dass ich, ganz gleich, was dich bedrückt, gemeinsam mit dir nach einer Lösung suchen werde. Es gibt nichts, wovon du mir nicht erzählen kannst. Ich will alle deine Worte hören. Ich verlasse dich nie, ich höre nicht auf, dein Vater zu sein. Ich beschütze dich bis zum Tage meines Todes und auch darüber hinaus.

Ich schreibe diesen Brief ohne Wissen deiner Mutter, denn sie würde mich sonst einen rührseligen Dummerjan nennen. Dann stecke ich ihn in einen Umschlag, auf den ich die Namen schreibe, die wir für dich gewählt haben. Ich weiß nicht, ob der Brief so lange erhalten bleibt, bis du lesen kannst. Vielleicht bleibt alles nur ein netter Gedanke, womöglich vergesse ich den Brief, und er verschwindet im Umzugsgut des Lebens. Mag sein, dass wir dir einen anderen Namen geben und uns irgendwann wundern, wieso bei uns Post auftaucht, die an einen Fremden adressiert ist. Aber es kann auch alles gut gehen: Vielleicht bleibt der Umschlag zwischen den Büchern im Regal stecken und du entdeckst ihn irgendwann, wenn du älter bist. Vielleicht sind bis dahin Dutzende dieser Briefe entstanden. Womöglich gebe ich dir zu jedem Geburtstag einen neuen Brief. Wir haben Jahre und Jahrzehnte Zeit, uns kennenzulernen.

Komm bald. Spielsachen und Kleider liegen für dich bereit. Hier neben mir ist Platz für dich.

Papa

EIN PLÄTZCHEN KLEIN AUF DIESER WELT

Mutter fasst mich unter den Achseln, hebt mich hoch und lässt mich dann herunter, ziemlich tief herunter.

»Versuch mal, da zu sitzen.«

Mein Schuh schlägt auf den Boden, der hohl dröhnt wie ein Fass. Ich begreife nicht, wo ich bin. Der Raum klingt so, als wäre er schmal. Ich taste meine Umgebung ab, mit der einen Hand erreiche ich die Wand. Sie fühlt sich kühl an, fast kalt. Mutters Stimme kommt von oben und hallt ein wenig.

»Helena, nimm Johannes auf den Schoß.«

Mutter hebt meinen kleinen Bruder vor mich, und wir sitzen mit gespreizten Beinen hintereinander. Ich lege die Arme um Johannes, denn er hat Angst vor allem Neuen. Dann frage ich Mutter, wo wir sind, doch sie antwortet nicht. Omas Stimme kommt von der anderen Seite. Sie erklärt, dass wir uns in einem Zug befinden, in einem von denen, mit denen Sand transportiert wird, auf der Strecke, die die Deutschen für den Krieg gebaut haben. Und dass Mutter die Eisenbahn fotografieren will, obwohl das angeblich nicht erlaubt ist.

Johannes windet sich, aber ich lasse ihn nicht los, sondern schaukele ihn hin und her, bis er sich beruhigt. Mutter steht jetzt hinter uns und ermahnt uns, stillzuhalten. Sie macht ein Foto. Ganz schön schmal, diese Heeresfeldbahn, sagt sie, aber Oma antwortet, die Soldaten kämen gut damit zurecht. Mutters Stimme klingt verschmitzt, als sie fragt, ob man den Waggon wohl in Bewegung setzen könne. Damit auch wir Kinder aus der Wildmark erzählen können, dass wir schon mal mit dem Zug gefahren sind. Oma lacht und tritt ebenfalls hinter uns. Sie sagt, arme Leute müssten auch mal Blödsinn machen. Oma geht anders. Während Mutter zügig über den Sand schreitet, rip-rip-rip, humpelt Oma, rip-riip-rip. Vater sagt, dass unsere Oma Maria Beinschmerzen hat.

Oma und Mutter atmen nebeneinander.
»Bist du bereit, Lahja?«, fragt Oma.
»Ja«, antwortet Mutter.
»Dann stoßen wir ihn mal wie der alte Bauer seine junge Frau.«
Der Sand knirscht unter ihren Füßen. Sie schnaufen beide. Mutter macht ein seltsames, knarrendes Geräusch, sie atmet und hält gleichzeitig die Luft an. Es klingt ähnlich wie bei Vater, als er einmal im Heimaturlaub sein Bett, das neben Mutters gestanden hatte, aus der Kammer schleppte. Plötzlich machen wir einen Ruck nach vorn, wie in dem Moment, da das Pferd anfängt zu ziehen, und Vater sagt: »Halt dich gut fest.« Ich erzähle Johannes, dass wir jetzt fahren, damit er nicht erschrickt. »Fahlen«, spricht er mir nach. Er kennt noch nicht alle Wörter. Nun dreht er den Kopf, schaut sich um.

Mutter muss lachen. Auch Oma gackert.
»Der Mastdarm ist zwar einen Zoll rausgerutscht, aber zu guter Letzt haben wir das Ding doch zum Rollen gebracht.«
»Red nicht so«, zischt Mutter.

Ich streichle Johannes über den Kopf und erzähle ihm, dass Oma gerade albern ist. Mein Bruder fasst meine Finger mit beiden Händen und schwenkt sie hin und her. Mutter lacht und sagt, es sei lieb von mir, dass ich mich kümmere, und dazu seien große Schwestern da. Ich kümmere mich um Johannes, und Anna kümmert sich um mich. Ich drehe das Gesicht nach hinten und frage, wie weit der eiserne Weg eigentlich führt. Mutter antwortet, wahrscheinlich bis in den Süden, aber sie sei sich nicht sicher. Sie ist noch nie weiter gereist als bis nach Oulu, aber Oma ist mit dem Zug gefahren, als sie in der Hebammenschule war, in einem großen Haus aus Stein, so weit im Süden, dass dahinter nur noch das Meer liegt. Dort ist es anders als hier, es gibt andere Bäume und lauter Häuser aus Stein.

Ich lasse Johannes los, denn er kommt ja zurecht, und ertaste mit den Händen, was hinter mir ist. Ein Haufen Sand. Ich lehne mich zurück und will mich hinlegen, aber Johannes bleibt auf meinem Rocksaum sitzen. Die Seitenwand ist kühl. Man merkt nicht mehr, dass der Zug sich bewegt, er ruckelt nicht. Ab und zu bebt der Boden ein wenig, und man hört Geratter. Oma erklärt, das sei der Gesang der Räder in den Schienen.

Die Sonne scheint mir ins Gesicht. Ich reiße die Augen ganz weit auf. Manchmal verschwindet das Licht hinter Schatten. Das sind Bäume. Vater hat mir erzählt, dass ich als Säugling alles Mögliche gesehen habe, bevor ich krank wurde, aber daran erinnere ich mich nicht. Und Vater ist nicht mehr zu Hause, sondern im Krieg. Ich drücke die Daumen auf meine Augen. Das fühlt sich gut an. Der Wind säuselt in den Bäumen. Es ist Sonntag.

Oma singt im Takt des ratternden Wagens.

Durch dieses Dorf hier laufe ich,
so weit die Füße tragen,
wen ich will, den küsse ich,
auch wenn die Weiber klagen.

Mutter mag Omas Lieder nicht. »Bitte nicht so was«, sagt sie jedes Mal.

»Wohin fahren wir?«, frage ich, und Mutter antwortet: »Nach Hause.«

Oma erklärt, dass die Gleise noch nicht bis nach Lopotti führen. Die Deutschen haben für den Krieg eine Bahnstrecke aus dem Binnenland gebaut, die bald bis zum Kirchdorf reichen wird und dann an die Grenze zur Sowjetunion und ganz am Ende bis zur Murmansk-Bahn. Aber noch nicht, und deshalb sind wir mit dem Pferdewagen gekommen. Mutter sagt etwas zu Oma. Ich höre die Worte nicht, aber in ihrer Stimme ist kein Lachen mehr. Der Zug wird langsamer und bleibt dann stehen. Mutter tritt neben mich.

»Wir wohnen nicht in Lopotti«, sagt sie laut zu Oma.

»Reg dich ab, Lahja, ich mach ja bloß Spaß.«

Nach Mutters Ansicht beginnt Lopotti erst hinter unserem Zaun, und dort wohnen ganz andere Leute als wir. Oma meint, es sei doch nur ein Name. Plötzlich wird Johannes aus meinen Armen gerissen. Ich erschrecke und versuche, ihn festzuhalten, aber Mutter befiehlt mir, ihn loszulassen. Ihre Stimme ist kalt.

»Was tust du?«, fragt Oma.

»Wir gehen jetzt.«

Ich will nicht weg, sondern mit dem Zug nach Hause fahren, aber Oma fasst mich unter den Achseln und stellt mich auf den Sand. Der Boden neben dem Zug ist abschüssig. Es fällt mir schwer, dort zu stehen, ich halte mich an der Eisenwand fest.

»Was ist Lopotti?«, frage ich, doch niemand erklärt es mir.

Oma nimmt mich an die Hand.

»Lass uns nach Hause gehen, Helena. Vielleicht hat dein Vater ja Heimaturlaub.«

Ich versuche, am Abhang entlangzugehen, indem ich das obere Bein anwinkle. Vor mir humpelt Oma. Sie ruft Mutter nach, wieso sie sich nur immer wieder über uralte Ortsnamen aufrege.

»Außerdem wohnen in Lopotti keine verrufenen Frauen außer uns beiden.«

Mutter antwortet nicht. Oma lacht.

WER MEINEN SCHLAF ZU STÖREN WAGT

Mutter schlägt an die Tür zu Vaters Kammer und brüllt, dass sie ohnehin schon alles ahnt. Sie fragt, warum Vater nicht reden will.

Ich liege im Bett und halte mir die Ohren zu, aber Mutters Stimme ist trotzdem zu hören. Sie verwendet große Worte, die von den Wänden abprallen wie Bälle und aus dem Wohnzimmer bis hierher schießen. Merkt Oma gar nichts, oder hat man sie zu einer Entbindung in ein abgelegenes Dorf geholt? Oft kommt sie an solchen Abenden aus ihrer Kammer und ermahnt meine Eltern, sie sollen leise sein, und so was sagt man doch nicht laut. Ich presse die Ohrläppchen mit beiden Händen fest an den Kopf. Jetzt höre ich die Worte nicht mehr, nur die Stimme.

In solchen Nächten kommt der Bodengeist, sobald man einschläft. Sobald man einen Schritt vorwärts macht, wird der Fußboden abschüssig. Wenn man sich umdreht und flieht, geht es dort abwärts. Man kann versuchen, zuerst zur Kommode oder zum Fenster zu gehen, aber das hilft nichts, denn die Dielen richten sich überall auf. Wohin man auch geht, man rutscht abwärts wie ins Grab. Das ist eine tiefe Grube, in die man die Kriegstoten und die von Bomben getöteten Kinder legt. Da kann man reinfallen. Selbst wenn man versucht, sich am Teppich festzuhalten, gleitet man in die Leere, die kalt ist und aus der eine tiefe Stimme kommt, die keinem Menschen und keiner Katze und keinem Hund und keinem anderen Tier gehört.

Ich versuche, die Ohren zu verschließen, aber die Augen offen zu halten, damit ich nicht einschlafe. Die Decke ist zu heiß. Ich will sie wegtreten, aber Vater hat sie unter meinen Füßen eingeschlagen. Er deckt uns immer zu, wenn er Heimaturlaub hat, obwohl ich ihm gesagt habe, dass Mutter es besser kann. »Bist du denn gar nicht mehr Vatis Mädchen?«, hat er gefragt, und ich habe geantwortet: »Nein, Muttis.« Ich bitte Vater, vom Krieg zu erzählen, aber er sagt jedes Mal Nein.

Ich will kühle Luft an meine Beine lassen. Deshalb muss ich die Hände von den Ohren nehmen und die Stimmen ertragen. Mutter bittet Vater, ihr aufzumachen. Oben in der Bodenkammer sind Annas Schritte zu hören. In das Zimmer meiner Schwester kommt man von außen über eine Treppe, die ich aber nicht allein hochgehen darf. Anna kann auch nicht schlafen. Ich ziehe die Decke von den Beinen. Dann drehe ich mich um und drücke das eine Ohr aufs Kissen. Der Bodengeist ist nahe.

Die Latten in Johannes' Bett knarren. Ich hebe den Kopf und lausche. Johannes weint leise. Als ich seinen Namen rufe, hört das Schluchzen auf.

»Komm her!«, flüstere ich.

Er antwortet nicht.

»Lauf schnell her, bevor der Bodengeist kommt.«

Aus dem Wohnzimmer ist Mutter zu hören, die wie ein Hund heult. Johannes antwortet, er wolle nicht kommen. Zwischen den Worten schnappt er nach Luft.

»Komm her«, locke ich. Das Bett knirscht, als er sich aufrichtet.

Plötzlich höre ich hinter Mutters Schrei eine Bewegung, dunkel und kalt. Die Dielen beginnen zu beben. Ich rufe Johannes zu, er soll sich beeilen. Er springt aus dem Bett und rennt auf mich zu. Schafft er es? Ich lausche, wo er ist. Jetzt hat er den Teppich erreicht, jetzt hat er ihn überquert.

»Lauf! Nimm dich vor dem Bodengeist in Acht!«

Ich rufe, und er läuft und weint und läuft. Seine nackten Füße patschen auf den Boden, die Dielen klappern. Er greift nach der Bettkante, und ich helfe ihm hoch. Sein Ellbogen trifft mich an der Schläfe. Es tut weh, aber ich schimpfe ihn nicht, weil es ein Versehen war. Die kalte Stimme flacht ab, Mutter weint lauthals.

Ich streichle Johannes' Kopf. Er drückt seinen Teddy an sich und kann nicht aufhören zu weinen. Ich suche nach seiner Achselhöhle und kitzle ihn, bringe ihn aber nicht zum Lachen. Im Wohnzimmer ist Mutter inzwischen verstummt, doch Vater spricht. Ich kann nicht verstehen, was er sagt. Er brüllt nie. Johannes windet sich. Ich strecke mich neben ihm aus.

»Er ist weg. Du brauchst keine Angst mehr zu haben.«

Ich wische ihm die Tränen ab und streiche ihm über den Kopf. Die große Schwester kümmert sich. Ich setze mich auf und blase ihm prustend auf den Bauch, doch er schluchzt immer noch.

»Heulsuse«, sage ich.

Denn ich weiß, was Johannes braucht. Ich setze mich auf die Bettkante und lausche ins Haus. Anna läuft nicht mehr herum, Mutter erklärt irgendwas, schnell und mit leiser Stimme. Der Fußboden bebt nicht, doch ich weiß, dass unter den Dielen ein Geisterwesen mit kühler Haut schwimmt. Es streckt beide Arme über den Kopf und stößt sich mit den Beinen vorwärts wie ein Frosch im Wasser, das hat Vater mir erklärt. Es lauscht durch die Ritzen zwischen den Dielen und folgt einem von einem Zimmer ins nächste, unter den Wänden hindurch. Dennoch rolle ich mich über Johannes hinweg und setze vorsichtig die Füße auf den Boden. Mit beiden Händen halte ich mich an der Bettkante fest und fühle, ob der Boden schon schwankt. Johannes befehle ich, ganz leise zu warten und sich nicht zu rühren.

»Du darfst mir nicht nachlaufen. Jetzt musst du tapfer sein.«

Ich folge der Bettkante und gehe auf die Kommode zu. Als ich sie mit der Hand ertastet habe, lasse ich das Bett los und setze meinen Weg fort. Ich gehe vorsichtig. Der Bodengeist schwimmt unter irgendeinem anderen Zimmer. Ich erreiche die Tür und öffne sie, lausche. Mutters Stimme ist heiser. Sie sagt Erwachsenenwörter, die Kinder nicht verwenden dürfen. Sobald man sie hört, muss man sich umdrehen und weggehen. Ich lasse mich auf alle viere hinab und krieche hinter das Sofa. Johannes hat gestern gesagt, das sei ein gutes Versteck. Oma fragt mich immer ab, in welchem Zimmer welche Sachen sind und an welcher Stelle. Deshalb kenne ich schon fast alle Zimmer und ihren Inhalt auswendig.

Ich folge dem Rand des Teppichs weiter ins Wohnzimmer hinein. Vater sagt etwas zu Mutter, aber ich will es nicht hören. Die Dielen beben. Unter ihnen schwimmt ein Wesen, das keine Grenzen kennt. Ich bleibe stehen, halte die Luft an und horche. Es schwimmt vorbei. Mutter lacht vor sich hin, aber es klingt nicht fröhlich.

»Du berührst mich nicht mehr.«

Vater ist ganz still.

An der Ecke des Teppichs wende ich mich in Richtung Klavier. Früher hat Vater darauf gespielt, aber neuerdings sagt er, er hat keine Lust. Von hier ist es nicht weit bis zum Wäscheschrank. Ich stehe auf, mache ein paar Schritte und ertaste den Weg. Jetzt darf ich nichts herunterwerfen, nichts umstoßen. Ich trete gegen den Blumenständer, aber er schaukelt nur und macht kein Geräusch. Früher stand er mitten im Zimmer, aber Oma hat ihn an die Wand gerückt, damit ich nicht dagegenlaufe. Ich drehe mich um, finde mit der rechten Hand den Schrank, stelle mich davor und suche nach dem Schlüssel im Schloss. Er fühlt sich kühl an. Ich drehe ihn um und bekomme die linke Tür auf. Das zweite Fach von unten. Ich schiebe eine Hand zwischen die nach Sonne duftenden

Laken, bis ich ihn finde. Johannes' alten Schnuller. Ich habe ihn in der vorigen Woche entdeckt. Mutter hat ihn dort hingelegt oder Oma oder Anna.

Lautlos schließe ich die Tür und suche den Blumenständer. Dann drehe ich mich um und trete den Rückweg an. Vater spricht leise. Er will wissen, was er nicht getan oder was Mutter nicht bekommen hat.

»Bist du überhaupt ein richtiger Mann, Onni?«, fragt Mutter.

Plötzlich wird Vater laut. Er schlägt von innen gegen die Kammertür. Seine Stimme klingt nicht nach Vater, sondern nach irgendeinem anderen. Er ist nicht mehr der Mann, der süßlich riechende Pomade verwendet oder mit dem man sich verrückte Geschichten ausdenkt. Sein Schrei klingt, als käme er von einem durchgehenden Pferd oder von dem großen Stier des Nachbarn. Die Stimme kommt nicht aus seinem Mund, sondern aus der Brust. Als ich mich an den Teppich drücke, spüre ich, wie die Dielen beben. Ich will mich nicht bewegen, aber der Fußboden wogt. Der tauchende Bodengeist macht in der Küche kehrt, stößt sich an der Rückwand ab und gleitet unter der Wand des Wohnzimmers hindurch. Seine Haut ist kalt und glitschig wie bei einem Fisch. Er hält inne und schnüffelt, Augen hat er keine. Er hört Vater, schert sich aber nicht um ihn. Er sucht Kinder für das Grab.

Vater bittet darum, eine Weile schlafen zu dürfen, einen traumlosen Schlaf, ohne sich fürchten zu müssen. Mutter antwortet nicht, und Vater schreit, dass er an der Front Kies auf die Augen seiner toten Kameraden schaufeln muss, bis die Luft grau vom Staub ist. In der Feldsauna wäscht er sich Blut und Gedärm und Schädelstücke von der Haut. Er fragt, ob Nachbars Ville lange leiden musste oder sofort das Bewusstsein verloren hat. Und zu Hause wartet dann diese geile Stute, sagt er, die er besteigen soll, statt eine Weile einfach nur seine Ruhe zu haben. In der Kammer weint Johannes. Vaters Stimme wird richtig laut.

»Kann ich wenigstens eine Minute für mich allein haben? Wenigstens einen verdammten Augenblick, ohne dass jemand was von mir will?«

Ich schreie gellend, um Vaters Worte nicht hören zu müssen, aber dadurch merkt der Bodengeist, wo ich bin. Er stößt sich ab und schwimmt auf mich zu. Die Dielen heben sich, ich rutsche nach hinten. Mir bleibt nichts anderes, als aufzustehen, mich in Bewegung zu setzen. Ich laufe. Die Dielen lösen sich voneinander. Ich weiß die Richtung nicht. Der Blumenständer kippt um und stößt gegen das Klavier, doch ich bleibe nicht stehen. Mir ist heiß. Blinde dürfen nicht laufen, denn dann stoßen sie gegen irgendwelche Gegenstände und verletzen sich. Ich bekomme keine Luft. Ich versuche, geradeaus zu gehen, lasse den Arm vor mir nach rechts und links schwenken und den Weg suchen.

Mutter ruft meinen Namen, doch ich kann nicht innehalten. Die Dielen fallen und neigen sich und richten sich senkrecht auf. Das Schloss an Vaters Kammertür rasselt. Ich muss schneller laufen, mein Kopf stößt an die Wand und ich pralle mit dem Knie gegen das Sofa. Ich habe Gänsehaut. Mutter schreit Vater an: »Verdammt noch mal, siehst du, was du angerichtet hast?« Aber ich drehe mich nicht um und bleibe nicht stehen. Johannes muss den Schnuller bekommen. Ich presse ihn gegen den Bauch und laufe. Meine Hand trifft auf die Kälte der Fensterscheibe, ich drehe mich um und suche die Kammer. In welcher Richtung ist sie?

Johannes ist doch nicht etwa aufgestanden und ins Wohnzimmer gekommen? Er kann sich nicht mal am Teppichrand festhalten, wenn der Fußboden sich neigt.

»Komm nicht!«, rufe ich. »Bleib da, bleib da!«

Johannes weint in der Kammer, und ich orientiere mich daran. Ich finde die richtige Tür und schlüpfe hindurch. Schließe ab. Ich stoße gegen die Bettkante, halte mich daran fest und richte mich auf. Hinter der Tür sind Vater und Mutter. Ich lege mich neben

Johannes und nehme ihn in den Arm. Dann öffne ich die Faust und gebe ihm den Schnuller. Das Gummi ist ausgeleiert. Als ich prüfend taste, merke ich, dass Johannes sich den Schnuller in den Mund gesteckt hat. Ich streiche ihm über die Haare.

Hinter der Tür bittet Vater um Verzeihung. Ich singe Johannes etwas vor. Du du du, mach nur deine Äuglein zu. Er schiebt seine Zehen unter meine Beine, in Sicherheit.

Mitreißend, eindringlich und humorvoll – der neue grandiose Familienroman der Bestsellerautorin!

Für die Beerdigung ihres Großvaters kommen Johannes, Philipp, Jakob und Simon erstmals wieder in ihrer Heimatstadt Hamburg zusammen. Dass Opa ihnen eine Kiste mit alten Familiendokumenten vererbt hat, interessiert sie nicht. Denn die vier Brüder wollen sich weder an ihre Kindheit erinnern, noch etwas über das Leben des Großvaters erfahren, der damals plötzlich mit einem Koffer vor ihrer Tür stand. Doch dann lässt diese Kiste sie doch nicht los und sie merken schließlich, dass sie sich ihrer Familiengeschichte stellen müssen. Aber je mehr die Brüder über die Vergangenheit herausfinden, umso klarer wird: Opa hatte richtig Dreck am Stecken …

Jetzt reinlesen auf www.penguin-verlag.de

Ein idyllisches Tal, sonnendurchflutete Kindheitstage und die Kraft der Erinnerung

Schon seit Generationen lebt Mimis Familie im kleinen Dorf am Fluss – dort, wo morgens der Nebel dick wie Zuckerwatte in den Hügeln hängt und mittags die Sonnenstrahlen in den Maisfeldern tanzen. Doch nun soll das Tal geflutet werden, und die Elfjährige wächst in dem Wissen auf, dass ihre Heimat bald für immer verloren sein wird. Während die Dorfgemeinschaft gegen die drohende Veränderung ankämpft, muss Mimi den Mut finden, ihren eigenen Weg zu gehen. Denn der Ort, an dem wir aufgewachsen sind, und die Menschen, die wir dort liebgewonnen haben, mögen vielleicht irgendwann verschwinden – aber in unseren Herzen werden sie auf immer weiterleben.

Jetzt reinlesen auf www.penguin-verlag.de